FLORET
READING

小花阅读

我们只写有爱的故事

青春阅读　　幸得相见

有爱的青春陪伴者

山月可知心底事

呦呦鹿鸣__ 著

呦呦鹿鸣

——— 小 花 阅 读 签 约 作 者 ———

跳脱豪气的双子女,喜欢家人朋友全在身边的热闹喜庆,
也偏爱独处时的安宁与肆意。
向往终有一天,猫狗双全、环球旅行。

– 已出版 –
《暗恋的那点小甜甜》
《别怪我无理取闹》
《喜劫良缘》
《你别笑了,我会心动》

目录

contents

001 第一卷

鲜衣怒马少年时

Part 01　最讨厌的人
Part 02　流氓主意
Part 03　给几分颜色,就开染坊
Part 04　那个人,到底是谁
Part 05　青涩的果子,要等到熟透了,才会清甜可口

122 第二卷

欲买桂花同载酒

Part 01　柔弱的蔷薇花
Part 02　冷战
Part 03　我要做……很厉害的那种人

目录
contents

204 第三卷
乘风破浪会有时

Part 01　跑北京去发呆
Part 02　我要和你一起过年
Part 03　愿望是，关山可以做我男朋友

294 番外一
如果故事可以停在这里，就好了

304 番外二
人的一生，重要的东西，不是只有爱情

312 后记
飞越疯人院

第一卷 鲜衣怒马少年时

Part 01
最讨厌的人

1

九月里,湘市开学第一天,校门口光头凉面馆子外。

司徒玥手托一只黑面敞口圆碗,躲在折叠桌下。

桌子下,能看见三双美腿。

对面那双是她亲亲"老婆"程雪的,左右这两双是刚认识的双胞胎学妹的。

双胞胎姐妹姓高,认识的时间太短,司徒玥还记不住名字,只好管妹妹叫小高,姐姐叫大高。

左边这双腿是妹妹小高,右边的是姐姐大高。

虽然是双胞胎,姐妹两个性格却明显不一样,姐姐沉稳,妹妹活泼。

她藏在桌子下,只听见小高激动的声音不时从桌面上传来。

"哎呀,学姐不好!他冲这边看过来了!"

司徒玥心里一惊,左右四顾,想再找个严实的东西遮挡住自己。

她很快锁定目标,就在她左前方五十米处,有一个立着的广告牌,上面写着:新学期开学,凡在本店消费满20元,送老板娘。

司徒玥一愣。

这老板,够大方啊。

她就说今天怎么感觉这家凉面馆的客人特别多,男性还占了绝大部分比例,搞得她和程雪连位置都没得坐,只能和大高小高在店外拼了个桌。

不过客人这么多,老板娘只有一个,可怎么分啊?

司徒玥再仔细一看,原来在"老板娘"三个字后面,又跟了几个不甚显眼的蝇头小楷——手工调制的绿豆沙。

"……"

老板是个人才。

强行将发散的思维拽回来，司徒玥目测了一下自己与广告牌的距离，估摸着自己以百米冲刺的速度，快速跑过去，再躲起来，关山认出她的可能性有多大。

正思考着，大高沉稳的声音从桌上传来："他的脸转过去了，没看这边了。"

司徒玥瞬间松了口气，她将面碗小心翼翼地放在桌上，预备从桌子下站起身。

"哎呀不好！"小高咋咋呼呼的声音传来。

怎……怎么了？

司徒玥心一提。

小高小声提醒道："学姐，你别起来！他又看过来了！"

司徒玥眼疾手快地捧回面碗，挡住脸，蹲下去。

大高沉稳的声音紧接着传来："没事了，转过去了。"

司徒玥松一口气，放碗，起身。

小高又咋呼道："学姐别起来！又看过来了！"

司徒玥心一提，托碗，蹲下去。

大高："转……"

"还有完没完了！"司徒玥不干了。

她腿麻腰痛，一时怒从心起，将碗重重往桌上一放，"砰"的一声响。

"——过来了。"大高转了转眼珠，将自己要说的话慢吞吞地补充完。

司徒玥无奈。

姑娘你还能再慢点吗？

一百米开外，湘中门口，大理石白墙一侧，鲜红色的校训底下，此时正站着一个瘦瘦高高的男生。

距离有些远，男生的表情看不太清，只能看见他向着司徒玥的方向，懒懒的招了下手。

意思很明显：麻溜儿滚过来。

那人便是关山，司徒玥正在躲的人。

自司徒玥生下来，截止到2013年9月1日下午5点48分，在她人生的十七个年头里，关山已经荣升为她最讨厌的人。

前一个是隋炀帝。

就是发明了科举制的那人。

司徒玥和关山之间的孽缘，如果要细细说来，那就是老太太的裹脚布，说上三天都不算完。

关山五岁时搬来了凤凰巷，两个人住对门，那时司徒玥已经在凤凰巷里闯出了点名堂，是方圆十里的孩子都害怕的土霸王，她抢老实孩子的棒棒糖，摸漂亮小妹妹的脸蛋，带领一群小马仔抢地盘、打恶霸，虽然平均年龄不超过六岁，但威风凛凛，战功赫赫。

关山来了之后，先是被她收归旗下，成为小马仔集团中的一员。

可没想到，人不可貌相。

一年之后，关山青出于蓝，成了凤凰巷的新任土霸王。

本属于司徒玥的小马仔们转投了关山座下，漂亮小妹妹们自发簇拥在关山身边，司徒玥手下无人，最后只能憋屈地成了关山的小马仔集团的一员。

一晃八年过去，在司徒玥长年累月的祈祷之下，老天爷被她烦得不行，终于有一天，关山搬走了。

关山走后，小马仔们正面临着小升初的学业压力，再也无暇整日东游西逛，漂亮小妹妹们步入青春期，有了说不尽的烦恼，也不愿意再和男孩子们混在一处，司徒玥重振霸业的打算只能无限期地搁置下去。

这样一来，司徒玥又开始想念起关山。

虽然关山压榨她、欺负她、凌辱她，但不可否认的是，跟关山在一起的时光，是无比有趣的。

她又长年累月地祈祷，让关山搬回凤凰巷吧。

老天爷再次被她烦得不行，终于在她升高一的那个暑假，关山回来了。

一个人。

司徒玥放了东西就准备去敲关山家的门，走前被她妈妈捎了一盘鲜肉饺子。

她端着那盘饺子敲开关山家的门。

关山打开门，人站在门边，一手扶着门框，一手拉着门，低头看着她。

长大以后，司徒玥认识了一个学心理学的朋友，朋友告诉她，这其实是一个抵触的姿势。

人站在门口，是为了不让来客看见屋内情况，一手拉住门，是为了在来客要闯进家门时，能迅速将人拦住，推出去。

这个朋友后来凭借这条理论，成功将自己的出轨男友捉奸在床。

但当时的司徒玥并不知道，关山不欢迎她。

司徒玥还陷在童年玩伴回来的喜悦里，脸上堆满傻笑。因为阔别四年未见，她羞于问起他的近况，只好装模作样地问他："怎么没见到你妈妈？"

关山当时面无表情地看着她，只说了一个字。

"滚。"

因为这个字，司徒玥整整一年，再没跟关山说过一句话。

2

"阿玥，他好像在叫你过去。"程雪回头看了一下，转过脸来，对司徒玥说。

司徒玥很有骨气地哼了一声："他叫我过去我就过去吗？我又不是他养的一条狗。"

她话音刚落，就见远处的关山突然抬手扬了几下，手中握着一部黑色手机。

司徒玥二话不说，绕开折叠小桌，就往他的方向走去。

剩下三个人面面相觑。

司徒玥一小步一小步地挪，以龟速行进，致力于勾起关山的不耐烦情绪，对她再说一次"滚"。

这个策略的效果相当明显，关山果然不耐烦了，低下头去，在手机上敲了几个字。

司徒玥心中突然升起一股不祥的预感。

果不其然，兜里的手机很快传出"叮咚"一声。

她掏出来一看，关山发来的微信，就霸气地横在屏幕上。

"你可以再慢一点。"

以司徒玥对关山的了解，这句话后面肯定还跟了一句话。

果然，"叮咚"一声响，第二条信息来了。

"只要你敢。"

司徒玥抬起头，看见关山再次向她摇了摇手机。

什么叫"受制于人"？这就叫"受制于人"！

司徒玥看见那部手机，就想起一个月前的夜晚。

那晚明月当空，漫天星斗，清风吹走仲夏夜里的燥热，仔细听的话，空气中还有淡淡的歌声飘来。

她站在台阶上，手撑墙壁，堵了一个英俊男孩。

气氛实在太过浪漫，她正打算跟人说些诗词歌赋、人生哲理，探讨一下最近国家石油价格上调的大事，就被一道煞风景的声音给打断。

声音的主人正是关山。

那时她和关山已经冷战一年，或许正将迎来两个人关系的破冰期，毕竟冷战这种事情，时间久了，冷战双方都会记不起当初到底是为了什么冷战，从而冰释前嫌，和好如初。

但关山做了一件非常卑鄙无耻没下限的事。

他潜伏在暗处，将司徒玥调戏，不是，将司徒玥和那个男孩探讨国家石油价格上涨的对话全部拍了下来，并且宣称如果司徒玥不听他吩咐的话，他就拿着视频去找司徒妈妈。

凤凰巷的人都知道，小流氓司徒玥天不怕地不怕，就怕别人的眼泪和她妈。小时候，她爱闹腾，别人要是想降住她，只要说一句"我叫你妈过来了"，就能瞬间使她安静下来。

听的次数多了，搞得司徒玥对这句话有生理性厌恶，谁说这话她就跟谁有仇。

再说这都什么年代了，关山还搞揪人小辫子，打小报告那一套，太低端，太恶劣，太无耻。

司徒玥为他的心性幼稚程度感到汗颜的同时，也不得不乖乖按他指令办事。

所以，她现在十分后悔。

如果能回到那个清凉的夜晚，她会对自己说，调戏，不是，和英俊男孩探讨国家石油价格上涨的话题时，一定要注意观察四周。

这就是所谓的，细节决定成败。

司徒玥吐出口浊气，攥紧拳头，加快脚步，走出六亲不认的步伐。

等走到关山身前时，她立马摆出一副"老子最拽"的表情，再用世界上最不耐烦的口吻，翻着白眼问他："找我干吗？"

关山说："你眼抽筋吗？"

好气！

司徒玥忍了又忍，还是没忍住："我眼睛抽不抽关你什么事？我就爱抽，我就抽！就抽！"

于是，关山说："那你抽吧。"

此情此景，司徒玥突然想一个人，静一静。

关山斜坐在一辆黑色摩托车上，右脚支着地，腿看上去无比长，即使坐着，也比司徒玥高出了半截儿脑袋。

不用刻意加持，他整个人就散发出一股"老子最拽"的特质，能引得方圆五里地的流氓青年们蜂拥而来，排着队给他一个完整的童年。

说来也奇怪，关山的鼻子眼睛长得都不差，甚至很有韵味，有点木村拓哉的味道，但组合在一起就莫名地让司徒玥不爽，并且手心痒痒很想给他来上一拳。

司徒玥把原因归结于，这就是关山独特的气质。

"你到底找我干什么？"

关山动了动嘴，刚想说话，就听见旁边一道女声幽幽响起。

"她是谁？"这姑娘又问道。

司徒玥偏头看去，看见一个长头发，穿着背带裙的姑娘。

这姑娘她之前就见过，这也是她躲关山的原因。

从小到大，关山身上那种奇异的特质，不仅能引来周围五里地的小流氓，还能引来周围五里地的女生。

小时候，两个人去小卖部，结账时只有司徒玥要收钱，关山不用给钱，要是关山笑一笑，老板娘还会倒送一小包怪味胡豆给他。

年幼的司徒玥和小卖部老板坐在门槛儿上，穿着汗褂儿的大肚子老板手摇一把大蒲扇，脸带沧桑，对司徒玥说："丫头你记住，这就是个看脸的世界。"

司徒玥和大肚子老板惺惺相惜。等走出小卖部不远，她就一把抢过关山手里的怪味胡豆，哗啦啦倒进嘴里，一粒都不给他剩。

稍大一点后，开始有小女生抢着和关山做同桌，往他课桌里塞小零食，放学后还想和关山一块儿回家。

关山看着那粗胳膊粗腿、运动会上扔铅饼扔出校记录的姑娘，牵起了身旁司徒玥的小手，很为难地告诉她："放学后我要和司徒玥一起走的。"

隔天，司徒玥头一次因为"身体不适"，请了一整天的假。

她坐在小床上，眼皮青肿，泪水横流，一边吃着关山送来的小零食，一边捏着拳头告诫自己，珍爱生命，远离关山身边的姑娘。

背带裙姑娘长发飘飘，眼眶里泪水在打转，执着又倔强地盯着关山。

这场景是多么熟悉，一下就让司徒玥回想起自己人生中最黑暗的那一日，她头皮发麻，右眼似乎又隐隐作痛起来，刚想退后几步，拉开和背带裙姑娘之间的距离，确保这姑娘无论是胳膊还是腿都不能招呼到她身上。

关山却突然从摩托车上站起身。

几年不见，他个子疯长，身上没几两肉，个头却蹿出去很高，站在司徒玥身边,她还不到他肩膀。

当他的手轻轻松松搭在司徒玥左肩肩头的时候,司徒玥脑子里就一个念头:完了。

然后,她听见关山懒洋洋的嗓音在头顶响起——

"她是你嫂子。"

3

"妹妹你别冲动!"

司徒玥眼疾手快,一把握住背带裙姑娘的纤纤玉手,同时眼角余光不断向下瞟,提防着一记扫堂腿会向她踢来。

背带裙姑娘使劲想往外抽手,却被司徒玥死死握着,抽不出分毫,她脸憋得通红:"呸!谁是你妹妹?"

司徒玥从善如流:"那姐姐给你做,这个好说,总之你不要冲动,事情不是你想的那样。"

姑娘抬起头,眼泪终于掉了下来。

"那事情是怎样?你不是我哥哥的女朋友吗?"

司徒玥:"?"

她哥的女朋友?

关山是她哥?

关山什么时候多了一个妹妹?难怪刚刚介绍自己时说的是"嫂子"。

司徒玥狐疑之下,松开了手,瞥了关山一眼,这货嘴角还带着笑,光明正大地看着戏。

司徒玥脑一抽,怀疑起这个妹妹的合法性来。她忍不住问了一句:"你说的哥哥,不是指情哥哥吧?"

"啪!"

一记清脆的耳光,打在了司徒玥左边的脸上。

司徒玥:"……"

她迎风颤抖。

关山脸色一变,上前抓住那姑娘打人的手,厉声喝道:"贺嫣!"

贺嫣眼泪吧嗒往下掉,一把甩开关山的手,狠狠瞪了他一眼,扭头跑远了。

关山在后面喊:"贺嫣!你给我回来!"

贺嫣头也不回。

"你这么凶地喊她回来，是个有脑子的都不会回。"司徒玥捂着左脸，倒抽着气说道。

余光中看到程雪和大高、小高要起身往这边来，她摆了下手，示意她们别来。

三个女生迟疑了一下，最终还是坐在凳子上，眼睛却往她这边瞅着。

关山转过身来，伸出两指，抬起她的下巴，将她被打的左脸转到自己面前，仔细端详。

"疼不疼？"

"你这不废话？"司徒玥朝天翻一个白眼，"要不我扇你一巴掌，你来试试？"

关山松开手指，放开她的脸，眼睛觑着她，没好气道："我看你是被打得还不够重。"

说起这个，司徒玥就来气。

她鼓着脸颊，气冲冲地问："她到底是不是你妹？"

"算是。"

"是就是，不是就不是，什么叫算是？"

关山解释说："继妹。"

司徒玥愣住了。

关山五岁时搬来凤凰巷，住了八年多，司徒玥从没见过他的父亲，一次也没有。

他是跟单身母亲搬来的，他妈妈叫关小燕，关山随的是母亲的姓。

关小燕年轻又美丽，带着关山和司徒玥上街，别人都以为她是姐姐，有时还会有无业青年上来嘴闲招她。

凤凰巷里的三姑六婆，最喜欢就着她的风流韵事吃点心喝茶。司徒玥被她妈杨萍萍女士领着出门时，还会有妇女拉住杨女士的胳膊，请她说上一两句。

杨女士信奉效率至上，最不喜欢将时间浪费在无意义的事情上，但有时推托不过，也只好站住，听街坊们科普几句。

司徒玥就站在杨女士腿边，听了不少。

她们说关小燕自从搬过来，从没见过她男人。大人们好奇起来，用开玩笑的语气问关山"你爸爸呢"，关山那么大点儿一个小孩儿，就会瞪人家，小眼神又冷又凶，带着刺儿。

时间久了,大家都说,这小孩儿反应不对劲。

如果是爸爸在外地工作,那直接说就是了,就算是爸爸不在了,那也不该是这么凶的样子。

看上去像别人问的不是他爸爸的行踪,而是问的他爸爸的祖宗。

所有待业在家的家庭妇女,都有这世界上最天马行空的想象力。

对于关山爸爸的猜测,有诸多版本,其中最流行的一版是,关小燕是养在外头的二奶,关山是二奶生的私生子。

司徒玥那时年纪小,对许多事情还保持着旺盛的求知欲,撒开小短腿跑去对门,问关小燕:"小燕阿姨,二奶是什么呀?"

在一旁的关山听了,瞪她,小眼神又冷又凶,带着刺儿。

司徒玥不甘示弱地瞪回去。

然后,她就听见关小燕说:"二奶就是爷爷哥哥的老婆,爷爷哥哥叫二爷,他老婆就叫二奶。"

年幼的司徒玥很有慧根,一点即通,她发自内心地觉得,关小燕懂得真多。

可自从他们母子俩搬去北京后,司徒玥就再也没了关小燕的消息。

原来她去北京,是去嫁人了吗?

那关山的爸爸怎么办?还是说她就是嫁的关山爸爸?

可关山都这么大了,怎么才嫁给人家?

这会儿怎么又多出一个继妹?难道说关小燕嫁给别的男人了吗?还是个离异带着孩子的男人?

司徒玥满肚子的疑问,可有关山那一句"滚"在前,她怎么也问不出口。

关山弹了一下司徒玥的额头:"在这儿等着我。"

司徒玥捂着被弹的脑门儿,下意识地问:"等你干什么?"

"要你等就等,别废话。"说完,他就转身走了。

司徒玥看着关山离开的背影,一时也不敢走开,怕关山一会儿又找她麻烦,只能郁闷地站在原地。

九月的傍晚,日头还是有些晒,司徒玥冲程雪远远地打了一个手势,意思是"等一下",然后人就退到一家晨光文具的门口,躲太阳。

刚站了没几分钟,背后就响起一道温润的男声:"请让一下,好吗?"

司徒玥骨头一酥,心里瞬间炸起万千朵小烟花。

她回身一看，身后的男孩小平头，白皮肤，一双眼睛不大不小，还生了一对漂亮的双眼皮，被鼻梁上架着的银框眼镜给挡住，不仔细看，看不清。

可不就是一个月前她堵的那个英俊男孩吗？

英俊男孩名叫迟灏，打高一进校起，司徒玥就对他深深着迷。

那天刚开学，司徒玥被班上几个男孩子叫去搬书，来回跑了好几趟，搬最后一摞时，脚突然抽筋，只好先将新书放在楼梯上，蹲下身去按脚背。

迟灏就是这时来到她身边的。

他也是像今天一样，嗓音温润如清风，问司徒玥："我帮你搬，可以吗？"

司徒玥按着脚背，抬起头，一刹那，九天惊雷万物生，无数虫豸蛇蚁从冬眠中醒来，自几丈深的地底倾巢而出。

她，春心萌动了。

后来司徒玥反思，她从小看着关山的脸长大，虽然觉得关山气质欠揍，可从未对他的颜值水平产生怀疑。

按理说，她对帅气男孩子也应该有了一点免疫能力，绝对不可能一看见张帅脸，就犯花痴。

仔细一想，大抵还是迟灏那一句话在作怪。

司徒玥天生力气大，运动天赋极佳，篮球、羽毛球等各类运动都不在话下，小时候成天和关山在外面野，晒出一身健康的小麦色肌肤，肱二头肌硬邦邦的，男生们摸了都要自愧不如，好在一身瘦巴巴的，没走上金刚芭比的不归路。

因为天赋异禀，加之性格豪迈，男生们都不把她当女孩子看，大家一起去搬书，男同学见她搬得少了，还要匀给她几本，一点都不带客气的。

可就算她外表再糙汉，她也是有一颗少女心的。

被一个面容清秀的男孩子伸出援手，还是用这么温柔的语气，像声音稍微大点儿就会吓着她一样。

司徒玥在那一瞬间感觉自己成了一朵娇花。

顿时，她肩不能扛了，手也不能提了，掐尖了嗓子，羞答答地对人家说："那就麻烦你了呀。"

如果每个人散发出来的荷尔蒙是有实际味道的，那么迟灏的荷尔蒙，一定是乙醚的味道。

司徒玥这会儿一见到他，就跟高一开学那天在楼梯间里一样，手脚发软，目光也软了下去,像一团任人揉搓的橡皮泥。

"你怎么在这儿?"她笑眯眯地问。

她目光向下,看到他手里提着一个透明袋子,里面放着笔和草稿纸:"来买文具吗?"

迟灏起先没认出她,等看清是她,脸色不由得沉了下去。

"嗯。"他抿着嘴,发出一个单音节。

司徒玥说:"你怎么来这家买?他们家因为开在学校门口,会比其他地方贵个一两块。虽然一两块不是什么大钱,但积少成多,省个十次就能吃一碗粉。我知道一家文具店,离学校不远,里面的文具好看又便宜,要不你挑个日子,我带你去?择日不如撞日,不然你看今天怎样?哦不对,你已经买了,不过文具这东西是消耗品,买一点备着也成。你吃饭了没?要不要咱们先去吃个饭?就在对面的凉面馆,老板人挺好的,还送绿豆沙。"

迟灏静静地看着她,说:"能让一下吗?"

司徒玥一看,原来文具店门口的玻璃门坏了,只有一侧能开,刚好只能容一个人进出,被她挡了个正好。

吹着风扇的老板戴着副滑到鼻尖的小眼镜,从她说他家文具比别的店贵一两块的时候,就恨恨地盯着她。

司徒玥一拍脑袋:"哦,是我挡着你了,你怎么不早说?"

她往旁边移开一步。

迟灏从店子里走出来,然后目不斜视地走掉了。

司徒玥一愣。

"喊!"一声轻嗤在身边响起。

是去而复返的关山。

他手里拿着一罐可口可乐,是冰的,还冒着冷气,易拉罐上凝结了不少水珠,滴滴答答滚落在他修长的指尖上。

司徒玥问他:"你让我等着,就是等你去买可乐?"

还只买一罐!

关山拿着可乐,理直气壮地一点头:"对。"

司徒玥语塞。

良心不会痛吗?大哥!

她气得说不出话,关山突然问:"你知道自己现在什么德行吗?"

司徒玥吼回去:"要你管!"

关山怜悯地扫她一眼:"照照镜子吧。"

然后,他绕过她,往自己的摩托车走去。

司徒玥在他身后挥舞着拳头大喊:"你也少喝点可乐吧,可乐喝多了……"

关山的背影一僵,回过头来,眉心紧皱,打断司徒玥:"你能不能别那么流氓?这是你一个女孩子该说的话吗?"

司徒玥:"?"

她蒙了。

不是,"可乐喝多了长胖"这句话,到底是哪里流氓啊?

等关山骑着摩托车走远了,她才朝天翻一个白眼,想起他刚才的话,转脸往文具店玻璃门上看过去。

这一看,她差点离开这个美丽的世界。

谁能告诉她,玻璃门上,这个脸肿成猪头的人,是谁?

4

司徒玥回到凉面馆外的折叠小桌。

程雪赶紧扳过她的脸看:"天哪,你这也肿得太厉害了,疼不疼?阿玥?"

大高、小高两个学妹也一脸担忧地瞅着她。

司徒玥的虚荣心膨胀起来,挑高了眉道:"不疼!一点都不疼!就跟蚊子叮了一样。"

小高扯扯嘴角:"学姐,你这蚊子叮得……有点厉害。"

司徒玥一怔。

小高十分好奇,打探道:"学姐,那两个人是谁啊?那个女生怎么打你?"满脸的八卦意味。

司徒玥咳了一声,敷衍她:"没谁?一个认识的,女生是他妹妹,正处在叛逆期呢,人格有点不稳定,没事。"

小高似懂非懂,"噢"了一声。

大高拿着一次性纸杯在喝水,闻言,轻飘飘道:"再怎么叛逆,打人总得有个理由吧……"说话时,眼神有意无意地冲司徒玥瞟来。

司徒玥一时语塞。

看走眼了,大高这姑娘看着沉稳淡定,万事不入她眼,没想到骨子里这么闷骚,和她妹一脉相承的八卦。

"呃……"司徒玥指着大高桌子上的大碗,"要不你先吃面吧,再不吃就凉了。"

小高很积极地提醒她:"学姐,我们吃的是凉面。"

司徒玥凶狠地一扭头:"我知道!"

小高识相地闭上了嘴。

四个人终于开始吃起面来。

小高性子活泼,一边吃面,一边分享着自己早上遇到帅哥的事情。

"就在高二楼那边,他背着书包从我眼前走过,哦,真的巨帅,长得像柏原崇,皮肤白白净净,戴着一副眼镜。"

"黑框的?"大高插嘴问。

"不是!"小高愤愤吼回去,"银色细框的!"

她一说银色细框,司徒玥就条件反射地想起迟灏,他也是鼻梁上架了那么一副银边眼镜,斯斯文文。

等等!

高二楼?皮肤白净?戴副银框儿眼镜?长得还像柏原崇?

司徒玥一瞬间福至心灵,问小高:"你说的帅哥,不是迟灏吧?"

小高一拍桌子,激动道:"学姐,你怎么知道的?"

小高接着说:"当时我就问别人,他是谁,人家告诉我,他是高二一班的迟灏,湘中'校花',高二的学霸。"

"校花?"大高没听明白,"是个女的啊?"

"不是!"小高又吼回去,"人家是大——帅——哥!"

"那怎么叫校花?"

"我怎么知道?"小高翻了个白眼,没好气。

司徒玥清清嗓子,跷起二郎腿:"这个的话呢,说起来,还有一段故事。"

"什么故事?"

大高、小高两个人,四只眼睛齐刷刷地向她看来。

司徒玥拿起筷子,敲了下碗沿,"叮"的一声响,有几分说书人的架势。

"故事要从一场校草选拔赛说起。你们知道,湘中是百年老校,校内人才济济,帅哥却是珍稀动物,百年难遇……"

"我们不知道。"

大小高齐齐说道。

司徒玥一噎。

"行吧,那现在你们知道了,总之这个帅哥啊,在湘中是非常少,所以那次校草选拔赛,只有两个候选人。"

"我知道!"小高兴奋地举起手,"其中一个就是迟灏!"

司徒玥点点头。

"那另一个人是谁？"大高问。

"另一个是老校草，现在高三了，那时他已经做了一年的校草，迟灏后援会的粉丝们相当不满……"

"还有后援会的吗？那我也要加入。"小高打断道。

"劝你最好不要，这个后援会的入会资格相当变态，我……"司徒玥赶紧悬崖勒马，险些就将自己没能入会的事情说了出去。

"总之很变态，后援会的会长据说是迟灏的脑残粉，极端迷恋迟灏，入会的人每月要缴纳会费，用作给迟灏买礼物，此外申请入会的人要形象端正，必须是黑长直，还要有刘海，齐刘海最好，三七分也可以，五五分就不行，据说是会长最不喜欢看人脑门儿。然后入会后，还要宣誓，发誓敬迟灏为神灵，绝对不能有将迟灏据为己有的自私行为，否则被会长人肉，把祖宗三代以内的隐秘事都挖出来，你想想，万一被挖出你上课抠脚，还被迟灏知道……"

司徒玥满脸愤慨地谴责："这不是太残忍了吗？"

小高听得一愣一愣，张着口半晌不知道该说什么，最后只能干巴巴地附和："是挺残忍的，那我还是不要入会了。"

"嗯，"司徒玥夸她，"有觉悟。"

"然后呢？后援会不满又怎样？"大高的重点始终没有溜走。

"然后那次校草选拔赛里，迟灏后援会的粉丝们就搞了一个票选活动，会员们都疯狂拉票，所以一开始迟灏的票数就一骑绝尘，甩出老校草十八条街，但是——"司徒玥话锋一转，"就在结果公布之前，一夜之间，老校草跟开了挂一样，票数突然猛涨，一个晚上就超越了迟灏，刚好多出一票，然后，迟灏校草的位置就没了。"

"有黑幕！绝对有黑幕！"小高咬紧牙，恨恨道。

"可不是？但票选一开始就说好了，不管最后结果怎样，都不能质疑，所以后援会最后也不能怎样，但是，在湘中校园里，有一个英明又睿智的人……"

听到这里，一直静静听司徒玥侃大山的程雪，突然向她投来一眼。

司徒玥装作没看见："这个英明又睿智的人，提出一个相当有见地的提议。"

"什么提议？"

"那就是校草的位置没了，校花的位置或许可以考虑一下。你们想，迟灏人长得秀气，气质又温柔干净，可不跟朵水莲花似的吗？况且湘中美女多，几年来女生们为了校花的名头争论不休，校花让给迟灏来做，大家就没意见了，世界就和平了。"

小高吐出口气："原来，校花的名号是这么来的。"

大高却问："那老校草是谁？"

司徒玥说："你们看到了啊。"

"什么时候？"大小高两个人一齐问道。

"就刚刚啊，"司徒玥神色淡淡地道，"叫我过去的那个，他就是老校草——关山。"

大高、小高："！！！"

司徒玥看着两个学妹脸上流露出来的崇拜神情，嘴角不由得露出了欣慰的笑容。

装相成功的感觉，真是让人如沐春风。

和大小高分别后，司徒玥和程雪挽着手回了高二楼。

高二楼一共五层，一层五个教室，她们是五班的，教室就在五楼走廊的尽头。

两个人走进教室。

这时候离上晚自习还有一段时间，寄宿生大多在寝室里还没过来，教室里只有零星几个人。

司徒玥的前桌马攸正拿着手机看综艺，听见门口的声响，抬头一看，顿时傻了眼。

他"哇哇哇"地大叫起来："司徒，你的脸怎么了？被人打了吗？"

司徒玥忙冲他打手势，让他别喧嚷。

可是已经来不及，教室里的人都被他的叫喊吸引了过来，视线聚集在司徒玥高高肿起的左脸上。

坐在后排的魏明朗最喜欢和司徒玥开玩笑，看见她的狼狈相，顿时捶着桌子哈哈大笑。

"哈哈哈……司徒玥，你也有被人打的时候。哈哈哈……是哪位英雄好汉啊？哈哈哈……"

他的笑声实在太魔性太有感染力，教室里的人都偷笑了起来，就连程雪明知不该，肩头都忍不住一抖一抖。

司徒玥看得无奈，对程雪说："别忍了，想笑就笑吧。"

程雪脸一红，收起脸上的笑意："阿玥，我不笑了。"

司徒玥叹一口气，在椅子上坐下，借来一面女同学的镜子，举着镜子一瞧，自己左脸肿得像个发面馒头，上面还有清晰的五根手指印，她气得眼圈都红了。

程雪赶紧安慰她："你回去拿冰块敷一下，明天就没事了。唉，刚刚应该在外面买支冰棒的。"

对，就应该把关山手上那罐可乐给抢过来。

司徒玥拿着镜子自哀自怜了好一会儿，突然听到窗外有人叫她的名字。

"司徒玥！高二五班司徒玥在不在？"

司徒玥侧头看过去，看见是一个高个子的寸头男生。她不认识，还没等她说话，那个男生却眼睛一亮，指着她喊道："那个女生！你就是司徒玥吧？你出来，我有东西要给你。"

司徒玥莫名其妙，起身走到窗户边。

寸头男生把一个塑料袋递给她，然后说："好了，东西我送到了，我走了。"

司徒玥问他："你是谁啊？谁让你来送东西给我的？"

那男生答道："我是高三的，你不认识，是山哥让我来送给你的。"

司徒玥听他讲是高三的，就已经猜到几分了。

高二楼和高三楼隔得比较远，她谁也不认识，唯一认识的就是关山了，果然这东西就是关山送来的。

她突然起了一阵抵触心理，把塑料袋递给男生："我才不要他的东西，你拿回去。"

那男生却噔噔噔退了好几步，说："果然像山哥说的那样。"

司徒玥问他："他说什么了？"

男生摇了摇头："我只管送，他说你要是不要，就自己还给他去。"

司徒玥心想，她才不要再见到关山呢，最好是一辈子都不要见到，只好把递出去的手收了进来。

看见男生要走，她又叫住他问道："你刚才怎么认出我来的？"

那男生"哦"了一声，爽快道："山哥说只要到高二五班，看到一个脸肿成猪头的人，就是你了。"

司徒玥气结。

男生走后，司徒玥走回课桌边，掏出手机，翻出关山的微信，愣是发了一长串"你才是猪你才是猪你才是猪你才是猪"过去，才算消了气。

将手机放在桌面上，她打开那个塑料袋，看见里面装着一罐雪碧、一管药膏,雪碧是冰的,水汽凝结成水珠,打湿了装药膏的盒子,氤氲了上面的字,依稀可以看出来是"云南白药膏"。

司徒玥心说,给她雪碧干什么,她又不喜欢喝碳酸饮料,却听见程雪突然道:"太好了,阿玥,你快点拿雪碧冰一下伤口。"

司徒玥这才知道关山的用意,拿起那罐雪碧往自己脸上轻轻一贴,顿时疼得叫了一声。

她左脸上的伤早没有了一开始火辣辣的感觉,可被贺嫣的指甲刮破了一层油皮,冰雪碧一挨上去,伤口又开始刺刺作痛。

程雪见她疼痛之下拿开了雪碧,摇摇头,接过雪碧不由分说地按在了她脸颊上,疼得她嗷嗷大叫。

"轻点轻点!疼!"

程雪有些好笑:"没事儿的,疼一下就好啦。再说了,这能有多疼啊?就你矫情。"

司徒玥就如一根被霜打了的茄子一般,蔫巴巴道:"是真的很疼啊,你不怕疼吗?"

程雪听了,脸上一黯,放下雪碧,柔声说:"好了。"然后拧开那管云南白药膏替司徒玥抹起药来。

抹药的时候,程雪突然记起来一件事,问司徒玥:"你和关山之间,发生什么事了吗?"

"啊?"司徒玥一惊,"哈哈哈"干笑三声。

"没事儿啊?我和他能有什么事儿?我不是告诉过你吗?我俩就是邻居关系,除此之外什么事也没有,哈哈哈……"

"那刚才他叫你过去,你躲什么?"

司徒玥说:"他叫我过去我就过去,那我岂不是很没面子?"

"哦——"程雪疑惑道,"那你后面怎么又过去了呢?"

"我……"

"我看到他向你摇了一下手机。"

"可能是他想跟我炫耀一下他新买的手机。"

程雪不说话了,静静地看着司徒玥,脸上的表情像是在说"你就继续编吧"。

这时,桌面上的手机振动了一下,屏幕亮起,是关山发过来的消息,上面就一句话:"贺嫣会给你道歉。"

司徒玥花了一分半的时间才记起来,贺嫣是他的那个继妹。

程雪是个热衷于阅读青春疼痛文学的姑娘，生平最崇拜的作家是郭敬明，内心敏感纤细，想象力尤其丰富。

她看着沉默的司徒玥，心里一沉，突然有一个不妙的猜测。

于是，她凑到司徒玥耳边，小声问："阿玥，你是不是有什么把柄，在关山手上？"

司徒玥一口气险些没提上来。

"你怎么知道的？"司徒玥瞪大了眼睛问道。

程雪捂住嘴叫一声，脸上的表情也不知道是惊讶还是难过，或是愤慨。

等过了十几秒，她又凑到司徒玥耳边问："是不是视频？"

司徒玥："！！！"

司徒玥惊得差点儿从椅子上蹦起来。

"完了，怎么连你也知道了。"司徒玥脸上的表情绝望又无力，透着一种悲观厌世的感觉。

程雪终于能肯定自己的猜测落了实，脸色尽失，白着脸喃喃道："我的天……阿玥，你要怎么办啊？"

"还能怎么办？"

这时，前座的马攸突然转过身，凑到司徒玥、程雪之间，神情严肃："老夫看为今之计，只有一个字。"

司徒玥一脚踢中他的椅背："老马，你又偷听！你一个男的，怎么就这么八卦！"

马攸委委屈屈："男的就不能八卦吗？热衷八卦，是人类的天性。"

"到底什么字？"程雪迫不及待地打断他。

"抢。"马攸说。

"抢什么？"

"当然是手机啊！视频不是在他手机里吗？"

"啊？"司徒玥瞬间不好了，"连你也知道视频的事了？"

马攸点点头："刚刚听你们说的，隐隐约约也能猜到了。不是我说，司徒你也太不小心了，让你平时收敛一点你不听。"

司徒玥有气无力地趴在桌上："事情都发生了，你还放什么马后炮。"

"所以我们去把手机抢来，到手后，把视频删了。"

司徒玥哼哼道："你说得太容易，怎么抢？找关山去抢吗？"

马攸想了想说："等第一节晚自习下课，我们三个去高三楼那边，司徒你把关山叫出来，我和程雪进教室拿他的手机。"

"不行。"程雪第一个反对,"拿到手机又怎样呢?我们不知道锁屏密码啊?"

司徒玥和马攸对视一眼,两个人都贼兮兮地笑了。

程雪是个老实人,想不清楚他们为什么笑。

司徒玥突然想到一个问题,摆摆手,皱眉道:"还是不行,你别说我喊不出关山,就算我喊出来了,你们用什么理由进去呢?他班上的同学看见你们在他桌子上乱翻,拿他手机,难道不会制止你们吗?"

马攸说:"这你放心,到时候我就说我是老师派来找他拿一本书的。我听说关山是高三八班的,八班是理科重点班,男生多,到时候程雪在一边吸引那些男生的注意,不会有人注意我的,这叫美人计。"

程雪脸一红,有些犹豫:"我的魅力,没那么大吧?"

马攸把司徒玥借来的镜子往她眼前一举:"来,少女,对你的容貌自负一点。"

程雪看着镜子里那个长发披肩、脸色青白的女孩,没觉得有多好看,只是为了司徒玥,她只能一摸鼻尖,说:"那好吧,我去引开他们的注意。"

司徒玥抓住程雪的手,红着眼圈,深情款款:"老婆,这下要你牺牲色相,勾引八班那些臭男人了,为夫真是心痛如绞。"

程雪缓缓抽出手,面带微笑:"没事,反正我早就想红杏出墙了。"

司徒玥:"……"

她感觉自己脑壳绿了。

过了一会儿,程雪还是忍不住,问他俩:"不行,你们还是没说,拿到手机,没开机密码怎么办?"

司徒玥和马攸终于大笑起来。

程雪被笑得一头雾水。

司徒玥揽过她的肩膀,笑道:"小雪,你不要太可爱了。"

"所以到底怎么办啊?"

"你傻啊?"马攸恨铁不成钢道,"拿到手机,去手机店给他格式化不就行了吗?实在不行,不还给他就是了。"

程雪无语。

这么流氓的主意,她想不到,真不知道是自己的问题,还是司徒玥和马攸有问题。

Part 02
流氓主意

1

三个人说干就干,硬生生挨过一节晚自习,下课铃声刚刚响起,他们屁股一抬,冲出了教室。

高三楼和高二楼距离较远,五班的教室在五楼,而高三八班的教室在四楼,课余时间只有二十分钟,三个人不敢浪费一秒,噔噔噔地跑下五楼,穿过遍植银杏的致雅园,宽阔的鼎沣广场,一路跑到一幢爬满了绿油油爬山虎的红楼外,小红楼上贴了三个鎏金的大字——高三楼。

三个人又是噔噔噔,一口气儿爬上四楼。

司徒玥站在高三八班门口的时候,她的心跳声剧烈得已经盖过了外界的声音。

越过一颗颗人头,她一眼就看见了坐在靠墙边最后一排的关山。

他正靠着桌子睡觉,连司徒玥喊他的名字也没听见。

关山前桌坐着一个寸头男生,正是之前给司徒玥送药的。男生回身推了关山一把,关山才抬起头冲门口看来,一头稍长的头发被他睡得有些乱,看向司徒玥的眼神还有些茫然。

司徒玥冲关山喊:"出来一下。"

关山的眼神这时已经恢复了清明,闻言,眉毛一挑,嘴唇动了动。

司徒玥的心脏怦怦响,一时没听清他说了什么,但看他那副戏谑的神情,她很肯定,一定是"你叫我出去我就出去那我岂不是很没面子"之类的话,但依他刚刚的口型来看,似乎是一句很短的话,那她猜他一定说的是"你进来",说不定还要加个"滚"字,变成"你滚进来"。

那可不行,他不出来,马攸他们还怎么偷手机?

正头疼的时候,却看见关山站起身,朝她走来。

司徒玥松了口气。

等关山走出来，马攸和程雪就趁机溜进了教室。

司徒玥余光中瞟到马攸说了几句话，然后八班同学一指关山靠墙的座位。

这时，几个男生也窜到了程雪面前，笑嘻嘻地问东问西，还有一些人好奇她找关山什么事，趴在窗户边偷窥，几乎没人注意马攸在关山课桌上搜来搜去。

看来计划是奏效了！

司徒玥放下心来，却听见关山问："什么事？"

司徒玥一愣。

什么事？她忘记编个叫他出来的理由了！

支支吾吾了近一分钟，她也没能说出个所以然来。

关山不耐烦道："你到底找我做什么？再不说我进去了。"

"不不不！"司徒玥连忙攥住他T恤一角，一指走廊外的天上。

"你看，今晚月亮多圆！"

说完，她抬头一看，今夜浓云荫蔽，连颗星星都没有，哪里来的月亮？

她只好尴尬地收回手。

"我进去了。"关山转身就走，却被拽住，低头一看，衣角还被司徒玥死死攥着。

"撒手。"

司徒玥眼神坚毅："我不。"

她的手还往上移了些，试图抓到更多的布料，温热的手指刚好碰到关山腰上一块痒痒肉。

关山浑身顿时如电击了一般，猛地一颤。

"司徒玥！"

他气得嗓子都抖了。

司徒玥被他凶得吓了一跳，攥得更紧了，一个不防，又碰到了关山腰侧那块痒痒肉。

一种酸爽到极致的感觉从关山的天灵盖，流经周身奇经八脉，一直传递到脚趾尖儿，让关山差点儿忍不住笑出声来。他咬紧牙关，生怕一丝笑声泄露出来。

"司、徒、玥！"

三个字几乎是从他紧闭的牙关中挤出来的。

司徒玥硬着头皮，在脑子里拼命地喊：不能放！放了马攸和程雪就完了！

她心中一阵焦灼,马攸他们怎么还没好?

这时,口袋里的手机"叮咚"一响,她正愁不知道要怎么留住关山,赶紧一只手掏手机,另一只手继续拉着关山的衣服不放。

"你等等啊,我先看看手机。"

关山:"……"

他要被气死了!

司徒玥拿出手机一看,马攸的消息弹了出来。

老马:"紧急情况!他的手机找不到!"

一部手机都找不到,马攸他是干什么吃的!

这时,手机又弹出一条消息。

老马:"注意!启动B计划!"

B计划又是什么啊?不要随便改变计划,还不提前给同伙打好招呼好不好!

好在下一条消息很快到来了。

老马:"你给他发条消息,我就能找到了。"

关键时刻还挺机智,司徒玥便找到关山的头像,随手发了一个表情包过去。

发出去的那一瞬间,她长久掉线的智商突然在线,想到一个很要命的问题。

为什么她和马攸、程雪一起制订计划时,一定要假设一个前提,关山的手机,是放在教室里的呢?

这个假设很容易崩塌呀,万一他随身带着呢?

为什么如此重要的一个可能,却被三个人、三颗脑袋,一起选择性忽视了呢?

这个预感很快应验。

因为就在她消息发出去的那一刻,她听到了一声振动,就从关山的裤兜里传来。

然后,《哈利路亚》的圣歌响起,一只只肥硕的和平鸽,环绕着她的脑袋,欢乐地飞翔,在安宁的圣歌中,世界都缓慢了下来,所有眼前的场景,都被拉成一帧帧的慢动作。

她看见关山缓缓地从裤兜里掏出一部黑色手机,就是她做梦也想拿到的那一部,然后他缓缓地打开手机,看到司徒玥发来的表情包,缓缓地挑高了眉毛。

他表情有些微的惊讶,继而恍然,随后露出浓浓的鄙夷。

司徒玥看向自己的手机,聊天对话框里,是她刚刚随手发的表情。

三个黑体加粗大字,在屏幕上滚动划过。

"要——做——爱——"

司徒玥觉得,她可以原地去世了。

这其实是司徒玥收藏的一个表情包,是一组图,与之搭配的是后续的几个字"学——习——的——人"。

可她只发了上一个过去,包含的意思就相差甚远。

关山嘴角挑起一个玩味的笑:"没想到啊,原来你对我……"

司徒玥面无表情,一指他身后:"你看那是什么?"

这是童年时代她和关山都玩烂的招数,用诸如"看!飞碟",或是"看!你妈"之类的话,引开对手的注意力,继而撒腿狂奔,抑或是给人一拳再撒腿狂奔,两个人靠此种下流招数,得以屹立于凤凰巷流氓圈,多年不倒。

招数虽烂,可架不住管用。

关山听了,下意识地扭头去看身后。

司徒玥趁此机会,一把抢住关山手里的手机。

可关山毕竟是关山,身经百战,在心有旁骛的情况下,居然还能做到在司徒玥抢他手机之时,迅速地握紧。

"哟?这是不当女流氓,改当抢劫犯了?"他坏笑着问。

司徒玥不跟他逗口舌之快,只专心把手机抢过来。然而,她的力气哪里比得上关山,手机的另一半截儿就像是长在他手里似的,根本抽不动。

司徒玥一急,扭头冲教室里吼:"老马!小雪!赶紧出来!手机在这儿!"

马攸大叫一声:"来了!"

他和程雪两个人飞快地跑出教室,去帮司徒玥抢手机。

八班学生不知道发生了什么事,都聚集在窗口,啃西瓜看热闹,有些调皮的男生甚至还加油助起威来:

"山哥加油!"

"山哥,给他们点儿厉害瞧瞧!"

关山高举起手,仗着颇高的身量,就算有马攸这个男生在,都没法抓到他的手,而且他身法轻灵,左趋右避,三个人都近不了他的身。

司徒玥听见耳边这些起哄的声音,心头火起,关山又有意逗她,有时候把手机放她眼前兜个圈子,她险些就抓住了,又被他泥鳅似的滑了出去。

她心中一气,最后竟然不管不顾地往关山身上一扑。

关山动作一顿。

周围起哄调侃的声音更加不绝,关山仍然高举着手。

司徒玥踮高了脚也抓不到,但她突然灵光乍现,一把揪住了他腰间的衣襟。

关山猛地一抖,手也放下来,下意识地去推司徒玥。

司徒玥赶紧去抽手机,不料关山依旧抓得紧紧的,抽不动。

她故技重施,又抓了把他的腰。

她这一抓真的是正好抓住关山最怕痒的地方。关山感觉自己天灵盖都像被雷劈了一道,双手不受控制,猛地推了她一把。

可这时他们已经移到楼梯边缘,司徒玥被他朝后一推,"啊"的一声,一脚踩空,就要往楼梯下摔去。

关山大惊失色,赶紧伸手一拉,正好拉住司徒玥的手。这时,司徒玥只有一个脚尖点在台阶之上,另一条腿却腾在半空。

关山也被她拉得一歪,赶紧撑手扶住了墙。

马攸看见这凶险的一幕,大喊一声"司徒",就要跑过来拉她。

然而,也是事有凑巧,地上偏偏丢了两块不知谁吃剩的西瓜皮,马攸好死不死,两脚各踩一片,就像划龙舟一般,霸气侧漏地冲关山滑步而来。

马攸嘴里大喊:"让让!快让让啊!"

关山一回头,就看到了他的英姿。

这画面实在是太怪异,即使是关山,也很难在瞬息之间做出反应。

所以,马攸很快撞了上来。

马攸身高一米七,体重一百五,长得圆润有致。关山身高一米八五,体重不足一百五,瘦骨嶙峋,两具身体一相撞,高下立见。

关山很快支撑不住,扣掉一小块墙皮,带着马攸给的初速度,和司徒玥往楼下滚去。

当司徒玥仰面躺倒在楼梯下时,耳边都是众人的惊呼声,意识消散之前,她心里只飘过三个念头。

第一个是,明天可以不用上学了。

第二个是,她一定要找到那个吃西瓜的同学,告诫他下次吃完西瓜一定要记得扔垃圾桶。

第三个是,她要搞死马攸。

2

司徒玥醒来的时候,浑身都疼,像被火车碾压了一遍似的。

她睁开眼，先是看到一双牵着的手，垂在床沿。

再一看，被牵着的手是她自己的，牵着她的人……

是关山。

"什么鬼！"司徒玥猛地坐起身，想要把手抽出来。

可是……抽不出来。

"别费劲了，我们花了好半天劲儿，也没能让你们松开。"旁边一道幽幽的女声响起。

"哎呀！"司徒玥被吓了一跳，回头一看，是程雪，正坐在隔壁一张空病床上。

"你吓死我了！小雪！"

"啊？"程雪满脸愧疚，"对不起啊！"

司徒玥摆摆手："没事，怎么回事啊？关山怎么抓着我的手？"

"你们从楼上摔下来了，"程雪解释，"他一直抓着你的手，另一只手还垫着你的脑袋，被你压骨折了。"

司徒玥很意外："啊？我的脑袋那么重的吗？"

程雪忍了忍，重复了一遍："我是说，他的手——被你压骨折了。"

"对呀，他的骨头也太脆弱了吧？"

程雪无话可说了。

"你还有没有良心？"醒来的关山正好听到这一句。

"你醒了！"司徒玥赶紧道，"快把你的狗爪子拿开。"

关山不发一言地松开她的手。

司徒玥揉揉自己酸胀的手腕，又动动胳膊和腿："我身上好疼！是摔折了哪里吗？"

"睡的吧？"程雪说，"医生说你没任何毛病，就是困了，睡会儿就行，你睡了一晚上了，现在都是隔天中午了。"

"我爸妈来过了吗？"司徒玥问。

"来过了，看你没什么事儿，又走了。你妈说最多休息今天一天，要是傍晚还没到家，她就打得你再也下不了床。"

好狠的心。

"好吧，老马呢？"

"他说他自知罪孽深重，去法福寺给你祈福去了。"

"哼！"司徒玥冷笑一声，"我要是想报仇，他跑得了和尚，也跑不了庙。"又问，"你怎么在这儿，今天不是要上课？"

"中午休息，我过来看看你，"程雪看了一下表，"也该走了。"

司徒玥伸了一个懒腰，觉得神清气爽，睡了一个好觉："我和你一起走。"

司徒玥从关山旁边的折叠小床上站起身，因为她和关山的手谁也掰不开，护士没办法，只能将她放在折叠床上。司徒玥摸摸关山被打了石膏的手臂，笑眯眯道："我走了啊，残障人士。"

关山横眉冷对："滚。"

等出了病房，司徒玥立即想起来："手机！"

程雪偷笑一声："你别担心手机了，视频已经被我删了。"

"哎？你怎么删的？"

"他摔下去的时候，手机掉地上了，被我捡起来了。"

"那你怎么打开他锁屏的？"

程雪再次掩嘴偷笑了一声："我趁他昏迷，拿起他的手指一根根试，就解开密码了。"

"好姐妹！"

司徒玥拍了一下程雪的肩膀，很期待地问："那你有没有，有没有将我和他的聊天记录删掉？"

"没有，"程雪好奇道，"删那东西干什么？"

OK，那个表情包还是赤裸裸地在那上面。

司徒玥摸摸口袋，自己的手机还在，于是她把"学习的人"的表情包发了过去。

没想到，关山很快回复她，是一句气势汹汹的狠话。

想必是他发现揪住司徒玥小辫子的那个视频不见了。

司徒玥暗笑不已。

程雪问她："那个视频究竟是怎么回事？我以为是你被……"

"被什么？"

程雪脸颊飘红，有些不好意思："我以为是你被关山……那个了，拍了视频。"

"哪个？"司徒玥睁着眼问。

"就那个啊。"

"就哪个啊？"司徒玥还是没明白。

"我以为你被他侵犯了。"程雪面无表情地说。

"啊？"司徒玥差点儿原地蹦三尺。

"什么鬼啊?"

"怎么可能?"

"有没有搞错?"

"关山侵犯我?"

司徒玥指着自己的鼻子问。

声音太大,过往的病人护士无一不侧目看着她。

程雪脸颊绯红,连忙一把捂住她的嘴:"祖宗!你小声一点!"

司徒玥扳开程雪的手,还是心气不平:"凭关山,也能侵犯我?我侵犯他还差不多。"想了想,又摇头,"不对,我侵犯他干什么,我脑子又没坏。"

程雪笑着说:"马攸更夸张,他以为你是被别人打了,被关山拍到了视频。"

司徒玥坦诚地说:"那你比他还是要夸张一些,你们脑子里都在想些什么?"

"那到底是发生了什么事?"

"你没看视频吗?"

"没看,我怕他醒来,只能赶紧删了再说。"

"好吧,"司徒玥摸了下鼻子,"这故事有点长。"

说来话也长,在八月里的一个傍晚,司徒玥的妈妈做晚饭时,发现酱油没了。

杨女士一生致力于投身教育事业,在厨艺方面没下过什么功夫,做的饭菜只能说勉强能吃,烹饪时的唯一技巧就是必靠酱油调味,否则一定不能吃,对她来说,缺少酱油等于就是无米之炊,少了灵魂,因此在客厅闲坐看电视的司徒父女俩就成了她跑腿的小兵。

司徒玥和她老爸剪刀石头布,三局两败,只能接过票子,离开凉爽的空调房,去超市买酱油。

司徒玥还记得,那一天,云霞漫天,西边的天空上,居然罕见地出现了大片大片的火烧云,天空像要燃起来一样,那注定是一个不平凡的傍晚。

她提了一瓶子酱油,正趿拉着拖鞋往家走,意外看见自己班的学习委员邓晓柔,正坐在一个诊所外的蓝色塑料椅上哭。

她吃了一惊,反复确认了好几次,才走过去,问邓晓柔怎么了。

邓晓柔抬起一张梨花带雨的脸,看见是司徒玥,吸着鼻子说:"我手机掉了。"

司徒玥有些意外:"掉了你捡起来呀。"

邓晓柔卡了下壳，好不容易止住的眼泪，又啪嗒掉了下来。

"捡不了，被别人捡走了。"

司徒玥"噢"了一声："这属于盗窃的范围了。"

"不是，"邓晓柔擦着眼泪说，"人家愿意还我。"

"这不挺好的吗？哭什么？"

邓晓柔眼泪又来了："司徒你不知道，我打电话过去，那……那人是个男的，嗓子好粗，凶巴巴的，又说些……说些下流的话……"

司徒玥说："嗓子粗细属于身体的硬件设备，天生没得改的，兴许人家只是嗓子粗犷，长得却很诗意，至于说一些下流话，具体怎么个下流法？你说来听听？"说完她瞪着大眼睛，期待地看着邓晓柔。

邓晓柔脸蛋憋得通红，抿着嘴。

"我不说，总之就是……就是不好的话，他还叫我去城西那边的地下俱乐部，你说去那地方的，能是好人吗？"

司徒玥摸着小尖下巴沉吟："这个的话，严格来说……"

"你不用说。"邓晓柔赶紧打断她。

司徒玥两手一摊："不如告诉你爸妈，让他们去帮你拿？"

"不行，"邓晓柔皱眉，"手机是我小舅偷偷买给我的，我爸妈不让我用手机。"

"那找小舅……"

"小舅在国外。"

"实在没办法的话，就不要这手机了，破财免灾。"

"不行！"邓晓柔立即否定这条建议，"我爱豆从出道到现在的照片，全在手机里，不要就没有了。"

司徒玥问："你爱豆是谁啊？"

"Eric（埃里克）！"

司徒玥腾地站起身："走！"

邓晓柔有些茫然："走去哪儿？"

"去地下俱乐部。"

残阳如血，司徒玥单手拎着瓶海天酱油，面朝夕阳，满面沧桑地道："救我们的老公。"

那一刻，司徒玥在邓晓柔眼中，就像一个归隐田园，又不得不重出江湖的绝世高手。

浑身都闪耀着人性的光辉。

如果司徒玥能穿越到那一刻，她一定会拼命地摇邓晓柔的肩膀，在邓晓柔耳边吼："醒醒啊！姑娘！这哪里是人性的光辉！这分明就是作死的王霸之气啊！"

如果可以穿越到那一刻，她还想一耳光扇醒自己。

"有事请找警察好吗？"

事情，就是这么开始的。

司徒玥带着邓晓柔，去了城西，那个捡她手机的人指定的俱乐部。

听邓晓柔描述，此人名叫张龙，名字实在是普通，属于警匪片里绝对活不过两集的小炮灰那种类型，不过确实有点混混的架势。邓晓柔说他嗓门儿高，声音粗，语气下流，内容三俗，一定是个不学好的流氓青年。

至于为什么不是流氓中年或老年，邓晓柔说："直觉。"

所以一进到俱乐部，司徒玥就奔着俱乐部里长相最凶、嗓音最粗、气质最下流的一位小青年而去。

才晚上八点不到，俱乐部里人并不多，有一伙人正围着台球桌打球，她看中的就是其中一个穿黑背心、文了两条大花臂的光头青年。

这青年面相凶神恶煞，两边胳膊上各文一条龙，对龙的文身如此情有独钟，司徒玥找不到比他更像张龙的人。

于是，她走过去，拍了一下那个光头。

光头正要一杆入洞，被她一拍，手上失了准头，球没进，心里来火，一回头看是个陌生的小姑娘，脏话就没能飙出口。

司徒玥礼貌道："是张龙吗？"

光头说："张龙你个头。"

旁边传出一道声音："光头仔，怎么说话呢？"

司徒玥闻声看过去，看见一个脑袋从沙发里探出来，是一个精瘦的男生，脸上架了一副眼镜。

那男生看她在打量他，眯起眼睛一笑："姑娘，你找我？"

司徒玥也是那一次才知道，原来流氓里也有戴眼镜的。

戴眼镜的男生才是张龙，他正和两个男生坐在沙发上，打着扑克。

邓晓柔的手机就被他放在玻璃茶几上，邓晓柔看见了，伸手去拿，却被张龙嘴角含笑地压住了手。

"哎，美女，就算你长得漂亮，偷哥哥东西可不太好。"

邓晓柔气得眼睛发红："什么你的东西？这是我的手机！"

司徒玥叹了一声。

这姑娘，抓重点的能力真是让人堪忧。

果不其然，张龙笑了一声，趁势抓住了邓晓柔的手。

"承认做我妹妹是吗？挺好的，哥哥这人大方得很，只要是哥哥身上有的东西，都是你的。"

旁边两个男生顿时猥琐地嘿嘿笑了起来。

邓晓柔又羞又气，脸涨得通红，快要哭了，转过脸小声喊："司……司徒……"

张龙放开压住她的手，笑眯眯地问："这位美女，又是谁？"

司徒玥一指邓晓柔："她同学。"

"来做什么的啊？"

"拿手机。"

张龙笑了笑："这手机可不是白拿的。"

司徒玥便问："你想要什么？"

张龙冲邓晓柔邪魅一笑，作势要来拉邓晓柔的手。

"要这小美女做我女朋友。"

邓晓柔吓得"啊"的一声大叫，闪身躲到司徒玥的背后，牵着她的衣角。

司徒玥为难道："这样不好吧？"

"不做也行，"张龙说，"那打电话约她出来玩，不能不答应。"

邓晓柔攥着司徒玥的衣服，在她背后拼命摇头。

司徒玥笑一笑说："龙哥是吧？你看我们江湖儿女，不能搞这种强迫妇女的勾当，得按道上规矩来。"

三个正经流氓乍一听她一个小姑娘讲"道上规矩"，表情还一本正经，都不禁笑了起来。

其中一个人问司徒玥："美女，你说说这道上规矩，是怎么一个讲法？"

司徒玥说："讲法不同，有文武两种。"

"武的我们知道，就是揍你一顿，你一个细皮嫩肉的姑娘，我们也不好意思下手，你就说文的怎么来吧。"

司徒玥弯腰，拿起桌上一张牌，抬高下巴，轻蔑地看着面前的三个人。

"牌场上见真章，咱们来赌一场，赢了，就让我们拿了手机走。"说完，她将手里的扑克一扔，扑克横飞出去，正好落在坐着的张龙手上。

张龙拿起那张扑克一看，笑了。

红桃 Q，红皇后。

3

一个小时后，司徒玥已经连输了二十多把。

"行了吧？美女？"

司徒玥看着手里的牌，头也不抬。

"三带二，要不要？"她甩出几张牌。

她的下家是张龙，张龙看了一眼手里的烂牌，把牌往茶几上一盖。

"不打了，同你打没意思。再说，我们已经赢了好多把，你朋友就留下来陪我玩吧。"

"不要啊！"邓晓柔立即抓紧司徒玥的手臂，泫然欲泣。

司徒玥拍了一下她的手背，转头对张龙说："不对吧？你应该让我们带着手机走呀。"

"美女你这说的什么话？"张龙笑起来，脸上却已经有了一点不耐烦，"不是你自己说的？赢了才能让你们走？"

"对啊，"司徒玥一点头，"可我也没说是谁赢啊。我的意思是，你们赢了，就让我们带着手机走。"

三个男生愣是说不出话来。

"嘿！耍我们呢！"片刻后，张龙的一个朋友把手里的牌一扔，忍不住就要动手。

司徒玥退后一步，赶紧道："别急！要是文斗你们不算数，还有武斗呢！"

那男生冷笑道："还用你说，哥哥今天就教你做人。"

他冲司徒玥挥舞了一下拳头。

邓晓柔已经被吓哭了。

司徒玥神情淡定地反问："我一个细皮嫩肉的小姑娘，你们也下得去手？"

"哦？"张龙笑了，"那你要怎么办？"

"我申请场外求助。"司徒玥道。

"你要请谁？"

三个男生问她。

司徒玥"呵"地冷笑一声，神采飞扬，睥睨全场，冷淡中带着骄傲，威慑中透着鄙夷。

"湘中扛把子，对外一打五，打到姥姥哭，一双长腿扫天下，湘市谁人也不怕的拜月教教主,你们听没听过?"

"谁?不认识。"

三个男生一齐道。

司徒玥气场不掉,表情不垮,冷哼一声:"他姓关名山,人称山哥,说出来也不怕吓到你们,哼,我就是关山他妹妹,谁要是欺负了我,他会把人打得他妈也不认识。"

三个男生愣住了。

司徒玥偷看一眼,不禁有些庆幸,还好镇住他们了。

她那一段话里,十句有八句是她自己杜撰的。关山的威名在他搬走之前或许还能镇住别人几分,可现在他才搬回来一年多,也不知道在流氓群里的风评怎样,是不是十条街之内都让人闻风丧胆。但事出紧急,她也顾不上了,打不过就报关山的名号,是她多年来刻在骨子里的习惯,尽管当时她与关山已经冷战一年,关山的名字却还是未经思考就从舌头底下滑了出来。

可没想到的是,她本以为张龙他们就算不知道关山是哪号人,也会被她的气势给震慑住,不敢拿她怎样。

但江湖太险恶,张龙几个人愣过之后,很快在沙发上笑得东倒西歪。

"哟?还真巧了,"张龙说,"关山是我哥们儿啊,我和他可熟了。"

他掏出手机,对司徒玥说:"你等等啊,我给他打个电话。"

司徒玥在那一瞬间,石化了。

关山挂断了好几次。

张龙不厌其烦地打,最后关山总算接起,语气很不耐烦:"干什么?"

"哟?关老弟,最近怎……"

"嘟嘟嘟……"

关山挂了电话。

司徒玥大笑出声。

"笑什么笑!"张龙吼了司徒玥一句。

司徒玥只好尽力憋住嘴角的笑,抬头一看,张龙的两个朋友也和她一样,正使劲憋着笑,憋得满脸通红。

张龙又拨了电话过去。

这次关山没挂,接了起来:"说。"

张龙开门见山:"你妹妹在我们这儿欠了钱,你要是想赎人,就带着钱来城西俱乐部这边。"

关山说:"哪一个?"

"泰森俱乐部。"

"我问哪一个妹妹。"

张龙都给气笑了:"我去,你妹妹还有好几个是吧?你等等啊,我给你问问。"

他拿着手机,抬头冲司徒玥说:"哎,美女,关山妹妹太多了,不知道你是哪一个,你报个名字。"

"司徒玥。"

张龙对着手机重复了一遍。

似乎过了很久,司徒玥听见,关山冷淡的嗓音,从张龙那质量不好的声筒里传来——

"谁?不认识。"

按司徒玥的话来讲,就是在那一刻,她感觉自己的人格受到了侮辱。

不过,关山最后还是来了。

他的意思是,他要来看一看,究竟是谁厚着脸皮冒充他家属。

他来的时候,司徒玥正坐在沙发上。

他戴了一顶黑色的鸭舌帽,一双眼睛藏在帽檐下,只随意地瞟了司徒玥一眼,就收回视线,坐在她对面的那张沙发上。

张龙问他:"认识不?"

关山有些没精神,似乎没睡醒,懒懒道:"没印象,可能去班上送过花。"

谁给你送花啊?

多大的脸!送菊花行不行!

司徒玥在心底疯狂呐喊,眼神直勾勾地盯着关山,满眼都是怒火。然而关山看都不看她一眼,实在是太气人了!

"看来风采依旧啊,"张龙冷笑起来,"还是招女人喜欢。"

关山轻扫司徒玥一眼,嗤笑一声:"这也算女人?你没戴眼镜吧?"

司徒玥:"……"

"我哪里是看上她了?"张龙笑了起来,"我是看中她朋友了。小妹妹手机正好被我捡到,你说这不是缘分吗?"

关山这才注意到缩在司徒玥背后的女生。

邓晓柔被他看了一眼,脸烧了起来。

关山移开视线:"长得还能过眼,好像给我写过情书。"

邓晓柔瞪大眼睛。

她……什么时候……给他写过情书啊？

没想到张龙听了，眉间顿时显露出深深的厌恶，皱眉对邓晓柔道："你怎么这么没眼光，看上他？算了算了，对关山有兴趣的妹子我都看不上，你拿了手机走吧，算老子倒霉。"

张龙把手机扔给邓晓柔。

邓晓柔接住，欣喜若狂，恨不得生出一双翅膀，赶紧逃离这吓人的地方。

她想走，司徒玥却坐在沙发上，一动不动。

邓晓柔一看，司徒玥正恶狠狠地瞪着那个叫"关山"的男生。

"司徒，我们走吧。"邓晓柔拉了拉司徒玥的衣袖，小声说道。

司徒玥回过神来，起身跟她离开。

等走出一点距离，邓晓柔怀着鼓动的心脏，小心翼翼地回头瞥一眼，却冷不丁跟关山的眼神撞上。

关山微微侧过头，看着她和司徒玥的方向，目光有些复杂，又有些柔软。

邓晓柔说不出那是一种怎样的眼神，但她被这眼神望着，面红心跳，不受控制。

好在关山很快转过了头。

走出俱乐部后，司徒玥让邓晓柔先回去，自己坐在俱乐部的楼梯上，一边等关山，一边生着闷气。

她不是为关山那句"这也算女人"生气，而是为那句冷漠的"谁，不认识"而生气。

这让她又想起一年前的那个炎炎夏日，她敲开隔壁的门，关山劈头砸过来的那个"滚"字。

俩人之间"滚"字说过不止千余遍，实在气急了，司徒玥粗口也对关山爆过。

但那一次很不一样，司徒玥甚至有种直觉，如果她当时不滚，关山可能一把刀就要横砍过来了。

那种由内散发的恨意，真是藏都藏不住。

虽然司徒玥也不清楚自己有什么好给他恨的。

一年了，没想到关山还是这么讨厌她。

甚至说出不认识她这种鬼话。

到底是为什么?是什么让关山如此讨厌她?

司徒玥真是想不明白。

她固执地坐在俱乐部的楼梯上,只一味地盯着门口。

其实等关山出来了,她也不知道要问他什么,只是她心里郁闷又委屈,别人就算了,反正她也不是人民币,没必要人见人爱。

可那人是关山啊,和她一起长大的关山,从小带着她招摇过市的关山,怎么能这么毫无理由地讨厌她,怎么能说出不认识她的话呢。

他就算脑子坏掉,失忆到他老爸都不认识了,也不该不认识她。

她就这么一边纠结着,一边执着地等着关山。

最后关山没等来,却等来身后一句:"你好,请让一下,可以吗?"

她回过头,就看见迟灏站在她身后的楼梯上,眉眼干净,语气温柔。

只有迟灏才用那种句式说话。

"好不好""可以吗"。

就连要帮别人忙时,也是这么说。就好像别人要是拒绝,他就一定会袖手旁观,绝不让别人为难半分。

要人借过时,也是一句"可以吗",如果别人说"不可以",兴许他也会说一声"好的",然后去绕远路,或者是等在一旁,等别人有心情给他让道了,他才过去,并轻轻说上一声"谢谢"。

天生的好脾气。

司徒玥"哎"的一声,站起身转过来:"你怎么在这儿?"

迟灏一见她就皱了一下眉头:"是你。"

司徒玥花痴迟灏的事很多人都知道,她这个人,欣赏谁都是大大方方说出来,有时她经过一班教室,一班的人还会起哄,她也不害臊,总会隔着窗台和迟灏说几句话。

迟灏性格低调,很不喜欢引起别人的注意,一开始还态度温和,可后来次数多了,不由得也心烦起来,一见司徒玥就条件反射似的皱眉头。

司徒玥却没注意到,视线放在他的穿着上。

他今天穿得很不一样。

白衬衫,黑西裤,颈间还打了一条领带,不像个学生,像是在外面工作的。

司徒玥有些疑惑:"你怎么穿得跟俱乐部里那些服务员……"

迟灏的表情刹那间有些僵硬。

司徒玥的脑袋转过弯来:"你是在这里工作!对吗?"

正好暑假没事,他一定是利用假期在这里兼职。

迟灏的秘密被她挑破,脸上一阵红,一阵白。过了好半天,他才说:"你不要去告诉老师。"

司徒玥敢用自己的人格发誓,她真的是在迟灏说出这句话后,才想到抓到他这个把柄的。在这之前,她只是想和他聊聊诗词歌赋、人生哲理,顺便谈谈国家石油价格上调的事情。

但迟灏这句话一出口,司徒玥眼珠一转,妙计陡生。

"我不,除非你做我男……老师!每天抽时间单独帮我补课啊。"她背着手,笑嘻嘻地说。

当时,关山就站在门后,手里拎着她遗落的那瓶海天酱油。

听到这句话,关山手指倏地握紧,指关节泛白,如果酱油瓶的玻璃薄一点,一定会被他当场捏碎。

良久,他冷笑一声,拿出手机,打开了相机。

4

司徒玥本想利用这次意外事故,多赖在家里休一天假,就把这想法和她老妈略微提了一下,然后被杨女士用衣架请出了家门。

杨女士抽出一张票子塞到她手里,没好气道:"早餐钱,赶紧给我去上学!"

司徒玥拿着钱连滚带爬地走了。

司徒玥一路踩着自行车骑到学校门口,在校门口左边的正点煎饼店停下。

煎饼店老板不等她开口,就说:"一杯豆浆一个咸菜馅儿的,是吧?"

她常来这家店买煎饼,同老板早混了个脸熟,往往不用张口,就给她打包好了她吃惯的套餐。

"不,给我来个肉的。"

老板一愣:"是不要咸菜馅儿的,要肉馅儿的?"

司徒玥说:"不是,您额外给我再添个肉的,分开装。"想了想,又说,"再来杯豆浆吧,也分开装。"

老板一边替她分别装好,一边心底暗自琢磨:这小姑娘近来饭量见长啊。

他不知道的是,一向是他家死忠粉的司徒玥,又见异思迁地跑去对面的德园包点、拐角处的赵妈粉馆、前面不远的光头凉面、校门口的小摊贩那里,买了包子、烧卖、牛肉粉、凉面、荷叶包饭等不计其数的早餐。

最后,她将一大早的战果挂在车把上,推着车子进了学校的车棚。

将车锁好后,她两手拎着杂七杂八的早餐,哼着曲儿晃上了高二楼。

上到五楼的时候,司徒玥冷不丁地,正好看到一个人背着手从走廊里经过。这人不是别人,正是她的班主任潘艳华。

潘艳华,男,爱好不详,年龄不详,婚姻状况也不详,只有脾气很详,就是阴晴不定,时好时坏,但好坏的周期规律,也不详。

五班学生将此统称为"大姨妈规律",由此引发出数条定律,比如考试成绩公布三日内,一定不要靠近潘艳华三尺以内,这时他正处于"大姨妈"的涨潮期,要是在他眼前乱晃,很有可能被拿来祭旗,血溅三尺。

今天虽然不是敏感期,但今天太阳太大,天气太热,指不定也很危险。因此司徒玥脖子一缩,一个幻影移形,贴墙而站,祈祷潘艳华千万不要注意到她。

无奈她这动作幅度实在太大,潘艳华只感觉到自己眼角一个白色的东西迅速地移动了一下,把他也吓得一个激灵。

等侧过头去看时,正看到司徒玥贴着墙,冲他嘿嘿直笑,脸上还有些许尴尬。

至于那白色的东西?

哦,是她手里那些塑料袋。

潘艳华师尊差点掉一地,看着司徒玥这副样子,气不打一处来,训道:"你在这儿鬼鬼祟祟干什么?手里那些又是什么?"

司徒玥被抓了个现行,干脆站直身体,笑嘻嘻道:"买的早餐,潘老师您吃了没?要不要吃点儿,我这儿包子烧卖都有,您要哪个?"说完将右手一大袋东西伸到潘艳华眼前。

潘艳华刚从教师食堂吃过早点过来,就算没吃也不会要她一个学生的吃的,当即把司徒玥的手挥开。

看到她那一手的东西时,他又忍不住皱了眉:"你买这么多干吗?你吃得完吗?"

司徒玥一本正经:"老师,我正在长身体。"

潘艳华白了她一眼,随便训了几句,就要她赶紧去教室上早读。

司徒玥站直身体,后脚跟一碰,给他敬了一个军礼:"遵命,老师您先走。"

等潘艳华走进了走廊尽头的教师办公室,确定不会向后望后,司徒玥右脚一伸,径直拐到了一班教室。

她提着两手早餐,腾出手整理了一下刘海,又清了清嗓子,才屈起两根手指,敲了敲第三扇窗户。

迟灏就坐在靠墙那排的第四个位置,正好临着第三扇窗户。

司徒玥去敲窗户的时候,他正埋头做着一张英文卷子,听到敲玻璃的声音,抬起头一看,司徒玥在玻璃外笑得眉眼弯弯。

迟灏一愣,皱了下眉。

等司徒玥再次敲了下玻璃,他才抬手去推开窗户。

"做什么?"

"早安,迟灏同学!"司徒玥笑眯眯道,"吃了没?"

"吃了。"

前桌一个男生忍不住笑出了声:"司徒,他骗你的,他还没吃呢!"

迟灏略有些尴尬,抬手就要打。

前桌却早料到会被揍,说完就快速转身,搬着椅子坐到了他打不着的地方。

司徒玥把两手早餐通过窗户举到迟灏面前:"没吃正好,我给你带了早餐,感谢你帮我补课。"

迟灏还没说话,前桌的男生又来凑热闹:"司徒,你这是买了多少啊?有我的份吗?"

司徒玥挥开男生的手,没好气:"去去去,这是你能吃的吗?"

"我不能吃?"前桌坏笑起来,"那你这送的什么饭?家属饭啊?"

周围顿时哄笑一片。

司徒玥脸也不红,笑眯眯地看着迟灏,手继续伸着。

迟灏先是因为那些笑声红了脸,继而想起什么,脸色一白,掺上一点薄怒。

司徒玥依旧没收回手,意思再明显不过。

迟灏咬了咬牙,接过了那两手的豪华早餐。

一班学生都愣了,司徒玥来送过不少东西,蛋糕、酸奶,抑或是一瓶子纸星星,迟灏从没接受过,一开始还婉言谢绝,最后实在拒绝不了,就扔到垃圾桶里,或者随手送给别人。

今天他却接了司徒玥的早餐,众人一时之间都不明白他这是什么意思,纷纷窃窃私语起来。

有人直接问:"你俩这是……"

迟灏不等那人问完,就对司徒玥说:"你回去吧。"

司徒玥笑了笑:"不知道你喜欢吃什么,就随便买了点儿,你挑自己爱吃的,你明天想吃什么,发信息告诉我就行……"

迟灏只不停地催她:"行了,你赶紧走吧。"

群众的眼睛是雪亮的,有人高声调侃:"行啊,司徒,守得云开见月明。"

司徒玥冲那人使了个得意的眼色。

迟灏冷冷道:"你怎么还不走?"

"我也想走啊……"司徒玥有些无奈,"你刚把我的早餐也拿走了……"

迟灏冷漠的面具有了一丝裂纹。

司徒玥觍着脸道:"不过你要是想吃……"

话没说完,两个肉包子已经迎面砸了过来。

司徒玥伸手一接,刚想说自己的早餐是煎饼,面前那扇窗户却"啪"的一声,合上了,要不是她闪得快,差点儿夹到她的鼻子。

她摸了摸鼻尖,揣着还有点余温的包子,喜滋滋地走了。

5

不知是哪位伟人说过,流言的传播速度,是与病毒持平的。

皇天不负有心人,司徒玥搞定迟灏的消息,到课间操过后,就已经从一班传到了二十班,整个年级有过耳闻的,都已经知道了这个八卦。

司徒玥春风得意,连做操时都一改以往的懒散模样,姿势标准得可以去参加中学生优美体操大选。

做完操后,她左手揽着马攸,右手搂着程雪,随着熙熙攘攘的人流,慢慢往高二楼挪。

"喂,司徒,我们中午去吃黄焖鸡吧。"马攸提议。

司徒玥心情好,也不跟他计较他把她撞下楼的事情了。

她目视前方,看着那密密麻麻的后脑勺,下意识地在人堆里找迟灏的背影,一边漫不经心地提醒马攸:"说'鸡'不说'吧',文明你我他。"

马攸语塞。

"今天不去。"想了想,司徒玥又说,"估计最近两周都不能去。周六吧,我请你们去吃。"

程雪好奇道:"为什么?你有什么事吗?"

司徒玥"嗯"了一声,含糊了过去。

这时候她已经在人群中看到了迟灏,他个子高,隐隐比周围人高出半个头,背脊挺拔,依稀可以看见两扇凸出的肩胛骨。

马攸还不停地在耳边啰唆,问司徒玥到底有什么事。司徒玥回过神来,高深莫测地回他两个字——

"喂猪。"

午后一点,司徒玥将自行车锁好,随后拿出车篓里的饭盒,拎在手里,进了住院部。

电梯里人满为患,还有两名护士推着一辆手术车,上面躺着一位看不清脸的病人。

司徒玥被这辆手术车隔到远离楼层按键的另一边。

有个好心人见了,高声问她:"妹子,几楼啊?"

"十三楼!"

司徒玥从肩膀与肩膀的缝隙中蹿出个头来,笑眼一弯:"谢了啊!叔叔!"

其实今年虚岁还不满二十五的好心青年:"……"

他重重地按下"13"那个数字。

电梯很快就停在了十三楼,司徒玥走出电梯,意外地发现那个帮她按楼层的好心人也跟了出来。

那人见她一双大眼睛有些疑惑地瞅来,只好主动解释:"我女朋友也在这层住院。"说完还冲她示意了一下手里的饭盒。

司徒玥笑着点了点头:"那还真是巧啊,叔叔,我朋友也在这里住院。"

两个人一起走进长廊,司徒玥又问:"叔叔,你女朋友生什么病了啊?"

"她洗澡的时候地板太滑,一不留神崴了脚。"

司徒玥"嘶"了一声,皱着脸道:"想想都疼。"

"可不是吗?"那人失笑,又忍不住说,"其实我才二十五岁。"

言下之意就是不要叫他"叔叔"了。

"啊?"司徒玥大惊失色,"那你的头发……"

似乎意识到自己接下来的话不妥,她连忙捂住了嘴。

那青年摸了摸自己逐年后退的发际线,满脸惆怅地道:"教书的,都这样……唉,等你工作了就晓得了。哎,我到了,你呢?"

司徒玥一看病房号,得,还真有缘。

她摸了摸头,冲青年笑笑:"我也到了。"

两个人推门进去,司徒玥就看见关山正坐在靠房门的那张病床尾,手上抓着一把香烟,目测有七八根。

那病床上还坐着一个病人,看面貌四十来岁,一张国字脸,皮肤青黑,脖子上戴着颈托，神色不善，眉间带着怒色。

中间那张病床上，坐着一个年轻女人，长发披肩，腿上打着石膏，估计就是和自己同行那位大哥的女友，她正一脸为难地看着关山和那个中年男人。

门被推开时，三个人都冲门口看来。

关山本来背对着门而坐，转身看见是司徒玥，不动声色地皱了下眉头："你怎么来了？"

司徒玥被这古怪的一幕搞得有些茫然，看到关山抓着烟的手，又有些好笑，不答反问："关山，你搞什么名堂？做烟草批发吗？"

"扑哧！"

中间床的长发女人忍不住笑出声来。

司徒玥身边的大哥提着饭盒，走到自己女朋友床边，问道："青青，饿坏了吧？"

叫"青青"的女人接过饭盒，转头冲那个中年男人说："大哥，行了，您要是想抽烟，喊护工扶您去外面抽吧。"

青青又笑了笑，对关山道："弟弟，你也别和他耗了。你妹妹给你带饭来了，先吃饭吧。"

关山站起身，预备回自己的床："她不是我妹妹。"

司徒玥在他背后扮了个鬼脸。

中年男人按铃叫来护工，又冷着脸对关山道："小子，劝你少管你老子的闲事。"

关山头都不回："老子轮不着我管，我只管我孙子。"

"噗——哈哈哈！"

这次不小心笑出来的人，换成了司徒玥。

护工来了之后，听那个中年男人说要出去抽烟，把他骂了个狗血淋头后出去了。

司徒玥在一旁憋笑憋得脸都紫了。

中年男人瞪了司徒玥一眼，又按铃叫来护工。护工一看又是他，刚想骂人，他赶紧说自己是要上外面的洗手间。

病房内配有洗手间，他坚持要用外面的，护工也拿他没办法，只好扶着他出去了。

等他一走，司徒玥才终于解禁，笑了个够，笑完才问关山："你和他怎么了？"

关山没耐心解释，继续问她："你来做什么？"

"来给你送饭啊。"

杨女士因为这次关山救了司徒玥，又见他一个人待在医院，便每天打发司徒玥来给他送饭。

难得司徒玥这个懒癌晚期患者，居然没说什么，二话不说地拎了饭盒来探望他。

她支起床上用的小餐桌，将带来的饭盒打开。

四层的饭盒，两菜一汤，外加一盒白米饭。

汤是用牛骨炖的萝卜牛腩汤，汤色微黄，里面的牛腩好大一块，炖得软烂，一看就很入味，让人食指大动。

关山扫了眼床头柜上搁着的白粥，那是早上护工端来的，他吃了几口就没吃了，和眼前摆的这些菜品，确实是没得比。

正发愣的时候，司徒玥突然抓住了他的手。

关山一个激灵，下意识地想甩开她。

然而还不等他有什么动作，司徒玥就把一双筷子塞进了他的手心。

哦，原来是要给他筷子。

还是铁筷子，怪沉的。

他眼皮微掀，悄悄看了她一眼。

司徒玥没注意到，她正全心全意地听隔壁床讲八卦。

那个帮司徒玥按电梯的大哥名字挺搞笑，他姓肖，姓本来没什么问题，无奈他妈妈姓张，他爸又用了他妈的姓给他当名，所以最后他的全名就变成了"肖张"。

肖张十分好奇，问他女友："刚刚发生什么事了啊？"

女友姓饶，叫饶敏。

饶敏嗤笑一声，说："那位大哥在病房里抽烟。你也知道我支气管炎，闻不得烟味，就咳嗽了几声，那个弟弟就帮我出面，要他别抽了。"

肖张知道自己女友的宿疾，自己甚至为了她的病戒了烟。听了这话，他对关山很是感激，连忙回过身来谢关山。

关山放下筷子，很有礼貌地道："没关系，病房本来就禁烟。"

"然后呢？"司徒玥迫切地想知道后续。

饶敏道："那位大哥当然不同意，然后这个弟弟就走到他床边，劈手把他烟给夺了。"

"哈哈哈……"司徒玥大笑,冲关山竖起大拇指,"你牛。"

"然后呢?"

饶敏也是毕业没多久的大学生,好玩的心性上来了,忍不住和司徒玥津津乐道起来。

"然后那位大哥和你男友就杠上了啊,灭他烟是吧?行,他再点一根就是了,就又从口袋里摸出根烟点上,还没来得及叼进嘴里,就又被你男友抢走了,哈哈哈……"

司徒玥也一阵"哈哈哈哈哈哈"。

关山像看傻子一样看着司徒玥。

难道她没有发现,饶敏口口声声,称他是她"男友"吗?

司徒玥抹掉眼角笑出来的眼泪,对关山说:"难怪见你一手的烟。"说完又有些疑惑,问他,"咦?你抢他的烟,难道他不同你抢吗?"

关山看着她睁得大大的眼睛,忍了忍,还是没忍住,问她:"你刚没看见吗?"

"啊?"司徒玥摸摸脑袋,"我应该看见啥?"

"他是被护工扶出去的。"

"所以?"司徒玥觉得她跟不上关山的思维。

一旁的饶敏实在看不下去了,提醒她道:"那大哥腰椎间盘突出啊,动不了的,怎么和他抢啊?妹妹。"

司徒玥先是两眼一愣,继而捶床大笑起来。

难怪关山要坐他床尾啊……

中年男人掏出烟,刚要点上,一只长手就伸过来,劈手夺走他的烟,然后又迅速坐回一臂之外的床尾,腰椎间盘突出的中年大哥只能恨恨地看着关山,望"床"兴叹。

这场面很诙谐的好吗?

司徒玥差点儿笑岔气,最后真诚地对关山提出建议:"其实你可以拿走他的打火机。"

这样不就一劳永逸了吗?

关山瞥她一眼:"那样还有什么意思?"

司徒玥一怔。

她算是明白了,关山他就是故意的。

不管多久没见,这人的恶劣程度,倒是数十年如一日。

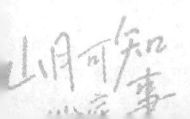

Part 03
给几分颜色，就开染坊

1

早上，司徒玥依旧给迟灏带早餐。一开始迟灏要司徒玥别带了，还坚持给她钱，奈何赶不上司徒玥跑路的速度。

迟灏也不可能真的拎着两手早餐，在一个人来人往的走廊里，和一个女孩儿追追赶赶。

所以有时候，给几分颜色，就开染坊这句话，不是没有道理的。

要不是开了接受她早餐的那个头，她之后也不会这么死皮赖脸。

但那天不接受，迟灏又担心司徒玥会去老师那里举报他打工的事。

想来想去，最后还是无解，无奈之下，迟灏只好要她别买那么多。

吃也吃不完，最后还是进了前桌张磊的肚子。

除了早饭外，司徒玥每天在家吃了午饭和晚饭后，还要赶去医院给关山送饭。

给迟灏送饭是幸福，给关山送饭则是倒八辈子霉。

关山是专业和她抬杠一百年，司徒玥因为这几天和迟灏多说了几句话，每根眉毛都染着得意和兴奋，和关山聊天的时候，有时不经意扯到迟灏，那就是五百字不带重复的彩虹屁。

关山扯了扯嘴角，忍不住怼她两句。

这时两个人就会吵起来，关山嘴毒，损人不带脏字儿，且逻辑鲜明语句通顺。司徒玥吵不过他，往往急得脸红脖子粗。

这场实力悬殊的互撕，最后以她的摔门离去而告终。

周五的一天，阳光明媚。

司徒玥单手搭在窗户边，往下看去，能看到楼下那棵茂盛的香樟树，以及围坐在附近，说说笑笑的病人和家属。

九月秋分，离高二学年的第一次期中考还有一周的时间，她将下巴搁在手臂上，有些发愁，但心绪很快地被上午迟灏对自己展露的那个笑给勾走。

也许并不是在对她笑……

司徒玥有些不是滋味地想。

"司徒玥？"关山的声音在空荡的病房里响起。

肖张带着女友下楼晒太阳去了，那个中年病人则去做检查了，此刻病房里只有她和关山两个人。

司徒玥从喉咙里发出一声"嗯"，却懒懒的不想回头。

楼下的人都穿着长衣长裤，湘市热得变态的夏天，似乎真的已经过去了，连头顶的太阳，都没了过往的毒辣。

关山的问题就在此刻突然来临。

他问她："你为什么总和李灏在一起？"

"人家叫迟灏。"司徒玥提醒他。

"随便，你为什么总是和他在一起？"

司徒玥来劲了，兴冲冲道："人家长得帅啊。你看他面如冠玉，桃花眼，双眼皮，嘴唇又薄又粉，长得很像柏原崇……"

"行了，"关山打断她，"真正的理由是什么？"

司徒玥一愣："什么真的假的？"

关山扫她一眼："我还不知道你？"

司徒玥挠着头嘻嘻一笑："好吧，其实是我跟同学打了一个赌，赌我能不能搞定他，嘿嘿嘿嘿嘿……"

关山靠坐在床头，已经吃完了饭。

床上的小桌上放着已经叠好的饭盒，规规整整地放在了她一起带来的帆布包里。

他修长的手指间夹着一根烟，估计是那天从中年病人手里收缴来的，漏了一根没还给人家。

他也不抽，只拿在手里时不时地把玩。

听到司徒玥说的话，他眼神一动。

"既然只是为了打赌，那为什么不赌能不能搞定我呢？我假装配合你，我们一起赚个盆满钵满。"

司徒玥以为他是在开玩笑，笑了一声，没理。

直到关山又问了一遍，她才意识到，他在很认真地等一个答案。

司徒玥摸了摸后脑勺，有些无语："怎么可能啊？"

关山反问："怎么不可能？"

司徒玥认真地说："你不是我的菜。"

"哦？"

关山的眉毛很细微地扬了扬，继续问："那你的菜是什么样儿的？"

司徒玥皱眉思索半天，显然她自己也不清楚这个问题的答案。

要说是迟灏那样吧？其实也不尽然。

她自认为是一个很博爱的人，不管是迟灏那种清冷挂的，还是牛气哄哄霸总挂的，只要美色过关，她似乎都可以收归囊中。

想不清楚，她挥了挥手："不知道，反正不是你这种。"

仿佛还嫌不够，她又补充道："就算全世界的男人死光了，我也不会和你在一起。"

关山几个深呼吸，尽力平复了一下内心汹涌的怒火。

算了，不要跟她计较，这人就一傻子。

一分钟后——

"滚。"关山面无表情道。

司徒玥怒目而视："嘿，你怎么骂人！"

关山看也不看她。

司徒玥冷哼一声，像头蛮牛似的，气冲冲地打开门，走了出去。

途中，她差点儿撞到遛弯回来的肖张小两口，饶敏冲她打招呼她都没看到。

肖张耸了耸肩，走进病房，冲关山道："哥们儿，又惹自己女朋友生气了啊？"

关山不答，目光只盯着门口。

肖张有些悻悻然，正纠结着要不要再问一遍，房门却"啪"的一声，被人从外面推开，把他吓得差点儿蹦起来。

是去而复返的司徒玥。

"妹妹，你……"

肖张打招呼的手刚举到一半，就看见司徒玥快速走到关山床边，卷走了那个装有饭盒的帆布包，然后又跟颗炮弹似的，低头冲出了病房。

临走时，她还不忘拉上房门，只是力气太重了，房门关得震天响。

肖张和饶敏愣在原地。

这些个小年轻啊!

2

周六放假,司徒玥赖到十一点起床,看到关山八点多给她发的一条短信,让她别来医院,他已经出院了。

这么快就出院?

司徒玥微微吃了一惊。

他的手好了吗?

她打电话过去,却发现他关机了。

司徒玥想了想,既然能够出院,大概也是医生允许了的,没必要瞎担心。

她又埋头继续睡,直到周日和马攸、程雪一起约去了新天地广场玩。

广场后面有一条窄巷,叫青花巷,跟凤凰巷一样,是湘市八大古巷。

不同的是,因为挨着市中心,水涨船高,地价高得吓人。

巷子里头有一家很地道的糖油粑粑,是司徒玥从小吃到大的。

这几年湘市正打造网红城市,旅游业日益红火,青花巷里的这家糖油粑粑,也成了来湘市必定要打卡的地点。

不管节假日与否,店门口都排着长龙似的队伍,每次司徒玥经过,就算有再大的食欲,看到这队伍,也望而却步了。

但今天正好周日没有事情,她和马攸、程雪逛尽兴了,干脆一边排队,一边闲聊。

等吃到糖油粑粑,已经是三十分钟后的事了。

司徒玥被晒得头皮发烫,三个人找了一个相对较少的名人故居,坐在门前的石阶上,拍照发完朋友圈,一口一口地吃着。

"嗯?我怎么觉得没以前好吃了?"司徒玥说道。

"有吗?"程雪说,"我觉得没变化啊。"

"司徒她这就是,一到手就不珍惜了。"马攸调侃道。

司徒玥抬手就给了他脑袋顶一下。

兜里的手机"叮咚"一响,司徒玥将竹签插在纸碗里,掏出手机一看,骂了一句粗口。

马攸被她吓一跳,差点儿噎到:"怎……怎么了?"

"关山让我也给他带一份!"

司徒玥抬头看向那不过几分钟又排成长龙似的队伍,内心崩溃。

片刻后,她想到了一个办法,对马攸和程雪说:"等一下,你们……别吃完了，给我剩几个。"

司徒玥回家的时候，关山正在她家门口。

她出电梯时，正好看见他递了一个礼品盒给杨女士。

司徒玥眼尖，似乎看到是一套昂贵的护肤品。

她走过去，听见她妈说："你这孩子，费这钱干什么？我让玥儿给你送饭，也不是图这些，你吃了饭没？来家里吃……"

"妈。"司徒玥喊了一声。

两个人冲她看来。

杨女士道："干什么去了你？在外面晃荡一天？就不能待家里看几页书吗？期中考不是下周？你要是再考个倒数，你看我不……"意识到还有关山在一旁，实在没好意思继续说下去了。

关山礼貌地颔首道："谢谢阿姨好意，我吃过了，就不打扰了，先回去了。"

杨女士有些尴尬："好吧，回去吧。"然后瞪向司徒玥，"赶紧进来，洗手吃饭。"

司徒玥把门关上："您先进去吧，我和他说两句话。"

她关上门，一转身，关山乌沉沉的眼珠就盯着她："你要跟我说什么？"

司徒玥感觉他身上的气压似乎有些低，也不知道是为什么。

她将手里那碗糖油粑粑塞给他。

"没什么说的，我不看你跟我妈说吃了，我要把糖油粑粑当着她面儿给你的话，有些拆你台嘛！这个凉了，你回去拿微波炉热一下，糖油粑粑还是热的好吃。其实味道也就那样啦，和平时吃的没啥区别，可能就一个实惠吧，五块钱四个，这么多年也没涨……"

她斩钉截铁地对关山说："不过胜在干净。"

街边小吃，能干净到哪儿去。

"你没话跟我说，我有话说。"关山打断她的滔滔不绝。

其实也不是没话说，她不已经说了很多了吗？

司徒玥吐了吐舌头："你要跟我说什么？"

关山道："在这儿等我一下。"

司徒玥："噢。"

关山转身，走进对面自己家。

司徒玥没等多久，就看见他提了一个礼品袋走出来，接着把袋子递给了她。

"给我的?"司徒玥有些意外,看见袋子上印着"稻香村"的商标。

"看你给我送了那么多天饭……"也许是跟司徒玥道谢这件事实在太过诡异,关山始终没能说下去,最后胡乱扯道,"这家糕点,挺好吃的。"

司徒玥难得见他吃一次瘪,开玩笑道:"你这人怎么这样?送我妈护肤品,到我就用吃的打发啦?"

关山看着她,过了一会儿,才说:"里面有驴打滚。"

所以呢?有驴打滚又怎样?

司徒玥实在搞不清楚关山的脑回路。

关山突然焦躁起来,对司徒玥潦草地点了下头,就进了家门。

搞什么呢?

司徒玥摸摸鼻子,也转身回家了。

临睡前,司徒玥突然收到关山发来的一条信息,还是一段视频。

她点开来看,视频里是一个长头发的女孩子,坐在皮质沙发上,看模样还有点面熟。

司徒玥想了想,记起来是那天在学校门口,给了她一巴掌的女生,关山的继妹。

似乎是叫贺嫣。

贺嫣直视着镜头,脸上的表情有些愤恨,眼角红红的,不知道是哭过了还是怎么的。

镜头外传来一句画外音。

"开始吧。"

司徒玥一听,就知道说话的人是关山。

视频里的贺嫣开始结结巴巴道:"司徒玥……"

"叫姐姐。"

贺嫣瞪他一眼,才道:"司徒姐姐,对于那天的事……"

"那天什么事?"关山追问。

贺嫣抽了下鼻子,目光移向关山的方向,眼圈红了起来。

关山不为所动:"什么事,继续说。"

"那天在学校门口,打了你一耳光的事……呜呜……"

贺嫣终于忍不住哭了起来,边哭边说:"对不起啦……呜呜……你干什么那么凶……我要去告诉爸爸……臭关……"

视频被掐断了。

司徒玥笑得捂着肚子在床上打滚。

她几乎都要忘了,关山那天似乎是说要带着他妹来道歉的。

刚想起来,手机就振动一声,关山的第二条信息来了。

关山:"她那天回北京了,所以只能用视频的方式道歉了。"

司徒玥一愣,看视频里似乎他也在场,还是摄影师,难道他那么早出院,是飞去北京找他妹要一个道歉吗?

司徒玥在床上滚了一圈。

她捧着手机,意犹未尽地再次点开那段道歉视频,哈哈哈地大笑不止。

3

万恶的周一最终降临。

清晨六点,司徒玥从暖烘烘的被窝里,拱出个鸡窝脑袋,在感知到那一阵瑟瑟凉意之后,她哀叹一声,没出息地钻回了被窝。

直到三分钟后,才再次被杀气腾腾的杨萍女士从被窝里揪出来。

闭着眼洗漱完,司徒玥套了一件秋季校服外套,迷迷瞪瞪地抄着自行车出了门。

小区没设自行车车棚,她只能把自行车放家里,好在是电梯房,搬来搬去的,也不是很费力。

司徒玥踩着自行车刚要出小区门,眼角余光却看到有一个疑似关山的人,正在小径上慢慢走着。

司徒玥双脚落地,划着步子后退,看见那人正是关山,穿着校服,因为手摔断了,只能把书包挂在左肩上,有种吊儿郎当的帅气。

"早啊,竟然碰到你了。"司徒玥和他打了个招呼。

小的时候两个人还一起结伴上学,但自从去年关山一个人回来之后,司徒玥再也没和他一起上过学,虽然就住对门,也从没碰到过。

要不是知道他在高三部,她一度怀疑他辍学了。

今天不知道是什么运气,竟然碰到他了。

关山冲她点了下头,脸上神情恹恹的,估计是没睡好。

"你怎么去学校啊?"司徒玥问道。

关山掀起眼皮,波澜不兴地瞥了她一眼:"走路去。"

"啊?"司徒玥震惊了,"这么远!"

从他们家到学校,还是有点距离的,要不是司徒玥娇生惯养,她本来也应该是个寄宿生。

关山朝她轻轻投来一眼,抬了下自己受伤的胳膊:"没办法,骑不了车。"

司徒玥心虚地摸了摸鼻尖,知道是自己害得他骑不了车,"噢"了一声,又没话找话道:"那你怎么不打车去啊?"

关山头也不回地扔来两个字:"没钱。"

司徒玥摸摸口袋,本想借他点钱,但她最近为了给迟灏买早餐,手头也紧得很,只好作罢。

她推着车跟在关山身后,见他挂着只受伤的手臂,仔细看脚还有点跛,恐怕是那天从楼梯上摔下来扭伤了脚。她顿时愧疚不已,脑袋一热,冲关山喊道:"喂!关山!"

关山回过头来:"做什么?"

司徒玥单脚在地上划了划,试探性地问:"要不,我载你?"

关山将她那辆粉色自行车扫了个遍,也没找到一个座椅来安放他这百来斤的大个儿,只好问她:"坐哪儿?"

司徒玥讪讪一笑,拍了拍座椅前的那道横杠。

关山:"……"

他们都没开口说话,一时间,仿佛空气都凝固了下来。

片刻后,关山才看着她,面无表情道:"你休想。"

十五分钟后,司徒玥推着关山的电动车,走出了自家小区。

她扶着车把,跨上车,关山也随之跨坐在她后面,拍了下她的肩膀,催促道:"走啊!"

司徒玥目视前方,有些害怕。

"你确定让我开吗?"问完,她又觉得有必要提醒他一下,"我可从来没有骑过电动车啊,关山。"

关山低沉的声音自脑后传来:"嗯,没事,你可以。"

司徒玥真不知道他这自信从哪儿来的,翻了个白眼。突然腰上一紧,她低头看去,是关山那只完好的手臂缠了上来。

她呼吸一滞,脸颊瞬间爆红:"喂!你你你……你不要趁机占我便宜啊!"

关山讥笑一声:"我俩这长相层次,你看不出是谁占谁便宜吗?"

"喂,你不要太过分啊!长得帅又怎么了?长得帅的人就不会占妹子便宜吗!"

"我不抓着你,你让我抓哪儿?难道你预备再摔断我另一条胳膊?"

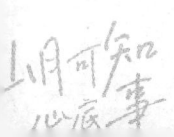

司徒玥扭了扭身体，道："那你抓我肩膀。"

说完，她腰上一松，一只手顺着背部移上了她的肩头，冰冷的皮肤触碰到了耳后一小块肌肤，激得她登时打了个激灵。

"你手怎么那么冰啊？"

关山再也忍不下去了，怒道："废话少说！你到底骑不骑？再啰唆下去，就要迟到了！"

司徒玥脖子一缩："我骑，我这就骑，你不要催啊。"

关山皱眉纠正她："是骑车！"

司徒玥眨了眨眼，不明白："当然是骑车，不然还能骑什么？"

关山："……"

"我有什么要注意的吗？"司徒玥又问。

关山淡淡道："别放开车把就成。"

这算哪门子注意事项，哪个弱智会在骑车时放开车把？

她朝天翻了个白眼，双手稳住车把，脚在地上划了几下，觉得和骑自行车没什么区别，手刹一松，电动车就开了起来。

关山在惯性的作用下，身子往前撞了她一下，很快又抵着她的肩头，将两个人的身体拉开点距离。

司徒玥坐在前面，刘海被风吹成汉奸头。

脑子里一个激灵，突然记起一件往事。

她会骑自行车，好像还是关山教的她。

难怪关山对她第一次骑电动车这么有自信，虽然自行车和电动车还是有点区别，但一个人天生的平衡感却是一辈子都不会变的。

她记得那时候关山教她骑自行车，她几乎是一上手就会，关山在后面扶着她的后椅，很快就松了手。

她双脚踩着脚踏板，骑了一圈又一圈，自觉身姿轻灵，宛若仙女，最后竟然放开双手，心血来潮地，想来个徒脚踩车轮的杂技。

结果可想而知。

在关山的惊呼声中，她连人带车地摔了个狗啃屎。

关山赶来扶起她，刚看清她的脸，就捂着肚子爆出一阵震天狂笑。

那一年，司徒玥九岁，关山十岁，她当着他的面，磕断了两颗门牙。

4

到了学校门口，司徒玥照例买了两份早餐。

等在车棚将车停好,她从车把上将那两碗粉取了下来,将其中一份递给了关山。

关山一愣:"干什么?"

司徒玥道:"你手不方便就别挤食堂了,吃这个吧。"

"这不是你买给迟灏的吗?"

在医院的时候他就常听司徒玥说起她每天都会给迟灏带早餐。

司徒玥将那碗粉塞到他手里,挥了挥手:"他的你就别管了,快迟到了你赶紧走吧。"

说完,她就快步往高二楼走去。

关山提着那碗粉,站在原地,怔了好半晌,才转身往高三楼走去。

等进了高三八班的教室,关山将粉放在课桌正中,又发起愣来。

身边好几个男孩子在他旁边关心问候他的伤势,他也没听进去。直到八班学委走来,跟他说班主任找他,他才起身,去了办公室。

等他一走,几个朋友凑在一起聊天:

"山哥这是怎么了?魂不守舍的,难道摔坏脑子了?"

"别胡说,小心山哥听到了,抽你。"

"这不是不在吗?话说他到底怎么啦?盯着这碗粉看,眼睛都直了。"

一个寸头男生打开塑料袋,一看:"哟?还是红烧排骨。赵妈家的吧,可真香啊,不过怎么放了葱花啊?山哥不是闻见葱的味道就想吐吗?"

"妹子送的吧?"另一个男生道,"这妹子业务能力不行啊,不知道咱山哥不吃葱的吗?"

"反正他也不吃,我们帮他处理了吧?"

几个男生平时吃惯了妹子送给关山的蛋糕水果之类的,此刻也毫不客气,你一筷我一筷地将一碗红烧排骨粉吃得干干净净。

等关山回来的时候,就看见走之前还香喷喷的那碗粉,只剩了一个堆满骨头的碗底。

他用尽全身力气,才克制住没吼出声来,尽量平静地问:"谁吃的?"

寸头男生见状,赶紧手脚麻利地收拾走一次性碗,扔进教室后的垃圾桶。

关山斜眼看他:"你吃的?"

那男生被他的眼神看得头皮发麻,当即一指旁边坐着的一个胖胖的男生,语气十分真诚:"不是我,是他吃的。"

胖男生战战兢兢地问:"山……山哥,有……有问题吗?"

关山深吸了一口气，对他指了一下外面，认真道："出去一下，我有场架想和你谈谈。"

胖男生呆愣住。

救命啊！妈妈！他想回家！

下午第三节课是历史课，历史老师却突然有事不能来上课，本来要请潘艳华代一节课，无奈潘艳华要去三班上课。正好临近开学第一次期中考，他干脆将这节课改成自习课，留点时间让他们复习。

没老师在一旁，五班的学生只差没把教室顶都掀翻，有的人在玩手机，有人在看小说，还有人三三两两聚在一起嗑瓜子聊八卦，当然也有一些勤奋的学生在低头认真看书，奈何环境实在太嘈杂，往往是眼珠子黏在书本上，心思却跑到了隔壁讲的八卦上，最后手上的书半天也没翻动一页。学委哑着嗓子喊了好几声"安静"，也没人理会她，最后她只好任由大家去。

程雪正在背历史，却因为周遭实在太吵，一个字也没能记进去，正烦躁着，突然手臂被戳了戳。她转头看去，司徒玥正双手合十，满脸祈求地看着她。

"老婆，等下要是老潘来了，问起我，你就说我上厕所去了好不好？"

程雪眉头微皱："你要去哪里？"

司徒玥掩嘴偷笑起来："早上我去给迟灏送早餐，看到他们班这节课是体育课，所以，嘿嘿嘿……"

程雪脸上透出一些不赞同："就快要考试了，你就不急吗？还是看会儿书吧……"

"哎哟，程雪，这你就搞错了，"前桌的马攸扭过头来，"司徒她看书与不看书有什么区别吗？"

司徒玥将历史书卷成一个筒，"啪"的一声敲在马攸头顶。

"有毛病？织你的毛衣去。"说完，她又稍稍皱了眉，"现在冬天还没到，你就织什么毛衣？"

马攸自有他的道理："这你就不懂啦，这叫有备无患，等到了冬天再去织就来不及啦。"

他兴致勃勃地冲着司徒玥说："我打算圣诞节的时候，送你们俩一人一件我亲手织的毛衣。"

司徒玥看向他手中那件还没成型的毛衣，以及一团大红色的毛线球，不由得嘴角一抽，由衷地希望他不会在圣诞节前完工。

马攸转过身去，继续织着自己的毛衣。

司徒玥又是撒娇又是卖痴，终于逗得程雪烦不胜烦，笑着要她赶紧走。

司徒玥"吧唧"在程雪右脸颊上亲了一口，就猫着身子从教室后门走了出去。

一路来到田径场上，上体育课的班级不止一班，现在都已由体育老师喊了解散，学生们三三两两地散在操场上，有人去小卖部买了小零食，坐在草坪上边吃边闲谈，也有人脸上盖了件外套在晒太阳睡觉，也有些在打篮球或是踢着足球。

司徒玥看见几个一班的人，他们笑着和她打了招呼，问："又来找迟灏啊？"说完指指看台，"他好像在那儿。"

司徒玥笑了一下："谢了啊。"

她目光在看台逡巡了一圈，果然看见迟灏坐在看台一角。

她跑过去，翻上看台。

正在看书的迟灏突然看见书上投下一小片阴影，他抬起头来一看，是司徒玥笑嘻嘻的脸，又见怪不怪地低下头。

司徒玥同他打了个招呼，准备在他身边坐下之时，他突然喊了声"等下"。

她吓了一跳，忙问："怎么了？"

迟灏将右手上刚掏出来的，准备拿给她垫一下的卫生纸，又揣回了裤兜。

"没事。"

司徒玥"哦"了一声，两个人没再说话，沉默了快有七八分钟。

迟灏是本来话就少，司徒玥话虽多，今天却不知怎么了，那根坏死了七八百年的"害羞"神经突然活跃了起来。

她坐在一边，两手掌心向下，在地上撑着，身子微微后仰，后背靠上坚实的水泥靠台，不动声色地打量着迟灏的侧脸。

他头发有些长，一看就是会被教导主任抓去拿电推子剃头的典型，阳光打在他漆黑的头发上，留下一个发亮的光圈。睫毛纤长，在眼睛下方打下一小片阴影。

司徒玥不禁心想，他睫毛可真长啊，是真的吗？好想去扯一下。

再看他的皮肤，在太阳的照耀下，白得像瓷器一样，一粒痘痘也没有，比姑娘的皮肤还好。

司徒玥忍不住伸出手摸上自己的脸颊，能摸到一些小小的粉刺，是她熬夜看漫画的后果。

她有些嫉妒了。

再看向迟灏的侧脸时,她不禁在心底"咦"了一声。

只见方才还白若细瓷的皮肤不知怎的,渐渐透出一点血色来,这抹红慢慢波及耳垂脖颈,不一会儿,他整只耳都烧了起来。

司徒玥正发愣时,视线一直凝在书本上的迟灏突然转过头来,他冷冷问道:"你看什么?"

司徒玥张着嘴巴,"啊"了一声。

如果有镜子,她会发现,她现在的表情,格外傻。

"哦,我看你皮肤好白呢。"她摸了摸鼻子,很诚实地答道。

迟灏一愣,显然是没料到司徒玥会这么回答,头一转,视线再次回到了膝头的书上,低头闷闷地说了一句"无聊"。

司徒玥大度地笑了笑,先前心头那点别扭倒是烟消云散了,笑嘻嘻道:"迟灏,你皮肤为什么那么好?你不熬夜的吗?"

迟灏虽然不想理她,却抵不过心里的好奇,还是冷冷地问道:"我为什么要熬夜?"

司徒玥道:"我听说一班二班的学生每天都熬到很晚啊,甚至有些用功到通宵。你年级第一哎!不用每天熬夜做功课吗?"

原来是这个原因。

他摇了下头:"我从不开夜车。"

司徒玥捂嘴"哇"了一声。

"不开夜车成绩还这么好?你怎么做到的?"

迟灏扬了一下手上的书,不耐烦道:"就这样,利用白天零散的时间学习,你再在我耳边吵,我今天也要通宵了!"

司徒玥只好闭上了嘴。

但她是个天生跳脱的性子,坐不满三分钟就嫌椅子烫,嘴闭住了,眼睛却在滴溜乱转,四处看。

迟灏眼角余光中看到她的马尾辫甩来甩去,心静不下来,最后一个字也没看进去,不禁在心里道:她怎么这么坐不住?还不如说话呢。

这个念头在心里刚蹦出来,司徒玥就开了口:"哎,迟灏,你……"

说到一半,突然记起刚刚迟灏要她别吵的话,司徒玥就把剩下那半截话吞了进去。

迟灏慢吞吞转过头来,脸上的表情有些许的不耐烦:"又怎么了?"

司徒玥干笑几声,讪讪道:"没什么,就刚刚有个男生跑步差点摔倒,我想叫你看一看的。"

这个话题的无营养程度连厚脸皮的司徒玥都感到汗颜。

果然，迟灏脸上露出一种无语的表情之后，很快又将头扭了回去，还扔来一句"司徒玥你真无聊"。

司徒玥下意识数了数，得，比之前的"无聊"二字，还添了五个字。

被她这么一闹，迟灏书是看不进去了，干脆把书合上，扭头问她："你找我到底什么事？"

司徒玥眼珠转了转，在上衣口袋掏了半天，掏出一张电影票来。

"周五我们去看电影好不好？"

迟灏看也没看，就说："不去。"

"为什么？"

"我要学习。"

司徒玥睁大眼睛道："可那天是周五放学，刚考完期中考呀。"

她不死心地劝他："去吧去吧，我听说这电影挺好看的，刘诗诗主演的，你喜欢刘诗诗吗？"

迟灏无动于衷："不喜欢。"

司徒玥劝了好一会儿，迟灏口风依然不变，她撇了下嘴，抱怨道："可是学习之余也要放松下呀，你帮我补课的三周时间马上要到了……"

迟灏听到"三周"两个字，突然哂笑了一声，脸上透出一丝讥诮的神色，这让他看上去有些许的刻薄。

他挑着眉毛道："你这又是在威胁我？"

司徒玥心头跳了一下，口腔里泛出些苦来，脸上一急，刚想解释，这不是威胁，他要实在不想去，她也就算了。

可不等她开口，迟灏就一把将票扯了过去，气力太大，要不是她放手及时，差点儿将那张小小的票给撕成两半。

"你放心好了，我不敢不去。"

他将那张票随手夹进书里，再也不看司徒玥，面上还存着气，拳头攥得死紧。

司徒玥一凛，突然觉得，她利用迟灏做兼职的这件事情，逼他答应给她补课三周，尽管她很不想承认，但好像真的如他所说，就是一种威胁，还是一种很卑鄙的威胁。

她是好玩的心性，当时没过脑子地做了，到今天迟灏冲她发这一通无名火，她才陡然从蒙昧中生出一些羞耻心来。

哦，好像这件事情，她做得是有些缺德。

少年人的自尊心薄得像层纸，只要稍不留神，就会戳破它。同时它又重逾千钧，年轻人还未经世俗锻炼打磨的灵魂里，好像就装着两样东西，自尊与朋友义气，谁触犯跟谁急。

司徒玥好死不死地，准确地戳中了迟灏那一层薄薄的自尊心。

她心里一酸，莫名地又有些气馁，想着，干脆算了吧，既然他这么讨厌她的话。

正想找迟灏拿回那张电影票的时候，身后却传来一道戏谑的声音。

"小玥儿，在这儿干吗呢？"

司徒玥眉毛一皱，条件反射地呛回去："小你……"

她回头一看，是关山那个没脸没皮的家伙。

"小玥儿"是他小时候对她的旧称呼。

她家里人平时总是喜欢"玥儿""玥儿"地叫她，小时候关山听得多了，也喜欢这么叫她，只是与众不同的是，他总喜欢在"玥儿"前加个"小"字，最后由"玥儿"变成"小玥儿"。

司徒玥不喜欢这个称呼，玥儿就玥儿，干吗加个"小"字，这不是瞧不起人吗？因此每次听到这个称呼，她总要炸毛，旁人不敢捋她虎须，这个称呼最后变成了关山专用。

她瞪关山一眼，不知道对方怎么又叫起她这个陈年旧称。

她没好气地问他："你干什么来这儿？"

关山"哟"了一声，笑道："怎么着，这你家地盘儿？别人不能坐？"

司徒玥怒道："我是这意思吗？我是问你怎么也来这儿？"

关山一指看台下："上体育课，看我哥们儿打球。"

司徒玥看去，有几个男生正在看台下的跑道上打羽毛球。

塑胶的红色跑道上，两个男生分站两边，中间横放着几瓶怡宝，算作是拦网，他们懒散地挥着球拍，不过七八个来回，球要么没过线，要么打到一侧蹲着的男生脑门儿上，那男生接住球，甩手扔给打球的人，顺口骂几句"这打的什么丢人玩意儿"。

看来是一起的。

司徒玥心一动，手痒了起来。

她虽然成绩不好，运动神经却特别发达，羽毛球打得尤其好，小时候还差点儿进了市少青队，只是最后因为青春期个子抽条没抽上来，才放弃了运动梦想。

现在看着别人打羽毛球,她不禁有些跃跃欲试。

关山看出来了,问她:"打一场?"

司徒玥问道:"成吗?"身子却忍不住站了起来。

关山点了下头,不经意瞥到她裤子后面灰扑扑一片,在黑色裤子上特别显眼,不由得皱眉骂道:"司徒玥,你能不能有个女生相,这屁股后面都是些什么?"

司徒玥骂回去:"要你管!"龇牙咧嘴地冲他扮个鬼脸,手却诚实地拍了拍屁股上沾的灰。

倒是一旁的迟灏听见关山毫不迟疑地对着一个女生用"屁股"这样的字眼,有些吃惊,忍不住看了关山一眼。

关山很快发觉,不咸不淡地和他的目光对上。

迟灏一惊,不自然地移开了视线。

不知怎的,他觉得关山那眼神,看着有些不善。

不等他细想,司徒玥就踢了关山一脚。

"喂,你替我跟你朋友说说。"

关山微微别开头,冲看台下喊:"让她打一场。"

底下几个男生笑着应了。

司徒玥兴高采烈地蹦下看台,甚至都忘了和迟灏打声招呼,就跑到那几个男生面前。

之前打球的一个高个子男生拿着球拍冲司徒玥走过来,司徒玥刚要伸手去接,他却扬手一避,笑道:"同学,你是咱们山哥什么人哪?"

司徒玥刚要说话,看台上的关山却听见了,送来一句:"她是我小弟。"

司徒玥"呸"了一声,怒目看向看台上的他:"要不要点脸?"

几个男生笑作一团,那高个子将球拍和羽毛球塞给她,走到一边去了。

对面另一个拿着球拍的寸头男生笑道:"怎么样,妹妹,要不要哥哥给你放点水?"

司徒玥微笑道:"不用,拿出你的实力来。"

她走到跑道中间,挥拍发球,姿势漂亮而标准,白色的羽毛球在空中划过一道完美的抛物线,传到寸头男生那一边。

羽毛球颠来颠去,竟然一次也没掉地上,打了二十几个来回。寸头男生刚刚和高个子男生打时,顶多十几个回合,羽毛球就落了地。这次他打得越来越起劲,脸上的表情也认真了起来。

刚将球传到司徒玥手里，只见她高高扬起右手手臂，羽毛球拍一个由上自下地猛击，寸头男生还没来得及抢上前去，羽毛球已经重重砸到了地上，并且，过了线。

　　一个完美的扣球。

　　他"呼"地吐出口气来，冲司徒玥比了个大拇指。

　　司徒玥挑着眉笑，满脸都是得意神色，手上的球拍轻轻一挥。

　　"下一个。"

　　下一个上的，是一个胖胖的男生，不到三分钟，就败了北。

　　余下的男生，一个一个上，却总被司徒玥败下阵来，走前还得受她一份"羞辱"。

　　他们并不会跟一个女生计较，更何况司徒玥长得机灵，话虽然有些讽刺他们的意思，也不乏幽默的调侃。只是输给一个女生的事实刺激到了他们，一个个摩拳擦掌，这个输了就下一个顶上，轮番车轮战，今天非得让司徒玥失一个球。

　　高个子男生叫熊祁林，刚好有个名模叫熊黛林，一帮兄弟开玩笑，给他取了个娘气的绰号，叫"小黛"。

　　小黛打了两个来回，有些累，便坐在关山旁边，看了半天，感慨道："这妹子球打得是真好啊。"

　　关山接话道："她以前是少青队的。"

　　"啊？"小黛有些震惊，几秒后才回过神来，"我说呢，球打得这么溜。"

　　关山不接话了，看见场上的司徒玥刚刚把人击败，挥舞着球拍哈哈大笑，很狂妄地说了句："还有谁要来受辱的吗？哈哈哈……"

　　关山"嗤"了一声："德行。"

　　小黛脸一热，觉得有些丢人，起身道："我去叫他们别在人妹子面前丢人现眼了。"

　　关山拉住他："等下，我教你一招，你准打败她。"

　　小黛挑眉，好奇地看了关山一眼。

　　几分钟后，小黛上了场。

　　司徒玥笑嘻嘻道："怎样？弟弟，需要姐姐给你放放水吗？"

　　小黛知道她这是用之前他说过的话来怼他，当下也不生气，弯起嘴角一笑，拎着羽毛球出其不意地一击。

　　这一球气力不大，方向却是偏的，轻飘飘地往司徒玥左侧而去。

司徒玥大惊,小黛招呼都不打一声就发球,她没能预料到,在动作上就慢了一拍。其次,他这一球故意打歪,如果打出场地,司徒玥没接,就算他失分,但如果司徒玥接了,却没接到,抑或是在打给他的时候,没打过线,就算司徒玥失分,所以一般在接球之前,要判断这个球是否有接的必要,可他陡然发球,司徒玥慌张之下,已经无暇去判断这球该不该接,脑子还没思考,身体就已经做出了行动,闪身去接球。

球在她左侧,她用右手去接,其实有些不称手,但好在及时,羽毛球轻轻落在了她的球拍上,被她在空中颠了一下,随后用力拍出。

可紧接着,小黛的下一个球打了过来,却是往右侧打去,司徒玥条件反射式地伸出拍子去接——没接到。

羽毛球"啪嗒"一声掉在了草坪上。

打出了界,但司徒玥接了,算她失分。

旁边坐着的几个男生"哇"的一声,全部拍手跳了起来,迅速跑到小黛身边,将他围拢在中间,又是捶肩,又是熊抱,叽叽哇哇,欢声笑语一片,有些甚至抹着眼泪哭了起来。

司徒玥气急败坏,大叫一声:"关山!"

看台上的关山整个人沐浴在傍晚的霞光里,脸上挂着懒洋洋的笑容,冲司徒玥做了个口型。

司徒玥看出来,是欠揍的"干什么"三字。

她瞪关山一眼,又冲到小黛面前,把他从人堆里扯出来,问他:"你说!是不是关山教你的?"

小黛笑眯眯地问:"他教我什么?"

"就刚刚那个……招呼也不打,还故意打偏……然后又……"

她气红了脸,口齿不清,连手带脚地来回比画,刚刚小黛的招数她很是熟悉,正是小时候她和关山去体育馆,每次关山打不过她,都会用的一招。

关山知道她应急能力不行,稍微出个剑走偏锋的一球,她就因为慌张而忘了自己的打法,最后失分,这一招屡试不爽。

小黛看她急得团团转,很是可爱,情不自禁逗起她来:"怎……是怎样啊?妹妹,你怎么结巴起来啦?"

男生们弯腰搭背地大笑起来。

司徒玥脸一红,干脆闭了嘴,冲小黛招招手:"来,我们再比一场。"

小黛可不想再同她打,正巧这时"当当当"几声,下课铃声响起,他顺水推舟道:"哎哟,下课了,妹妹,和我们吃晚饭去吧,吃完饭我们再谈,好吧?"

司徒玥肚子"咕叽"一声,也饿了,只好放弃了再来一盘的想法。

她是走读生,平时去小卖部都用现金,饭卡早在高一就弄丢了,几个男生就特别热情地要请她吃饭。食堂离田径场不远,走到门口时,关山也一道跟来了。

那个胖胖的男生一愣,奇怪道:"哎?山哥,你不是不在食堂吃饭的吗?怎么也来了?"

关山淡淡扫他一眼:"怎么,食堂你家开的?"

胖子一噎,大家都喊他"小胖",他正是早上吃了关山一碗粉,然后被喊出去谈心的人。虽然关山也没对他做什么,但因为他之前受过一些霸凌,被关山罩着才稍微好些,看到别人的冷脸,还是会有些惴惴。

他一天碰了两回钉子,不禁心道,山哥今天是吃火药了吗,这么冲?

司徒玥看不过去,骂关山:"你会不会说话?嘴巴臭就灌瓶藿香正气水,去净净口气。"

说完,她搂着小胖的肩膀,安慰道:"小胖,走,咱们不理他。"

两个人走到了前头。

关山没说话,剩下几个男生看着他平静的脸色面面相觑。

老大今天是给下降头了吗?就这样,还不生气?

几个人交换一圈视线,小黛跑到司徒玥面前,热情得过了头:"哎哎哎,妹妹,不用你排队,那个胖啊,带着妹妹找个安静的地儿坐着,队咱们来排就成。妹妹,你看你要吃什么?这一排,随你挑。"

司徒玥不客气地点了好几道肉菜,就跑到了一排餐桌前坐下,大老爷似的跷着腿等小黛他们给她上饭。

关山是伤员,也和她坐在一起等饭。

等饭端上来,司徒玥拆开筷子,吃了起来。

一行人占了两张餐桌,边吃边聊,不一会儿,就互通了姓名。

小黛和小胖不说,那个留寸头的男生叫徐明明,就是那个小学英语听力里,常常出现的明明,男生们嫌这名儿女气,都叫他"徐二明"。还有一个平头戴眼镜的男生,名字很学术气息,叫吴奇,之所以说有学术气息,是因为这一帮男生损得很,把那个"奇"字念作 ji,第一声。

司徒玥乍听之下,还有些茫然:"吴鸡?为什么叫吴鸡?"

怎么会有人叫这个名字?

徐二明一脸坏笑地解释道:"不是数学上,有那个奇偶数吗,就这么来的。"

司徒玥先是一愣，继而秒懂，吃吃笑了起来。

男生们更加肆无忌惮，要不是有关山拦着，早就"奇儿奇儿"震天叫了起来。吴奇也不嫌丢人，谁叫他就真的敢应。

司徒玥脸蛋通红，又忍不住抿着嘴角偷笑。

这一群人，她可太喜欢啦。

星期四、星期五是学校组织的期中考试日，一到考试司徒玥就犯愁，从来不愁眉苦脸的人，此时也会腠眉耷眼地叹气。

周五上午，刚刚考完一门英语，马攸就跑去找司徒玥，看见她正趴在走廊课桌上睡觉，不由得上去拍了她肩头一掌。

"司徒！"

桌上的女生神情恍惚地抬起头，一看居然是程雪。

马攸一愣："怎么是你？"

程雪知道他在找司徒玥，便告诉他道："阿玥去上厕所了。"

马攸扯了把椅子侧身坐在她桌前，有些惊讶："啊？她去厕所怎么不叫我？我还想和她对答案呢。"

程雪抿着嘴笑："她就是不想和你对答案，才去厕所的。她说每次考完你都去找她对答案，她烦都烦死了。"

马攸捂着心脏"啊"了一声。

"司徒她也太无情了，我被伤到了。"

程雪只是笑。

马攸看着她身上那件粉色卫衣，问道："你这件外套，是不是司徒也有一件来着？每次你穿我总把你认成她。"

程雪扯了扯袖口，低着头道："嗯，是之前我生日阿玥送的，我们一人一件。"

马攸忍不住吐槽："司徒她居然也会喜欢粉色？"

说完，他看到程雪脸色苍白，眼底挂着老大两个黑眼圈，在白皙的肤色上越发明显，又不免唠叨："你是不是又熬通宵学习了？"

程雪恍惚了一下："嗯？你说什么？"

马攸指了指自己的眼底："你好重的黑眼圈。"

程雪摸了摸自己的脸。

"你不要太拼了，我们才高二呢，你现在把力气用光了，等高三的时候，就跑不动了。"

他难得说出这么有道理的话，说完自己都忍不住有些惊奇，想着等下要把这话说给司徒玥听一遍，让她知道自己也是一个有思想厚度的人。

程雪微微笑了一下："没有，我没通宵学习。"

马攸不信："那怎么这么大两个黑眼圈，你熬夜做贼去了吗？"

程雪一指他背后："阿玥来了。"

马攸立即回头看去，果然看见司徒玥从走廊尽头慢慢走来，和他的目光对上，插在兜里的手慌张地抽了出来，东张西望。

马攸叫了一声，亲热地迎了上去，司徒玥扭头就跑。

程雪将身体靠在走廊一侧，笑着看他们打闹，阳光照在她苍白的脸上，有种空灵的美感。

走廊上那么吵，有人在对上一场考试的答案，叽叽喳喳争个不休，有相好的朋友结伴去上洗手间，手挽着手说起自己听来的八卦，把她喉间逸出来的那声叹息，掩盖得几不可闻。

5

周五下午，考完最后一科地理，司徒玥和马攸、程雪打过招呼，就头也不回地跑去车棚。

电影票是晚上六点半的，考完都五点了，她只有一个半小时，要在家换好衣服，再赶去电影院。

因为关山手臂受伤，她最近一直骑他的电动车，带着他上学，早上来学校的时候，她就跟关山说过，下午考完要快点来车棚，她有急事。

却没想到，她在车棚等了关山快十分钟，才看见他不紧不慢地踱着步子走来。

司徒玥感觉自己头发已经气得根根竖起，她红着脸冲他吼："你快点！"

关山依旧按他的节奏走。

司徒玥捏紧拳头，跨着大步向他走去，脚跟重重地磕在地上，想要把沥青道路砸出一个坑。

走到关山面前，他身边的小黛、徐二明等人笑着跟她打招呼，她却应也不应，拉着关山那只完好的胳膊就往车棚跑。

关山笑着喊："慢点慢点！"

司徒玥差点儿忍不住爆粗口。

等俩人坐上车，司徒玥就迫不及待驶了出去。关山猝不及防，在惯性的作用下，胸膛撞上了她的后背。

司徒玥咬着牙骂了他一路。

等到了家,她把车停好,就朝电梯跑去,也不等关山,就关了电梯。

一路摔摔打打进了家门,杨女士正好没课,准备做晚饭,看到她急得满头汗,不由得训道:"你乒乒乓乓搞些什么呢?"

司徒玥大嚷:"我要迟到啦,我要迟到啦。"

杨女士皱眉道:"你要看电影就直接去好了,干什么还回趟家?搞得这么火急火燎的。"

司徒玥一早就跟妈妈报备过看电影的事,不过看电影的陪同者却换了个人,变成了程雪。

她深谙说谎之道,说真话不行,说谎话没人信,唯有真假参半的话,才最能唬得住人。

杨女士果然深信不疑,还以为司徒玥是怕迟到了让程雪等。

司徒玥也不解释,走进自己的房间,放下书包,从衣柜里拿出自己昨晚就已经挑好的一套衣服,脱了校服换上。

那是一件米白色的雪纺衬衫,袖子做成泡泡袖的样式,领口还有系带,司徒玥系了一个漂亮的蝴蝶结,裙子是粉色的背带裙,露出她纤细的小腿。

她将长发披散下来,鬓边还很心机地别了一枚珍珠发卡,又拿出一根细管唇膏,薄薄地涂了一层,嘴唇立即透出一种果冻般的质感来。

她抿抿唇,将唇膏化开,对着镜子里的自己,比了个"耶"的手势。

"Good girl!"

她在心底告诉自己,这场电影过后,就不会去打扰迟灏了。

可到了电影院,司徒玥发现自己居然还早到了。

六点整,距电影开始还有三十分钟,迟灏还没到,她就坐在大厅的沙发上等他,顺便低头给他发消息:"我到了哦,你慢慢过来。"

迟灏没回,她也不以为然,他本就不是那种发信息秒回的人,他可能正在来的路上,被堵着了。周五是下班放学的高峰期,湘中附近几条路都堵得要命,公交车司机每回都忍不住骂人。

司徒玥一边看着大厅里放映的电影预告片,一边等迟灏。

预告里,张震眼神坚毅,帅得掉渣,刘诗诗穿着一件红裙子,满眼是泪地说:"我讨厌你的飞鱼服。"

等她将这个片花看了三遍,里面的台词都会背了之后,才低头去看表,六点十五分了,还差一刻钟,电影就要开始了。

她打开手机一看,聊天界面里,依然是她那一句孤零零的话。

迟灏还是没回。

可能今天路上是真的很堵。

她关了手机,又打量起影院里贴着的几张宣传海报来。

等海报也看完,整个大厅实在没什么好看的时候,她才抬起手腕,又看了一次表。

已经只剩两分钟了。

这下她再也无法替迟灏找借口了……人家摆明了,放她鸽子呢。

她吸了口气,胸膛高高鼓起,接着又软塌塌地瘪了回去。电影票被她捏在手心里,已经揉皱了,她犹疑不决,是不要浪费票钱进去看好?还是直接起身回家好。

低头思考之际,左耳上的那一小块头皮,突然一阵针扎似的疼,司徒玥"嘶"的一声,侧目看去。

居然是关山。

他穿着一件Converse黑色棒球服,头上戴着一顶红色鸭舌帽,帽子上印了"潇湘影城"四个大字。

她没有问他怎么在这儿,也没有问他为什么戴一顶这么傻气十足的帽子,而是喊出一连串的"疼疼疼疼疼"。

关山脸上有点慌,一松手,那枚珍珠发夹就悬在了几根头发丝上,最后在万有引力的作用下,掉在了大厅的地毯上。

司徒玥弯腰将发夹捡起来,抬头冲他怒视:"你怎么这么手贱?"

关山难得地有些愧疚,他刚才不过是想取她发夹,吓她一下,谁知道女孩子的发夹那么紧,乍然一扯,连着头发丝一起拽下来,疼得让人瞬间六根清净。

司徒玥揉了揉头皮,没好气地问他:"你在这儿干什么?"

关山扶了下帽檐:"工作。"

"什么?"司徒玥有些吃惊,"你也兼职?"

她想起迟灏来。

关山"啧"了一声:"你不是来看电影的吗?"

司徒玥一怔:"是啊,不过现在我不看了。"

她将票揣回兜里,提起随身的小包,准备回家,反正电影也已经开场了。

关山却拦住她,将她的票从口袋里掏出来。

"为什么不看?小玥儿,不是我说你,你也太浪费钱了,来来来,我给你检票。唔,我看看,一号厅,这边走。"

司徒玥被他扯着胳膊往前走,她气得去拍他的手:"放开,我不去,我不看了,你这人怎么这样儿?"

可惜关山皮糙肉厚,没理会她那些小打小闹,一路将她拖到了放映厅。

电影已经开始,灯光全熄了,只有巨大的荧幕上发出的暗光。关山回过头,竖起食指:"嘘,小声点。"

素质让司徒玥闭了嘴。

等她在座椅上坐下,关山却也坐在了她旁边的椅子上。

司徒玥靠过去,小声问他:"你不要上班吗?"

关山同样地小声回她:"没事,老板不在。"

司徒玥无语。

他这样的员工真的不会被开除吗?

等影片放了没多久,司徒玥就发现这个电影她看过,还是暑假的时候不知道哪个同学发给她的盗版,她就说怎么看片花那么眼熟。

她说给关山听,他问她:"要不去别的放映厅?"

司徒玥瞪大了双眼:"这样也行?"

关山点了点头,领着她从一号厅出来,猫着身子进了对面拐角处的2号厅。

2号厅里放的是外国的文艺片,几乎没什么故事情节,节奏非常慢,司徒玥看得脑袋一点一点,差点磕一跟头。

关山又带着她去了别的影厅。

两个人在铺着厚厚地毯的走道里,猫着身子,像打地道战似的,换了一个又一个的影厅。

一开始司徒玥还觉得不太好,没素质,到后来玩得比关山还来劲。

可见道德的沦陷,就是从第一步的堕落开始的。

最后两个人从影院出去的时候,司徒玥对于自己到底看了个什么电影,一点印象也没有了,只记得挺刺激。

走到大厅的时候,她突然感到一道目光打到自己身上,看过去,是个和关山戴着一样帽子的影院员工。

对方的视线直直地放在司徒玥身上,司徒玥一慌,连忙扯了扯关山的袖子:"喂,你看他,他是不是在看我们?"

关山顺着她看的方向望过去:"嗯,好像是。"

司徒玥更慌了,有种做小偷被抓了现行的感觉:"啊?为什么?他干什么看着我们?"

关山道:"应该是通过监控看到我们的行为了吧?"

司徒玥大惊失色:"啊?有监控?你怎么没告诉我?"

关山一脸疑惑:"我没说吗?"

司徒玥咬紧牙:"你当然没说。"

他要是说了,她还会和他一起干那丢人的事吗?

"你说,现在怎么办?"

关山沉吟了一会儿,说:"这样,等下我去跟他交谈,引开他的注意,你就趁这机会赶紧跑。"

司徒玥皱着脸:"这样不好吧?你认识他吗?他也是这里的员工,你上班时间看电影,他会不会告诉老板?"

关山摇头:"不认识,我们是倒班制,我没见过他。没事,你别管我了,大不了扣点工资,你要是被抓到了……"

"被抓到会怎样?"司徒玥忙问。

"会被拍张正脸照贴在影院门口一个月,配张大字报,上面陈述你的罪行,来来往往的人都能看到。"

司徒玥:"……"

几秒钟后,她正色道:"靠你了兄弟,我的清誉,就压在你身上了。"

关山点点头:"看我眼色行事。"

司徒玥站在原地,看着关山走上前,走到那个员工面前,他比人家高了半截脑袋,将那人的目光挡住。司徒玥盯着他的背影,看见他右手在背后打了个手势,她提起一口气,就往大厅门口跑去。

这时,那员工看到她了,脸色一变,赶紧追来,一边喊道:"小姐!小姐!哎!别跑啊!你别跑!站住!"

司徒玥要听他的话就是傻子,她鼓足干劲,往门口跑去。

可就在她即将要摸上门把手的时候,一名保安拦住了她,身后哒哒哒的脚步声传来,是好不容易追上来的那名员工。

大厅里的路人早被她夺路狂奔的架势吸引,视线都凝聚在她身上。司徒玥又羞又臊,觉得她司徒家祖宗十八代的脸面都被自己丢尽了,想着她的照片要被挂在影院门口一个月,旁边还配有她罪行的文字,人们好奇这姑娘犯了什么事儿啊,一看,哟,逃票看电影啊。

潇湘影院是多大型的一个影院啊,她的同学里肯定会有来这儿看电影的,到时候把这事儿传得尽人皆知,人人都在背后笑话她,保不齐还有她爸妈学校里的学生,一家子都抬不起头来。

司徒玥越想越心惊,越想越崩溃,到最后心理防线崩塌,"哇"的一声,扯开嗓子哭了起来。

"对不起,我错啦……呜呜呜呜……别贴我照片行不行……至少不要是正面照啊……"

那名员工一头雾水:"啥照片啊?"

司徒玥握着他的手,痛哭流涕地恳求他:"大哥,求你了,换成背影照行不行?念在我初犯的份儿上……"

"噗"的一声,一旁的关山再也忍不住,搭着那员工的肩膀,爆笑了起来。

"哈哈哈……小……小玥儿,你怎么……怎么能这么蠢……哈哈哈……"

司徒玥吹出个鼻涕泡,傻里傻气地反问:"嗯?"

那名员工微笑道:"美女,我叫住你是因为关山说你饿了,我想问你要不要吃爆米花来着。"

司徒玥一脸蒙。

她深吸了好几口气,还是忍不住问:"你认识关山?"

那个男生有些意外她的问题,答道:"当然,老朋友了。"

关山伏在那男生肩膀上,已经笑得上气不接下气。

第一次,司徒玥控制不住,使出自己小时候练过的柔道功夫,给关山来了个标准的过肩摔。

6

时空是个无比巧妙的东西,人们一般将现实世界称为三维空间,以长宽高为坐标轴,人在这个坐标轴里,看到的东西都是立体的形状。

可在爱因斯坦的相对论里,提出了四维空间的概念,在普通的三维空间里,又引入了一条时间轴。

将时间往前推几个小时,地点变换一下,同样的时空里,却上演着完全不同的故事。

在兴旺路上,一个长发女生站在一家水果店的广告灯下,正发着愣。

惨白色的灯光将她的影子拉得斜长,投在地上,有几分萧索之感。

她身前是用篮子装着的临期水果,苹果香蕉橘子都有,临近腐烂,香蕉更加明显,黄色的果皮上露出一块块指甲盖儿大的黑斑,篮子里插了张纸壳,上面用黑色马克笔写着：降价处理，一元一斤。

那种即将腐烂的味道在人的嗅觉感官里并不明显，却能吸引到苍蝇，这些可恶的小虫子挥着翅膀，嗡嗡嗡地围在水果上方打转，时不时地停驻在上面，搓搓前腿，它两只硕大的圆眼睛让人莫名的恶心。可长发女生却动也没动，因为她的眼睛并不在这些乱飞食腐小虫的身上，而是直直地望着不远处的路灯下，那里有一男一女牵着手，亲昵地讲着话。

两个人都是年纪不轻的样子，女人穿着长衣长裤，一头长发温柔地束在脑后，低头扒拉碎发的样子，就仿佛一个年轻的少女。

很奇怪，无论一个女人多大岁数，只要她沉溺在爱情里，就算皮肤皱了，乳房下垂了，举手投足之间透露出来的，依然是曼妙的少女风情。

女生一动不动地看着那灯下的两个人，连自己身后来了人都不知晓。

一道鬼魅般的声音在她耳边炸开。

"是你爸还是你妈？"

女生猛地一惊，转身时脚下一滑，差点儿往那篮水果上摔去。

背后的男生扶她站稳。

"怎么是你？"女生皱了皱眉。

男生不答，将刚刚那个问题又重复了一遍。

女生脸上显出一点惊怒："要你管？你现在不应该在这里吧？"

男生沉默了会儿，吐出一句话："是妈妈，对吧？"

女生脸色煞白，又急又怒，目光狠狠地瞪在他身上，好几次要举起拳头，终究还是没砸下去，却像是恨自己没用似的，转身就走。

男生微一迟疑，就跟在了她身后。

女生余光中看到地上他的影子，气得加快脚步，到最后竟然小跑起来，可那个男生就跟块甩不掉的牛皮糖一样，执着地跟在她身后，她快他快，她慢他慢，她左脚一撇，拐进一条漆黑的巷子，那男生也跟着她一拐，脚步嗒嗒，很烦人。

最后两个人走到那条红色的校训底下。

校门是电动闸门，低矮得连个小学生都拦不过。

女生只微一用力，就撑着手翻了进去。

脚尖落地的声音在背后响起，男生跟着她一道翻了进来。

他们一个往前走，一个在后跟，一直走到女生宿舍楼前，才停下。

宿舍楼的铁门被关了，上面上着锁。

女生抓着锁链，只轻轻用力一拧，那锁就"咔哒"一声，打开了。

原来这锁头坏了好久,一直没修,看似完好,其实根本没锁,附近的小偷们被这把破锁给唬住,还真没到这块地盘上扩展过业务。

铁门被拉开一扇,女生正要进去,却被身后的人拉住胳膊。

"里面没人。"他说。

放了月假,寄宿生都回家了,整栋宿舍楼空无一人,只有走廊里的安全通道指示灯发出碧绿的荧光,月光照在白墙上,映着树影,像无数只恶鬼的残臂断肢,风一吹,树影婆娑,如同万鬼群喝,张牙舞爪,不用音效,就是天然的恐怖片现场。

女生甩开他的手:"就是没人,我才来的。"

男生再次抓过她的手臂:"聊聊吧。"

女生一怔,被他满面的诚恳弄得有些迷糊。

这时,一道灯光突然打了过来,让女生下意识地闭紧了双眼。

是学校的门卫举着手电筒找了过来。

"那边的!是谁?"

两个人对视了一眼,电光石火之际,很快做出了决定。

"跑!"

男生一声大喝,两个人拉着手跑进了宿舍楼旁边的林子。

Part 04
那个人,到底是谁

1

到下周三的时候,试卷已经全部批改完毕,期中考的成绩排名也打印了出来,司徒玥接到成绩单,只看了一眼,就扔进了抽屉。

程雪"呀"了一声,下意识地往她这边看来。

司徒玥趴在桌上,掀起眼皮,看到她脸上的表情同情又怜悯,拖长了嗓音道:"有什么想说的就说吧。"

程雪皱着两道好看的眉毛,担忧道:"阿玥,你这成绩……会被阿姨骂死去吧?"

司徒玥叹了口气,有些哀莫大于心死的意味。

"别提了,我妈好久之前就说了,要是这次考得比上次还差,她就把我扫地出门,趁着年龄不到再生一个,兴许这辈子闭眼之前,还能看到自己孩子考上大学。"

程雪拍了拍她的肩膀:"以后我给你补习。"

马攸扭过头来,安慰她:"没事儿司徒,你要是被阿姨赶出门了,就来我家,正好我妈老说我多不省心,你去了之后她就会知道得亏我是她孩子。"

司徒玥眯起双眼:"滚。不过,老婆你这次还是一如既往的棒啊,班上第一。"

"不止呢,"马攸插嘴道,"还进了年级前五十,老潘一定更加把你当个宝了。"

程雪红了脸:"哪有?"心底却也忍不住高兴。

司徒玥有意逗她,哀怨地看着她。

"小雪,我和老马两个没出息的,以后可就全靠你了,往后住你家,吃你的喝你的,你可别把我俩赶出去。"

马攸煽风点火:"对!对!你要是这样,我和司徒就上节目去曝光你。"

两只米虫,去上节目哭诉,到时候观众指不定骂谁呢。

程雪又是好笑,又是无奈。

"放心吧,只要我有能力,一定……"

司徒玥就等着程雪这句话,不等她说完,就大叫一声"小雪",扑了上去,抱着她的细腰蹭来蹭去。

这时,门外有人叫了一声"司徒"。

司徒玥起身看去,是班长。

"潘老师找你。"

司徒玥一愣,马攸好奇道:"老潘突然找你做什么?"

"我怎么知道?"司徒玥走到门口,正想向班长打听,突然看见潘艳华正站在办公室门口杵着呢!

司徒玥吓了一跳,看见潘艳华看向她的眼神很是复杂,总之不像是为了什么好事找她。

潘艳华见她看来,没好气地说了声"还不快点进来",就转身进了办公室。

司徒玥脖子一缩,班长怜悯地看了她一眼。

"祝你好运。"

司徒玥:"……"

她迈着小碎步进了办公室。

一进办公室,竟然连一班的班主任都在,就坐在潘艳华办公桌的对面,喜欢司徒玥的语文老师也在,只是不像之前每次都挂着笑,而是有些担忧地看着她,气氛很是古怪。

司徒玥周身每一根神经都绷紧了,不停回想自己最近有没有做什么错事。

她走到潘艳华办公桌前,也不敢像平时那样嬉皮笑脸,老老实实叫了声"老师"。潘艳华说了声"坐",她才扯了张凳子坐在办公桌侧面。

潘艳华先是喝了口茶,才说:"司徒,这次考试成绩有点不太理想啊。"

司徒玥感觉心头一块巨石总算落了地,果然是为了成绩的事,同时又不禁纳闷,一班班主任为什么也在这里?难道潘艳华已经变态到要当着外人的面来羞辱她?

她悄悄吐出口气,斟酌着答道:"是,我下次一定考好。"

潘艳华掀起眼皮,面无波澜地盯着她:"你先别急着说下次的事。我问你,你周五晚上考完,干什么去了?"

司徒玥又迷糊了。

为什么要问那天晚上的事?

她去看电影了啊,但如果这样说的话,会不会让潘艳华认为她一考完就去潇洒,丝毫不把考试放在心里,更加证明她这次考这么烂是因为平时太放松?

司徒玥的心思转来转去,最后还是觉得,这事不能说。心中主意打定,她脸上的表情就平静下来,看着潘艳华道:"考完我就回家了。"

她考完回家了,不过后来又出去了,这也是根据那条半真半假的说谎真谛做出来的说辞。

潘艳华却追问她:"一直在家吗?"

司徒玥没想到他会继续追问,这下就不知道怎么招架了,脸上显出一丝慌乱,又很快镇定下来。

"啊?嗯嗯,对,一晚上……都在家。"

潘艳华神色复杂地看了她一眼,接着道:"行,你回教室去吧。"

司徒玥一惊。

嗯?这就完了吗?

她还以为潘艳华还有问题等着她呢。

但潘艳华只是挥了挥手,让她出去。

司徒玥只好一头雾水地出去了。

她不知道的是,在她来之前,潘艳华已经给她妈妈去了电话,旁敲侧击地问起她周五晚上的行踪,她妈妈早就告诉了他们,她周五晚上和程雪去看电影了。

等司徒玥走后,一班班主任往黑皮椅背上一靠,重重地叹了口气。

他姓冯,年纪轻轻,发顶已经岌岌可危,学生们给他取了个亲切的外号,叫他冯巩。

冯老师夹着眉头,面色凝重,看上去比他实际年龄要老十岁。

当老师难,当班主任难上加难,当重点班的班主任则是难于登天。

几年以前他还是头顶茂密的精神小伙儿,几年后就成了满面沧桑的糟老头子,不外乎是盯着学生的成绩,和二班暗暗较劲,盯学生的心理状态,杜绝有抑郁、焦虑等之类的恶性心理问题的出现。

得,现在倒好,他还得盯学生的感情问题。

而且这事儿还是一向听话的迟灏给弄出来的。

周五晚上,迟灏被抓到和女生在女宿舍楼下约会,被前去巡视的门卫看到，两个人两手拉着撒丫子就跑。五十多岁的门卫哪里有两个年轻人的脚力好，跑到树林的时候，脚下踩到一摊污泥，"刺溜"一声就摔了个仰面朝天，差点儿把腰给扭了。跑远的两个学生听见了他的叫声，都停下了脚步。商量一会儿后，女生跑了，男生折回来扶着门卫站起来，还是个五讲四美的好青年。可架不住校纪校规摆在这儿，门卫隔天还是把这事儿报到了政教处，最后两边一核实，是一班的迟灏。

女生往前跑了没看见脸，最后冯老师一打听，从一班几个学生嘴里听到了迟灏和司徒玥的流言，就赶紧来办公室找潘艳华了。

潘艳华当然更偏向自己的学生，但司徒玥是否能干出半夜幽会这种事儿，他拿捏不定，便先给司徒玥家长去了个电话，又把司徒玥叫进办公室套了番话。哪里知道司徒玥怕他拿她看电影的事儿来数落她成绩的问题，故以撒了个小谎，让潘艳华真以为司徒玥是为了掩盖昨晚和迟灏幽会的事，这下算是结下了一个天大的误会。

冯老师十指交叉，放在肚子上，吐了口浊气，看着潘艳华道："潘老师，您看这孩子撒谎了，这下可是说不清了，只怕她和我们迟灏，还真有点事情。"

自己班上的孩子说了谎，潘艳华有些下不来台，但乍一听这话，他挑了挑眉，神色不善地反驳："嘿？你这话说得，什么叫她跟你们班迟灏有事情，分明是你们班迟灏和我们司徒玥有事情。"

冯老师一噎："是，总之是他们两个人有事情。潘老师，您看，这件事要怎么处理？"

潘艳华拿着搪瓷缸子站起身，边说边往办公室门口走去："这事儿问你们班迟灏去。这臭小子，看着人模狗样儿的，来我们班菜园子来拱白菜啊，嘿，真行，我们班司徒，多好一女孩儿……"

冯老师看着他就要走出门口了，赶紧在他身后问道："哎，潘老师，您哪儿去呀？"

潘艳华冲冯老师一扬手里的搪瓷缸子，头也不回："我泡茶去。"

冯老师看着他办公桌旁立着的饮水机，一时之间，不知该说什么好。

湘中对高一高二的学生管理得相对较松，没有硬性要求走读生上晚自习，司徒玥一向是傍晚放了学就回家，很少留在学校上晚自习。

不过今天她却格外老实地留在学校上了晚自习，直到下课铃声响起，还赖在座位上不动。

程雪看她慢条斯理地收着试卷，恨不得把上面的每一道褶皱都细细地捋平,再一张张地对齐折好。

程雪伸手抢过那张试卷,替她塞进书包,递给她:"你就是再拖延下去,今天也还是要回去的。"

司徒玥肩膀一缩,泫然欲泣,趴在她肩上,抽抽噎噎道:"老婆,要不我今天跟你回宿舍睡吧?"

程雪笑眯眯:"不行,宿舍床太小,容不下你这尊大佛。"

"我贴着墙睡,保证只睡一条小缝儿。"

"不行,你快回去吧,有人在等你呢。"

司徒玥:"谁?"

她话音刚落,门口就传来关山不耐烦的嗓音:"司徒玥,你走不走呀?"

关山站在门边,个子快赶上门板的高度了,一手吊着,一手插在裤兜里,书包依旧斜挂在肩头,一脸不耐烦,拽得不可一世的样子。

教室里一些还没走的女生立即发出一小阵惊呼声。

"是关山!"

"他怎么会来这儿?"

"好像是来找司徒?"

"他俩认识吗?是什么关系啊?"

听到关于自己的议论声,司徒玥有些不适,背上书包,跟程雪告了别,就越过关山走出了教室。

轻微的脚步声在身后响起,她知道是关山跟了上来:"不是要你先走吗?"

身后的人没有回答。

她等了会儿,还是没等到回答,只能边下楼梯,便往回望他:"我不是跟你说了我要上晚自习,让你放学了先回去吗?"

关山没答话,空着的那只手突然按上她的脑袋,手上一扭,将她的脑袋强行按正。

"看路。"

司徒玥被他按着,就像个刚学会走路的幼儿,低着头看脚下的台阶,一级又一级,探脚走下去。

正想再问,关山低低的声音在背后响起:"不等你,谁送我回去?"

司徒玥试图唤起他的良心:"你不会自己坐公交车吗?"

关山笑了一声:"我为什么要放过奴役你的机会?"

司徒玥:"……"

是她错了,良心这种高端配置,关山生下来就没有。

到家后，司徒玥一进家门，就看见她家太后抱臂在沙发上坐着，客厅的灯光打在她严肃的脸上，很有一种升堂问审的架势。

"回来了？"

正蹲下去换鞋的司徒玥后背一凉，唯唯诺诺地应了一声。

她花了五分钟才解开鞋带，磨磨蹭蹭地换了拖鞋，平时都是两脚把鞋子甩开就不管了，今天却提着脱下来的帆布靴，打开鞋柜，整整齐齐地放进去，看见鞋柜里有点凌乱，还勤劳地伸出手去摆正了一下。

杨女士阴恻恻的声音从客厅里传来："你擦鞋柜呢？"

司徒玥讪讪一笑，把鞋柜门给关上，走到沙发边，摸摸脑袋，问杨女士："妈，我爸呢？"

杨女士斜眼看来："出差去了，放心，他下周才回得来，绝对赶不上来救你。"

说完，杨女士朝司徒玥一伸手："拿来。"

司徒玥装傻："拿什么？"

杨女士眼睛一瞪，当即就要发作："玥儿，你再跟我涎皮赖脸试试？"

司徒玥以迅雷不及掩耳的速度放下书包，打开拉链，找出被折成一只小帆船的成绩单，交给杨女士。

杨女士朝她看来。

司徒玥赶紧举起双手："不是我！是马攸折的！我要他别折别折，这多耽误事儿，他非不听啊……"

杨女士瞥了她一眼，没说话，低头去想办法解开那只小帆船。

司徒玥趁她低着头没注意，脚下一抹油，迅速地闪回了自己卧室，关门上锁，一气呵成。

五分钟后，杨女士暴怒的声音，伴随着咚咚咚的敲门声，在门后响起。

"司徒玥！你给我开门！"

"考这么点分！你还好意思锁门？"

"你快点啊，我数三下，再不开门，我去拿钥匙了！"

正抵着房门的司徒玥一惊，坏了！她怎么忘了还有钥匙这回事儿？

门后杨女士的脚步声逐渐远去，司徒玥贴着门听了一会儿，怀疑她真的去找钥匙了，这下急得六神无主，在房间里走来走去。

她拉开衣柜门，不行，她妈一进来，铁定先看衣柜。

她将衣柜门合上。

再看看床底，得，她这床直接放地上的，哪里有床缝给她钻？

她像只无头苍蝇到处乱转，连空调顶上都看了看，恨不能此时蜘蛛侠上身，给她来个飞檐走壁的特异功能。

嗯？等等？

飞檐走壁？

司徒玥乱走的脚步倏地一顿，侧过头，看向自己房间外的那个小阳台。

她有一个危险的主意。

2

关山拿保鲜膜将自己的手臂一圈圈地缠好，走进浴室，洗了个澡。

将裤子穿好后，他顺道在洗手台刷了个牙，刷牙时抬头看见自己单臂吊着的傻样儿，不禁又有些烦躁。

还是去医院把石膏给拆了吧。

可拆了之后吧，又不免没了某些福利。

还挺纠结。

他皱着眉，低头将腮帮子里含的那口水吐了出来。

漱完口，头发还湿漉漉地滴着水，他也懒得吹，顺手捋了把头发，就扯了块儿白毛巾搭在肩上，往自己房间走去。

他刚打开房门，走进卧室，就感觉平时待惯了的房间，有一种很不对劲的感觉。

就好像，有什么东西在窥视一样？

他背后发毛，警觉地抬起头，双目如电，在室内逡巡了一圈，目光瞥到阳台拉门外时，差点儿像只被踩了尾巴的猫，在原地一蹦三尺高。

"司徒玥？"

他难以置信地看着玻璃拉门外，正挥舞着胳膊，指着玻璃的司徒玥。

她嘴巴一张一合，似乎是在说"开门"两个字。

关山走过去，有些不自然地拿一块儿小得可怜的毛巾，堪堪挡住自己光裸着的胸口，然后在司徒玥期待的视线里，将窗帘"唰"的一声，利落地给拉上了。

司徒玥："……"

她的笑容僵硬在嘴角。

半分钟后，深灰色的窗帘又"唰"的一声，再次拉开。

关山上身已经穿上了一件白T恤，他打开了玻璃门。

司徒玥立即闪身进了房间，又快速地将玻璃门合上，还把窗帘也拉上了。

关山皱了皱眉："你又干了什么坏事？"

以前两家还是邻居，关山还和他妈妈住在这所房子里的时候，只要司徒玥犯了什么错，杨女士拎着擀面杖要来打她，她就翻来关山家。

是真的字面意思上的"翻"，他们两家住对门，司徒玥和关山的房间是挨着的，中间就放了一个装空调机的铁架子。

小时候的司徒玥艺高人胆大，13层的楼也不放在眼里，跨着两条短腿，先是翻进铁架子里，又扒着关山房间外阳台的栏杆，翻进他的房间，凤凰巷方圆十里的小偷们要是看到她的英姿，都得自愧不如，叹一声长江后浪推前浪。

关山第一次见到她站在他房间外的时候，真是心脏都要吓停了，后来不知道叮嘱了她多少回，不要做这么危险的动作，司徒玥每回都说好，可到了下一次她妈去厨房拿擀面杖的时候，她还是本能地翻栏杆，跑到他房间里来避难。

关山没办法，就只能在他阳台外的栏杆上系了一条结实的静力绳，让司徒玥过来时就系在腰上，好歹安全一些。

司徒玥走到他床边，不客气地一屁股坐下，叹了口气："还不就是为了期中考这事儿，你是没听见我妈那语气，凶得仿佛要拿刀杀了我似的，我绝对不是她亲生的。"

关山不接她的话，只低头看着地面。

司徒玥顺着他的视线看去，那洁净的地板上，散着七八个灰脚印，而且还是从阳台一路嚣张地延伸到床边她的脚下，不用说也知道是谁踩的。

司徒玥哈哈一笑，脱下两只拖鞋，拿在手里："我不穿了，行吧？你这洁癖的毛病怎么还是没改啊？"

关山只微扫她一眼："这不是洁癖，是爱干净。"

他伸手接过她那两只拖鞋，省得上面的灰簌簌地往他床上掉落，然后又拿着鞋子走到客厅玄关，放在地上，刚想拉开鞋柜，给她拿一双干净的鞋，却猛然记起这已经不是从前了，他家的鞋柜里，再也没有备给司徒玥的一双拖鞋。

他眼神一黯，关上柜门，空着手走回卧室。

司徒玥坐在床上，问他："鞋呢？"

"没有。"

"哦，没事儿，我不穿也行。"

可关山已经将自己脚上的拖鞋脱了下来，微微弯下腰，摆在她脚边。

司徒玥只好伸脚，穿了进去。

他刚脱下，拖鞋还有点微微的发热。

司徒玥站起身，打量起他的房间："哎？关山，你房间没怎么变哎。"

关山卧室的陈设相当简洁，一张一米五来宽的单人床，床边是两个床头柜，进门的左手边是一扇双开的衣柜，床前则是一张书桌，书桌旁的墙上钉了几条书架，架子上放着的都是一些旧书，有小学时的教科书，也有一些课外书籍，比如《哈利·波特》系列全集，司徒玥曾在关山的房间内将这一套书翻了一遍又一遍。

书架上原来还有一个相框，夹着一张她和关山的童年照。

照片是在照相馆里照的，关山在照片里被扮作了一个女孩儿，穿着粉色的蓬蓬裙和蝴蝶凉鞋，还穿了一条白色的丝袜，眉心被关阿姨用口红点了一颗美人痣，嘴唇也被描得红艳艳的，看上去就跟个粉雕玉琢的洋娃娃似的，把站在一旁的司徒玥都比下去了一大截。

照相馆里有专门给小孩子拍摄的道具，是一顶《还珠格格》里香妃娘娘戴过的同款流苏头饰，司徒玥那时内心很想要戴，可照相师傅见关山长得漂亮，便给他戴了，司徒玥又羡又妒，馋得泪眼汪汪，最后照片拍出来，她皱着眉撇着嘴，一脸包子样儿。而关山因为被不靠谱的妈妈打扮成女孩儿，心里也很郁闷，小脸绷着，眼睛里喷着火，像是和镜头外的人有仇。

这张照片可以说要多丑就有多丑，关山却不知道出于什么原因，也不知道从什么时候起，一直将它摆在书架的显眼处，现在总算迷途知返收起来了，司徒玥松一口气之余，却也不免有些纳闷。

那照片呢？被他扔了吗？

她一路将视线从书架移到他的书桌上，见上面正摊开放着一本书，拿起一看竟然是一本理综"五三"，已经被关山做了一半，还有一大沓草稿纸，上面画满了司徒玥看了就头晕的公式。

她揉了下太阳穴，叹气道"关山，你现在也堕落了，竟然搞起学习来了？"

他搬家以前，还和她一样是扶不起的阿斗，是并列学校倒数一二名的学渣，现在竟然在深夜做起了"五三"？

司徒玥不禁有种同伴已经往前走了，自己却还在原地踏步的被背叛感。

她有气无力地坐在椅子上，扒着椅背，抬起头，语气低落地问他："成绩真那么重要吗?"

关山走到书桌边,微微坐在书桌边沿,微微低头,看着司徒玥的眼睛:"你重视它,就重要。"

司徒玥皱着眉反驳他:"你这话顺序不对,是先认为一件东西重要,才会去重视。"

"都一样。"

关山道:"成绩、学习、考大学,这些东西本身没有重不重要一说,如果你将来想读研、读博,甚至出国深造,或是从事工程师、科学家、医生律师等等职业,那么考大学对你来说就相当重要,那如果你没什么志向,就想着高中毕业了去天桥底下贴膜,成不成绩的,当然就不重要了,所以说学习重不重要,全看那个人对未来的设想与文凭、知识是否直接挂钩。"

司徒玥哼了一声:"贴膜怎么了?你瞧不起贴膜小哥吗?要没有他们,你的手机买一个摔一个。"

关山有些意外:"你从哪里听出我瞧不起贴膜小哥?我分明是单一地、纯粹地,瞧不起你。"

"哟?你还瞧不起我?"司徒玥跷着脚,换了个姿势,"那请问关大学霸,你有什么远大理想,让你改邪归正,从此认真学习了呢?"

关山微一晃神,低声说:"医生。"

司徒玥没听清:"什么?"

关山直直地看着她,像是宣誓那般,严肃又认真地对司徒玥说:"我想学医,小玥儿。"

还挺认真?

司徒玥吐了吐舌头:"那你可得加油了。"

她话音刚落,忽然听见门铃声响起。关山起身,准备出去开门,司徒玥却拦住他,踮脚跑到门边,先掀开猫眼盖,眯着眼看了一下。

这一看就如同接了只烫手山芋,倏地缩回身子,她指了指门外,大祸临头地用口型对关山道:"我妈!"

关山道:"那你……"

还没说完,司徒玥已经整个人扑了上来,关山猝不及防,被她撞到了鞋柜上,背上的骨头抵着鞋柜,带出一阵针刺般的疼意。

司徒玥紧贴着他的身体,一手捂住他的嘴,另一只手伸出食指,竖在唇边,拼命地示意他别出声。

刚洗完澡的关山,后背再次渗出一层热汗,不知是不是被司徒玥用掌心堵着嘴，他呼吸有些不畅，热意蒸腾上脸，整张脸都红成了番茄。

司徒玥见他低垂着眼帘，没有要说话的兆头，这才稍微松了口气，放下捂住他嘴的手。这时门铃声再次响起，她冲关山比了比门外，又指了一下他卧室的方向，意思是她去他卧室躲着，他来应付她妈。

关山低着头，目光恍惚，也不知道听懂了没。可门铃声一直在响，司徒玥急得如热锅蚂蚁，也没时间再说一遍了，踮着脚，一路跑回了关山的卧室，拉开他的衣柜门，躲了进去。

关山等了片刻，确定她已经藏好了，才打开门。

杨女士就站在门外，他赶紧打了声招呼："阿姨。"

"关山啊，"杨女士笑了笑，"有没有看见我家玥儿啊？"

关山摇了下头，反问道："这么晚了，她没在家吗？"

杨女士的视线低垂，凝视在他脚上。

关山低头看去，这才发现自己赤着脚，他的拖鞋被司徒玥穿走了。

他微微定了定神，解释道："地上凉快。"

杨女士呵呵一笑："你这么晚了怎么还没睡？阿姨可以进去坐一会儿吗？"

关山一愣。

"怎么，不方便吗？"

"没有，"关山回神，"阿姨请进。"

见杨女士弯腰准备换鞋，关山忙阻止道："阿姨，不用换鞋了，就这么进来吧。"

杨女士便直起身，笑着走进了客厅。

关山便准备去餐厅给她接杯水，走到半路，突然记起一件事来，侧头一瞥，司徒玥那双梅子色的拖鞋就大剌剌地摆在玄关处，放在他一堆白色灰色黑色的运动鞋里，相当的惹眼。

他眼角一抽，尽力维持住脸上的镇定，走去餐厅倒了杯纯净水，又走回客厅，双手递给杨女士。

杨女士接过，笑眯眯地看着关山："还是你这孩子懂事啊，不像我家里那个不成器的，就因为她考试考砸了，我说了她一两句，结果人跑得影儿都不见了，这次你们也期中考了吧？考得怎样？"

关山回答道："还可以。"

"嗯，"杨女士点了点头，"你今年升高三了吧？怎样？想考哪个大学？"

关山说了一个大学的名字。

杨女士吃了一惊："那学校可不好考啊。"

说完又觉得不好打击孩子的自信心，杨女士便又说道："当然，有这个志气是好的，加油，阿姨看好你。"

"谢谢阿姨。"

两个人又尬聊了十五分钟，等到实在是没话题聊了，杨女士才站起身。

关山以为她要走了，连送她的话都含在嗓子眼里了，却听她突然道："你们这房子跟我们是一个户型吗？我怎么感觉大些呢？那是你的房间吗？阿姨可以进去看看吗？"

关山傻了眼。

"怎么，"杨女士别有意味地笑了下，调侃他，"藏了小女朋友？"

关山如同被踩了脚，忙道："当然没有！"

杨女士被他吓了一跳，抚了抚胸口："没有就没有，反应那么大干吗？你阿姨心脏病都要被你吓出来了。"说完就往他卧室走去。

关山急忙道："阿姨……"

"怎么，不是说没女朋友吗？"

关山结结巴巴道："不是……房间乱。"

"嗐，"杨女士笑着挥了下手，没放在心上，"我还以为什么呢，放心，阿姨是见过大场面的人，司徒玥的房间，跟猪窝有得一拼。"

关山无奈。

杨女士已经不由分说地走进了他的房间。

关山愣了一愣，提步跟了上去。

刚走进去，杨女士就笑道："你这孩子，还说自己房间乱，我看挺整洁的。"

关山支吾了几声，眼神却忍不住往衣柜那里瞟，等杨女士看过来，就赶紧目视前方，装作若无其事的样子，心脏却怦怦乱跳。

可该来的总会来，杨女士转了一圈，看了他的书桌、书架，最后视线还是移到了衣柜上。

关山的呼吸都要停了。

杨女士看了他一眼，伸手搭上衣柜门把手。

"阿姨！"

杨女士回过头来，笑了笑："哎哟，看我，怎么能随便翻你的衣柜呢？"她的手从门把上放了下来，关山几乎是很明显地松了一口气。

然而下一秒，杨女士突然抬手，在柜门上敲了两下，边敲边道："你这

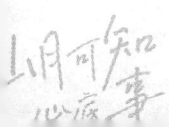

柜子看着挺好的,听这声响儿,结实。"

关山:"……"

"行了,"杨女士收回手,"我也不在你这儿耽搁了,要去找我那欠收拾的闺女去了,她今天晚上要是不回来,我就当没这女儿,把她那房间拾掇拾掇,当狗窝得了。"

关山不知道该如何接话,一路将杨女士送到门口,才关上门。进了自己的卧室,他拉开柜门,就看见司徒玥坐在他的衣服堆里,一手拿着一只拖鞋,抱在胸前,眼泪汪汪,恶狠狠地威胁他道:"关山,如果你今天赶我出你家门,我就一头闷死在你床上。"

关山:"……"

你还真敢说……

他捏了捏眉心,觉得自己这本应做做题就睡觉的夜晚,被这母女俩弄得心力交瘁。

"你回去吧。"他叹口气道。

"我不!"司徒玥十分坚定立场,"你没听见我妈的话吗?回去我就得被她收拾。"

"她还说你不回去房间就让给狗住呢。"

"你听她扯,"司徒玥翻了个白眼,"我妈她狗毛过敏。"

关山不由分说地抓住她的胳膊,将她从衣服堆里扯了出来。

司徒玥大叫:"你干吗?关山!我警告你!你这是见死不救!还讲不讲义气的!啊啊!你撒手啊!不然我咬了啊!我真的咬了啊!"

关山见她亮出一粒尖利的犬牙,丝毫不怀疑司徒玥的节操已经没下限到了张嘴咬人的地步,赶紧放开手。司徒玥又一屁股坐回了他的衣服里。

他头疼不已,道:"你妈知道你在这里!"

"什么?"

司徒玥睁大双眼:"她知道?"

关山指了指外面:"你妈刚才走的时候,把你的拖鞋,揣走了。"

姜还是老的辣。

司徒玥从衣柜里钻出来,目光沉痛,跟关山告别:"再见了朋友,明天上学要是没见到我,记得每年清明的时候,到我坟头上炷香。"

说完,她就像梦游一般,一脸呆滞地回了自己家。

第二天,关山果然没见到司徒玥。

不过是他自己先走了。

这之后的很久，他再也没跟司徒玥坐同一辆车子上学。

因为，那一天的晚上，他做了一个美丽又羞耻的梦。

梦里，司徒玥坐在他的衣柜里，身下是凌乱的衣服堆。

她嘴里不停地说着一句重复的话——

"关山，我要咬你了。"

3

第二天，司徒玥时隔已久骑了自行车上学。

在买早餐的时候，她碰见个熟人，打了个招呼。

等米粉煮好的间隙里，熟人突然挨挨蹭蹭过来，满脸的八卦，问她："哎，司徒，你和迟大校花怎么样了？"

司徒玥掀起半迷瞪着的眼皮。

自从迟灏放她鸽子之后，她就再也没找过他了。

她最后发的那条消息，就孤零零地躺在两个人的聊天对话框里，乏人问津，最后迟灏在她的聊天列表里一沉再沉，司徒玥眼不见心不烦，竟然也有好几天没想起迟灏了。

陡然被人问到，司徒玥还有点蒙。

怎么样了？

还能怎么样？掰了呗。

但她不可能这么说，因为她可不想听到自己被迟灏无情甩开的八卦，只摸了下鼻尖，含糊道："嗯，还成。"

熟人一脸不信的表情，嘻嘻笑着撞了一下她的肩膀。

"哎，和我还藏着掖着干吗？我都知道啦，哈哈哈……"

她知道什么了？

司徒玥一头雾水，也没打算问，扯出个笑脸，接过阿姨递来的米粉，蹬着自行车，滑远了。

却没想到，从自行车棚到五班教室的一路上，都有同学和她打招呼，要么就是扒在窗沿上，冲着她龇牙一乐。

怎么回事？

难道她一夜之间变成个绝代风华的万人迷了？怎么人人见着她都给她一个神秘的微笑？

司徒玥歪头看着玻璃上映出的自己，也没看出哪里变了，头发昨天晚上没洗,有点油,被自己绑成了一个丸子头,碎发旁逸斜出的支棱着,有些乱,她用手捋了一下。

又看见半截衣领子塞进了脖子里,她顺手扯了出来。

直到浑身上下再没有半点不周到之处后,她才往教室走去。

如果这些同学因为半截衣领子就对她行注目礼的话,那她只能说,这些人的精神生活也实在太贫瘠了一点儿。

等进了教室,本来吵吵嚷嚷的教室,在她走进去时,"唰"的一下,居然瞬间安静下来。

效果比潘艳华亲临都要整齐划一。

司徒玥有点蒙。

她在全班同学的注视下,走到自己桌子上坐下。

马攸和程雪立即扭头盯着她。

司徒玥再也受不了了,将书包从肩膀上抽下来,"啪"的一声,甩在椅子上,叉腰怒道:"怎么了?你就说姑奶奶又犯了什么事儿了?至于这么看着我吗,我又不是个国宝!"

全班安静如初。

马攸抽出手机,递到司徒玥眼前:"姐妹,这下你可犯大事儿了。"

司徒玥接过手机,足足看了五分钟。

脸上的表情由愤怒转为震惊,继而鄙夷,最后回归愤怒,将手机扔给马攸,一屁股坐在椅子上。

手机上的内容是湘中贴吧里的一个置顶帖子,帖名取得相当霸气,就叫"震惊!西二楼女寝下惊现某神秘男子"。

帖子没有贴图,发帖子的人ID叫"四喜丸子",这位"四喜丸子"在帖子里说,她听到一条内部消息,说是周五晚上大概十点钟左右,西二楼的女寝楼下站了一对情侣,两个人拉着手,女生正要去开寝室楼铁门的锁,正好被前去巡逻的门卫看见。门卫喊了一声,结果俩人撒腿就跑,跑进女寝楼前那片小树林,门卫没看清路,摔了一跤,女生继续往前跑了,男生回头来扶门卫起来。门卫告到政教处后,发现该男生是高二重点班一名成绩十分优异的学生,下面称B某。

跑掉的女生经班主任查实,是高二平行班的某个女生,简称A某,A某平时行事高调,高二的人里没有不知道她和B某之间的事的,据楼主所知,这位A某从高一进校就开始纠缠B某，呵呵，可惜的是，B某根本不搭理她，A某还不死心，每天给B某带早餐，B某根本不想吃，不是扔了就是给别的同学吃，B某还跟身边朋友讲过，A某真的很烦人，但A某一点也不知道自己给别人带来了困扰，还会在B某上体育课的时候来骚扰他，大家私下里都叫她"无脸妹"。

现在A某和B某的事已经闹到了政教处，听说两个班的班主任吵得不可开交，B某是每学期都拿鼎沣奖学金的优等生，现在出了这个事，估计奖学金也会泡汤……

帖子的内容大致如此，底下的回复已经盖了一百多层，司徒玥没翻完，只看到大部分人在骂那个女生，字眼用得很过分。

也有一小部分人持怀疑态度，说"无图无真相"，"四喜丸子"就亲自下场撕，回复说"只要是高二的，肯定知道她在说谁"。

底下便有一堆跟帖的，问她"A某是不是复姓"。

"四喜丸子"给了肯定的回答。

这样一来，几乎就指明了帖子里的女主角是谁了。

复姓并不多见，在湘中，整个高二年级，复姓的只有两个人，一个就是司徒玥，另一个复姓欧阳，可惜是个男生。

就算高一、高三年级的不知道司徒玥的大名，可是只要稍微打听一下，哎，你们年级有没有一个复姓的女生啊，就能很快得到答案。

司徒玥脸颊烧得通红，攥紧拳头，捶了下桌子。

"去他大爷的！"

这一句话犹如一根燃着的引线，班上好热闹的同学全都围了过来。

"司徒，别气别气！犯不上！"

"我嘞个去！这'四喜丸子'谁啊？有本事找咱们司徒正面刚啊！背后捅人是怎么回事！"

"有谁知道她是谁吗？欺负到咱们五班的人头上了，这口气可不能忍！"

"还无脸妹？无脸他妹啊！嘿！可真够缺德的！"

"就是就是！"

有一个同学举起手，带着点好奇意味地问司徒玥："司徒，你真的和迟校花晚上去寝室楼下约会了吗？"

他刚一问出口，就犯了众怒，一群同学把他按在圈子中心，一顿猛揍。

"说什么呢你！徐大虾！"

"有没有敌我立场！啊？你站哪儿边的呢？"

"不会说人话就把嘴闭着！没人嫌你是哑巴！"

徐大虾抱着脑袋申辩道："不是！我这是……这是帮大家问的啊！难道你们就不好奇吗？"

空气静默了三秒，众人不约而同地朝司徒玥看去，她坐在椅子上，眉目阴沉，不发一言。

众人这下拿书的拿书，抽凳子的抽凳子，把徐大虾又是一顿暴揍。

"谁好奇了？我一点也不好奇好吗？"

"司徒是什么人，难道五班的人不清楚吗？"

"你是'四喜丸子'派来的奸细吧？"

"你个叛徒！大伙儿揍他！"

徐大虾被揍得"哎哟""哎哟"叫个不停。

教室里吵得几乎要掀翻屋顶，还有书本在半空飞来掷去。

这时，门口传来一声狮子吼："干什么呢！想造反吗！"

众人回头望去，教导主任叉腰站在门口。

教导主任姓黄，对学生从来都没有一个笑脸，又是干得管风纪的这样没人性的活儿，脸上就差没刻上"铁血无情"四个大字，学生们私底下都叫他"黄面瘫"。

五班学生一见他，几乎是在一眨眼的时间里，就各自回了自己的座位，迅速埋头苦读起来，一个个认真得仿佛是奔清华北大的苗子。

黄主任板着脸问："司徒玥是哪个？在不在？"

刚刚还埋着头看书本的学生们，"唰"的一下，不约而同地把头朝司徒玥扭来。

司徒玥站起身，起得急了，椅子在反作用力下，和大理石地板划了一下，发出"吱"的一声刺耳声响。

黄主任就在这道声音里，面无表情地对司徒玥说了句："出来一下。"

司徒玥在全班的目送下，挺着背，走出了教室。

司徒玥跟在黄主任的后面，下了楼，一直走进了一楼的政教处。

还没进去，她就听见了她的班主任潘艳华的大嗓子。

"嘿？你们挺会想的啊，要一个女生上台做检讨，还为了这事儿？你们以为这是文艺汇演演讲词呢？缺不缺德哪？"

坐在他对面的一个穿黑色线衫的中年男人劝他："艳华，你注意点你的言辞！"

潘艳华憋了口气,好歹收敛了一下:"校长,对不住,脾气没收住,只是我就一句话,处分,可以,通报不行,上台检讨,更不行!"

他旁边坐的就是一班班主任冯老师,听了这话,第一个不同意,苦口婆心道:"潘老师,你何必动这么大肝火?难道就你们班司徒玥一个人做吗?我们班迟灏也做啊。"

潘艳华差点儿从皮椅上蹿起来。

"你还说?男生和女生能一样吗?小冯啊,你这个年轻人难道不玩贴吧的吗?"

"贴……贴什么?"冯老师有些没跟上。

"贴——吧!"潘艳华张着嘴,一字一顿道,"孩子们聊天的工具,你是没看到我们司徒在里面都被骂成什么狗样儿了,你们迟灏倒成了受害者,你说说,这男女能一样吗?"

黄主任咳了咳,政教处一众老师回过头来。

司徒玥被带着走了进去。

老师们围着办公桌坐着。司徒玥有些认识,有些不认识,只知道是学校的一些管理人员,还有几个穿着通勤装的男女,司徒玥更不认识,只能弯下腰,鞠了一躬,笼统地说了句"老师们好"。

老师们除了潘艳华、教导主任,都微笑着冲她点头致意。

有个戴着眼镜、穿着通勤装的年轻女人拉了一张皮椅,道:"来,坐。"

司徒玥拘谨地向她道谢:"谢谢老师。"

那女人笑了笑:"我不是老师,严格来说,算你学姐。"

司徒玥怔了怔。

潘艳华跟她解释:"这是你05届的宋依依学姐,当年的高考状元,去了北大的,现在在鼎沣集团工作,你多跟人家学习学习。"

宋依依笑道:"潘老师不要给我戴高帽子啦,学弟学妹们以后肯定比我更有出息,叫他们看笑话了。"

司徒玥勉强挤出一个笑,心底却一片惶恐。

鼎沣集团是湘中当年一个十分优秀的校友创办的上市公司,资产过亿,在整个湘市,几乎是龙头企业。

校友功成名就之后,也不忘当年栽培过他的母校,捐图书馆,修教学楼,所以湘中的图书馆就叫"鼎沣图书馆","高二楼""高三楼"的招牌也是照着他的字体做的,湘中的塑胶田径场、校门口那阔气十足的喷泉、可以容纳上千人的大礼堂，几乎都和他有点关系。此外，湘中每学期的奖学金，也是这位校友掏的腰包，奖金相当丰厚，一等奖接近两万，就是一年的学费也没有这么多。

司徒玥得用藏在桌子底下的手死死掐住大腿，才能让自己不发起抖来。

终于，有一个老师模样的人问她："司徒同学，你和迟灏同学，是什么关系？"

司徒玥的脸颊烧了起来，低垂着眼，回答道："同学关系。"

她以为自己说的声音很大，其实在别人听来，就跟含在嗓子眼里一样。

那老师没听清，又问了一遍。

司徒玥嘴巴哑了一哑，刚想开口回答。

潘艳华就不耐烦地怼了回去："她说正当同学关系，张老师你耳朵不行吗？"

张老师被噎了一下，总算没跟潘艳华计较，又问司徒玥："除了同学关系之外呢？"

司徒玥一蒙："除了这个，还能有什么？"

"就没有别的……不正当的关系？"张老师徐徐善诱。

司徒玥被"不正当"这闷头一棍子打得耳鸣眼花，耳朵臊得通红，又羞又气。

她想起潘艳华刚刚打的那个岔，心里有了些底气，平时的机灵劲儿全上来了，反问张老师："什么不正当的关系？张老师，您给个提示？"

张老师一愣。

这师生两个，说话风格怎么一脉相承的噎人？

潘艳华在一旁听了，一巴掌呼上司徒玥的后脑勺，劲儿不大，只把她的脑袋瓜推了个趔趄："说什么话呢？没礼貌！"

司徒玥摸了摸脑袋。

潘艳华道："张老师你也别在这儿套话了，水平低劣得我都看不下去。司徒啊，我跟你明说了，周五晚上学校门卫在女宿舍楼下看见两个学生在讨论学习问题……"

旁边有老师提醒："不是讨论学习！俩人拉着手呢！"

潘艳华当作没听见，继续道："这两个热爱学习的学生有一个你也知道了，是一班的臭小……迟灏同学，另一个他们怀疑是你，老师知道你最近为了期中考的事每天努力学习，你这孩子，你看你，就是再爱学习，也不能昼夜不分，大晚上地找同学交流是吧？"

所有的老师脸上都是不忍卒听的表情。

潘艳华还说张老师套话的水平低劣，他这一手牵着人走的把戏，显然玩得也不怎么高明……

司徒玥认真地听完，最后十分平静地道："潘老师，您不用说了，那个女生不是我。"

所有的人，听到她这句话，都露出了吃惊的表情。

潘艳华也不例外，他虽然护犊子，却对于司徒玥就是晚上幽会的那个女生的猜测，没有过异议。

这几乎就是事实了。

"不是你还能是谁？"

司徒玥摇头："不知道，反正不是我，周五我在看电影。"

"不对，"一班班主任立即反驳，"那天在办公室，你还说你整晚在家。"

司徒玥承认道："那天我撒谎了。"

众人看着她的眼神，开始微妙起来。

司徒玥清楚，这是一种不信任的眼神。

人的认知就是这样的，撒了一次谎，不管这个谎言是大是小，人们从此有资格怀疑你每一句话的真假，因为在说第一句谎言开始，一个人的可信度就打了折扣，就像那个寓言故事狼来了，没有一个人会任由他无止境地欺骗下去。

所以一个人在承认自己撒了谎的同时，也必定要付出一定的代价。

那便是自己之后说出口的每一句话，别人都有权持保留态度的代价。

司徒玥这回不掐大腿了，掐也没用，因为她已经发起抖来。

4

回教室后，一堆同学瞬间围到了司徒玥的课桌边。

马攸首先沉不住气，急问道："怎样？他们把你叫出去干什么？"

"干什么？"司徒玥嘴角扯出个讥诮的笑，"逼供呢。"

她吐了口气，一腔怒火再也忍不住，口不择言道："我到底是走了什么霉运？迟灏他不晓得是跟哪个女孩子幽会，结果都怀疑是我，我那晚明明在看电影，谁约会会选在学校里啊？找刺激吗？"

五班的同学没有一个怀疑她的，纷纷帮她声讨起那个不知名的正主来。唯有一旁的程雪退出了人群，手里拿了一本下节课要用到的语文书，目光却不在书上，呆呆地出着神，众人骂上一句，她的脸色就白上一分。

马攸问道："然后呢？政教处做了决定吗？你会不会受处分？"

说起这个，司徒玥更气，黑着脸道："他们说处分就不用背了，不过要在期中总结大会上做检讨，喊我去也是要通知这个决定。"

"那你做吗？"

"不是我做的我干什么要认？"

司徒玥捏紧拳头，像是下定了决心："我不认。"

接下来的几天司徒玥被叫到政教处无数次，问题千篇一律，她心中打定了主意，就是低头不说话。

教导主任让潘艳华劝一下她，潘艳华却比她还横，冷着脸，就一句话："她不说，我有什么办法？"

教导主任拿这师生两个都没办法，无功而返。

与此同时，贴吧里的那个帖子开始越垒越高，高达几百楼。

楼主"四喜丸子"开始爆更多的料，比如司徒玥学期伊始开设的那个赌局，司徒玥的成绩也被抹去姓名班级，贴了出来。"四喜丸子"甚至还贴心地和迟灏的成绩做了一个单科和总分成绩的对比图，条形图折线图百分比对比图一应俱全，就差没做个函数建模。

司徒玥直觉这"四喜丸子"是个人才，不去华尔街闯荡一番，简直就是全人类的损失。

同时，司徒玥也是第一次如此直观地认识到，自己的成绩竟然烂到这个地步，几乎全科飘红，和迟灏那逆天的成绩一比，简直惨不忍睹，教科书式地表明人类潜能的天花板和下限。

帖子底下全是嘲笑之声，也有人说："学渣怎么了？学渣就不能和学霸谈恋爱了吗？"

但很快被淹没在正义的呼声之下。

事情到这儿，还不算完。

让司徒玥险些心肌梗死的是，"四喜丸子"竟然贴了一张她的照片！

照片里，司徒玥提着两手白色塑料袋，正努力地抬起胳膊，想要通过窗户，递给迟灏。

司徒玥脸上笑着，可配着这递早餐的动作，就像个旧社会里跑腿的大丫鬟，也像个隔着铁栏杆努力地给白眼儿狼孙子递包子的老大爷。

怎么看怎么卑微！怎么看怎么辛酸！

更可气的是，"四喜丸子"这人心思歹毒，偏偏挑了一张她龇牙挤眼的表情截图。

大白牙露着,牙花儿都能瞧见!眼睛还眯成一条线,丑得司徒玥第一眼都没瞧出来是自己。

评论里开始有人说"丑人多作怪""癞蛤蟆想吃天鹅肉"。

司徒玥气得吐血三升。

这种表情包截图,就是天仙来拍,都照样给她拍成如花好吗!

"四喜丸子"这么了解她,还能偷拍到她而不被她发觉,司徒玥都开始怀疑是不是身边出了奸细。

而重点怀疑对象就是马攸。

马攸未语泪先流,为了洗清嫌疑,只能申请了三四个贴吧小号,在那个帖子里,红着小眼,同人撕到天亮。

在马攸的带动下,五班的意志空前高涨,班级凝聚力上升到一个新的顶峰。

大家的观念是,侮辱司徒玥就是侮辱五班!侮辱五班就是侮辱五班的所有人!

都侮辱到自己头上来了,大家这时候不行动,还等到什么时候行动?

语文课代表文采斐然,当场即兴创作了一首藏头诗,由宣传委员写在黑板报上。

诗是这么写的:

> 保家卫国不敢攀,
> 护天法地谁曾言。
> 司人正当时劫难,
> 徒留意气何时还?

合起来,就是"保护司徒"四个威风凛凛的大字。

教室后头的黑板已经被丙烯颜料全部刷成了白色,有点点红梅缀在其间,雪天红梅的景色中,有一个用墨黑颜料画的侠客背影,侠客头戴斗笠,身披蓑衣,左手烈酒,右手长剑,在漫天大雪里踽踽独行。

宣传委员是个身高一米八的长身大汉,从小练书法,写字时有个毛病,就是必须一口气写完。

关于他有一个轶闻,听说他小时候因为毛笔字写得好,每到春节常被街坊邻居押去写"福"字,写对联。

有个伯伯曾经把他叫去,他长吸一口气后,正想洋洋洒洒快速将对联写完,但一看伯伯交给他的抄着对联的字条,人瞬间就傻了。

那副对联是这样的:

上联:青山绿水碧云天 燕舞莺歌春风满苑

下联:瑞虎福星祥岳际 花团锦簇喜气盈庭

横批:盛世宏图

伯伯笑眯眯地在他耳边提醒:"大侄子,记得写繁体啊!"

据说,在写完那副对联后,宣传委员直接被救护车拉去了医院急诊。

年复一年,在如此刻苦辛勤的锻炼下,宣传委员的书法水平没见怎么精进,肺活量倒是被练出来了,4500毫升起,连司徒玥都吹不过他。

大家只见他手执毛笔,憋了一口长气,将这首藏头诗一挥而就。

写到"还"字的时候,一口气不够用了,险些破功,急忙紧守门关,闭气写完最后一笔。

最后"还"字的走之底拉得绵长,无意之间,侠气陡生。

宣传委员写完一看,点点头,自觉这一笔写出了他生平功力之最,志得意满之下,将手中毛笔一抛,深藏功与名。

正准备事了拂衣去的时候,却被卫生委员一声暴喝,不由分说地押去卫生间洗拖把,宣传委员含着虎泪,拖干净了被他墨水溅了一地的地板。

在这首诗的激励下,五班同学下课后再也不扯皮闲聊,上厕所都跑着去,要把有效的时间用来在贴吧里口诛笔伐。

这也间接地锻炼了大家的膀胱和肛门括约肌。

往常闹哄哄的五班,头一次下课比上课还要安静,教导主任每回来找司徒玥,都得抬头看一下班级门牌号,怀疑自己老眼昏花走到了重点班。

自习课上,安静的教室里,还时不时传出一句:"哎呀,这个鬼又来找抽了,老子说了多少次,咱们司徒是双眼皮,没整容,没隆胸,她那洗衣板身材还隆过,我当场把手机给吃掉好吗?大家快来教她做人!她ID叫……"

抑或是:"我去!这些人炮火好猛!兄弟们顶上!老子支撑不住了!"

"哎?那谁谁,你这是骂人吗?你这新概念作文吧?什么叫'我想借你一双理性的翅膀,借你在广袤的天际翱翔'?"

"哦,说人傻是吧?那你直说啊!啥?不会骂人?来来来,哥哥教你……"

一连串不带脏字儿的优美中国话行云流水地吐了出来。

那人衣角被扯了扯,只见门口杵着一个人,潘艳华板着脸走了进来。

大家低头做看书状，闷声当哑巴，课桌底下的两只手却在疯狂按着手机打字。

潘艳华高贵冷艳地走到讲台后的凳子上坐下，低着头，只要教室有一点窸窣声，就抬头目光巡视一圈，大家就立即安静，用眼风来交流信息。

帖子里，敌方呈一片压倒性的态势，全力碾压五班众人，从学习成绩到外表，再到人品，全方位多层次地深扒司徒玥，并对此进行人身攻击。

有一个 ID 名叫"美少女战士"的人火力最猛，此人号称是 A 某的小学同学，说 A 某这个人，从小就搞校园霸凌。

全班同学的脸嗖嗖嗖地都冲司徒玥偏过来，挤眉弄眼，传达着同一条讯息：美少女战士说的是真的吗？

司徒玥挠挠头发，脸颊爆红。

她小时候就有这么流氓了吗？她怎么什么都不记得了？

是关山干的吧？

她恬不知耻地想。

这时有位友军，反击了那位"美少女战士"。

友军 ID 名为"上善若水"，他反击的风格别具一格。

他是这样说的：哼，你瞎说。

众人："……"

仿佛还嫌不够似的，这人还加了句：我和司徒玥认识，她才不是你说的那种人（噘嘴/噘嘴）！

众人一愣。

"谁啊？"魏明朗率先沉不住气，腾地从椅子上站起身，"这上善若水是谁啊！取这么个弱智名儿，还把司徒的名字抖出来了，疯了吧？不然就是敌军奸细！谁！自己站出来！可别让我揪到！"

全班的人你看我我看你，脸上都是一派茫然。

这时帖子里，"上善若水"的回复下，开始有人排起队列，一层一层地评论：潘老师好！

上善若水：我不是别瞎说！

紧接着，有人将他账号的基本信息贴了出来：高二五班班主任。

魏明朗："……"

五班众人："……"

司徒玥："呃……"

潘艳华忍了又忍，还是没忍住，脸上带着十足的困惑，问魏明朗道："上善若水这名字，真的有那么……差劲吗？"

魏明朗一条铁打的汉子，硬是红了眼眶。

潘艳华很认真地问他："那依你看，'岁月静好'这个名字行不行呢？"

魏明朗卒。

后来不知多少年，这都是五班同学聚会上，每次都要津津乐道的话题。

托潘艳华的福，本来还只是部分人知晓A某的真实身份，经他一搅和，几乎全校的人都知道了司徒玥的大名。

司徒玥要是去上洗手间，从教室到走廊尽头的一路上，无数学生扒着窗户引颈相看，就像古代百姓迎接凯旋的王师一样，那场面别提有多拉风。

司徒玥就在无数八卦的目光下，扭腰提臀，目不斜视地拐进厕所。

这场网络骂战，就在五班同学的积极参与下，局面终于扭转，对司徒玥的骂声开始减少。

直到有一天，楼主"四喜丸子"发了两张图片。

图片之一是迟灏的一张家庭贫困证明，上面写着：

该同学生父早亡，母亲文化程度不高，仅靠打工维持家庭生活及其上学所需，家庭特别困难，情况属实，特此证明。

A4纸的右下角，盖着一个鲜红的公章。

另一张图片是一张助学申请书，上面几栏是迟灏的一些基本户籍情况，右上角还贴着一张两寸的蓝底证件照，照片有些发黄，看得出是旧照，因为照片里的迟灏面孔更稚嫩一些，理着普通的小平头，还没戴上眼镜，优越的五官无遮无挡地露出来，帅气，但也阴郁。

他直直地盯着镜头，目光很冷，像带着刺儿。

同他现在温和的样子全然不同。

司徒玥被那眼神刺了一下，继续往下一看，心底一团怒火噌地冒了出来。

申请书最后一栏，留出了一大段的空白，栏目名字是——申请助学金的理由。

上面用黑色水性笔写着一大段话：

尊敬的学校领导，我是初二一班的迟灏，出生在一个贫穷而又落后的小山村，父亲在我十岁那年去世，母亲文化浅薄，在家务农，由于常年劳累，身体状况十分差，农业收入低微，所以全家收入微薄，虽然有国家义务教育的减免，还是面临着巨大的经济压力……

司徒玥一目十行地看完。

迟灏的字在初中时就已经很好看，不比练过书法的宣传委员差，笔画银钩，每一弯一折，都带着锋芒与锐气。

可这弯刀一样的撇捺勾横，戳在司徒玥的眼眶里，却让她眼睛涩得发疼，那张两寸蓝底的证件照上，迟灏的眼神就直愣愣地打在她身上。

评论里已经有人同情了起来："没想到迟灏家里这么穷啊？"

"看不出啊，我一直以为他家里很有钱。"

"我曾经怀疑过，因为他上次穿了一双匡威的水货，你们知道的，就商贸城那边，二十多块一双的那种地摊货。"

"帅哥穿仿货，天哪，我的三观碎了，不过一双正品也没多少钱吧？"

"难道只有我一个人觉得关山比迟灏帅多了吗？而且关山家里好像挺有钱的，上次他妹妹来找他，好像背的PRADA（咋舌/咋舌）。"

"那这么说，迟灏和司徒玥在一起，是不是因为她有钱啊？吃软饭。"

"哈哈哈……楼上的是在说迟灏被司徒玥包养了吗？哈哈哈……"

司徒玥看不下去了。

她放下手机，脸色阴沉，站起身，走出教室。

马攸在身后喊："司徒，你干什么去？"

司徒玥没理，顿也没顿地往外面走去。

她心里藏着一股劲儿，这股劲儿让她攥紧拳头，鼓着胸膛，脚步不停地一路走到了一班教室，正好和教室里走出来的一个人撞了个满怀。

两个人都退后一步，司徒玥抬头一看。

正好是她要找的人。

5

一班教室后门口。

司徒玥抬头直视着迟灏："你去哪儿？"

迟灏对她的目光毫不避让，神色冷淡："去政教处。"

"去干什么？"

迟灏冷笑一声，反问她："你说呢？"

司徒玥的气势无端短了一大截，就像一个泄了气的皮球："没罪为什么要认？"

她喉头发涩，眼圈已经微微发红。

迟灏低头看着她，突然叹了一口气，像鬼上身似的，伸出手，做了一个迟灏绝对不会做的动作。

他几乎是用一种近乎温柔的姿态，轻轻抚了抚司徒玥的发顶。

"司徒，我有罪。"他温声道，"穷，就是我的罪。"

说完，他收回手，往楼梯口走去，司徒玥出声叫住他："那个人，到底是谁？"

迟灏回过头："哪个人？"

司徒玥不说话，只盯着他，她百分之百地肯定，迟灏知道她指的是那个真正陪他深夜幽会的人。

她难道傻吗？

明明身上背的这口黑锅，很轻易就能被推翻。只要把关山叫来，就能证明她那晚是在和他看电影，如果还不信，就调来影院的监控，一看就能明白。

她为什么要沉默这么多天，死咬着一句没用的话，不是她干的，不是她干的，说了无数遍，却不拿出证据来。

她是在等迟灏，等他把背后藏着的那个人，自己亮出来。

洗清她的冤屈。

可迟灏却冲她微微一笑，道："那个人，不就是你吗？"

那一瞬间，司徒玥仿佛能感到无数道隐秘探测的目光无声地打在自己背上，仿佛能听到键盘在耳边叩击的"噼啪"声，还有无数窃窃耳语声，就像夏天爬过草丛的蟋蟀，窸窸窣窣，让人听得牙酸。

迟灏已经拐进楼梯，瘦削的身影很快消失不见。

"丁零零"上课铃声响起，看热闹的学生们很快各自回到了座位上，走廊上空无一人，司徒玥犹豫了一下，走进了教师办公室。

第二节课下课后，是大课间，要去田径场做操。

马攸正想像往常那样，左手拷程雪，右手拷司徒玥，两下一看，这两个人竟然都不在，不知道跑哪儿去了，他抓了抓脑袋，独自一人走进了人流中。

一班教室外，程雪站在走道一侧，和无数去操场的同学逆向而站。

有人跑得急了，撞到她的肩膀，她整个人被撞得一偏。她往里再站了站，尽量不让自己阻碍到别人,一双大眼却执着地盯着一班教室的前门和后门,像是生怕错过什么人。

直到迟灏走出来,她眼神倏地一亮。

迟灏看见了,站着没动,有同学催他,他说:"你们先去吧。"

男生们勾肩搭背地走了,等整个教室的人都走光了,程雪才走上前。

"我要去政教处,跟教导主任说,那天晚上是我……"

迟灏没开口打断她,只神色平静地看着她,程雪自己却说不下去了。

过了一会儿,迟灏才开口说:"你去说是自己,如果不说明白前因后果,他们会以为我们在早恋,据我所知,你也拿鼎沣奖学金,你能接受奖学金泡汤吗?"

程雪望着他,鼓起勇气说:"那我讲明白……讲明白前因……"

迟灏点了下头。

"嗯,你可以坦白,那晚你是在跟踪自己出轨的妈妈,被我偶然撞到,我因为怕你出事,一路跟你到女寝,结果被门卫误会。"

迟灏面无表情:"只要你能说出口,能忍受他们用那种同情、怜悯的眼光看着你,我不会拦你。"

他耸了下肩膀,透露出一种事不关己的冷淡:"反正女主角是谁,对我来说都没区别。"

程雪眼圈泛红,眼泪不打招呼地掉了下来。

迟灏突然就心软了。

"你别傻,"他说,"司徒玥不缺奖学金那点钱,可对于你和我来说,这笔钱很重要。"

程雪的眼泪掉得更凶。

"可她被……被别人骂得好惨……"

迟灏笑了:"被骂几句怎么了,她没心没肺的,不到两周就会忘了。"

程雪倏地抬起头来,愤怒地看着他,罕见地骂了句脏话:"你知道个屁!"

她转身就走:"我要去坦白。"

迟灏叫住她:"如果你要坦白,为什么不早两天去?"

程雪的脚步一顿。

迟灏的声音从背后传来:"等她背了一身的骂名之后,你再去坦白,又有什么用?"

他绕到程雪身前,说话声音很轻,像个诱人堕落的恶魔:"别去了,程雪,你没听过吗?"

他看她一眼,那一眼,直击程雪的灵魂深处。

"迟来的正义并非正义。"

他这样说道。

同一时间,女洗手间内,司徒玥在厕所隔间里,正想出去时,门外传来女生们嘻嘻哈哈的说话声。大课间常有女生为了躲避课间操,藏在卫生间里说八卦。

马攸曾说,女厕所是湘中孕育无数小道消息的摇篮。

司徒玥本不以为意,直到她听到了自己的名字。

"阿圆,我听说无脸妹今天去你们班找迟灏了呀?"

那个叫阿圆的女生哼了一声:"对啊,还假惺惺地问迟灏'那个人'是谁,也不知道说给谁听的哦?呕,恶心死了。"

另一个女生回答:"说给我们大家听的呗,她不就是想让全校的人都知道,她追到迟灏了吗?"

阿圆得意扬扬道:"她这么想出风头,那我就让全校的人都认识她。"

"哈哈哈……楼主您厉害!不过……放迟灏的助学申请书,是不是有点不太好啊?现在他被好多人笑呢,你不是很喜欢他的吗?"

阿圆有些蒙:"我是很欣赏他啊,可是他被人笑跟我有什么关系?而且他穷是事实啊……"

司徒玥再也听不下去了,沉着脸把门把旋开,猛力一推。

门板转了将近180度,又重重地摔到门框上,发出"砰"的一声巨响。

正在洗手台前闲聊的两个女生被吓了一跳,下意识侧过头来,就看见站在隔间门前,脸色黑如锅底的司徒玥。

司徒玥瞪着二人,一言不发地快步走到她们跟前,出手如电,还不等两个女孩子反应过来,一双九阴白骨爪已经抓住了她们脑后的马尾辫。

两个女生嗓子里同时发出一声尖叫。

"啊!司徒玥!"

"你给我撒手!"

司徒玥狞笑一声:"哟?敢情认识你姑奶奶啊。"

司徒玥拽着那两个人头发的手一紧,两个女生感觉整块头皮仿佛都要被她扯下来了,纷纷痛呼不止,一边两手胡乱抓着,去掰司徒玥的手,却都被司徒玥灵巧地躲过。

司徒玥恶狠狠地问:"阿圆是哪个?"

左手提着的那个脑袋微微抬起来,一双贴着双眼皮胶的眼睛恨恨地瞪着司徒玥:"是我,你要怎样?"

"好啊,"司徒玥冷笑,"'四喜丸子',姑奶奶我终于找到你了!"

司徒玥放开右手那个脑袋,将左手上那个女孩的脸蛋提起来一看,发现自己毫无印象。

"我不认识你,咱俩有什么梁子,你这么整我?"

阿圆"呸"了一声:"我就坐迟灏后面,你找他一回,我就瞪你一回,你敢说你没瞧见?"

司徒玥诚实道:"不好意思,鄙人真没瞧见,眼睛全去瞅帅哥了,谁去注意你?"

阿圆大怒,挥手就要来扇司徒玥耳光:"贱人!不要脸!迟灏又不喜欢你!你还来纠缠他!"

司徒玥奇怪道:"他不喜欢我,难道就喜欢你了?"

阿圆先是一呆,继而被司徒玥强悍的逻辑激得更加愤怒:"你给我闭嘴!我要打死你!啊——你有本事放开我!"

这时,阿圆的同伴已经趁司徒玥没注意,溜到了洗手间门口,吼了一嗓子:"姐妹们!快出来!阿圆被欺负了!"

正专心截住阿圆想扇她耳光的手的司徒玥听见这声喊,微微一愣。

还有帮手?什么玩意儿?

刚一分心,阿圆的手掌就呼了上来。

饶是司徒玥往后仰了一下,还是被阿圆打到了右脸一小块地方,阿圆留的长长的指甲划到了她脸上的嫩肉,从嘴角到腮旁,留下了一道红线。

这时被那个女生呼唤来的众姐妹已经到了门口。

人数有多少呢?

怎么说呢,司徒玥只感觉到刹那间,门外洒进来的阳光,全都没了,被门口那一群人给挡着了。

司徒玥在这些人的逼视下,不得不放开了阿圆的马尾辫,战术性地往后退,直到背后抵住了门,退无可退。

阿圆站在人群中央,冲司徒玥露出个挑衅的笑:"司徒玥,你再横啊!再来拽我头发啊!"

司徒玥冷静地与她对视,神色丝毫不惧,冷笑一声:"你以为我怕了吗?"

阿圆一怔,心中不免怀疑起来。

难道司徒玥打架特别厉害,能以一当十?

· 102 ·

她正暗自琢磨的时候,却没想到一脸大义凛然的司徒玥突然矮身一缩,以迅雷不及掩耳之势闪进了厕所隔间内,并且火速拴上了门。

众人一愣。

几秒钟后,阿圆气急败坏地在门外喊:"司徒玥!你给我出来!"

司徒玥:"我不!我傻吗?出去给你围殴?有本事你进来!"

阿圆:"……"

无耻之徒司徒玥!!!

同一时间,关山一如既往地躲过课间操,伏在课桌上补眠。

小黛和徐二明几个人,站在窗边,耳语几声,你推我搡,最后猜了几轮拳,小胖中选,被几个损友一把推了出去。

小胖哭丧着脸,举着手机,迈着小碎步,挪到关山的课桌旁,伸出一根棒槌般的肥指头,小心翼翼地戳了一下关山的肩膀。

桌上的人纹丝不动。

小胖向损友们无奈地看去。

小黛冲他挥了下拳,徐二明以口型示意他:"不要尿,就是上!"

吴奇给他比了一个加油的手势。

小胖欲哭无泪,这次不撅指头了,改成用一只厚实的手掌,拍了关山的肩膀一下。

桌上的人动了动,从肘弯里抬起头来。

这下可算是醒了。

关山迷瞪着一双睡眼,看向小胖,脸上就四个大字:有屁快放!

小胖颤颤巍巍地把手机递给他。

关山揉了下眼,手机屏幕上,写着一行小字:震惊!西二楼女寝下惊现某神秘男子!

关山皱了皱眉。

五分钟后。

"山哥!山哥!冷静!"

"山哥,你这是要去哪儿?"

"山哥!息怒!打人犯法!轻则拘留,重则判刑啊!"

关山停下脚步,无语地看向身边的这几个人。

"谁说我是去打人?"

小黛好奇道:"那你是要去哪儿?"

"去找小玥儿。"

徐二明拉住他:"你现在去也碰不到人啊,她肯定去做操了。"

关山一愣,继而冷静了下来,在椅子上坐下。

小黛道:"司徒妹子是得罪什么人了吗?这么多人骂她。"

"那个'四喜丸子'吧?还贴司徒丑照,这得多大仇啊?"徐二明接话道。

"哎,奇儿,你可以查到'四喜丸子'的照片不?我倒要看看,她有没有司徒妹子好看。"小黛问道。

吴奇瞪了小黛一眼:"自从上次山哥让我篡改校草投票数据之后,我就再不干这种缺德事儿了,你知不知道那之后我良心不安了多久?这次你还让我去黑人家资料?"

"可……可是……"小胖看了吴奇一眼,结结巴巴道,"这可是司徒的事啊。"

吴奇昂着头,表示自己绝不与他们同流合污。

直到,关山的视线,有意无意地冲他甩了过来。

吴奇顿时妥协了。

6

课间操结束,马攸在小卖部买了两瓶光明酸奶,决定带回去给程雪和司徒玥喝,顺便跟她们一吐自己单独做操的孤寂和落寞,以后千万不要撇下他一个人躲课间操。

他随着熙熙攘攘的人流,慢慢爬上五楼,刚到五班门口,就看见站在门边的关山。

女孩子们经过他,一个个都面色潮红,紧张地抬起眼帘打量他,被他发现时,又赶紧低头快步从他身前走过,等走出几步远后,又忍不住回头看他。

马攸手持着两杯酸奶,心里不停琢磨:他来干什么?找司徒吗?司徒不在班上吗?怎么他还在这里站着?他个头可真高……

马攸一边想,一边心不在焉地从他身旁走过,准备进教室。后颈的衣领突然一紧,马攸被吓了一跳,扭着脖子看去,竟然是关山揪住了他的后脖领。

关山皱着眉,满脸不耐烦:"你想什么呢?我叫你半天。"

马攸脑子卡了壳,指着自己话都说不利索:"你你你……叫我?有什么事……事吗?"

关山放开他的衣领,言简意赅道:"司徒玥呢?"

马攸傻了："啊？她不在教室吗？"

他抻长了脖子，往教室里看了一圈。

"别看了，我看好几遍了，她不在。"关山不耐烦道。

马攸摸摸脑袋："那我也不知道了，司徒她没去做课间操。"

再一看，连程雪也不在。

马攸在教室门口喊了一嗓子："有谁看到司徒了吗？"

同学们要么摇头，要么说"没有"。

关山点点头，对马攸道："咱俩加个微信。"

"啊？为什么？"

"我联系不上小玥儿，臭丫头挂我电话，你要看见她，就告诉我，我好来逮人。"

马攸茫然地点了下头，掏出手机，加了关山的微信。

余光中，马攸似乎看到半数女生，冲他瞟来的，羡慕嫉妒恨的眼光。

女洗手间门口，吵成一团。

女孩子们对拦在门口的几个女生怒目相向。

"凭什么不让我们上厕所？厕所你家开的吗？"

阿圆抱着手臂，斜倚在门框上，一条腿抬起来，蹬上另一侧的门框，这样一来，她整个人就成了一根人为的"路障"。

阿圆翻了个白眼，道："想上厕所的去四楼上，这一层的就是不给上。"

"凭什么？"带头的女生被她的蛮不讲理弄得更加愤怒了。

阿圆道："凭我是你妈，你再跟我啰嗦，尿裤裆里，我可不负责。"

"你！"女生气得两眼通红，身体往前一冲，就要打起来。

阿圆身边几个女生登时进入备战状态。

带头的女生被后面几个朋友拉住，同时有人小声劝道："算了算了，别惹这些人。"

"四楼就四楼吧，快点，不然要上课了。"

女生们拉拉扯扯，走远了。

阿圆哼了一声："算她们识相。"

说完，她胸中怒火又起，对着洗手间内一扇隔间门大喊："司徒玥！你有本事！就待在里面，一辈子也别出来！"

里面没有声音传出来，如果不是因为门从外面推不开，她们甚至要怀疑，司徒玥根本不在里面。

这时，上课铃声乍然响起。

一分钟后，终于有人忍不住道："阿圆，上课了，回去吗？"

阿圆看了一眼那扇紧闭的窄门，恶狠狠道："不！我今天就和她耗在这儿了！"

隔间里的司徒玥发出一阵无声的呐喊：何必呢！！！妹妹！！！

一个多小时后，司徒玥已经上了三次厕所，直到膀胱里储存的最后一丝水分都被榨干，她酝酿不出任何尿意，抑或是便意。

阿圆的意志力强悍得超乎她的想象，据她所知，应该拦下了不下十拨想上厕所的人马。

司徒玥将耳朵贴在门板上，现在是上课时间，听不到什么声响。

司徒玥抬起手腕的表看了看，接近下第四节课的时间了，外面的人应该走了吧？

司徒玥向上看了看，厕所隔间的门特别高，又是蹲位，不存在翻上门板察看外面的可能。

或者她打开一丝门缝，暗中观察？要是看到她们还在外面守着，就赶紧关门，或者一不做二不休，干脆跑出去，同时大喊"杀人了"，教室里老师同学都在，谅她们也不敢做什么，虽然这样会丢尽她的脸面……

可是，司徒玥转念一想，反正阿圆也会把她被堵厕所这件事宣扬出去，说不定还去贴吧，用大写加粗的字体发帖子，那样她的脸面照样也会丢尽……

司徒玥欲哭无泪。

闯？还是不闯？

这是个问题。

原地纠结三秒后，司徒玥做出了决定。

她决定采取单兵突围策略。

怀着沉痛的心情，司徒玥将手，轻轻地放在了门旋上。

这时，有鞋底轻击地板的脚步声传来。

"嗒哒""嗒哒""嗒哒"。

司徒玥的手收了回来。

是谁？阿圆那个臭丫头吗？

不！听脚步声不像！

这个脚步声更沉稳有力一些。

司徒玥的心脏怦怦响，与那"嗒哒"的脚步声节奏，奇妙地汇合到了一起。

脚步声离她越来越近，最终，在她的门前停下。

司徒玥下意识屏住了呼吸。

"叩、叩、叩。"

敲门声清晰地响了三下。

片刻后，来人迟疑的声音，在门外响起："小玥儿，是你吗？"

刹那间，不太好闻的空气，从紧闭的鼻腔排山倒海似的涌入，通过气管，直达肺部。

长时间的闭气让司徒玥有些微的缺氧症状，脸色发白，几只麻雀在绕着她的头顶唱歌儿。

她拧开门旋，面无表情地推开门，关山就站在门口："干吗？你已经变态到闯女厕所的程度了吗？"

关山看着她，没说话。

司徒玥绕过他，走到洗手台前，拧开水龙头。

关山亦步亦趋地跟在她身后。

司徒玥笑他："你再不走，小心真的被人看到。"

关山一言不发地扯开冲锋外套的拉链，将外套脱下来，里面就只剩了一件白色棉质短袖。

"干吗？耍流氓啊你……"

她后续的话被咽进了肚子里。

因为关山大手一张，将那件黑色外套整个罩在她的头顶。

眼前的世界被隔绝，一片漆黑。

她听到关山嫌弃的声音从衣服底下传来。

"想哭就哭，在我面前逞什么能。"

他牵着她被水打湿的手，一步一步走出女洗手间，一边嘟囔："笑得比哭还难看。"

司徒玥被他的衣服盖住，骂了他一句，眼泪却扑簌簌地滚落下来。

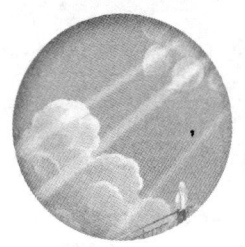

Part 05
青涩的果子，要等到熟透了，才会清甜可口

1

"想吃什么？"

"不知道，你决定吧。"

"那盖码饭吧，就那家。"

"德天顺吗？"司徒玥冲关山手指的方向看去，"可是他们家的饭很油啊。"

"那要不喝粥？这个清淡。"

司徒玥摇了下头："我不爱喝粥。"

"那你爱吃什么？"

司徒玥低着头，露出一截温顺的脖子："都行，我不挑。"

"凉面行不行？"

"我昨天吃过了。"

关山忍了又忍，还是没忍住："司徒玥，你玩儿我呢是吧？"

"啊？"司徒玥抬起头，懵懂地看着他，像是不明白他在说什么。

刚刚哭过的眼睛还有点发红，黑眼珠儿就跟水洗过的一样，又黑又亮。

关山在心里骂了句脏话。

他举起双手，表示投降："行行行，你是我姑奶奶，姑奶奶，你到底想吃什么啊？"

"我想吃甜点。"司徒玥抽着鼻子道。

司徒玥和关山面对面地坐在一家甜品店里，司徒玥面前放了一碟樱桃慕斯，被她用勺子戳得稀烂。

关山洁癖的本性上来，看不过眼，皱眉问她："你到底吃不吃？"

司徒玥抬起头，眼神哀怨地看着他。

不到一分钟，关山就妥协了："随你随你，你爱吃不吃。"

司徒玥低下头，继续手欠地戳着碟子里的蛋糕。

"你到底怎么了？能不能快点恢复正常？"关山问。

司徒玥瘪着嘴，泫然欲泣，恨恨地将勺子甩到一边："丢人！我丢人丢到姥姥家了啊，关山……"

关山拾过被她甩到一边的铁勺子，规矩地放在碟子上，又扯过一张纸巾，将桌上的奶油一丝不苟地擦拭干净。

司徒玥眼神空洞，脸上的表情十分想死："我被人堵在厕所一个多小时，过不了多久，这件事就会以每秒340米的速度传播出去，上到校长，下到扫地大爷，每一个人都会晓得这件事。关山，我要不转学吧？"

"我说了没人知道是你在里面，我去的时候，你说的那些人早就不在了，没人会知道的。"

司徒玥立即用一种"你还是太天真的眼神"看着他。

"你知道那些人的头头儿是谁吗？是'四喜丸子'！你大概也不知道她是谁……"

"我知道。"关山出声打断她。

"嗯？"司徒玥有些意外，又有些怅然，"连你这种不玩贴吧的人都晓得了，看来关于我的事真的是全校都知道了。唉，她这么讨厌我，怎么可能不把堵厕所这件事发到网上去，唉……"

她伸出一只手臂，将头垫在上面，唉声叹气："我还是转学好了，只是我妈不会同意的，唉……"

一根冰凉的手指突然戳上她的右脸。

关山问她："这里的伤，是那个'四喜丸子'弄的吗？"

"啊？"司徒玥摸了上去，能摸到一条细细的凸起，"是的吧？我好像不小心被她刮了一下，唉……估计这件事也会被传出去……"

"身败名裂，"司徒玥喃喃道，"寡人这一世英名，是全都要毁了啊。"

她两手揪住披散在肩膀两侧的头发，像一个患有间歇性歇斯底里症的患者。

"你说我怎么这么厕呢？呜呜呜，出去和她们正面刚又能怎样？呜呜呜……躲厕所里……我把我们老司徒家的脸都给丢光了啊……"

关山就静静地坐在她的对面，不发一言。

等到司徒玥终于从无尽的悔恨中挣脱出来，他才问她："那晚和你在一起的人是我，不是姓迟的。"

司徒玥点点头："嗯嗯，人家叫迟灏。"

关山沉默了片刻，又问："怎么不和老师说？"

"我说了啊，"司徒玥喊冤，"可他们不信啊。"

"不，"关山摇了下头，"我的意思是，你为什么不和老师说，那晚我和你在一起，我是你的人证。"

他有些嘲讽地道："每次都跟别人说，你不是，你没有，和他约会的人不是你，可你又不拿出证据，顶个屁用？"

司徒玥被他噎了一下。

关山怎么每回都这么会找重点？

她避开他的视线，无端有些心虚起来。

"我这不是……这不是想着迟灏自己会把那女孩儿给供出来吗？"

"人家供了吗？"

"没有。"她憋屈地吐出两个字。

"喊。"

关山连骂都懒得骂她了。

过了半响，关山肚子里的那口气始终不能平复下去，司徒玥却已经没心没肺地吃起了那块被她搅得七零八落的蛋糕。

虽然很不恰当，但司徒玥此时在他眼里，就像一条被人痛打了的狗，而这个没出息的，不仅没咬回去，反而回来冲他乐呵呵地摇尾巴，还有闲心啃肉骨头。

他这个主人都要气死了好吗？

关山心里很不舒服，看着司徒玥舒服的样子，他就更不舒服，并且还想让她也不舒服。

在这个奇怪的心理作用下，他忍不住问司徒玥："你这个情圣，当得很心甘情愿吧？"

"啊？"司徒玥含着块儿蛋糕，一时没能理解他的话。

"什么情圣？"

关山英俊的眉目，在怒气之下，变得稍稍扭曲："难道你替人家背这口黑锅，不是为了在你情郎面前做好人？"

司徒玥没说话，嘴巴动了动，准备先将口中那一大口蛋糕吞下肚。

关山生她的气，将还剩下一小半蛋糕的碟子移到自己这一侧，没好气道："别吃了，光吃也不长脑子。"

"咕咚"一声，司徒玥终于将口中的蛋糕咽下去，然后平静地看着关山。

"第一，我没替人背黑锅，我只是在等待事情的始作俑者自己主动站出来，如果她最终不出面，那我会找你这个人证，来证明我的清白。"

停顿了片刻，她又接着道："第二，我之所以等待，是因为同是女生，我知道去跟老师承认，自己和男生半夜在女生宿舍楼下约会这件事，会有多么困难，像你这种冷血动物，只会觉得我圣母，但对我来说，这是一种人道主义关怀。"

"最后，我要申明，迟灏他，不是我情郎。"

她稍微移开视线，轻声道："我只是对他感到抱歉。"

对面的人没有说话。

司徒玥有些疑惑，侧头去看时，正好撞进关山那双掺满笑意的眼睛："你笑什么？"

关山托着下巴，摇了下头，心情很好的样子。

他指尖一推，放在手边的那碟蛋糕，又回归原位。

"吃吧。"他笑眯眯道。

"我怎么感觉，"司徒玥狐疑道，"你现在像是在喂狗。"

关山反问道："有吗？"又强忍着笑道，"你说像就像吧，那你叫几声来听听。"

司徒玥知道他在内涵她是狗，翻了个白眼，亮出自己的尖牙，还装腔作势地挥了下手爪子。

"咬你哦。"

没想到，在听到这句话后，关山的脸色倏地一变，接着，他耳朵尖红了起来，表情有些许的不自然。

片刻后，他又忽然记起了什么，语气凶狠地问司徒玥："大课间的时候，你为什么挂我电话？"

司徒玥道："那时候我被关在厕所隔间里啊。"

关山语气更凶了："你被关了，还不接我电话，找我去救你？"

司徒玥满面委屈："不是，你不是不愿意管我的事吗？"

关山几乎要被气笑了，从牙缝中挤出一句话来："我什么时候不愿意管你了？"

要不愿意管她，他会像个变态似的钻女厕所吗？

他收到马攸的微信，说司徒玥两节课都没去上，心里急得发疯。物理老师还在讲台上分析试卷，他就站起身，当着全班师生的面，像阵风似的从后门快步冲了出去。

他一路跑到高二楼,也不知道去哪里找人,打电话过去,这次干脆关机了。

经过五楼的卫生间时,他鬼使神差地,竟然冒出一个念头。

要不要进去看看?

司徒玥在不在里面的概率,各占百分之五十,考虑到她已经消失将近两节课的时间,在洗手间内的可能性还远不到百分之五十。

他在外面踌躇半响,连洗手间隔壁正在上课的班级都有些人好奇地冲他望过来了,他才终于下定决心,大姑娘上花轿,这辈子头一回地,闯了女厕所。

而现在,白眼儿狼司徒玥对他说:"你不是不愿意管我的事儿吗?"

关山觉得自己要是生在古代,这时候就应该咯血而亡了。

司徒玥眨着大眼,说:"这不是你自己说的吗?"

关山大怒:"我什么时候说过……"

话的后半截卡在了嗓子眼儿里。

他还真说过。

几个月前的暑假,城西的地下俱乐部里。

还在和司徒玥冷战中的他,接到死对头张龙的一通电话,说自己有个妹妹在对方那儿。

他当时第一反应是他妹在北京呢,张龙这又是扯哪门子闲淡。

正打算撂电话时,脑子里却晴天霹雳般地,扯了一道闪。

"哪个妹妹啊?"他流里流气地回问。

那头的张龙笑着骂了他一句:"你妹妹还有几个是吧?"骂完又说,"你等会儿啊,我问问名字。"

关山听到他在电话那边问别人:"哎,美女,关山妹妹太多了,不知道你是哪一个,你报个名字。"

紧接着,就在他紧张的等待中,他听到预料中的那人的声音,从很远的地方传来。

"司徒玥。"

关山吞咽了一下口水。

"张龙和我,不对付,被他知道了你和我的关系的话,我怕他……"

他尽力地想要解释清楚,可平日还算利索的口齿,今天却像生了锈,变得笨嘴拙舌了起来,就像小胖上身。

怕他什么？

他始终没能说出来，只道："张龙这人，有时候挺浑蛋的。"

司徒玥懂了："你怕他知道我和你的关系后，他为了给你添堵，故意来找我麻烦是吧？"

差不多……也是这意思了。

"那行吧，"司徒玥一副大度的样子，"爸爸我就原谅你了。"

关山给气笑了。

过了一会儿，他又忍不住问她："你不接我电话就算了，怎么不打电话给你朋友，让他们去救你？"

"谁？老马吗？"

关山点了下头。

"可拉倒吧，"司徒玥翻了老大一个白眼，"老马他比我还怂，遇事儿只会嘤嘤嘤，到时候还不知道是他保护我，还是我保护他呢。"

"那个什么雪呢？"

"你说程雪？"

司徒玥仰天笑了一声："开玩笑？我怎么可能让我老婆干这么危险的事儿？"

"五班总有能来救你的吧？"

"谁？魏明朗？在那孙子面前丢脸？得了吧，我宁愿被阿圆她们打死。"

关山："你这么好面子，怎么暑假里那次又扔我的名号？"

司徒玥笑了笑："不知道啊，可能从小做习惯了吧？"

打不过就让对手去找关山，这是她小时候惯用的伎俩。

司徒玥笑眯眯道："在别人面前求救是丢人，找你救我，那就是天经地义。你如果不救我，那你就是欺师灭祖、罔顾人伦、大逆不道、乌龟儿子王八蛋……"

关山一时间，被她的强盗逻辑给震慑住了，竟然半天说不出话来。

半晌，他才骂了一句："司徒玥，你怎么这么横？"

司徒玥睁着大眼睛看着他："我一直都这样啊，你第一天知道吗？不过，关山，你是不是又要开始罩我了？"

关山："喊。"

"喊什么？"

"喊你脸皮厚。"

"那到底是不是？"

关山看她一眼，叹一口气："是。"

司徒玥松了一口气："这我就放心了，我还担心下周一期中总结大会做完检讨之后，我会被贴吧里迟灏那些脑残粉给打死。"

关山一愣："什么总结大会？做什么检讨？"

"期中总结大会啊，高三的不用参加吗？"

"你做什么检讨？"

司徒玥摸摸鼻尖："就这次这件事啊，学校认为我和迟灏早恋。"

关山觉得自己要被司徒玥弄疯了。

"你跟我去找老师说清楚，不是你干的做什么检讨？让正主儿做！"

司徒玥诚实道："这恐怕不行。"

"怎么不行？"

"因为那个女生，是小雪。"

"谁？"关山震惊了。

"小雪。"司徒玥语气平静地道。

"因为我实在是很好奇，别的老师都算了，怎么连偏向我的班主任，都毫不怀疑地认为那个女生就是我，如果光凭在几个学生那里听来的我和迟灏的流言，是不是有些站不住脚？我想通之后，就去找我班主任仔细问了。"

她顿了顿，在关山的注视下，缓缓道："我班主任跟我说，是因为一件粉色卫衣。"

"什么？"关山有些不明白。

"门卫虽然没看见那个女生的脸，却看到了女生穿了一件粉色卫衣，这件粉色卫衣很独特，因为背后画了一个卡通人物形象，这是我送给小雪的生日礼物，我们两个一人一件，上面的卡通人是我亲手画的，我的衣服上是她，她的衣服上是我，如果两件衣服摆在一起，上面两个女孩的手就会牵在一起。这件衣服在世界上独此一件，一班班主任打听到我和迟灏的一些事，跑来找我的班主任商量，我班主任又一听门卫的描述，他记得我有这件衣服，就断定那个女生是我了。"

"不对，"关山打断，"既然这衣服你朋友也有一件，那你们两个人都应该是怀疑对象。"

司徒玥叹了口气："小雪不会被怀疑的。"

"为什么？"

关山作为一个理科生，无法理解这种思维。

司徒玥坦然地看着他道："因为小雪成绩很好。"

一个品学兼优的学生,很难让人把早恋这种事想到她身上去。

如果迟灏不是回身去扶了一下门卫,而是头也不回地就跑掉,根本也没人会想到是他。

除非他也有一件特殊的粉色卫衣外套。

"所以你要替程雪背黑锅?"

"我不知道,"司徒玥烦躁地抓了下头发,"我有很多想不明白的事,比如小雪那么晚了怎么和迟灏在一起?他俩一贯没交集的呀?不过他们肯定不是约会,这个我还是清楚的,可小雪为什么到现在都不跟我坦白呢?我替她背了这口锅可以,可背完之后,我要不要跟她说,其实这件事情的头尾我都一清二楚呢?"

她撑着下巴,眉心打了个死结,看着苦大仇深的样子。

"不要说。"关山忽然道。

"什么?"

"要么你就不管她,自己没做的就是不认,等会儿我们去政教处,证明那天你和我在一起。"

司徒玥眉头高扬,一脸的反对:"那可不行!"

她怎么可能不管小雪呢?

关山看着她:"那你就替朋友认了,也别告诉她你知道真相。"

司徒玥忍不住皱眉道:"这也太……"

后面的话没说出口。

"太什么?"关山笑了笑,"太憋屈了是吗?做了好事还不让人知道。"

司徒玥点点头。

不管怎样,关山总是那个能在一秒之内,就能明白她意思的人。

无论是说出口了的话,还是未尽之言。

关山认真地问她:"小玥儿,我问你,你帮程雪顶缸,是想让她从心底感激你吗?"

司徒玥未经思考,答案就自己从嘴里跑了出来:"当然不是!"

"那就成了,"关山微笑道,"那你就装作什么也不知道。"

司徒玥看着他,有些微微出神。

很久以前的七月盛夏,她和关山还是两个穿着短袖短裤,在狭长而密布的凤凰巷子里,赤着脚疯跑的两个小孩儿。

猫狗都嫌,常常遭堂客们沿街臭骂,小孩儿们也躲着他俩。

可究竟是从什么时候起，那个和她一样调皮捣蛋，招人嫌的小孩儿关山，变成了现在这样八面玲珑的关山？

她有一种微妙的错觉，关山隐隐约约，在教给她什么东西。

2

周一的时候，天气不怎么好，天上铺了一层铅灰色的阴云，仿佛随时都会下起雨来，湘中三个年级的学生，都在班主任的带领下往学校田径场走去。

今天是学校开期中总结大会的日子。

从第二节课后的课间操时间开始，开到第四节课下课，总共两个多小时，开完直接散会吃午饭。

学生们总是珍惜一切可以堂而皇之不学习的时间，即使总结大会意味着要听各个校领导冗长又毫无营养的发言，他们也一个个兴奋得如同打了鸡血，更别提听说今天的总结大会上，早恋事件的两个主角，要在主席台上做检讨。

众人八卦的心思已经按捺不住了。

等终于熬过校长和教导主任的总结陈词后，大家终于等到了事件的主角之一，迟灏。

他做检讨有些特殊，因为他这次考试成绩优异，又是上一次鼎沣奖学金的受益人，所以更多的是作为优秀学生代表发言。

前面长篇累牍的都是鸡汤文学，众人听得昏昏欲睡，简直怀疑迟灏是不是直接把去年的发言稿子套来用了。

直到发言的最后一分钟，他才终于吝啬地提了一嘴："对于上上周五晚上的事，我感到十分惭愧，我辜负了老师和父母的期望，在这里，我许诺，以后一定改邪归正，将心思用在学习上，为了考取心仪的大学做准备。"

然后，他将手中的稿子一收，潇洒地下了台。

在场看热闹的人，心里无一不说一句：这就完了？

他们还想知道更多的细节啊喂！

可惜的是，迟灏并不配合这些人的好奇心。下台之后，他就径直走回了自己班级的队伍，无视掉那些探究的目光。

众人纷纷觉得无聊透顶的时候，司徒玥上了台。

今天风大，主席台上，校领导们桌上的文件被风吹得噼啪作响。

司徒玥穿着一件宽大的黑色冲锋外衣，也许是有点冷，将外套的拉链从底端拉到头，掩住了她的小尖下巴。

等上了台,在麦克风前站定,她先调整了一下话筒高度,继而一手在裤兜里掏了掏,掏出一个纸球来。

她将那个纸球从容不迫地展开,原来是一张皱巴巴的发言稿。

她对着麦克风"咳咳"了几声,清了下嗓子,声音洪亮地道:"尊敬的老师,亲爱的同学们,大家上午好!"

语气里充满活力,与迟灏那种中规中矩的语调完全不同,一时之间,所有人的视线都聚在了她身上。

司徒玥还挥手向大家致意了一下,一点都不像要做检讨的样子,反而像个上台领奖的十大杰出青年。

"今天阳光明媚,秋风送暖……"

众人看着头顶乌云密布的天,以及不知从哪儿刮来的白色塑料袋,场面顿时有几分尴尬。

司徒玥道:"不好意思,我知道现在是阴天,可这稿子是一个礼拜前写的,懒得改了,大家理解一下。"

众人一愣。

这么随便的吗?

"咳,接着说。大家吃早饭了吗?我希望大家没吃,因为我接下来的发言,很有可能让大家把早饭吐出来。"

人群中已经有人忍不住笑了出来,大家不禁纷纷好奇起来。

司徒玥这是要说什么?

"好,现在正式开始我的发言。大家好,我是司徒玥,复姓司徒,名玥,贴吧里的A某,无脸妹。"

司徒玥拿着稿子,一脸沉痛:"我爸曾经对我说,我们家姓司徒,这个姓很稀少,发源于姬姓,是舜的后代,祖上出过不少名人,春秋的司徒卯,汉朝的司徒肃,唐朝的司徒映,近代的司徒洛、司徒非。

"是不是感觉一个人也不认识?不要紧,我也不认识,并且十分怀疑我老爸是在跟人攀亲戚,因为要是个姓司徒的就跟我们家沾亲带故,那我跟我爱豆司徒许就该是表兄妹了。

"话扯远了,我说这么多,是想说,我错了,我给祖上丢脸了。想必大家都对女寝幽会的事有所耳闻,对,没错,女主是我,男主是我们的迟大校花。"

"可是,我在此要澄清一点,"她停顿了半秒,又说,"不对,是许多点。

"第一,我没整容没隆那啥,正儿八经原装货,爹妈给的出厂配件,那位说我整容的姐妹,你也太看得起我的颜值,我在此谢谢你全家。"

人群里哄笑不止。

校领导们听到这里,总算知道,指望司徒玥做番正常的检讨简直是他们想太多。

可当着全校师生的面,又不可能将司徒玥的发言打断,赶她下台,领导们只得一个个如坐针毡,希望司徒玥的发言赶紧结束。

司徒玥继续道:"第二,没接吻没睡觉没霸王硬上弓,我们是在讨论学习问题,手拉着那是迟灏同学在教我怎么判定洋流方向,理科生不懂洋流是什么的麻烦回家问你妈妈,去女生宿舍楼下是因为我俩觉得那里学习气氛浓厚,顺便可以观察月相,不懂月相的人同样可以回家问你妈。

"第三,迟灏同学不吃软饭没被包养,不好意思,我和他同学一场,知道他长了一口好牙,最喜欢吃夹生饭,稍微软一点都不吃,就更别说吃汤泡饭了。另外他也不喜欢包,怎么会被'包养',据我所知他喜欢鞋子多一点,尤其喜欢穿A货。按他自己的话来讲,就是作为一个前途不可限量的优等生,他连鞋子都要穿A的。第……第几了来着?"

底下的学生们纷纷起哄:"第四!"

司徒玥却打了一个制止的手势:"好了,关于要澄清的几点就说到这里,否则我怕第四点还没说完就会被黄主任轰下去。"

她说这话时,正巧黄主任准备起身,上前去劝她下来,这话一说,全校师生的视线都往黄主任的方向看来,黄主任去也不是,不去也不是,只能颇为尴尬地抬手抚了一下头发,又坐回了椅子上。

司徒玥拿着稿子继续念:"现在,我要开始我的忏悔。

"我错在,控制不住自己犯花痴的心。"

此话一出,人群都沸腾了,无数喝彩欢呼声在主席台下响起,各班班主任和校领导们听傻了眼,竟然没能来得及去制止疯狂的学生们,有两个女生不知从哪儿弄来一个高音喇叭,对着主席台上大喊:"司徒学姐厉害!"

这两个女生长着一模一样的脸,正是开学伊始,司徒玥在校门口结交的大小高姐妹。

大小高趴在草丛地上吼完,她们班主任就气势汹汹地杀了过来,可高音喇叭早就在班上同学默契地配合下,你传我,我传你,不知藏到哪个同学衣服底下去了,班主任既找不到作案工具,也不知道如此胆大包天的犯人是谁,只能随便训了几句,就此作罢。

台上的司徒玥皱了皱眉,表情有些勉强,似乎很不愿意接着念下去。

· 118 ·

但她还是清了清嗓子,继续道:"因为他多情忧郁的眼神,他温柔低沉的声线。如果我是一头暴躁愚顽的猛虎,他就是那山谷里柔弱的蔷薇,猛虎不会去践踏蔷薇,只会低下它那颗笨拙的头颅,凑近细闻,那蔷薇的馨香。在那之后,我也许会爱上一朵白云,爱上从我鬃毛里呼啸而过的清风,爱上我肉垫下的蚂蚁堆,爱上这可恶又美丽的自然界。"

众人纷纷搓了搓胳膊,被她肉麻出一身的鸡皮疙瘩。

"最后,我要引用王小波的一句话,与诸君共勉:那一天我二十一岁,在我一生的黄金时代,我有好多奢望,我想爱,想吃,还想在一瞬间变成天上半明半暗的云。

"以上就是我的检讨,感谢我们班某才女为我撰稿,我相信她一定是下一届新概念作文大赛的冠军,谢谢大家!"

司徒玥冲着台下鞠了一躬,起身之时,却出乎所有人意料的,右手一抛,无数张细小的纸张碎片,抛至半空,又天女散花般地洒落在地。

原来是司徒玥趁弯腰之时,将手里那张皱巴巴的稿子撕成了粉碎,起身的时候,一把抛出来。

这些碎纸有些落在她的头上,有些落在肩膀上,更多的是落在主席台的红地毯上。

红白相映,有一点刺目。

她就在纷扬飘洒的纸屑中,众人吃惊的视线下,领导又惊又怒的目光中,穿着关山的冲锋衣,扬着小尖下巴,一步一步地走下台,走回自己班级的队伍。

潘艳华在身后喊司徒玥,她不应,装没听见。

五班的同学热烈地欢迎她,魏明朗大笑着砸她肩膀:"行啊,司徒,真有你的!"

被她歪着身子躲过。

经过马攸和程雪时,马攸想和她打招呼,却又有些胆怯,等反应过来时,司徒玥已经走过去了。

马攸讪讪地收回手,刚想问程雪,觉不觉得司徒有些不对劲,然而回头看到程雪的脸时,惊愕得嘴里能塞下一只咸鸭蛋。

"程雪!你你你……你怎么哭啦?"

3

司徒玥一路走到队伍的末尾,然后穿过田径场内的青草坪、塑胶跑道,拉开雕花铁门,走了出去。

教导主任已经在做最后的总结陈词,高音喇叭将他的声音传到湘中校园的每一个角落。

"同学们,我知道,像迟同学和司徒同学这样的,一定不止他们一例,但老师们想说的是,爱,当然很美好,但是,青涩的果子,要等到熟透了,才会清甜可口,一坛美酒,要埋在地下几十年,才会浓烈醇香。现在的你们,正处于一生中,精力最旺盛的时刻,也是最适合拼搏,为了改变命运、实现人生理想而奋斗的黄金时代,老师送给你们一句话:一个人的一生,应该是这样度过的,当他回首往事时,不会因为虚度年华而悔恨,不会因为碌碌无为而羞耻……"

司徒玥搓了搓一胳膊的鸡皮疙瘩:"黄主任是鸡汤书籍看多了吧……"

身后有脚步声传来。

她不用回头,也知道是谁。

她脸上露出一个笑,嘴里却没好气道:"你跟着我干什么?"

身后那人发出一声嘲笑。

"马路是你家的吗?"

典型的关式语言风格。

司徒玥发现,当关山不知道说什么话,却又不得不反击时,他就会从鼻孔里嗤笑一声,然后说:某某某是你家的吗?

对于他这种强词夺理的习惯,司徒玥已经找到了方法。

她背着手,突然转身。

关山没预料到,表情微微错愕,也停下了步伐。

司徒玥冲他十分认真地道:"对,这就是我家的,你走不得,怎样?"

关山听到这句话,双眼微微睁大了些,薄薄的嘴唇扯开一丝缝。

就像是一招本来无敌的招数,突然之间对手有了破解之法,他一时有些不敢置信,又不知如何应对。

总而言之一句话:蠢到家了。

司徒玥看得直乐,心里畅快得仿佛打麻将连胡八圈,真想拿相机把关山这副蠢样子给记录下来,这就是她下半辈子发财的路子。

关山在短短几十秒的讶异之后,蓦地笑了。

他走上前,一把揽过司徒玥的肩膀。

司徒玥矮他一个头,只能被他夹在腋下带着走。

"你的就是我的。"他态度强硬地宣布。

司徒玥跟跟跄跄地被他夹在腋下，往前走。

听了这句话，她登时破口大骂："不要脸！"

"是挺不要脸，对吧？"关山笑得直喘，"可这话的发明者，可是你自己啊，小玥儿。"

司徒玥一愣，自己说过这句话吗？

反正记不清了，她干脆啐关山一句："呸！你胡说！"

检讨事件过后，司徒玥彻底成了湘中贴吧里的名人，与她并驾齐驱的是一位叫徐清圆的女生，也就是阿圆姑娘，网名"四喜丸子"。据一名网友"潇洒哥"披露，阿圆家境优渥，靠她的有钱老爸进了高二一班，坐在迟灏后座，是迟灏后援会的会长。

这个帖子下面，还附了一些照片。

一张是阿圆坐在迟灏的后面，目光痴迷地盯着迟灏的背影，还有她后援会聊天群里的一些聊天记录，内容大致是哪个女生如果送了迟灏千纸鹤这样不值钱的小玩意儿，就要被大肆嘲笑，如果是名牌衣服鞋子，就会被点名夸奖，如果有哪个女生试图给迟灏递情书或当面表白，就会被女生们辱骂，甚至是"给点儿颜色看看"。

最严重的一张，就是一个人摸黑去年级办公室偷鼎沣奖助学金资料的照片了，照片拍得很糊，好像是从一段视频里截取出来的，但是依稀看得出是阿圆的样子。

因为这个帖子，阿圆很快被教导主任叫去调查，最后的结果是被记了大过，留校察看，全年级通报批评。

"潇洒哥"在这篇帖子的最后，说了一句装相范十足的话。

"天道好轮回，苍天饶过谁？多读书，少弄鬼，正义使者潇洒哥批注。"

第二卷 欲买桂花同载酒

Part 01
柔弱的蔷薇花

1

时光轻擦,一晃眼的工夫,就进入了12月份。

湘市位于南方,气候分明,一年两季,春秋因其时间的短暂与微弱的存在感,基本可以忽略不计,单单剩下盛夏和寒冬,还喜欢走极端。

夏天是极端的热,气温能飙升到三四十度,在柏油路上打个蛋能直接给人煎熟。

冬天则是极端的寒冷,因为位于秦岭—淮河以南,冬季平均气温很给面子地堪堪维持在零度以上。

不过这也不代表什么,依旧能冷得让人上下牙齐磕,嘴里就能出一部打击乐。

进到12月,湘市一天比一天冷,起床变成司徒玥最痛苦的一件事,每天天还没亮,她就被杨女士从暖烘烘的被窝里挖出来,推到洗手台前。

打开水龙头,热水器年份久了,略微有些延迟,一不留神,她被冷水冻得一激灵,差点儿当着她老妈的面,冒出句脏话。

等到了楼下,关山就穿着黑色的羽绒服,推着电动车,在等她。

自从天气变冷后,她又和关山一起上学了,不过不再是她载关山,而是关山载她。

关山比她抗冻,坐在前面握着车把,还不用戴手套,电动车行驶的时候,寒风扑面而来,打在人脸上,往人脖子里钻,他都面不改色。

司徒玥每次坐在他身后,都对他强大的抗寒能力表示由衷的佩服,自己却缩成一团,靠他宽大的后背挡寒风。两手还趁他不注意,偷偷摸摸往他羽绒服的帽子下塞,或者是干脆从后面揣进他的口袋里,那是人体周身,两处最温暖的所在。

平安夜的时候，在众人的期盼之下，真的下起了雪。

自从 2008 年冰灾之后，湘市已经很久没有下过雪，陡然见到无数细小的雪花纷纷扬扬，从灰暗的云层里洒下，走廊上的学生们都像一辈子没见过雪的人，又惊又叹地叫了起来，还掏出手机拍照片、拍视频。

等看了个够，又被大嗓门的宣传委员叫回去打扫教室、搬桌子贴气球，为晚上的平安夜晚会做准备。

每年的平安夜，学校会让出晚自习的时间来给学生们狂欢，再怎么闹腾都行，老师们也会从严肃的讲台上走下来，被学生们请来参加晚会，师生同欢。

司徒玥和班长去办公室送苹果，顺便接老师。

潘艳华这人傲娇，司徒玥三催四请，最后又被迫答应在期末考前进五个名次，才把他说动。

等从办公室回来的路上，她发觉自己又上了潘艳华的当。

他自己不来参加是他的损失，她为什么要答应前进五名这种"丧权辱国"的不平等条约？

老狐狸。

司徒玥在心底吐槽了一句。

但答都答应了，她向来说到做到，只能想着在期末考之前努一把力了。

反正杨女士早就放话了，如果这次成绩再像期中考那样烂，她也就不用进家门了。

等回到教室，司徒玥的桌子上已经放了一堆四方盒子包好的苹果，还有一束鲜花。

用牛皮纸包扎好的小向日葵，里面插了一张小卡片。

她拿起来一看，上面写着：

> 鲜花赠美人，送给最帅气的司徒学姐，祝你青春常在，一生潇洒。——大高、小高。

司徒玥会心一笑，翻出小高的微信，发去一句"多谢"。

那边很快回复她，是一个可爱的笑脸。

马攸的毛衣并没有如司徒玥所愿，反而在平安夜的前一个星期就已经顺利完工，被妥帖地装在了两只粉色礼盒里，在平安夜这天带给她们两个。

那件大红色的果然是司徒玥的,按马攸的话来说,司徒在他眼里,就跟红色一样耀眼、有生气。

司徒玥自动翻译了一下,认为老马很可能是在说她这个人碍眼,站哪儿都戳人眼眶。

程雪的是一件黄色毛衣,马攸的解释是觉得程雪这人人淡如菊,让人觉得温暖、舒心。

他自己的则是绿色,意思是他愿意做绿叶,衬托司徒玥和程雪这两朵娇花。

三人的毛衣上都用毛线钩出了各自姓的首字母缩写,大大的,织在毛衣正面。

程雪是C,马攸是M,司徒玥是复姓,S和T,用时最长。

拿到衣服时,司徒玥摸着那两个瘦长的字母,头一次庆幸,得亏她姓的另一个缩写不是字母B。

马攸看她摸着毛衣不说话,有些惴惴不安:"怎么了?不喜欢吗?"

司徒玥嫌弃是嫌弃,但嫌弃,不等于不喜欢。

她将毛衣一收,对马攸一摇头,认真道:"没,挺好的,以后咱们仨穿着这毛衣上街,我和小雪站一块儿,就是西红柿炒鸡蛋,我和你站一块儿,就是红配绿赛狗屁,咱们三个站一块儿呢,就是一套整齐的交通信号灯,嘿,多拉风,多酷炫。"

马攸和程雪一怔。

司徒玥拉过挂在椅背上的书包,拉开拉链,从里面掏出两只早就准备好的礼盒,递给马攸和程雪。

"平安夜快乐。"

两个人打开一看,是一样的礼物,两本黑色的相册簿。

里面贴了很多照片,都是司徒玥拿着手机给他们拍的,有一些年代久远的,是用初中的诺基亚拍的,像素不高,透着一股乡村非主流的气息。

每一张照片的旁边,还用银色的笔芯写着拍照时的具体日期和情境。

程雪的更细致一些,马攸的一看就是做完程雪的之后,司徒玥没耐心了,敷衍完成的伴生品。

马攸一页页翻过去,看见上面写着:"2009年,9月,初见,同桌是个娘娘腔""2010年,5月,老马生气了,因为说了他走路扭腰,以后不说了""2010年,12月,老马看《霸王别姬》看哭了,偷偷抹眼泪,以为我没看见"……

最近的一张照片是马攸伏在桌子上补觉，脸朝外侧扭着，眼睛被马克笔涂黑了一圈，像只憨厚的熊猫。他睡得不省人事，嘴角还挂着一线口水，司徒玥和魏明朗两个罪魁祸首就举着马克笔，站在他两边，对着镜头恬不知耻地大笑。

拍这张照片的人马攸用脚指头都能想出来，一定是程雪。

在这张照片旁边，司徒玥照例配了一行小字：2013年11月10日，马将军因为熬夜帮我在贴吧撑腰，累得睡着了，魏明朗趁他睡觉，给他画了只熊猫眼，我来不及阻止，为了帮他对称，我也只好画了一只。（PS，老马睡觉居然流口水！！！）

翻到最后，马攸又是气，又是笑，最后眼睛微微有些湿润，抬头一看，程雪也比他好不到哪里去，正想和司徒玥说话，却看见她的座位上空空如也，人不知道跑哪儿去了。

"她人呢？"他问程雪。

程雪吸了下鼻子："不知道，她偷偷走的，我看书太认真了，没发觉。"

马攸耸耸肩，知道是司徒玥的老毛病上来了，见不得人掉眼泪。

司徒玥拎着一只墨蓝色的礼品袋，一步一步走在风雪里，觉得自己像个智障者。

她身上只穿了一件加绒的卫衣，教室里开了空调，她把羽绒服给脱了，又走得急，忘记把外套穿上，出来被北风迎头一吹，才意识到，但又不想回去拿，怕引起马攸和程雪的注意。

她走的时候，马攸小眼含泪，隔着八九百度的眼镜片，她都能看到那细眼睛里淡淡的泪花。

直把司徒玥看得一阵胆寒。

她天不怕地不怕，世上只怕两样东西。

一样是她妈杨女士的冷脸，她见了三秒不到就会招架不住，把自己三天以内干过的坏事全都抖落得一清二楚。

另一样则是眼泪，男女不限，她见了统统立马浑身起鸡皮疙瘩，比密集恐惧患者看到黑头的放大图还要生理不适，回回如此，跟膝跳反射一样精准。

小时候，她跟她爸看故事会，前面一段说家长里短，鸡飞狗跳的，倒挺诙谐，后一段却不知道编剧怎么想的，神不知鬼不觉插一段煽情戏。

司徒玥爸爸看得动情，抹着小手绢往旁边一瞅——咦，女儿没了？

回头一看，司徒玥正像只鸵鸟一样拱起屁股，脑袋埋在沙发的抱枕下，嘴里大叫着:"受不了!受不了啦!"

司徒爸后来常说,司徒玥投胎之前应该是根木头,上辈子被泡在水里泡朽了,这辈子变成人,就见不得水了。

不过抛开她爸那段怪力乱神的评论不讲,司徒玥这种怪癖,目前似乎也没有什么科学依据,唯一的解释是司徒玥此人是个麻木不仁的钢铁直女。

司徒玥站在寒风中思考了三秒,就果断放弃了冒着被马攸察觉的危险回去取外套的这个念头,顶风下了楼。

地上积了一层薄薄的雪花,一走一个脚印。

外面已经没有多少同学,都躲在教室里,天实在是太冷了,司徒玥一鼓作气,决定用最快的速度跑去高三楼,这样就能少受点风。

但她很快就知道了这是一个多么愚蠢的决定。

她才跑出三步远,就在雪地上刺溜一滑,面朝下地摔了个大马趴,好在临危不乱,在磕到脸之前双手在地上撑了一下。

她快速地从地上站起,并且鬼鬼祟祟地左右看了看。

还好还好,没人看到她这副丢脸的样子。

摔了这一跤后,她也不敢再在雪地上跑,老老实实裹紧衣服,顶着风一步步走进了高三楼。

高三的学生们也在准备平安夜晚会,司徒玥走到八班教室外的时候,听见里面吵吵嚷嚷,理科班男生多,被女生们支使着干这个干那个,满口怨言。

关山玩得好的小黛同学就因为个子高,被一个长头发戴眼镜的姑娘押在教室门外,脚下踩着一张凳子,正要往门上挂一个永生花环。

姑娘估计有点强迫症,先是托着小下巴认真地观察了几秒,对小黛说:"往右一点。"

小黛便举着锤子钉子往右边移了几厘米。

刚要下手去捶,听见姑娘又阻止道:"不不不,还是往左一点吧。"

小黛只好又往左移了一点。

长发姑娘:"别别别!我觉得这样又太偏了,你再往右边挪一点点就行。"

理科男的思维就是听不了"一点点""适量"之类的字眼。

小黛闻言,几近崩溃:"一点点是几厘米?几毫米?哪怕是几纳米?姑奶奶,您给我个具体的数啊!"

长发姑娘不乐意了,瞪小黛一眼:"用不用我拿尺子来给你量一下?"

小黛喜上眉梢:"哎?可以吗?"

长发姑娘无语。

"哈哈哈……"司徒玥看得笑出声来。

小黛听笑声来源,转身一看是司徒玥,高兴得嗓门儿拔老高:"哎?是司徒小妹啊?"

他从凳子上蹦下来,手舞足蹈:"你怎么来了?稀客啊,来找山哥的吗?"

司徒玥向后一仰,躲开小黛挥舞的小铁锤,这玩意儿刚刚差点儿砸到她脸。

"好说好说,你先把手里的凶器放下。"

小黛把锤子往凳子上一放:"我帮你去叫山哥出来。"

只是还没等他起身,教室门就"嘭"的一声往里拉开,小黛吓了一跳。他直起腰一看,关山大马金刀地站在门口。

得,不用他去叫了,人家自己出来了。

2

司徒玥一开始还没认出关山,只觉得这人Cosplay(角色扮演)得还挺敬业。

他穿着一身圣诞老人的衣服,因为个子太高,衣服尺寸不够,露出一截手腕和穿着袜子的脚踝,看上去相当局促,有些大人穿小孩儿衣服的滑稽感。脸上被云朵一样的白胡子蒙去半截,头上还戴了一顶圣诞帽,似乎戴得很匆忙,有些歪斜,帽子上的那颗白色圆球垂在他右耳边,像极了一副世界知名油画——《戴珍珠耳环的少女》。

结果这白胡子圣诞老人盯着她,恶声恶气地说:"司徒玥你个猪,不冷吗?"

熟悉的声音一入耳,司徒玥才知道,这竟然是关山!

"关山?!"

"怎么是你?!"

司徒玥睁大了眼,走到他身前,掀开那云层一样覆盖着的白胡子,果然是关山的脸。

"哈哈哈……你脑子进水了吧!哈哈哈……"司徒玥捂着肚子发出一阵爆笑。

关山黑着脸,扯着她的卫衣领子,将人拉进了温暖的教室。

刚进去,徐二明、吴奇还有小胖,以及几个女生就过来拉他。

徐二明嘴里还大声嚷嚷着:"老大,在给你戴帽子呢,你怎么突然就走啦?你看看,帽子都歪啦!来来来,我给你正正。"

关山面无表情地打开他的油手。

徐二明又殷勤问道:"老大,衣服还行吗?晓惠她们几个不知道你的码,是不是扯淡?"

"哎?老大?你怎么了?这么一副便秘的表情?"徐二明神色担忧,凑近了去,像特务接头一样地小声问关山,"真扯到了啊?"

司徒玥终于再也忍不住,"噗"地笑出声,从关山背后探出身来,笑眯眯地同徐二明打招呼:"嗨!"

徐二明陡然见关山背后钻出个活人,吓得忙往后蹦了一步,再一看是认识的司徒玥,顿时眉开眼笑:"是你啊!司徒妹妹!"

司徒玥冲他一笑,和认识的吴奇也打了个招呼,看见小胖站在几个女生后面,眼睛看着她,脸上挂着怯友好的笑意。

司徒玥便笑着冲小胖挥了挥手。

几个女生将关山拉在椅子上,开始动手替他整理起了帽子。

胡子被司徒玥翻了一下,有些胡乱地往外翘着,被女生们细心地整理好。

很奇怪的是,关山虽然表情很不耐烦,却没有躲开女生们动他头发的手。

司徒玥好奇心上来了,扯了扯小胖的衣袖:"你们这是干什么呢?"

小胖细声说:"我们班有个女生,妈妈得了胰腺癌,我们想趁着这次平安夜,让山哥扮成圣诞老人,去筹款,捐给阿姨当医药费。"

司徒玥点点头,又道:"可惜我身上没带钱。"

"没关系,"旁边的徐二明拿过一张A4纸,往司徒玥眼前一递,大方道,"我们也支持扫码转账的!"

司徒玥一愣。

在一圈人热情的注视下,她只好掏出手机,转了一百块钱过去。

徐二明将A4纸收在一边,又掏出自己的手机,调出一个二维码来:"来,司徒妹妹,顺道加个微信。"

司徒玥扫码加了他,接着又加了小胖和吴奇,在看到吴奇的微信昵称时,她眉心骤地一跳。

上面写着:潇洒哥。

女生们将关山的仪表整理完,又不知从哪里拿来一双漆皮黑靴,让关山给换上。

关山脱下脚上的运动鞋，换上靴子。

好在鞋码是问过徐二明的，穿上去正好合适，到小腿三分之二处，靴筒收得紧紧的，勾出关山瘦长的小腿，裤子虽然短了点儿，裤管却还算宽大，这样的搭配要换平常人穿，那就是车祸现场，到了关山身上，却因为个子海拔够，腿又长，看上去一点也不土，如果不是一身亮眼的红色，简直就跟美国西部牛仔似的，就差一顶牛仔帽和一杆威风凛凛的大猎枪。

徐二明竖起大拇指："帅！"

女生们也相当满意："要不怎么让关山扮圣诞老人呢，他一去，女生们肯定争先给钱。"

"不行不行。"司徒玥摇摇头。

"怎么不行？"徐二明问。

司徒玥指着关山脸上的大胡子说："这胡子把他一半的脸都挡起来了，谁知道他帅不帅啊？我刚在门口，都没认出他来。"

徐二明拍拍她的肩膀，正色道："你说的这个问题，其实我们也考虑过了。"

他扬手打了个响指："胖啊，把那东西拿过来，给司徒妹妹看看。"

小胖应了一声，然后司徒玥看见小胖走进放卫生工具的隔间，从里面拿出两张木板来，分别夹在两腋下。

等举起来一看，只见其中一张木板上写着：只要一点零花。

另一张木板上则写着：关山谢你全家。

司徒玥看得目瞪口呆。

鬼斧神工啊……

徐二明冲司徒玥挤眉弄眼："怎样？这可是根据你之前的英勇发言而得出的创作灵感。"

司徒玥十分认真地点了点头："还行，只不过，还有改的空间。"

徐二明一愣，虚心向她请教："怎么改？"

司徒玥摸着下巴，伸出手指，点在了那个"谢"字上。

"'谢'这个字太笼统了，你要具体一些，怎么个谢法？"

"还能怎么谢？"徐二明一脸蒙，"不就是跟捐钱的同学说声'谢谢'吗？"

"哎，这可不行，你把大家的精神境界想得太高尚了，"司徒玥说，"你不能保证每一个人都有像我这种精神觉悟。"

"嗯嗯，有点道理。"

"不动之以利，怎么说服绝大多数人起来行动？"

"对对对。"

"舍不得孩子，怎么套着白狼呢？"

"你说得很对！"徐二明点头如捣蒜，又问，"那具体要怎么做？"

司徒玥说："这个简单，你只要谢的内容具体化一点就成，以十块钱为一个单位，不同的金额可以得到不同的奖励，比如某位同学捐十块，就可以得到关山同学的一个微笑，二十块，那就是一个媚眼，三十块，可以让她摸一分钟小手，只要再加十块，就能延长至三分钟，你们还可以提供拍视频服务，以供纪念，保证绝大多数人会加那十块。到五十块的话，就可以和关山拥抱一下，如果要公主抱的话要另加十块，捐一百块的就不能随便对付了，至少得亲个额头吧？五百块的人属于VIP了，可以指定部位让关山亲，如果需要特殊服务得另加钱，另外，如果有土豪能承包你们同学家里全部医药费的，在关山这里就能享受一年免费服务，买一年送一年，包赚不赔，如果土豪多的话，就开展一次有奖竞拍，价高者得……"

八班的学生们已经全部停下各自手头上的工作，竖起耳朵听司徒玥侃侃而谈，一个个越听越兴奋，满面红光。

除了主人公关山，他是越听脸越黑，黑得不能再黑。

司徒玥看了眼那两块木板，最后道："这广告语也得换一下，换成……唔，有了！"

她一拍脑袋，洋洋洒洒道："只要钱到位，关山啥都会。"

真正的勇士！

众人心中，同时冒出这样一个念头。

关山给气笑了，从椅子上站起身，几步走到司徒玥面前，凑得很近。

司徒玥感觉自己的脸都要埋在他胸口了，吓了一跳。身后是一张课桌，躲不开，她只好抵着课桌往后一仰。

关山却又凑近了些。

"你你你……你要干什么？"司徒玥退无可退，手肘撑在课桌上，腰被压成一道弧形。

关山嘴角扯出个流氓笑："你躲什么？不是你说的吗？"

司徒玥慌了："我我我……我说什么了？"

"捐一百，送香吻。"

关山简短地解释了一句，随后单手搂过司徒玥弯月一样的小细腰，另一只手搭上她的额头，把司徒玥的刘海给捋了上去，她形状好看的额头就露了出来。

"来，额头吻是吧？"他头一低，作势就要亲下来。

两张脸的距离瞬间拉近。

周围起哄声一片，有的人甚至拿出了手机，对着他俩拍，各个机位都在线，360度高清无死角。

司徒玥脸上起火，胸腔里像是请来了一整支摇滚乐队，打着疯狂的鼓点，神经中枢拼命地喊："停下！快停下！再跳就要命了啊！"

那颗小心脏却自发脱离神经系统的管制，就像正处于人生叛逆期里的小姑娘，背着老妈去酒吧蹦迪，被抓到了还理直气壮地顶回去："我就蹦！就蹦！你怎么着！"

两个人的脸这时已经凑得很近，司徒玥甚至都能清楚地看到关山唇上的纹路，不太明显，嘴唇润润的，透着浅淡的水红色，下唇微厚……

司徒玥垂死病中惊坐起，一记"大力嬷嬷掌"将关山的俊脸推开老远，身子站直，往旁边走出好几步才站定。

她一张脸比黑板上挂的五星红旗还要红，痛骂道："要死啊你！关山！"

关山却难得地没有继续戏弄她，脸色有些不自然地走到椅子上坐下，随手扯了件外套，搭在腿上。

司徒玥平息了几口气后，说："行了，我回去了。"

徐二明一愣："啊？你就走啊？"

司徒玥点了下头，就准备转身回去，关山却叫住她："你等一下。"

司徒玥回头，见他依旧大爷似的坐在椅子上，腿上搭件羽绒服，没有起身的意思。

她等得不耐烦，问他："你要我等什么啊？"

关山比她更不耐烦："就等等！"

语气这么冲？

司徒玥眼皮一翻，提步要走："我走了啊！"

关山瞪她："你敢！"

还是一旁的徐二明机智，他拉住司徒玥的胳膊："哎，司徒妹妹，那么着急做什么？你吃不吃糖？我们买了好些糖，预备等下募捐的时候发给大家，你拿点走吧？胖啊，把糖果拿来。"

小胖便走到讲台前，从讲台下的柜子里搬出一只大口袋来，大红色的，袋口一圈白色的绳边，就是圣诞老人背的那种。

口袋沉甸甸的，被小胖扛在肩上带过来，在桌子上"啪"的一声放下。

徐二明解开口袋的系带，司徒玥凑过头去一看。

哇，好高一座糖果山。

花花绿绿的，什么牌子的都有，口味更是多样，差点闪瞎她的狗眼。

徐二明大手一铲，挖出一大把抓在手里，往司徒玥卫衣口袋里塞，小胖也掬了一把，往司徒玥另一只口袋里塞。等关山起身的时候，司徒玥卫衣两侧口袋里已经塞满了糖果，鼓鼓囊囊的。

腰围仿佛瞬间加粗了一倍。

司徒玥带着这两兜糖果，像个腰缠万贯的富豪，在八班同学夹道的欢送下，财大气粗地出了门。

等走到门口，小黛不知道人去哪儿了，她的王霸气场消散，立即被酸爽的北风打回原形。

她耸起肩，弓起背，正要像来时一样，冒着风雪回去时，眼前突然一黑，身上被罩了一件羽绒服。

纯黑的，胸前一个三叶草的标志，长到小腿，接近脚踝。

还带着人的体温。

司徒玥把帽子掀下去，回头看见关山就站在她身后。

永生花环已经被小黛挂在了门框上，上面的红荆棘果和关山头顶的圣诞帽交相辉映。

"穿上。"他皱了下眉，"不冷吗你？"

司徒玥将胳膊套进去，又低头将拉链从底端拉到脖子，小尖下巴缩在衣领里。

身体瞬间暖和了很多，像喝了一大碗姜汤。

"行了，我走了。"司徒玥挥手道。

关山伸手带上教室的门："一起吧。"

"嗯？你去哪儿？"

他顺手将帽子给她扣上，又很手欠地屈指弹了一下司徒玥的脑门儿。

"我送一送你。"

两个人走到高二楼下，关山才想起来问司徒玥："你去高三楼干什么的？"

司徒玥道："我去给你送礼物的啊，今天不是平安夜吗？"

关山心里一动，像是被谁拨了下弦。

沉默了片刻，他才看着两手空空的司徒玥，问："礼物呢？"

"给你了啊，"司徒玥道，"放你课桌上了，你回去记得看。"

关山突然词穷了，不知道说什么好，低低地"哦"了一声。

司徒玥挥挥手走了。

等她的背影消失在楼梯里，他才转身往回走。

幸亏路上没什么人，不然他们会发现，湘中风华绝代的校草关山，此时竟然一路同手同脚地走回了高三楼。

等一进高三楼，关山竟然脚步越来越快，最后跑了起来，长长的腿几步就跨上台阶，爬上四楼。等推开八班教室门，他发现几个大男生正围在他靠窗的课桌边。

桌子上放着一个拆开的礼盒，盒子是好看的墨蓝色，上面有银色的细碎亮片，就像大西北荒凉的戈壁里，深蓝的穹顶上，蔓延而过的那一整片银河。

很漂亮的盒子。

他也只有盒子可以看了。

里面的东西已经被几个男生们挖了出来，徐二明脖子上缠了一条绿白相接的长围巾，吴奇的右手上戴了一只同色搭配的手套，正拿着另一只往小胖手上套，小胖欲哭无泪，一个劲儿地往后躲。

小黛则拿着一张红色的贺卡，看见关山，笑哈哈道："老大，快过来，刚刚发现你桌子上不知道谁放了个礼物，估计又是哪个妹子送的。"

小黛翻开贺卡朗读了起来："关山大傻子，哎哟老大，对不住，不是我说的，是这上面就是这么写的，平安夜快乐，送你围巾和手套，免得你被风吹成面瘫。哈哈哈……这妹子还挺有个性，没有署名吗？"

小黛拉开贺卡另一侧，看见上面署了一个龙飞凤舞的大名。

小黛眯着眼仔细辨认："司徒……玥？"

徐二明："！"

吴奇："！！"

小胖："嘤……"

第二天圣诞节，正好是周五，马攸爸妈给了他一张必胜客的代金券，三个人便约好周六上午下课后去吃，穿着马攸送的那件毛衣。

可等到了周六当天的时候，程雪又反悔了，说自己有事，让他们两个去。

司徒玥问她什么事，她又不说。

程雪最近有点怪异，很多时候都脱离他们铁三角的队伍行动，神神秘秘的。

司徒玥和马攸问多了的话，程雪就会稍稍有些不耐烦，但因为她天生脾气好，也不会发泄在两个好友身上，只会闭紧了嘴不发一言。

司徒玥和马攸只好作罢。

代金券的日期就截止到周六，程雪不去，司徒玥和马攸两个小市民思想，觉得如此良机实在不可浪费，便手挽着手，一起去薅资本主义的羊毛。

路上，他们碰到关山，便欣然邀他一同前往。

关山脖子上围着绿白相接的围巾，和司徒玥脖子上红黄相接的围巾同款不同色，都是《哈利·波特》里的周边产品。

司徒玥的是主角团所在的格兰芬多学院的校服系列，关山的则是马尔福所在的斯莱特林分院的。

她在网上选的时候，觉得以关山那种阴损的气质，还是更适合斯莱特林一些，给关山买了之后，却忍不住心动了，给自己也买了一套。

这俩人围着同款长围巾，并肩走在路上，给马攸的感觉，竟然很像一对情侣。

而他自己则是被爸妈带上街溜达的一千瓦电灯泡。

马攸默默地将胳膊从司徒玥臂弯里抽了出来。

3

等圣诞节一过，期末考试很快就来临了，就在众莘莘学子埋头复习的时候，突然出了一件大新闻。

关山和迟灏打了一架。

听马攸转达说，两个人是在食堂里突然打起来的。

正是吃晚饭的时候，食堂里人很多，突然听到一阵不锈钢盘子砸到地上的声音，人人都吓了一跳，等辨着声音来源去看时，就只看到两个人扭打在一起的身影。

后来有人把拍到的视频发在了贴吧里，司徒玥去看的时候，帖子已经被管理员删掉了，好在马攸机智，及时保存了视频。

司徒玥接过来一看，视频里关山和迟灏两个人隔着张餐桌分对而坐，前一秒还好好的，下一秒不知道关山受什么刺激了，整个人一跃而起，像只豹子似的蹿上餐桌，一晃眼人就已经到了迟灏那一侧，别人还没反应过来，他一记无影脚就踹了过去。

迟灏被关山脚中小腿骨，倒在地上，手肘撞到餐桌，把餐盘顺势扫到了地上，白米饭混着汤汁乱七八糟洒了一地。

迟灏坐在地上，愣了几秒，很快反应过来，从地上站起身，一拳挥到关山脸上。

两个人揪着彼此的衣领，扭打在一起。

不过和关山这种资深小流氓比起来，迟灏还是太斯文了，被关山单方面碾压，边上小黛、徐二明几个也在，阴得很，明面上去拉架，暗地里却假装失手砸迟灏一拳，司徒玥在视频里看得清清楚楚。

最后还是关山把他们几个赶开。

司徒玥看完，把手机扔给马攸，从后门溜出了教室。

司徒玥一路不停地疾奔到高三八班，关山正坐在座位上，靠着墙低头玩手机。

嘴角和左眼下方一片青紫。

小胖不知道从哪里弄来一颗水煮蛋，剥了壳，要往他脸上滚，被他不耐烦地一把挥开。

关山眉头皱着，嘴角向下紧抿着，无比臭的一张脸。

司徒玥在门口喊一声："关山。"

听见声音，关山抬起头来，看见是她，嘴唇动了动，起身向她走来。

司徒玥以她优越的目力辨别出，那是一句脏话。

"干什么？"他来到门边，顺手带上门，把一众八卦的目光隔绝在门后。

司徒玥看着他，单刀直入："你怎么和迟灏打起架了？"

"想打就打了。"

司徒玥一噎，皱眉道："你这不是理由。"

关山眉峰一挑："还要我给你找个理由？"

"那行吧。"他耸了下肩，一副油盐不进的样子，"我看他长得碍眼，行了吧？"

司徒玥看着关山，生平第一次，体会到了教导主任看到那些违反校纪校规的学生的心情。

关山见她突然不说话了，心里一酸，脸越发地臭，嘴角挤出个冷笑，问司徒玥："怎么，我打不得他？"

司徒玥说："不是你打不得他，是谁你都不应该打，打架不好。"

"那我不管，"关山抄着胳膊往门框上一靠，"反正我打都打了。"

司徒玥无奈。

"行吧，"司徒玥把手往额头上一搭，无力地问道，"你打就打吧，干吗打那么狠,也不让着人家一点,你……"

她话还没说完,也不知道怎么刺激到关山了,他脸色一变,活像只被踩了尾巴的猫,差点儿原地蹦起来。

关山情绪激动地道:"我怎么没让?我要没让,能叫这孙子碰到我的脸?呸!什么人呢,会不会打架,光往老子这张帅脸上招呼,成心的吧?"

司徒玥:"你……"

"你什么你!"关山满脸讥诮,莫名其妙地又推翻了自己先前的话,"小玥儿,你知道个屁!男人之间能让吗?我要是让了他,那才是瞧不起他。"

还男人?毛长齐了吗?

司徒玥听得好笑。

在那一刻,她脑子里也不知道哪条神经搭错线,突然灵光一闪,问关山:"你和迟灏打架,不会是为了我吧?"

关山听到这句话的表情,就像是听到了本世纪最好笑的冷笑话。

"你脑袋被驴踢了吧?"

关山如是说。

司徒玥瞬间满面通红,羞愧不已,恨不得冲到阳台外,头朝地从四楼一跃而下。

这时,只听一道"刺啦"声响,八班教室的一扇玻璃窗户被推开,从里面探出颗刺猬头脑袋,正是小黛。

小黛对着司徒玥大喊:"司徒小妹!别听老大胡说!他这架千真万确是为你打的!我们都是见证者!"

一通喊完,趁关山眼刀子还没甩过来之前,小黛就迅速地缩回教室,"啪"的一声把窗户合上。

几秒钟后,关山脸红到脖子根,捏紧拳头,冲司徒玥吼:"不是!"

司徒玥掏了掏耳朵,差点儿被关山吼聋。

"我没有!"关山又冲她吼。

"好啦好啦……"司徒玥挥手。

关山:"你别听他瞎说!"

司徒玥一怔。

最后,关山冷笑一声,姿态宛若一个最贞洁的烈女,而司徒玥是这世界上最肮脏的淫徒。

"你以为你是谁?"他露出世界上最鄙夷的眼神,对司徒玥说,"小玥儿,你屁都不是!"

随后,他就"哐"的一声,把门摔上,进了教室。

司徒玥站在原地,摸着险些被门砸到的鼻尖,在凛冽的寒风里,开始思考。

这个世界上,脑残究竟还有没有得治。

高二期末考最后一堂考试还剩十五分钟的时候,已经能闻到空气中隐隐的兴奋因子了。

等下考铃声一响,学生们已经按捺不住了,一个个坐在椅子上跟个猴儿似的,等着坐在第一个的同学来收答题卡。

等监考老师一声令下,学生们才活动起来,等着班主任来进行放假前的最后一番讲话。

每次考完,总会有一堆"对答案党",还有无数人想要拉司徒玥入伙,可偏偏这是司徒玥最害怕的活动,她干脆眼不见为净,去洗手间躲清净了。

等从洗手间回来的时候,潘艳华已经站在讲台上讲话了。黑板上不知被谁用红色的粉笔写了好大一个"寒假快乐",其余空着的地方,全被各科代表写着老师们留的寒假作业。

司徒玥猫着身子从后门回到自己的座位上。

正好潘艳华说到假期自律的问题。

"假期里可以放松,但也要看看书,做做寒假作业。不要玩到自己姓什么都忘记了。"说到这里,他向鬼鬼祟祟的司徒玥飞去了一个眼刀,"尤其是某些复姓的同学。"

刚坐到座位上的司徒玥闻言,左手比到太阳穴上,冲潘艳华敬了个军礼。

意思是"遵命"。

潘艳华看不惯她这副涎皮赖脸的模样,意有所指道:"成绩三天后就会出来,到时候大家来领成绩单和评估手册,不能来的我会一个个打电话通知到位,如果有的人没进步五名的话……"

他以一句冷哼做了结尾。

司徒玥用手机把黑板上的作业拍了下来,又装了一袋子书,虽然知道这一整个寒假都可能不会拿出来,她还是心甘情愿地背在了肩膀上,和程雪、马攸道过别后,去高三楼找关山,等他一起回家。

回到家后,她把书袋子随手扔在地板上,一头扑到被子里,直接一觉睡到第二天早上。

……

过了三天潇洒日子,她果然没有勇气去学校拿成绩单,把这事全权委托给了马攸。

又怕潘艳华真的打电话给她爸妈,给她老爸打还好,反正她的老父亲无论她考得多差,都是一句"不要紧,慢慢来",最后还反过来帮她遮掩。

可如果潘艳华不厚道,直接一通电话打到她老妈手机上,那才是真正的修罗场。

她想了个糟糕至极的主意。

她没把潘艳华在她老妈的通讯录里拉黑,而是直接偷了她妈妈的手机,藏到屁股底下,然后自己端坐在沙发上看电视。

可她忘了一件事,关掉来电铃声。

所以,在潘艳华电话打来之前,杨女士正满客厅乱转,到处找手机,问司徒玥:"见到我手机了吗?"

司徒玥摇头:"没。"

下一秒,杨女士的手机就在司徒玥屁股下头欢快地振动了起来。

"我好像听到手机响的声音了?"

司徒玥面色如常:"不,你没有。"

杨女士何等英明睿智,一看司徒玥的样子就知道她有古怪,走到她面前,命令道:"起来。"

司徒玥在她和杨女士十几年的相处中,曾从无数次的血泪教训中总结出来一条宝贵经验,那就是当她老妈用这种祈使句语气说话时,绝对不要让她有重复第二遍的机会。

否则她的下场会很凄惨。

因此杨女士一声令下后,司徒玥几乎是在话音落地的同时,就利落地站起了身。

而沙发上,她屁股刚刚着陆的地方,赫然是一部手机。

屏幕亮着,上面显示着"潘老师"来电。

杨女士赶紧接起电话,同时瞪了司徒玥一眼。

而司徒玥趁她接起电话,迅速闪身回房,拉开了阳台的玻璃门,手脚娴熟地翻到了隔壁关山的房间。

关山当时正在写一张理综试卷,听到声音,连头都没抬一下。

直到一个多小时后,马攸打来电话报喜,说她这次正好前进了五名,她后面就是魏明朗,只比她低了一分,险些就要被潘艳华告一个黑状。

司徒玥闻言，四脚朝天地躺在关山的床上，吐出口气。

"太好了！我的妈，心脏都要停了！"

马攸在电话那头说："不过……"

"不过什么？"司徒玥懒懒的接口。

"程雪考得有些不太好。"

"是吗？"

司徒玥翻了个身，没太在意。

"是不是只考了第二名？第一名是邓晓柔吧？"

"第一名确实是邓晓柔，不过雪不是第二名。"

"嗯？"司徒玥有点意外了，"难道这次小雪退步了两名？"

她抵着舌头"啧"了一声，有些头疼，在床上翻来滚去，把关山深灰色的床单滚得一片凌乱。

关山转着手里的笔，也不做试卷了，就专心盯着她，想看她到底能滚到什么时候。

司徒玥道："看来我老婆要哭鼻子了。"

"不是，"马攸打断她，"程雪不是第三名，也不是第四名，司徒，程雪她这次，是我们班最后一名。"

"扑通"一声，司徒玥连人带手机滚到了床下。

4

隔天，司徒玥犹豫了很久，才终于鼓起勇气给程雪打了一通电话。

司徒玥是个很马虎的人，按关山的话来讲，就是一根肠子直到底，脑子被人用熨斗烫过，没有任何迂回，比做过拉皮打过除皱针的网红脸还要平坦。

如果换作是马攸考砸了，她早就一通电话打过去了，顺便大肆嘲笑一番。

比如什么"老马你怎么搞的这次考得比我还烂哈哈哈哈哈哈"，抑或是"老马你考这么烂屁股没被你爸妈打开花吧哈哈哈哈哈"。

但这事儿搁程雪身上就不一样了。

她对程雪似乎天生多了一分耐心和温柔，也有可能是因为程雪这人，柔弱得就跟朵蔷薇似的，默默开在墙角里，稍微一阵风，一场雨，就可能让她随风雨逝去，让司徒玥这个鲁莽毛躁的人，也不得不放轻手脚，小心呵护。

司徒玥将她对程雪的这种保护欲，称之为"母性的光辉"。

在电话拨通之前，司徒玥就在心里反复地告诫自己，等下小雪接了电话，千万不要开口就说"你期末考的成绩怎样怎样"，一定要按照她老爸常念叨

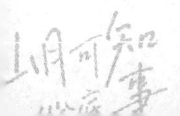

的指导方针,慢慢来,不要急,循序渐进,缓缓到位。

连续做了好几遍建设,直到脑子里自动响起这几句话后,她才敢拨通程雪的号码。

屏息等了几十秒后,程雪才接起电话,听筒里传来一声"喂"。

司徒玥脑子一蒙,张口就道:"小雪你期末考试成绩……唔!"

她一把捂住了自己的嘴。

完了!心理建设做太多,给念串词了!

程雪似乎也愣了一下,一时没接话,电话里冷场了一会儿。

"嗯,对,考得有点差。"

司徒玥条件反射地说:"慢慢来,不要急,循序渐进……啊呸!小雪你别听我胡说!我那个……不是我……"

"阿玥,我们下次再说吧。"

"啊?"司徒玥一蒙,"我们还没说多久啊?"

程雪语速很快地道:"我现在有事。"

伴随她说话的声音,电话那头传来一声巨响,把司徒玥吓了一跳。

接着,司徒玥听到电话里传来一声暴躁的"我去你……"

剩下的没听到了,因为通话已经被程雪中断。

司徒玥的右眼皮突然毫无征兆地,猛烈跳了一下。

如果司徒玥坐上一辆覆满灰尘的破旧班车,花上一个多小时的时间,去往距离湘市50多公里外的远郊,程雪的家里。

她就会发现,在她眼里脆弱得跟朵蔷薇花似的程雪,此时就站在客厅白炽灯发出的惨白灯光下,手里握着一把刚从厨房拿来的菜刀。

刀尖对着程雪,刀柄冲着一个满脸戾气的男人。

那是程雪的爸爸。

程雪背脊挺直,像一把宁折不弯的长剑,站在光线下,脸色比灯光还要白上几分,眼神却很锋芒,毫不避让地看着面前那个比她高一头的男人,不像是在看父亲,倒像是在看一个仇人。

地上还瘫坐着一个女人,正在哭,头发凌乱,鬓角上带伤,血糊在头发里,是暗红色,很像永生花环上,那些零星点缀着的荆棘果。

她是程雪的妈妈,有着和程雪一样含愁带怨的美丽眼眸。

程雪握着刀,往她爸手里塞。

程雪对他说:"用这个吧,一刀下去,就痛快了,你先杀了她,再杀我,早死早超生,大家一起解脱。"

她爸爸瞪着眼看了她很久,神情古怪,仿佛第一天认识他女儿。

程雪面色坦然自若,任他看。

父女俩僵持良久,就像两个武林高手,有一天狭路相逢,可谁也摸不清对方的底细虚实,只能暂时按兵不动,仔细观察对方的一呼一吸,一动一式,来判断身手是否出于自己之上,是该打还是该逃。

时间仿佛过去了很久很久,终于,她爸坚持不住,败退了。

他绕过程雪,走出家,摔上了门。

等确定他不会折回来后,程雪才仿佛脱力般地将菜刀放在茶几上,自己的肩膀塌下去,腰也垮下去,挺直的脊梁一弯,她整个人仿佛瞬间缩短了几寸,没有了方才那种刀口舔血的英雄气势。

她又变成了一朵娇弱的,仿佛随时都会折断的蔷薇花枝。

她蹲在地上,将正在哭泣的妈妈轻轻抱进怀里,将妈妈凌乱的头发一缕缕地理顺。

"没事了,别哭。"

在这一刻,她成了母亲,怀里那个瘦小的女人,是她的孩子。

时间过去很久很久。

程雪拿出棉服口袋里的手机,上面有七八通未接来电,全是司徒玥打来的,每一通之间,间隔时间很短。

此外,还有一条司徒玥发来的信息:没事吧?我好像听到一些声音?

程雪回复她:隔壁装修。

随后,程雪翻开通讯录,拨去一个电话。

"喂?"

温润的男声从听筒里传来。

5

寒假里的时间过得飞快,司徒玥也没觉得自己干了什么,不过就是被爸妈领着走了几次亲戚,还和马攸出去吃了几次饭。

程雪自从上次发了那条微信后,电话就再也打不通,司徒玥也不知道程雪家在哪里,程雪从不邀请她去家里玩。司徒玥只知道程雪家不在湘市市区,所以程雪是寄宿生,只有每个月放月假才会回去一次。

司徒玥和马攸说了上次电话里的异响,两个人都很担心程雪。

马攸想象力十分丰富，甚至都脑补出一队盗墓团伙在杀人越货时被程雪撞见，为了灭口，端着机关枪，冲进程雪家，把她一家三口通通干掉的故事。

说不定程雪家里现在就躺着三具尸体，屋子里爬满了蜘蛛，蜘蛛吐丝结网，老鼠们就在蛛丝网里跑来跑去，在三具尸体上踩来踩去。

他说得认真又具体，司徒玥被他说得背后发毛，心里发虚，虽然知道马攸话里扯淡的成分居多，但她担心程雪却是实打实的。

司徒玥和马攸头埋着头一合计，想起高二开学的时候，班长曾让每个人都填过一个家庭基本信息表，便给班长打了一个电话。

五班班长铁面无私，一开始还以不能泄露同学个人信息为名，拒绝给他们看。

直到司徒玥和马攸指天誓地，发誓自己绝对没有不良心思，并且答应两个人开学后，将承担五班一整个学期的广播稿撰写工作，班长才发给他们一张电子表格的截图。

只有程雪那一栏。

两个人按照表上程雪写的地址一查，十分怀疑，这个地方是不是都出省了。

且乘坐方式五花八门，司徒玥和马攸早上八点就出门，先是乘坐三个多小时的长途汽车到了邻市，然后坐上市内大巴去下属的一个小县城，又花了一个多小时，到了县城里，还要换乘，坐上一辆小型班车，去县城下属的一个小镇。

到了镇上，还不算完，班车不去乡下，司徒玥和马攸只好又走了十几里山路，只有几度的气温，两个人愣是走得汗流浃背。司徒玥热得把棉袄脱了，把两只袖子打了个结，系在腰上。

马攸是个胖子，寒假里更是吃得膘肥体壮，十几里山路简直就是要他小命，他走得直喘，最后在走一个上坡的时候，实在累得不行了，不管不顾地往地上一坐。

"不行了，司徒，我要死了，真的走不动了。"

司徒玥也累了，但还有力气去拉马攸："不行！快点！就快到了！"

马攸被她扯着胳膊站起来，像条死狗一样地被她拖着走。

"司徒，我好累，我想躺在沙发上，吹着暖气，玩手机。"

司徒玥说："就快到小雪家了，到她家后，她家的沙发任你躺，横着躺，竖着躺都行，她家的暖气任你吹，小雪还会给你做鱼吃，你还记不记得上次班上组织野炊，她做的那条红烧鱼？七八斤重的鱼，被你吃得只剩骨架子。"

一听到吃的,马攸立即就来劲了,也不用司徒玥拽他了,两腿生风,只想快点走到程雪家,吃上她亲手做的红烧鱼。

终于到了地址上写的那个小村子,两个人却没头绪了,看到一户人家的晒谷场上坐了几个中年女人,正一边择着茶叶,一边聊天。

司徒玥和马攸便走过去,问她们程雪家在哪里。

"程雪?哪个程雪?"一个黄脸大婶操着一口方言问他俩。

司徒玥和马攸脸上都是一蒙。

最后还是司徒玥机智,从手机里调出一张程雪的照片。

几个女人凑过来看。

这时,有个女人说:"莫不是雪儿吧?东头程二流子屋里头的那个?"

"哦,是她哦,长这么大了,认不得了。"

黄脸大婶一拍大腿,想起来了,问司徒玥他们:"你们两个找她做么子?他们一屋人好久以前就搬走了,现在东头就一个空屋子。"

司徒玥和马攸不约而同地"啊"了一声。

"那您能带我们去看看吗?"司徒玥问。

十分钟后,两个人对着一处土黄色的山坳,面面相觑。

山坳合抱处,有一座三居的平房,很久没人住过了,房子前杂草丛生。

给他们带路的大婶说:"看吧?我就说没得人,你们还不信。"

马攸恨恨地问司徒玥:"沙发呢?暖气呢?程雪做的红烧鱼呢?"

司徒玥摸摸鼻尖,说:"回去就有了。"

马攸:"……"

司徒玥的嘴,骗人的鬼!

两个人回去也成了问题,带路的大婶好心,见他们两个学生仔,说着一口普通话,肯定是城里来的,便说正好她当家的要去镇上买白菜种子,就顺便带他们一段路。

司徒玥和马攸感动得泪流满面。

到了大婶家,几个女人还在,司徒玥和马攸坐在凳子上,被几个大婶问东问西,把家庭情况交代得一清二楚。

接着,有个女人问他们:"你们找程二流子女娃儿做么子的?"

司徒玥一愣,二流子这话在湘市方言里也有,但不是什么好意思,是流氓、痞子的意思,且大部分指的男性。

"为什么叫程雪爸爸二流子啊？"

她这话刚一问出口，几个中年女人的脸上，顿时流露出一种兴奋的表情来。

这种表情司徒玥曾在马攸脸上见到过无数次，大部分出现在马攸和她分享一些隐秘的八卦时。

司徒玥心里，忽然有点不适。

几个女人，你一言，我一语，很快将程雪家里的事情说了个底朝天。

她们人多口又杂，说的又是方言，有时说得快了，司徒玥没听明白，信息一下子就过去了，最后综合马攸听到的，再加上两个人的一些润饰揣摩，得出了一个大概完整的故事。

可怜，是几个女人七嘴八舌的叙述里，出现频次最多的两个字眼。

程雪的祖上成分不好，是地主，新中国成立前，占地几十亩，家里还请长工，程雪爷爷那时候还被村里人喊作"少爷"，等到了土改，打土豪，分田地，她家里房子被分走了，田也没了，最后只留下那一座三居的平房。

程雪爷爷还是被别人喊"少爷"，不过这个称呼就多或少地带了一些调侃之意。

他出身优渥，过惯了被人伺候的日子，四体不勤五谷不分，到四十来岁都还是一条单身汉，家里又穷又破，没女人愿意嫁给他，最后只能娶了个神经有点问题的女人当老婆，这就是程雪的奶奶。

程雪奶奶可怜，女人们说。

虽然脑筋有点不清楚，像个小孩儿一样，但是手脚勤快，一双手跟把大蒲扇似的，打扫屋子，下地割稻，拉扯孩子，没有她不能做的，最后还要被程雪爷爷打。

程雪爷爷心情好就打牌喝酒，心情不好就打老婆，有了孩子就打孩子。

身边有棍子就拖棍子打，没工具的话，就脱鞋子，用鞋底抽。

程雪奶奶像个孩子，打痛了就往地上一躺，滚来滚去，哇哇乱叫，扯开嗓子号，声音传出二三里，都听得见。

程雪爸爸从小被打到大，耳濡目染，又不学好，二十来岁还整日在外晃荡，游手好闲，人人都在背地里说他是二流子，和他爸一脉相承的坏苗儿，没有好人家愿意把自家姑娘许给他，最后娶了邻村一个穷人家里的姑娘，也就是程雪妈妈。

刚结婚的时候，两个人还过了一段安生日子，程雪妈妈长得漂亮，她爸爸心疼老婆，那阵子家务事都帮着做，村里人人都说他转了性儿。

谁知好景不长，因为程雪出生，家里经济逐渐捉襟见肘，程雪妈妈为了养活家里这几口人，随村子里一个好友去东莞打工。

她去了三年，三年里，不断有好事的人来跟程雪爸爸说，东莞不是个好地方，女人去了都要学坏，男人头顶长绿毛，变成乌龟王八蛋。

程雪爸爸一开始还骂那人，后来跟他说这话的人越来越多，他骂不过来，最后只能开始骂程雪妈妈，她人在千里之外，骂了也听不到，他就转而骂身边的程雪。

好在程雪也才两三岁，根本听不懂她爸在说什么，只会被他凶恶的语气吓哭，次数多了，生理上自动免疫，以后也不哭了，只当爸爸天生嗓门大。

三年后，程雪妈妈回来了，城市的水养人，她的皮肤比嫁人前还要水灵，掐得出水来。

她踩着小高跟，脸上化着妆，包里还装着给小程雪带的巧克力。

离家三年，程雪从一个襁褓里的小孩儿，变成了一个拖着长长的鼻涕，坐在小板凳上的小女孩儿。

而她的丈夫，从一个温文的男人，变成了一个彻头彻尾的恶魔。

数九寒天，她刚从随身包里掏出巧克力，还没来得及递给女儿，就被男人拽着头发，当着来看热闹的村民面，一路拖到厨房外的水缸边，不由分说地摁进结冰的水面。

"脸脏了，我帮你洗干净。"男人恶狠狠地说。

而坐在一旁，早已习惯父亲大嗓门的程雪，只是面无表情地捡起地上掉的那块巧克力，放进嘴里。

真苦！她"哇"的一声，吐了出来。

这之后，村里谣言四起。

程雪妈妈挣了大钱，她说是买彩票中的。

没人会信。

谣言越传越广，就像成千上万只蜜蜂飞过田野，振翅时发出的嗡嗡声响彻天际。

程雪爸不堪忍受，用程雪妈的钱，搬了家，村子里的人不知道他们搬去了哪里，程雪爸也根本不想让他们知道。

搬家之后的事，女人们也不清楚了，猜测倒是有很多，有些说程雪妈和程雪爸离婚了，带着孩子单过，也有说程雪妈肯定是在东莞处了个相好，最后跟相好跑了，程雪扔给爸爸带。

几个女人争执不休,最后问起司徒玥和马攸程雪一家的近况。

司徒玥和马攸一摊手:"我们也不清楚。"

女人们脸上顿时显露出一种失望的表情。

"你觉得,那些大婶说的是真的吗?"马攸坐在三轮车另一边的长凳上,问司徒玥。

乡下的路是泥巴路,坑坑洼洼,三轮车行驶在上面,一颠一颠,带得马攸脸上的肥肉也一颠一颠,很有节律。

司徒玥就入迷似的盯着他脸颊两侧颤动的肉,嘴里叼着一根路边随手扯来的狗尾巴草。

这东西在乡间到处都是,见风就长,夏天是青草绿的颜色,到了冬季,就泛成黄色。

"不知道。"她老实说,最后又补充了一句,"我希望不是。"

马攸看着她,说:"我也是。"

Part 02
冷战

1

冬去春来,高二下学期开学了。

司徒玥能明显感觉到,高三楼的氛围一下子紧张了很多。

好几次她去找关山,明明是下课的时间,走廊上却寂静无人,如果扭头往教室里看去的话,能看到黑压压的一大片,全是学生伏案做题的身影。

一楼大厅的白墙上,不知道从什么时候起,被贴了一个大大的"静"字。

大红色,在白底的墙上,突兀又显眼,任谁一进来,率先看到的,肯定是这个"静"字。

另一堵白墙上,则贴着一张成绩榜,同样是大红色,上面是年级前一百名学生的成绩,还有单科前三名与文理综前十名。

司徒玥在这张榜单上,总能见到关山的名字。

她因为这事,还闹过一个笑话。

关山在搬去北京之前,成绩和她一样烂,以爱交白卷而出名。司徒玥好歹还连蒙带猜地交上去,他倒好,回回交上去的试卷,比他的脸还干净。

关山班主任曾给他妈妈关小燕女士去过电话,关小燕听了,捂着嘴嘻嘻地笑:"我儿子这么酷的吗?"

从此以后,班主任再也不管关山交白卷的事。

因此司徒玥的印象异常顽固,认为关山和她一样是烂泥糊不上墙。这导致曾经有一次,她和关山、小黛他们一起出去玩,小黛几个问起关山想考哪个大学,是清华还是北大。

司徒玥当时饭都笑得喷出来了,指着关山说:"就他?还清华北大?北大青鸟还差不多。"

小黛他们捧着饭碗,目瞪口呆。

最后还是小胖对司徒玥说，让她下次去八班玩的时候，看一看一楼大厅里贴的年级榜。

司徒玥下次去的时候，果然扫了一眼，结果眼珠子都差点儿掉了出来。

关山的成绩，出乎她意料的好。

虽不至于到年级第一，但也不下于年纪前三十，并且势头很猛，单兵突进。司徒玥每次去看，总能见到他又前进了两三个名次。

而且他数学尤其好，好到变态的那种，接近满分，每次单科前三名里，数学年级第一总是他。

他理综成绩也不错，能进前十。司徒玥特意去看过，发现最给他拖后腿的，是语文和英语，这两科里，又以英语相对较差，150的满分，可能只能考个及格线。

这也从侧面证明了，他的数学和理综是多么强悍。

高考迫近，关山彻底忙了起来。

他们俩虽然每天还是一起上学，放学却不能一起走了，高三年级的晚自习时间被延长了一节，每天晚上十点才能下课。

关山让司徒玥自己先回去，不用等他。

他严重地缺少睡眠，司徒玥能看到他眼下明显的青黑。每天清晨在楼下等司徒玥时，他坐在花坛上仿佛就能睡着。

有一次，司徒玥甚至还看见他穿了家里的拖鞋就出来了，要不是司徒玥提醒，他都没意识到。

司徒玥看不下去了，问他每天什么时候睡的。

关山说："不一定，有时候四五点，早的话，就两三点。"

两三点还算早？

司徒玥头一次听到这个论调。

她每天十一点就上床睡了，除非是放假玩手机，那也最多到一点就支撑不住了。

一天两天还好，连续一段时间的熬夜，她无法想象。

"你每天那么晚睡，都做什么啊？"她皱着眉问。

"做题。"

"不能白天做吗？"

"能，"关山点头，"但我晚上睡不着，就做下题。"

"怎么会睡不着？"司徒玥简直无法理解世界上会有人睡不着，她只觉得睡不够。

"不踏实,"关山摸了一下司徒玥的头,看着她说,"小玥儿,我心里不踏实。"

"做题就能踏实了吗?"司徒玥睁大眼,反问他。

关山说:"能。"

司徒玥就不问下去了。

她开始习惯每天等关山,到了睡觉的点也不睡,贴着墙,听墙那边,关山的房间里传来动静,她就知道他回来了。

有时,她跑到小阳台上,看到他的房间亮起灯,就将自己房间的躺椅搬到阳台上,披着被子坐在上面,想看看他这次几点睡。

结果等得睡过去,初春深夜里冰凉的雾气将她冻醒,她睁着迷蒙的睡眼往关山房间看去,依旧是一团暖黄的灯光。

一看时间,已经是凌晨三点。

后来有一次,关山发现坐在阳台上的她,把她臭骂了一通,说她要再犯蠢半夜不睡坐在阳台上,他就去告诉杨女士。

司徒玥最怕她妈,只得被迫放弃了这项睡前活动。

不过这之后,关山每次下晚自习回来,如果她没睡,会在微信上把她叫出来。两个人在小阳台上,隔着一台生锈的空调架子,聊会儿天。

当然,司徒玥几乎每次都还没睡。

两个人站在阳台上,手扶着栏杆,抬头看着头顶的夜空。

有时万里无云,有时满眼星空。

小区里栽了很多株梨树,春来气温升高,梨花在夜里悄然绽放,一不留神儿,就花满枝丫。他们站在夜色里,如果仔细闻的话,能嗅到梨花清郁的香气,灌满整个胸腔。

两个人什么都聊,聊小时候的事,聊将来,聊关山,不过他的事聊得少,大部分时候是司徒玥在说自己的事情。

司徒玥有时候不想说太多自己的事,她更想知道关山在北京的四年,是怎么过的,他妈妈关小燕呢?

她还是那么美丽,那么有趣吗?

司徒玥那时候多喜欢关小燕哪,关小燕从不摆大人架子,时常一副笑脸,和杨女士是截然不同的人,平生最大的缺点不过是打牌喜欢耍赖。

那时司徒玥年少无知,要和关小燕结为姐妹,关小燕二话不说,扔了手里的扑克牌，就要拉着司徒玥下跪结拜。可以说，如果当时不是关山拦得快，搁现在来讲，关山还得喊司徒玥一声"小姨"。

司徒玥的第一条裙子是关小燕送的，第一支口红也是她给的，杨女士从不关注司徒玥的穿着打扮，如果不是关小燕，司徒玥很有可能会一直沿着钢铁男儿的路子打马狂奔下去。

关小燕搬走之前还说，等司徒玥满十五岁后，要送她一双高跟鞋。

现在关小燕呢？她的高跟鞋呢？

司徒玥不敢问关山了，她还记得关山从北京回来的第一天，她去他家，问起关小燕，关山的那一声"滚"。

关山很少提及自己在北京的事，他喜欢问司徒玥，他不在的那四年里，她都发生了什么。

司徒玥就说自从他走后，她就没什么朋友，每天一个人上下学，孤单得很。

关山问她："怎么不交新的？"

司徒玥苦着脸说："我跟你混久了，大家都怕我，不敢和我做朋友。"

她那时候念小学六年级，前几年都是和关山在一起，两个人其实也没做什么，没拿板砖拍过人脑袋，也没拿钢棍打过人腿，大多时候都是为了一些幼稚的理由。比如司徒玥班上某个女生被高年级男生吹了流氓哨，放学路上被堵了几次，司徒玥帮人出头，打不过的话，就扔出关山的名号。

关山和司徒玥带着一帮小弟，高年级的也带着一帮小弟，两伙人隔空放狠话，但谁也不先动手，应了那句话，能动口绝对不动手。

这就是那时候小混混小太妹们打群架的普遍解决方式，要实在一言不合动起手来了，也不过是你绊我一跤，我推你一把，手段不入流得很。

但后来关山突然"恶名远扬"，成了他们那所小学附近都知名的小流氓，人人都怕他，这种威慑在他走后都丝毫不减，导致长期与他为伍的司徒玥连朋友也交不到。

这种情况，直到上了初中，才好了些。

"马攸和程雪，就是初中认识的吗？"

"嗯，"司徒玥点头，"一个班的，先是和老马熟起来，他那时候是我同桌，还没发胖，可瘦了，长得又清秀，像个女生，老是被班上男生调笑。"

"然后你帮他教训了那些男生？"关山猜测。

司徒玥脸一红，幸亏在夜色里头瞧不出来。

"不是，"她有些羞愧地道，"我和男生们一起笑他。"

关山一愣。

"不过!"司徒玥赶紧强调,"他被气哭过一次后,我就再也不笑他了,不仅不笑,还不准那些男生笑,谁笑我就揍他。"

"行吧。"关山忍不住笑了起来,眼睛很亮,在黑夜里发着细细碎碎的光。

"那程雪呢?又是怎么认识的?"

"小雪啊,"司徒玥笑了一下,"说起来还挺有意思的。

"虽然是一个班,但我和她是初一下学期才熟起来的,她那时候挺内向,整天埋头学习,大家聊天都不敢叫她,怕耽误她学习。但人长得可漂亮了,班上男生一半儿都暗恋她。"

"你呢?"关山突然问。

"我什么?"司徒玥没反应过来。

关山觑了她一眼,脸上神色不明:"就没男生暗恋你?"

司徒玥说:"你都说是暗恋了,那我哪知道?"

"那你怎么就知道一半儿男生都暗恋程雪?"

"道理很简单,"司徒玥说,"他们自己告诉我的。"

"他们为什么会告诉你这些?"关山追问。

"因为四海之内皆兄弟。"司徒玥不乐意了,小尖下巴冲关山一翘,"你能不能别问这些有的没的?到底要不要听我说下去?"

关山向她比了个"请"的手势。

"你说。"

司徒玥继续道:"我和她也仅仅只是见到了打个招呼的关系,但直到初一下学期的一天,她突然跑过来跟我讲,真的是跑过来,还喘得上气不接下气,说初三一个大姐头,放学了要来打我,让我赶紧去跟班主任请假,早点回家,避开大姐头。那个大姐头在学校里很有名,整一个爆炸头,化很浓的黑色眼线,鼻子上还打了个鼻钉,挺酷一姑娘,我只远远见过,而且你不在,我初中时候其实还挺老实的……"

关山听到这里笑了:"怎么我不在,你就变老实了?"

司徒玥一愣:"这还用问吗?你不在,我打不赢别人的时候,没人帮我打回去了,我肯定就老实了呀。"

他还是头一次知道,有人能将"恃强凌弱"四个字解释得如此清新脱俗。

"我当时很疑惑,觉得没和大姐头结过什么梁子,怎么就要来打我了,我长得也不欠揍吧?"

"所以你怎么做的?"

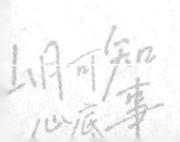

司徒玥说:"所以,我就跑去问大姐头了。"

关山无语。

他就知道。

"人家没打你?"

"没。"司徒玥摇了下头,"我和小雪的革命友谊就是这么建立的,当时她见我死活不听劝,就是要往初三楼去,最后一跺脚,也跟着我去了。等到了大姐头班上,找她一问,才知道是个误会,人家说的是等放学了打死涂月,而不是放学了打司徒玥。小雪给听岔了,误会一解释清楚,大家还做了朋友。大姐头可喜欢我了,她毕业的时候,还来找我写同学录,把我放在第一页,我问她打鼻钉疼不疼,她听了,一下就把鼻钉给拔下来了,我给吓了一跳,见居然没喷血,一看,那鼻钉原来是贴上去的。大姐头毕业的时候,还送了我两打,可惜被我妈扔了,现在我俩还有联系,她在学理发,混得还挺好,说下次见面给我洗头,舒服得保准我能睡过去……关山,你是不是困了?"

"不困,你继续说。"

司徒玥说:"哦,可是我困了。"说完她打了个哈欠。

关山一惊,看了下时间,发现已经很晚了。

"你快回去睡吧。"他有些愧疚地道。

司徒玥迷迷糊糊往卧室里走,听到关山在身后说:"晚安,小玥儿。"

她头也没回地挥了下手。

2

四月份的时候,司徒玥和程雪起了一次口角。

原因说起来还有些奇幻。

事情的起源是迟灏有一天来上课的时候,大家意外地发现,他脸上带了伤。

左眼好大一块瘀青,青中带紫,左眼球红血丝密布,像蛛丝网一样,看着都疼。

他平时从来不会和别人发生争执,更别说打架挂彩,唯一的一次就是上学期期末的时候,和关山打的那一架。

因此很多人自发把造成他脸上伤的人想成了关山,还有不少人问到司徒玥这里。

司徒玥被问得一脸蒙,她也不知道,隐隐觉得不是关山打的,关山打人很上道,从来不打脸。

可她又有些不确定，只好跑去高三八班，问关山。

关山当时正在做题，闻言把笔一摔，皱着眉头问她："是不是他被狗咬了你都要怪到我头上？"

司徒玥一愣，刚要辩解，又被关山夺走话头。

"他就这么金贵？"

"你哪回见我打人冲脸去？等着被处分呢？"

说到"处分"两个字，司徒玥有话说了："我不是怕你哪根筋不对，又去打他，背处分吗？你上次打他背的处分还没销多久吧？"

他上次打迟灏，尽管自己也挂了彩，但因为视频里他几乎是把迟灏按在地上打，影响很恶劣，最后被学校记了大过，迟灏倒是什么处分也没背。

关山现在是高考生，正是为前途奔命的时候，如果因为打人而又挨上一记大过，可能将来考大学都是个问题。

司徒玥绝对不希望看到，他所有的努力都付诸东流。

她这句话也不知道是怎么捋对了虎须，关山在一愣之后，瞬间眉眼舒展，露出懒洋洋的笑意。

"人不是我打的，爷忙着呢，没那时间教他做人。"

司徒玥："哦。"

关山拿起笔在她额头上敲一记："回去吧。"

司徒玥便晕晕乎乎地回去了。

她觉得自己脑子可能出问题了，不然怎么会觉得，关山刚刚笑得那么好看呢？

到了高二五班，她跟程雪、马攸他们说起，人不是关山打的。

马攸有些困惑，咬着笔头道："不是关山打的？那会是谁打的呢？"

程雪倒是不怎么奇怪。

司徒玥摇了下头："不知道。"又说，"不过还好不是他打的，不然又得被记一次过。"

程雪当时正在写一张数学试卷，遇到一道数列题，怎么也想不明白，在草稿纸上来来回回地画。

听到司徒玥这句话，她几乎是很愕然地转过脸来。

"你怎么能这么说？"程雪问。

司徒玥愣了一下："我怎么说了？"

"你说，还好不是他打的。"程雪慢慢地重复了一遍她说的话。

司徒玥更蒙了:"这句话……有问题吗?"

"有问题。"程雪表情严肃地道,"你这话就好像在说,迟灏被打不关你事,只要不是关山打的就行。"

她有这个意思吗?司徒玥愣怔了片刻。

仔细想想,她好像隐隐约约,真有这意思。

不是说她乐意见到迟灏被打,她也不希望看到他被打,可前提是迟灏已经被打了,于是她就只能寄希望于打他的人不是关山。

如果换作是以前,迟灏被打了,她肯定千百倍地帮他打还回去,即使那人是关山,她打不过,也得每天见到关山时,瞪上八百回眼。

只能说,在她心里,有把优先考虑的椅子,以前椅子上坐的是迟灏,现在换成了关山。

这或许有些凉薄,但无可指摘。

司徒玥想通了这一点,便理直气壮地对程雪说:"他被打,确实不关我事。"

程雪的脸瞬间拉下来:"阿玥,你真冷漠。"说完就扭头去算她的数列题了。

司徒玥像被她闷头打了一棍,她打完还一句话也不说,做自己的事情去了。

司徒玥气不打一处来,说:"我怎么就冷漠了?小雪,你以前不是还希望我不要犯花痴吗?现在我改了,你怎么又说我冷漠?"

程雪埋头做题,对她的话充耳不闻。

"你为什么不说话?"

"小雪,你现在是为了迟灏和我冷战吗?你什么时候和他那么好了?"

"我和他,你选谁?"

"你还不说话,你真的要和我冷战吗?"

"我伤心了,我和你这么多年交情,想当年,你冒着天大的风险为我通风报信,在大姐头的威名之下,愿意陪着我……"

程雪被她搞得烦不胜烦,扭过脸对她细声细气地吼:"别吵了!我要做题!"

司徒玥气得往前桌马攸的椅子上踢了一脚。

"别偷听了!你头上只差没插根天线了!"

马攸哭唧唧。

不过这场吵架很快以司徒玥的妥协而终结。

中午午休时,她趁教室里的人都走空之后,在程雪的桌上放了一只红富

155

士苹果。

苹果一面贴了张淡黄色便利贴,上面写着:老婆对不起,是我无情我冷漠我无理取闹,你别生气啦。

苹果的另一面则被她用小刀刻了副笑脸,圆圆的两个小洞是眼睛,下面一道咧开的细缝是小嘴,她没什么美术功底,眼睛刻得太小,嘴巴又太大,眼睛与嘴之间的距离更是不成比例,笑脸看上去龇牙咧嘴,丑得可以。

程雪午休回来时就看见这个丑苹果摆在她的桌上,被挖掉的地方露出里面的果肉,在空气中已经微微氧化,变成黄色。

程雪捧着这苹果反复地看,从便利贴这一面,移到笑脸的那一面,情不自禁笑出声来。

躲在讲台底下,一直暗中观察的司徒玥猛地蹿出来,跳到程雪面前:"好!你笑了!被我抓到了!"

程雪憋着笑:"笑怎样?被你抓到又怎样?"

司徒玥一把揽过她肩膀,宣布:"你笑就是不生我气了,被我抓到就是我俩没事了!"

程雪嘴角的笑意就再也憋不住,不要钱似的哗哗淌了一地。

"我没生你气,阿玥,我对你生不起来气。"

"我也是。"司徒玥说。

她的志气到程雪这里就无端矮三分,前一秒还冷着脸,端着架子,在看到程雪脸一拉时,冷脸就绷不住了,这时程雪再把小脸一转,小腰一扭,她的架子就端不住了,稀里哗啦垮得比雪崩还彻底。

心里的念头一个个地往外蹦。

程雪怎么不说话啦?程雪不会真生我气吧?刚才我说话的语气是不是过分了点儿?要不先低头给程雪道个歉?

脑袋里一根弦紧紧绷着,等低了头,认了错,程雪给她一个笑脸时,才能真正松懈下来。

但她在别人面前又不是这样的。

就拿关山来讲,如果俩人吵了架,她会梗着脖子,拒不低头。

不夸张地讲,她能这样坚持到冰川消融,海水倒灌,地球毁灭,外星人领着星际舰队来抢占殖民地,她自己躺在休眠舱里头,外头还要贴张字条,写着"司徒玥绝对没有错"。

这就是骨气,这就是尊严。

当初因为关山对她说的那一声"滚",她气得整整一年没和关山说话,如果不是那次在地下俱乐部,关山主动和她说了第一句话,她还能坚持很久很久。

关山有时气急了,骂她是"窝里横"。

司徒玥就拿程雪举例说,她才不是窝里横,因为她在程雪的冷脸下坚持不了三分钟。

关山先是一愣,继而更气了。

"那你就是只会跟我犯浑。"他恶狠狠地说。

但这次和好没几个星期,司徒玥和程雪又爆发了有史以来最大的一次争吵。

程雪的状态开始很不对劲起来。

程雪上次期末考的成绩可以说让五班所有同学和老师们跌破眼镜,惊掉下巴,从第一名掉到倒数第一名,其中的落差有如喜马拉雅山的海拔。

前人有言,罗马不是一日建成的。

全班五十六个人,第一名到倒数,隔着五十几颗人头,这五十几颗人头,也不是一日能够跨越过去的。

毋庸置疑,程雪是故意考出这个成绩的。

潘艳华隔三岔五地找她去谈话,她慢慢地起身,走进办公室,潘艳华问一声,她答一声,遇到不想回答的问题,就低着头看脚尖,直到潘艳华叹一口气,让她回教室,把司徒玥叫过来。

潘艳华问司徒玥:"程雪最近是不是有什么事情?"

司徒玥想了想说:"小雪她最近不喜欢吃学校外边儿那家光头凉面了,说每次吃都有股塑料味儿,怀疑老板是用塑料做的,还劝我别吃,然后她说她现在不喜欢看郭敬明了,觉得矫情,一本书看到最后主角全死光了,看得她生气。还有她现在不喜欢猫,想养狗,狗能看家护院儿,猫给口吃的就能跟人走,养了堵心。"

最后,她抬起脸,认真地问潘艳华:"潘老师,您看这些算有事儿吗?"

潘艳华说:"滚出去。"

等走到门口,潘艳华又冷冷地在身后喊:"把马攸叫进来。"

没过一会儿,马攸进来。

潘艳华问他:"程雪最近是不是有什么事?"

马攸摸了摸肚皮上刚刚被司徒玥掐出的印子,司徒玥刚刚对他说,他要是敢把寒假里两个人听说的事告诉潘艳华,等他回来就有他好看。

想起司徒玥当时的表情，马攸打了个颤，摇摇头说："老师我不知道。"
潘艳华忍了忍，实在没忍住。
"你怎么哭了？"
"眼睛干，刚滴的眼药水。"马攸回答道。

下课后，程雪不在座位上，她最近行踪不定，似乎从上学期期末开始，就时常脱离铁三角的队伍，自己一个人行动。
司徒玥和马攸两颗脑袋凑在一起，小声商议。
"你觉得我们要不要去问小雪，她怎么给班长填了一个假地址。"司徒玥问。
马攸说："问吧，还要问问她家里的事，是不是真像那些大婶们说的那样。"
"不行，"司徒玥厉声否定，"小雪她肯定有自己的原因，她从不跟我们说起，可能就是不想我们知道。"
"那就不问。"马攸从善如流道。
"不行，"司徒玥又厉声否定，"如果不弄清楚原因，我们就没办法搞清楚小雪是怎么了，我看她最近上课老走神，老潘瞪她老半天，她居然都没发觉。"
这时俩人之间突然挤进来一颗新的脑袋，马攸和司徒玥吓得齐声大叫，下意识往后退去。那颗脑袋的主人一手压住一颗脑袋，神秘兮兮地问："程雪家里怎么了？什么假地址？"
司徒玥和马攸眼皮一翻，看见是魏明朗。
司徒玥大怒："关你什么事！"
马攸也气道："就不告诉你。"
魏明朗说："不告诉我？好吧，那我问程雪去。哎，程雪来了，程雪我问你啊……"
"我说！"
司徒玥和马攸一起吼道。
三分钟后，魏明朗知晓了一个大概。
"小雪还在吗？"被他按住头，不能往后看的司徒玥问道。
"没在，我刚骗你俩的。"魏明朗神情淡淡地道。

司徒玥后来最后悔的事，就是把这件事告诉了魏明朗。
因为听说在一个晴朗的午后，五班正在上体育课的时候，程雪被魏明朗给截住了。

当时司徒玥和马攸正遍寻程雪不着,没想到她人却在老教师公寓前。

湘中建校历史悠久,据说有一百多年了,这一百多年里,校址不断扩大,导致有很多旧楼荒废,老教师公寓就是其中的一栋。

公寓三层高,还是新中国成立那会儿建的,墙皮剥落,露出底下深红的砖坯。

有些附近的小孩儿顽皮,常跑来这边探险,发现楼里既没断了头的鬼,也没拳头大的蜘蛛,顿时觉得好没意思,拿着捡来的粉笔头在灰墙上写字,写的东西大部分也没什么意义,不过是诸如"张××是王八蛋""李××不是人"之类的话。

魏明朗说,他就是在一句"今天的我你爱搭不理,明天的我你高攀不起"边拦住程雪的。

这句话在满墙的脏话中,显得稍稍有格调一些。

"程雪,听说你爸爸家暴你、家暴你妈,是吗?"魏明朗这个蠢货如此问道。

程雪当时愣了估计有一分钟之久。

然后,她的脸色迅速冷下来:"你听谁说的?"

"司徒玥,还有马攸。"魏明朗这个蠢货如此答道。

程雪很快地来找司徒玥质问。

司徒玥从没见过她脸色如此可怕的样子。

程雪抿着嘴,直直地看着司徒玥,目光像数支冰凌,往司徒玥身体里钉。

"你为什么跟魏明朗说那些话?"

"什、什么话?"司徒玥被她目光里的冷厉冻得一哆嗦。

"家、暴。"程雪的嘴里,冷冷地吐出这两个字。

司徒玥在那一瞬间傻了,脑子里发出尖锐的防空警报,一声高过一声,浑身上下的每一个细胞都在拼命地呐喊:快解释!你没说家暴!家暴两个字不是你说的!快跟她解释!可嗓子眼里却如同含了一团破败的棉絮,堵住声带,卡住喉咙,让她有口不能言,脸涨到通红。

马攸在旁边挥舞着手臂,急道:"不是的!小雪,我们没跟魏明朗说家暴,是之前寒假我和司徒去你老家找你,听村子的人说了一些你家的事,我们也不知道真的假的,我和司徒又不敢去问你,私底下说起的时候,被魏明朗听到了,他说如果我们不告诉他,他就要去问你……"

马攸的脸上顿时带上一些愤怒神色。

"谁知道魏明朗还是去问你了。"

"怎么?"程雪居然冷笑了一声,"如果不是他告诉我,你们打算还要背着我,编排我的家庭多久?"

"编排?"马攸被她的话狠狠一噎,"我们怎么会编排你?你怎么会这么想?"

"没有吗?"程雪反问一声,"你们没有猜测过,村子里那些人说的是不是真的?假设是真的,程雪她是不是太可怜了?这样的念头,一次都没有过吗?"

马攸说不出话了,脸色和司徒玥一样,憋成猪肝色。

"我不用你们两个可怜我。"程雪说。

"我们……没有……没有……"马攸吞吞吐吐,想要解释,却又理屈词穷。

他因为身材偏胖,汗腺发达,总是很容易出汗,夏天的时候一天要换两次衣裳,否则被汗水浸湿的校服发出一股子馊味儿,就要被司徒玥嫌弃。

现在是四月芳菲天,马攸却已经满头大汗,汗珠顺着鬓角流下来,滑过他涨红的胖脸颊,就像是水蜜桃上沁出的水珠。

最后,他实在是不知道该怎么说,一跺脚,拉着司徒玥的胳膊,对她说:"司徒,你比我会说,你来解释。"

程雪也看向司徒玥。

程雪两手攥成拳,贴在大腿两侧,目光如炬,嘴唇紧抿,整个人姿态紧绷,宛若正进行着两军交战之前的心理交锋,谁先露出畏惧的表情,谁就输了。

司徒玥从未被程雪用这么带刺儿的眼神盯着过,程雪那双美丽的大眼睛里,仿佛无时无刻不在说着:你解释一个给我听听。

这么倔强又美丽的大眼睛里,却荡漾着一片水光。

司徒玥心脏一缩:"对不起。"

除此之外,再无多余的话。

程雪挺直了背离去。

一旁的马攸瞪大了眼。

"司……司徒,你怎么说对不起呀?"

"难道不该说吗?"

"说是该说,但……但至少要解释清楚,我们没有可怜她的意思吧?"

"算了,"司徒玥吐出口气,移开盯着程雪背影的目光,"不想再在她面前提起有关她家里的任何一个字了。"

"噢。"马攸摸摸鼻尖,"司徒你去哪儿啊?"

司徒玥头也不回,周身杀气暴涨。

"去杀人。"

"杀……杀谁?"

"魏明朗。"

马攸一路小跑跟上司徒玥。

"那我给你递刀。"

他忠心耿耿道。

3

程雪单方面开启的冷战持续了一周之久,司徒玥已经受不住了。

程雪开始独来独往,无论是课间操,或者是上洗手间、去小卖部,并且将自己关在一个屏蔽了司徒玥和马攸的世界。

本来也要屏蔽魏明朗,但架不住魏明朗天生脸皮城墙厚,嘴欠界的一把好手。

程雪不理魏明朗,他就故意在她面前乱晃,明明自己就坐在第一组最后一位,椅背后就是教室后门,每回出教室时,他故意绕到程雪课桌边,从前门出去。

经过程雪的课桌时,魏明朗总要"不小心"撞翻桌上垒着的书本,然后一边说"对不起对不起",一边蹲下身去捡。

程雪一开始还不言不语地低下身去和他一起捡,后来次数多了,断定魏明朗是故意的,下次再来撞倒她书时,就动也不动,专心做着手上的题,等魏明朗自己把她的书规规矩矩垒成一垛。

魏明朗独自捡了几次,下一次再来撞时,就不冲着书去了。

他开始去撞程雪握笔的胳膊。

每一次,程雪被他一撞,黑色的水性笔就在试卷上画下长长的一道印迹,魏明朗就双掌合十,比孙子还要恭敬。

"对不住对不住啊。"

程雪再好的脾气也禁不住他这样消磨,几次之后更是再也忍不住,皱着眉骂:"你有病啊?"

后排几个调皮的男生立即嬉笑道:"他是有病!班花,你看他一天跑那么多次厕所,绝对尿频尿不尽!"

魏明朗脸上爆红,怒骂一声,转身就往那几个男生扑去,打得他们不断求饶，嘴里却不断高声说着浑话。

"朗哥！不要讳疾忌医，尿频是种病，早治疗早好！"

"我认识个老中医……"

"班花不会瞧不起你的，是吧？程雪？"

程雪低着头，不闻不问。

魏明朗又骂一声，把这几人一个个地制伏，压在桌子上，挨个儿抽过去。

也许是不想让自己的膀胱功能受到质疑，魏明朗隔天就和程雪后桌一个小眼睛男生换了座位。

小眼睛男生平时最爱看漫画，但由于前座是个学霸，课堂上老师总喜欢点程雪回答问题，一旦程雪没答出来，老师们总会说"那后面那个同学你来说一下"，小眼睛男生只能遭受池鱼之殃。

虽然程雪答不出问题的概率很小，但他是个很有忧患意识的人，不管程雪答不答得出，他总是忍不住去担心她答不出，那么被叫起来继续回答的很有可能是他，他能不能答出来呢？

于是，他便开始去思考老师问的问题，以免自己被问到时答不出来。

如此一来，他在课堂上开小差看漫画的机会大大减少，这严重影响了他的身心健康。

因此在魏明朗提出要和他换座位时，他几乎是毫不犹豫就答应了，去潘艳华那里申请时，还美其名曰是帮助视力减退的同学，被潘艳华好一顿夸。

可等他成功坐到最后一排后，他发现每次在程雪回答问题时，自己也去思考的习惯竟然怎么也改不掉了。

最后高考时，这位同学是班上第二名，考上了复旦大学。

魏明朗成了程雪的后座后，要承受三方面的压力。

一方当然就是程雪的冷眼嗔怒，实在气极了还有程雪的"粉拳攻击"。

另外两方一个是马攸的瞪视，战斗力约等于零，还有一个是司徒玥的冷嘲热讽，时不时伴有一些"重拳出击"，战斗力无限恐怖。

饶是在如此三方势力的围剿之下，魏明朗依旧目光坚毅地坐在他的座位上。

直到程雪的气在十天之后依然没消时，司徒玥坐不住了，她带着马攸，和叛徒魏明朗，暂时地结成了同盟。

"招她。"

魏明朗手里转着笔，一手撑着下颌，一条腿搁在走道的蓝色塑料收纳箱上，在司徒玥眼里，活像只翘高后腿在电线杆子旁撒尿的公狗，臭屁得很。

魏明朗一边转着笔，一边幽闲道："就是招她生气，她生气就对了。"

"像司徒你这种，"魏明朗翻起眼皮，"太狗。"

司徒玥腾地从座位上站起身："我的刀呢？"

马攸好歹拦住她："先听听他怎么说。"

魏明朗就在马攸的阻拦中幽幽道："你看你轻言细语地哄，又是道歉又是骂马攸，程雪理你了吗？你每次给她买的零食，她吃了吗？你也别送苹果了，每天一大红苹果，还刻个鬼脸，整得我现在一见苹果就犯恶心。"

司徒玥磨着牙齿道："那是笑脸！"

"随便什么吧，"魏明朗不甚在意地摆了摆手，"但是你看程雪就理我，为什么呢？因为我惹她生气，她一生气，就想骂我，为了骂我，她就得理我。"

他脸上的表情自豪又得意，仿佛刚刚拿下了全世界铁人三项的冠军，看得司徒玥和马攸叹为观止。

在"抖M"这个词还没成为一个家喻户晓的词汇时，魏明朗就以他的亲身作则，向司徒玥和马攸证明了，一个人的心理可以变态到何种程度。

司徒玥也想过要不要像魏明朗说的那样，故意惹程雪生气，这样一来她就不得不理自己。

可每次见到程雪一个人默默地收拾书本，走去食堂吃饭时，司徒玥就觉得有种莫名的心酸，也舍不得再去欺负她了。

哪怕只是假装的。

高二下学期第一次月考，程雪依旧考了五班倒数第一名，也不知道她究竟是怎么保证自己刚好考到最后一名的。

班主任潘艳华每次看向程雪时，眼睛里的失望情绪就像海水涨潮似的，快要溢出来了，同时伴随着一声轻轻的叹息，继而移开眼睛，看向别处。

司徒玥在一旁看得着急，程雪以前是个爱学习的好姑娘，老师在哪儿，她的目光就在哪儿。司徒玥上课时都不敢拉她讲小话，怕耽误她听讲。可现在上课时，程雪的目光就像一枚秋天的落叶，飘飘荡荡，无着无落，有时落在书本上，眼神却失了焦，不知在想些什么。

数学课上，老师正在讲解月考试卷，讲到一道导数题时，说："还有谁错了，给我站起来。"

这道题他曾讲过无数遍，没有人会做错，就连不爱听讲的司徒玥都做对了。

然而身边一阵窸窣声响,司徒玥侧目看去,程雪站了起来。

全班五十六个人,就她一个人站着,头低低地垂下去,盯着桌上那张数学试卷。

数学老师看见是她,准备的一肚子骂人话突然没了用武之地,只干巴巴地说了一句"坐下吧",就撸起袖子,拿起一截粉笔头。

"我最后再说一次这个题啊,如果再有人做错,我建议你们回家种地去……"

程雪依旧站着,似乎是没听到数学老师让她"坐下"的话。

魏明朗在她身后,压低了嗓子提醒她:"程雪,你可以坐下了!老冯头喊你坐下。"

程雪一动不动。

魏明朗又压低嗓子喊了几遍。

他以为自己声音挺小,事实上全班同学都能听见,他如果再努把力,说不定能把隔壁办公室里的潘艳华给喊来。

数学老师再也不能视若无睹,手里那只黑板刷"嗖"地就冲魏明朗扔去,正好砸中他的脑袋。刹那间,粉尘漫天,魏明朗沾了半个脑袋的粉笔灰,看上去滑稽又可笑,他眯缝着眼冲前面看去,程雪已经坐下了。

魏明朗龇牙一乐,捡起地上的黑板刷,恭恭敬敬地还给了数学老师。

下课后,等数学老师夹着教案走出教室门,司徒玥终于再也忍不住,拉住程雪的手臂,问她:"你最近是怎么了?"

程雪侧过头,轻飘飘地看了她一眼。

这一眼的威力巨大,司徒玥心一虚,下意识松开了手。

程雪站起身,走出了教室。

魏明朗在背后说风凉话:"说了惹她生气,你怎么非不听呢?"

司徒玥柳眉一竖:"滚!"

心中实在是憋闷,魏明朗又嘴欠,司徒玥"啧"了一声,站起身,也出了教室。

她从走廊一路晃去卫生间,进去解决人生大事。

按下冲水键的时候,她听见外面传来说话声。

即使隔着雄浑激越的水流声,司徒玥也能听出那正高声说着话的人是谁。

有时人与人之间的缘分就是如此神奇,偌大一个湘中,三年的时光,有

· 164 ·

些人她可能一次也没碰到过，但前后不过半年，她和阿圆姑娘就在五楼女卫生间内，狭路相逢了两次。

并且两次里，都是阿圆在洗手台前说八卦，司徒玥在厕所隔间听墙脚。

这姑娘，说八卦也不挑个地方，回回来厕所说，也不知道是不是有什么特别的癖好。

经过之前潇洒哥的科普，司徒玥已经知道，阿圆姑娘大名"徐清圆"，高二一班的学生，坐在迟灏后头，是迟灏的头号粉丝。

水流声中，她听见阿圆说："和司徒玥玩在一块儿的人，能是什么好货色，你看那程雪，就她那样儿的，整天苦着张脸，一副倒霉相，还好意思去勾搭迟灏，谁给她的脸？"

另一个女生语气惊奇："真的吗？她真有去勾搭迟灏？"

阿圆嗤笑道："可不是，有人看见他俩在老教师公寓那边说话，程雪还在哭，估计是迟灏看不上她，骂了她。"

"啊？她这样，司徒玥知道吗？"

"谁知道呢？兴许她们两个感情好，司徒玥搞不定，就换程雪出马。"

几个女生嘻嘻笑了起来。

司徒玥"啪"的一声，把门推开。

她一看洗手台边，比上次多了两个人，一共是四个女生。

她也不慌，径直走过去，左右两掌齐发，一掌推开一个，最后故技重施，左手揪住阿圆脑袋，一手提起另一个女生的脑袋。

阿圆这次没扎双马尾，估计是被上次司徒玥揪出了心理阴影，头发全部束起，扎成一个丸子头，反而便宜了司徒玥，一手刚好合握，揪起来相当趁手。

"啊！"阿圆发出一声惨叫，"司徒玥！又是你！你给我撒手！"

司徒玥抓着两手的脑袋，灵活地躲开剩下两个女生打来的手，还有闲心气阿圆："想让我撒手，你叫声爸爸来听。"

阿圆气得大叫，对着厕所隔间门大喊："姐！你快出来！弄死司徒玥！"

司徒玥一惊，还以为像上次一样，又齐刷刷地神兵天降，冒出十几个女生。她今天手机也没带，再被堵在厕所里的话，关山远在高三楼，不知道这边的情况，那可真是叫天天不应。

心里一怯，手上就没力，阿圆和另一个姑娘轻轻松松地从她铁爪之下溜了出去。

司徒玥脚步轻移，不着痕迹地转到门口的方向，自己背对着门，一旦察觉情形不对劲，就扭身夺路而逃，绝对不给她们堵厕所的机会。

再看向厕所隔间,门一推,一个高个子女生走了出来。

司徒玥往她身后一瞥,确定那小隔间内绝对藏不了十几个人之后,才微微放下心来。

阿圆见着这高个子姑娘,登时如同熊孩子见了自家爹妈那样亲切,指着司徒玥,咬牙切齿道:"姐,就是这贱人,你帮我教训她。"

被阿圆喊作"姐"的姑娘眼睛一转,看向司徒玥。

司徒玥见她长腿纤腰,手腕过裆,一双眼眸静而不暗,默默地盯着自己。司徒玥以她和关山几年小流氓生涯练出来的火眼金睛一看,断定这姑娘禀赋异常,说不定也是从小接受流氓教育成长起来的一号人物。

不好对付。

司徒玥再次思考起自己夺门而出的逃跑路径,力求一步到位,一口气跑到五班安全区。

高个儿姑娘打量司徒玥半天,最后蓦地一笑,对司徒玥说:"对不起啊,同学。"

司徒玥有些愣,阿圆很生气:"唯一!"

司徒玥瞪大了眼。

唯一?宋唯一?

这姑娘是宋唯一?

那她爸就是传闻中资产上亿,给湘中友情捐助了好几幢楼的鼎沣集团的掌门人了?

听说宋唯一从来不来学校上课,家里配备了好几位家庭教师,从应试学科到钢琴绘画、茶艺插花,无一不教,致力于将她培养为新时代有思想有内涵有文化的名媛。司徒玥从来只是听过她的大名,没见过真人,没想到今天竟然见到了本人,看来马攸最近的八卦业务水平有所下降。

阿圆冲宋唯一撒娇,一个劲儿地要她教训司徒玥,宋唯一充耳不闻,在洗手池前洗了手后,就自己走了出去。阿圆不敢忤逆她,狠狠地瞪了司徒玥一眼,跟上前去。

司徒玥从震惊中回过神来。

这姑娘……真酷呀。

司徒玥走出洗手间,准备回教室,刚走出不远,突然记起自己还没洗手,只好又折返回去。只是刚走到洗手间门口,她就看见洗手池前站了一个女生,背影纤细苗条,她再熟悉不过。

是程雪。

司徒玥才走不久,前后一分钟不到,她十分肯定,刚刚并没有人走进洗手间,更别提是程雪。

所以只有一个可能,从阿圆说起八卦,到司徒玥推门而出,双拳战四女,再到宋唯一出来,带走那四个女生,程雪全程都躲在厕所某一个隔间里,听去了一切。

司徒玥咬了咬牙。

她就说厕所里说八卦不好!

程雪别过头来,眼睛跟水洗过一样,周围红了一圈。

司徒玥突然紧张得手脚都不知道往哪儿放,站在洗手间门口,结结巴巴道:"你……你别哭,我给你教训过那些八婆了!"

程雪扭过头,轻轻道:"不用你管。"

不用你管。

这四个字就如同一把铁锤,这里敲敲,那里捶捶,把司徒玥这些天勉强维持的情绪闸门"啪"地粉碎了个彻底。

所有委屈、伤心、憋闷、疲累、难过的情绪如同水漫金山,一朝喷涌而出。

这些天来,程雪对她视若无睹,仿佛她成了一个透明人,无论她故意逗程雪笑,还是找程雪借笔记,程雪都不理她,板着脸递给她笔记时,依然不说话。

司徒玥送给程雪的小零食,被程雪原样送回司徒玥书桌的抽屉里。

司徒玥后来想了个办法,送给程雪零食后,就扑倒在桌子上装睡,身体死死挡住抽屉口,不给程雪还零食的机会。

结果,她抽屉里没零食了,马攸抽屉里有了。

如果马攸也装睡,堵抽屉口,那还有魏明朗呢。

长时间地被人甩冷脸,即使是程雪,司徒玥也出奇愤怒了。

司徒玥攥着拳头,问她:"我不管,谁管?迟灏吗?"

这是句气头上的话,司徒玥刚说出口就后悔了,拳头松了,脸上一急,刚想解释,程雪就转过头来,目光平静,对司徒玥说:"对。"

司徒玥的五指又攥紧了:"你家里的事,会说给他听吗?"

程雪一怔,像是没想到司徒玥会问这个问题,但她很快回答:"会。"

司徒玥的手指松了又紧:"你会说给我听吗?"

程雪沉默了下来。

她不说话,司徒玥也不催她,就默默地等,等到她愿意开口。

仿佛过了很久，程雪才抬起脸，直视着司徒玥，说："不会。"

司徒玥嗤笑一声，摆了下手："行，我知道了。"说完转身就要走。

程雪在她身后说："阿玥，你以后会明白的，再好的朋友之间，也有不能说的秘密。"

司徒玥收回脚步，转头看着她，语气轻描淡写："你是说，你和迟灏深夜幽会，我替你背锅那件事吗？"

程雪双眼圆睁，分外吃惊。

看到她的反应，司徒玥心里意外地没有痛快的情绪，只有难受。

"用完把水龙头关一下吧，开着挺浪费的。"司徒玥说。

4

这场冷战，终于由程雪单方面的作战，变成了程雪和司徒玥的双方交战。

马攸最先意识到。

他开始忙碌起来，分头找两个女生谈话，就像战国时期，佩六国相印，游说诸侯、搅弄天下风云的张仪。

马攸对程雪说，司徒玥是个糙人，说话不过脑子，有时得罪你了，你不要往心里去什么的。程雪不发一言，权当马攸是个废话储存罐，时候到了就得吐出来一下，释放内存，等他说得激动的时候，就扯出张纸巾把他喷在桌子上的口水给擦去。

到司徒玥这里，马攸就说程雪心细敏感，听人说话过脑子，有时得罪你了，你不要往心里去什么的。司徒玥通常是一声"滚"，马攸要是再不识相，司徒玥就拿着卷卫生纸要往他嘴里塞，吓得他撒腿跑出教室，不到上课打铃绝不敢回来。

时间已经到了四月尾，天气渐渐炎热了起来，马攸两头不讨好，和魏明朗同时遭着两个女生的讨厌，左边一道冷气，右边一道冷气，不用开空调，就有着天然的制冷效果，倒是舒服得紧。

天一热，司徒玥就心烦气躁，提了饭盒去高三楼找关山。

高考将近，关山最近的胃口不佳，到了吃饭的点，总不去吃饭，不是埋在课桌上看书做题，就是伏在桌上睡觉。

这导致他视力直线下降，现在已经有轻微近视。司徒玥陪他去配了副眼镜，浅金色的金属细框，关山戴上去，整个人的气质摇身一变，从前他面冷心硬，乍一看，似乎随时随地都能从书包里掏出一截儿钢管，拦住过路的四眼学生仔要保护费，现在他自己变成四眼学生仔，看上去却不像会被小混混们拦住抢钱的对象，反而像是会被小太妹们拦住给钱的对象。

太妖孽、太邪魅。

司徒玥坐在高脚椅上，比出一个大拇指。

"这个可以！很禽兽！"

除此之外，长时间饮食不规律的后果是，关山犯了胃病。

听小黛和徐二明他们说，当时正在上物理课，关山突然疼得面如金纸，头上冷汗涔涔，仿佛随时都会驾鹤西去。小黛几个吓了一跳，赶紧把人扛去医院急诊科了。

司徒玥知道后，就开始让杨女士做两份饭，每天带来学校，到中午了去找关山吃饭。

关山吃得少了，她就盯着他，直到关山在她的目光下，不得不端起饭盒，再多扒几口。

送饭的趟数多了，八班学生都当司徒玥是半个八班人。司徒玥端着饭盒在教室里走一圈，就能收获满满一堆新菜色，运气好的话，还有饭后甜点和水果，都是来自各路同学的友情赠送。

小黛他们将四张课桌拼在一处，扯来几把椅子，六个人围着桌子，两个人一组，分坐四方，桌上摆满了菜，有些是从家里带来的，有些是司徒玥收缴来的，菜色琳琅，小胖家的饭菜尤其好吃，一道酱油鸡腿滋味奇佳，比馆子里做的还要好吃。

可惜的是，小胖妈有些许的强迫症，每次都做七只鸡腿，不多不少，刚好剩下一只鸡腿，给六个人里的一个幸运儿独享。

这个幸运儿的诞生方式跟人类社会所有制的演变方式有些异曲同工之妙。

一开始是原始社会，生产资料公有，部落首领靠选举产生，司徒玥因为是女孩儿，理应受照顾，大家心甘情愿，多给她一根酱油鸡腿啃啃。

一周之后，大家发现男女其实平等，司徒玥啃了这么久的鸡腿，也该让大家啃啃了，可这时已经进入封建社会，生产资料私有，独裁帝制诞生，司徒玥用诸如涂口水、下嘴抢、拉关山帮忙等下作手段，保住了鸡腿的独占权。

这之后，人民起义，推翻封建阶级的独裁统治，民主共和的时代到来，司徒大地主被打倒了，鸡腿的所有权归属应该用一个更民主的方式来裁定。

也就是划拳。

可司徒玥的手气臭到无以复加,划拳没一次赢过,好在还有关山,他口味清淡,不爱吃这种浓油赤酱的饭菜,每每划赢了拳,那只大鸡腿总是划到司徒玥的饭盒里,再加上他自己分的那一个,运气好的时候,司徒玥能吃到三个鸡腿。

这一天饭后,司徒玥心绪不佳,几个人便凑在一起聊天。

教室里除了他们六个人,其余的人要么回寝室去睡觉,要么回家吃午饭,还有在教室吃了饭,出去遛弯儿的。

司徒玥手里把玩着关山的一个修正带,一边说起自己和程雪的事。

"多大点儿事啊?"小黛十分不理解,"她是因为你把她家里的事告诉别人而生气?有这必要吗?你们女生就是屁事儿多。"

徐二明说:"而且司徒妹妹你也不是故意去宣扬的吧?是为了不让你那同学去问,才告诉他的,哪里知道,嘿,这孙子,转头就去问人家了。"

吴奇问:"你有没有抽那孙子?没抽哥帮你去抽。"

司徒玥摆了下手,无力道:"早抽了。"

小胖说:"你做得对。"

几个人都说了一圈,唯独没听到关山发言,司徒玥有些好奇,问他:"你怎么看?"

关山抬起眼皮,目光钝钝的,慢吞吞地对司徒玥说:"小玥儿,你该去道歉。"

小黛几个炸了。

"怎么还是我们司徒小妹去道歉呢?"

"那不成,司徒又没错。"

"老大你糊涂啦?"

连一向好脾气的小胖也瞪着关山。

司徒玥倒是没怎么生气,对关山说:"我道过歉了,人家不接受。"

关山点了下头,很能理解:"人家有这权利。"

司徒玥被他噎了一下,心里的委屈像一团胆汁,突然毫无声息地蔓延了开来。

"我……我是做得不对,可她……这么多天不、不理我,是不是做得过分了一点,我也会伤心的啊。她对我说,家里的事,愿意告诉迟灏,也不会告诉我。我跟她五年多的交情,她和迟灏才认识多久呀,不对,我都不知道这俩人怎么认识上的……"

小黛听得满脸唏嘘："司徒小妹，你好像一个被老婆偷汉子、戴绿帽子的可怜鬼啊。"

司徒玥吸了下鼻子，心口疼。

关山将这几个凑热闹的赶开，拿开司徒玥手里已经被拆得七零八落的修正带，微叹了口气，对她说："小玥儿，你家庭幸福，不会知道一个人，被人在背地里谈论自己家庭的感受，就算你是好心，那感觉，也不亚于让程雪在你面前，在她最好的朋友面前，把自己最不堪的一面剖给你看。"

他正对着司徒玥而坐，目光温和，虽然是在分析司徒玥做得不对的地方，却丝毫不会让她生出抵触情绪，反而会顺着他的思路想下去。

"那她不愿意剖给我看就算了，为什么愿意剖给迟灏看呢？"

"这有什么不对吗？"关山反问她，"我也有很多事情不愿意和你提起。"

司徒玥心里一空，想起他在北京的四年，以及关小燕的事情来。

"她愿意跟姓迟的说，肯定是有她自己的理由。"

司徒玥提醒他："人家叫迟灏。"

关山低下头去，修被她弄坏的修正带。

司徒玥问他："那我该怎么办？"

"不管，"关山淡淡道，"等程雪她自己想清楚，就好了。"

"啊？"司徒玥满脸惊恐，"那要多久啊？"

"不知道，"关山嘴角抿出个笑，"或许一年吧。"

司徒玥大惊："这么久！"

关山问她："一年很久吗？"

司徒玥翻了个白眼："废话，当然久了！"

关山笑了笑："我也觉得有点久。"

司徒玥有些担心，期期艾艾地问关山："万一一年之后，小雪和迟灏成了朋友，再也不理我了呢？"

"这个你放心。"

"放心什么？"

"她舍不得的。"关山满脸肯定地道。

5

五一节过后，离高考只剩下33天的时间。

劳动节高一高二的学生放了四天假，高三生是两天。周一返校的时候，学生们发现高三楼里，通往天台的铁门已经被焊死，司徒玥被关山他们带着去看过,刷着绿漆的铁皮门上,被学校用红色的油漆喷了四个大字——珍爱生命。

搁置了很久的心理健康课开始重新授课,心理老师们长期被领导们抓壮丁,派去教语文、教数学、教体育,就是不教心理,乍然要开始上心理课,知识储备尚不到位,把老师们搞得很不适应,高压之下熬夜翻了好几本书,做了几页无聊又鸡肋的PPT,上课时,用平如死水的语调,问大家"生命可贵在哪里"。

学生们各种答案都有。

"可以拼搏。"

"有独立思考的能力。"

"可以实现自己价值。"

"人命贵就贵在,以前五万就能买条命,现在涨价了,得八万。"魏明朗扯着嗓子喊。

一教室的人笑了。

心理老师却意外地没有惩罚他,在正好的阳光里微微一笑,说:"生命的可贵,在于它只有一次,永不重来。"

三模过后,高三学生普遍气氛低迷,每天埋案复习,对每一次模拟考的成绩都心惊胆战。

湘中原来的校长走了,来了一个新校长。

新校长姓周,人称周哥,不过四十上下的年纪,思想活跃开放,一上任就做了一个跌破家长眼镜的决定。

在距离高考一个月不到的时间里,他决定组织全体高三师生,一起出去郊游。

当然,是自愿制的。

三模过后,四模就在眼下,这是高考前的最后一场大型考试,其意义不用说就能明白。

尽管周哥的出发点是好的,但绝大多数家长却不买账,不管自己孩子多么想去,都得在家好好复习,更别说还有很多学生不用家长要求,就自己主动申请留下来复习。

就快要高考了,人人心里焦虑得很。

到最后,点了下人头,报名参加的,只有不到三百人。

关山本不想去,架不住小黛几个又拉又劝,最后还是徐二明机智,说司徒妹妹也去，关山这才别扭地在报名表上填了名字。

高二的学生作为下一届高三生的预备役，也被周哥划入了这次的郊游活动。

不过整个高二、高三年级的加起来的话，人数不免过于庞杂，只好用抽签的形式，在高二年级选一个重点文科班，一个重点理科班，和高三生一起去郊游。

文科班里一班抽到了郊游的机会，两个重点理科班却弃了权，原因是上次月考班上成绩太差，再让学生们去玩，会把心玩散。

周哥无奈之下，只好把这个抽签的机会让给余下的十几个普通班。

司徒玥是五班公认的臭手王，好事没给她抽到过，坏事倒是次次都能抽着。

潘艳华精明得很，故意把抽签的代表权给了司徒玥，五班同学们欲哭无泪之下，只得都跑来司徒玥耳边念叨。

"我们一点也不想去郊游。"

"司徒你千万别抽中啊，你抽中了我们也不去！"

"就是！郊游有什么好的！还不如在学校学习，我爱学习……"

在众人耳提面命的提醒下，司徒玥时刻在心中铭记，自己不能抽中，千万不能抽中。

结果在办公室里一抽，她搓开纸团一看，老大一个"奖"字。

她抽中了。

五班的同学们欢欣雀跃，潘艳华如意算盘落空，瞪了司徒玥好几眼。

司徒玥无比冤枉。

手气臭这种事，也不是她能决定的。

去郊游的大概有四百来号人，郊游的目的地有三项选择，一个是去湘市一个新建的水上乐园玩耍，可以玩云霄飞车海盗船，还有一条十米来长的水上滑梯，看着就很刺激，这是大部分学生都心仪的选择。

另一个是西郊一个农家乐，就建在水库旁，老师们可以去水库钓鱼，学生们则可以在后山打真人CS，懒得动弹的就可以在院子里唱歌打牌玩台球，还有两台3D体验机器，可以玩游戏，到了晚上师生还能一起来盘狼人杀，综合起来，也是个不错的选择。

最后一个地点距离最远，在另外一个市区，名唤花澜市，这是湘市周边一个很有名的旅游胜地，湘市也是旅游城市，但以人文景观与城市文化制胜，花澜市则是以其独特的自然优势成为观光胜地。

花澜市的东南方有一座山,叫小苍山,山不是很高,但胜在风景秀丽,每年来往游人如织,除了观赏风景之外,大部分是为了小苍拜佛而来。

小苍山上有一座寺庙,名叫桃花庵,虽然比不得灵隐寺、潭柘寺的磅礴大气,但在当地却相当有名,因为在这里烧香拜佛,总是很灵验。

每年快要高考的时候,高三的教师们总会来桃花庵为考生们祈愿,这一次,却是带着学生一起去。

三个地点学生们可以自行选择,到最后,一统计,发现大部分人去了前两个地方,只有不到一百个人选择去小苍山。

按司徒玥的取向,她本来也要去游乐场或是农家乐,但她最近有太多愿望想要实现,所以还是去了小苍山。

马攸一定是跟着她的,因为程雪和司徒玥之间的矛盾,他饱受两边战火,无奈之下,和魏明朗玩到一块儿去了,怕一路旅程无聊,说什么也要拉魏明朗一起。

其实不用他拉,魏明朗也会去小苍山,因为程雪也去。

司徒玥看报名表时,又看到迟灏也去小苍山。

她心里一酸,跑去高三楼,试图说服关山也去,给的理由是:"你造的罪孽太多了,需要去佛祖座下忏悔,消除一身罪孽。"

关山唇间冷冷吐出一个字。

"滚。"

到了出发那天,天气特别好,湘市正处于气温升高,但还未热到变态的时刻。

太阳挂在天上,照得人暖烘烘的。

去小苍山的集合点停了两辆大巴和一辆中型客车,大巴车载学生,客车载同行的老师们。

司徒玥隔着攒动的人头,还是看见了关山的身影。

好不容易放一次假,不用穿那一身丑不拉几的校服,大家都可着劲地往身上打扮,翻出压箱底的漂亮衣服,争做人群中最闪耀的靓仔。

相比起别人,关山穿得很简单,一件烟灰色的牛仔外套,里面是黑色的 HIPANDA 的 T 恤,裤子同色,因为腿长,他的裤子几乎没买合身过,再标准的长裤到了他腿上,总会变成九分裤,最后露出一截儿细瘦的脚踝。

挺诱人的,司徒玥很想去摸一摸那块儿凸出的骨头。

她发自内心地觉得，关山是她见过，把黑色穿得最好看的人。

同关山一起的，还有小黛他们。

几个男孩子脱掉那身校服，司徒玥险些都不认识他们了。

她还看见小黛还在头上涂了发胶，微风吹来，大家都头发飘飘，只有他，一根头发丝儿都纹丝不动，是个体面人。

两辆大巴任学生们坐，小黛他们冲司徒玥招手，要她和他们一起。

司徒玥回头一看，看到程雪和迟灏一起上车的背影。

她一阵气闷，走去关山身边，和他们一起上了另一辆大巴。

被她甩下的马攸拉住魏明朗的胳膊，牛皮糖似的黏着他，魏明朗甩也甩不开，只好拖着马攸上了程雪坐的车。

大巴启程。

司徒玥坐的那辆大巴上，大部分是高三的学生，很多都是司徒玥认识的。

问起他们为什么去小苍山，从事拜佛这种老年人活动，而不去游乐场玩过山车，或是去农家乐打真人 CS，高三生们一脸苦涩。

"靠自己实在是不行了，求求佛吧，希望高考时能让我选择题多蒙对几个。"

"光选择题不够，大题也压中几个吧。"

"这几年的文综大题太魔幻了，我每次背书觉得这个要背，那个也要背，脑容量要过载了。"

"高考就不能画个重点吗？哪些考哪些不考。"

"别做梦了，用不用老天爷把真题试卷发你手上？"

司徒玥看着他们，觉得世界上再没比这些人更虔诚的信徒了。

她走到后排，看见小黛和徐二明挨着，吴奇和小胖挨着，只剩下关山一个人坐在靠窗的位置，旁边的座位空着，没人坐。

司徒玥笑哈哈地坐在他身边，嘲讽他："你看你多讨人厌，都没人愿意和你坐。"

关山靠着窗，正闭着眼睛补觉，闻言眼皮都没睁开，反唇相讥："是没人愿意坐，所以现在坐着的是头猪。"

"……"

司徒玥很快知道了为什么没人愿意和关山坐。

关山上车就开始睡，仿佛要把一辈子的觉都睡光。

无聊都是其次，最主要的是，他睡沉了，整个人都往司徒玥这边偏，压在她肩膀上，司徒玥觉得自己仿佛负了一口几十斤重的麻袋。

她伸出手去，将关山推到一边，关山眉头微动，靠在车窗玻璃上。

可还没等她松几口气，慢慢地，关山又靠在了她的肩膀上。

司徒玥再次伸手拨开他。

来来回回反复好几次，关山闭着眼，次次都能精准地找到她的肩膀，靠上去。

司徒玥无语极了。

他是不是故意的！

司徒玥气到爆炸，使出蛮力，将肩膀上关山那颗脑袋推开。

结果用力太猛，"砰"的一声，关山的脑袋撞上了玻璃。

声音大到前座的小黛都扒着座椅回头看来，目光责备，表情痛心，仿佛司徒玥做了什么十恶不赦的坏事。

司徒玥被他看得心里发虚，往旁边一看，关山的头靠在玻璃上，眉心紧皱，都这样了，还是没醒。

太阳光照在他脸上，将他本就白的肤色照得更加通透，像是日光底下的新雪。

他从小就长得白，司徒玥有一段时间很不愿意站在他身边，因为那会衬得她像是一个非洲友民，明明两个人是晒的同一个太阳，最后变黑的却只有她一个人，这个世界对她真的很不友好。

但肤色太浅也有一个坏处，那就是黑眼圈在他脸上会很明显。

司徒玥看见他眼下青黑，即使睡着觉也是满脸疲倦，心里突然一软，等关山又一次缓缓靠在她肩头时，就再没忍心去推开他。

算了，何必跟睡觉的人一般见识。

此时，大巴车已经上了高速，玻璃窗外阳光耀眼，可以看见崇山峻岭之间，尚弥漫着晨间的雾气，白茫茫一片，宛若仙境。

司徒玥伸手拉上窗帘，好让阳光洒不进来，扰断身边那人难得的睡意。

约莫坐了四五个小时的车，车子才终于到了小苍山的山脚下。

他们早上九点出发，到的时候，已经是下午两点。

虽说小苍山海拔不是很高，可到了山脚下，还是一眼望不到头，从下往上望，只能看到满山葱茏。

桃花庵在半山腰处，领队老师把提前订好的票发给众人，然后带着一行人去乘坐观光大巴。

山道蜿蜒，开观光大巴的司机车龄悠久，经验丰富，不把弯成蚊香的盘山公路放在眼里，也不把满车没见过世面的乘客放在眼里，车技溜到起飞，像是在开云霄飞车，一下一个迅疾无比的左打轮儿，整得一车乘客也跟着东倒西歪，胃里翻江倒海，快要吐了。

司徒玥直接被甩到了关山的腿上，脸还正冲着某个不可言说的部位，眼前一片漆黑。还没反应过来，就被关山一把扯住后脖领子揪起来，一不小心四目相对时，两个人的脸都殷红得能滴出血来。

司徒玥窘极了，下意识摸了一下鼻尖。

关山看见，红着脸吼她："你摸什么摸！"

司徒玥不明白他为什么生气，又被他凶得不敢再摸，偷眼去看时，看见关山脱下了牛仔外套，盖在腿上。

坐了半小时的观光大巴后，性格有点彪悍的司机大叔才一脚刹车踩下去，满车的人踩着虚浮的步伐下了车。司机大叔倒个车，一脚油门踩下去，精神饱满地折磨下一班乘客去了。

司徒玥一行人接着去坐缆车，上到半山的观景台，桃花庵就在那处。

索道 3.5 公里长，要坐大概 20 分钟。

一个缆车刚好能坐下 6 个人，司徒玥就和关山他们坐在一起。

等上了缆车，小黛才头一次知道自己恐高，缆车是透明的，脚底下都是极厚的玻璃，可以看见脚下巍峨青山与白雾缭绕。

小黛闭紧了眼，坐在徐二明和吴奇中间，两手抓着他们的手臂，徐二明被他掐得嗷嗷叫。司徒玥故意逗小黛，说风景多好，还有猴子爬上松树顶，登高望远，他却死也不睁开眼睛，脸色惨白。

司徒玥举着手机拍下他这副怂样儿，扬言要发给他以后的女朋友看。

小黛充耳不闻。

下缆车时，小黛的腿完全是软的，得靠徐二明和吴奇两个人架着他。

同一拨上来的人里有八班的男同学，见了小黛这副没出息的样子，笑他："怎么着？尿裤裆了？"

小黛抬起头，赏他一个眼刀。

可惜的是他这么一副弱不禁风的样子，不像是在瞪人家，反而像是抛媚眼。

那个男生嘻嘻哈哈，给了他一个飞吻。

桃花庵闭寺的时间是傍晚五点，一行人赶在闭寺之前，进到了庙里。

庙门口有穿着灰色僧袍的尼姑发免费的线香，每人三炷。

徐二明相当欠揍，接过香之后，把香给小胖拿着，走出庙门，伸手再找尼姑要。

尼姑不记人脸，见他一只手光着，便又给他三根香。

然后，他故技重施，出去又进来。

如此反复好几次，小胖已经抓了两手的香。

尼姑终于察觉出不对劲了，徐二明再伸手去拿的时候，就被她打了一下手心。

劲力奇大，打得徐二明跳起脚来。

"年纪轻轻不学好。"尼姑骂他。

等几个人走出老远，还听见她在后面骂，徐二明快要哭了："不是说出家人慈悲为怀吗？"

司徒玥拍拍他的肩膀，安慰他："不怪人家，是你太贱了。"

桃花庵有好几个大殿，主殿中供奉的是文殊菩萨，大乘佛教四大菩萨里，刚好文殊菩萨表智慧，很适合一帮高考学子拜一拜。

司徒玥不知哪里听来的观念，说寺里的门槛踩不得，踩了会得罪佛祖，以后找不到男朋友，就算找到了也要被戴绿帽，要倒大霉。

因此每进到一个殿内，总要高高提起脚，大步跨过去。

小黛几个听了她的话，也高抬起腿，大步跨过去。

几个人一排抬起脚，大步跨过门槛，动作整齐得像是国庆阅兵。

关山在后面，暗骂他们"傻子"，可等到自己进去时，却也不自觉地高抬起脚，大步跨过去。

所以只能说，司徒玥这个人，是真的有毒。

到了主殿内，佛像是一檀木大佛，文殊菩萨右手持金刚宝剑，左手持一朵青莲，法相庄严。

佛前有两个蒲团，等小黛他们都拜过了，司徒玥和关山才往蒲团上一跪。

关山祈愿念完，拜了三拜，就从地上站起，看见司徒玥还跪着。

几个男生就在一旁边看殿内装潢，边等司徒玥拜完。

可等到落后在他们后面的潘艳华都进来了，司徒玥还在蒲团上跪着。

潘艳华礼完佛，起身时，司徒玥依旧跪在蒲团上，合掌祈愿。

他不禁心里一阵欣慰："看来司徒还是挺在乎成绩的，跪了这么久，可学习这种事还是要发挥主观能动性的，一味求佛祖可不管用。"

关山笑了一下。

刚才拜佛时，他听见司徒玥在小声默念："大慈大悲观世音菩萨，我有很多个愿望，不求全部实现，您挑一个实现就成，首先希望我的家人朋友身体健康，我老妈更年期快点过去，我的爱豆事业顺利，还有可以赶快和我最好的朋友和好，还有关山要高考了，请你保佑他考上一个好大学，阿弥陀佛……"

啰啰唆唆，连自己拜的哪尊大佛都弄不清楚，诸天神佛要是有灵，就应该大显神威，天降一道正义之雷，劈死她。

礼完佛，已经是傍晚时分。

桃花庵正如它的名字，庵内遍植桃花。

山上气温比山脚要低，桃花花期虽然已经过了，山上的桃花却还未凋谢，正是开得烂漫的时候。

重重叠叠的粉白花蕊与玫瑰色的天空遥相呼应，让整个晚景都带上了一层朦胧的美感。

司徒玥看见潘艳华站在桃树间，手扶着一根桃枝，身上穿的是海澜之家的标准老年衫，做作地摆着造型，他的对面是教五班历史的宋老师，正撅着屁股，四处给他找角度拍照。

这场景莫名戳中司徒玥笑点，她险些笑岔气去。

旁边的关山问她："给你拍一张？"

司徒玥疯狂摆手，笑着说："饶了我吧。"

从桃花庵出去后，领队老师带着大家去吃饭。

半山上有招待所和菜馆子，大家吃了饭，普遍觉得菜馆子的老板和湘中食堂师傅肯定是一个职业学校毕业的。

做的菜都是如出一辙的难吃。

饭后，周哥的计划是在山上歇一晚，次日再下山。

山上能看日出，半山虽然也能看，但毕竟视线会受遮挡，看日出最好还是去山顶，现在是五月中旬，北半球即将进入夏令时，日出时间大概在五点半左右。从观景台登上山顶，要爬一个多小时的山，腿脚慢的要两个小时，那么至少提前两个半钟头起床。

周哥是一个很民主的校长,说这都随意,愿意看的就去领队老师那儿报个名,不愿意地躺在招待所里睡觉也成。

司徒玥一想反正都来了,就不要留下遗憾,兴冲冲地去报了名,关山被她拉着,也不情不愿地报了名。

小黛他们完全是看关山行动的,所以最后六个人,一起参加了山顶看日出的活动。

马攸体胖性懒,自从寒假里同司徒玥暴走十几里山路后,深深地厌恶上了走路这项运动,更别提是登山,死都不愿意去。

司徒玥下意识地在人群里找程雪,结果看见她和迟灏正坐在一顶遮阳伞下,说着话。

她很快移开了目光。

招待所的配置是标间,两个人住一间,由各班班长安排一起住的人选。

两个人已经很久没有说过话,明明是同桌,桌子之间的间隔却拉得无比宽,可以容司徒玥侧身走过去,久而久之,五班同学都知道司徒玥和程雪之间闹了矛盾,有一次甚至连潘艳华都问起司徒玥,她和程雪怎么了。

可惜的是,五班班长是个铁面无私的姑娘,平时目光坚韧,上课时盯黑板,下课了出去看远方,放松眼球,压根儿没注意这俩人之间的爱恨情仇,安排房间时,她大手一挥,将程雪和司徒玥划在了一个房间。

司徒玥在群里看到订房安排表时,不由得有些窃喜。

如果她能和程雪深夜彻谈一次的话,两个人会和好也说不定。

她举目望了望,没看见程雪,便先去招待所前台拿了房卡,先把自己的背包放好后,出门去找程雪。

可刚下楼梯,她就看见程雪和班长两个人在一起。程雪说:"给我换一个房间吧,只要不是和司徒玥,谁都行。"

司徒玥脚步一顿,心脏像被谁扼住了一样,紧得发疼。

班长说:"不行,谁和谁住都是安排好了的,不能改。"

程雪面色为难,嘴唇动了动,似乎还想说些什么。

司徒玥从楼梯拐角处走出来,神色平淡,将口袋里的房卡掏出来,放在程雪手心上,然后目不斜视地从两个人旁边走了过去。

她走出招待所,到另一家客栈里去,高三生都住在那里。

走进客栈,关山正和小黛他们坐在大堂的一方长桌边,桌上放了一盘跳

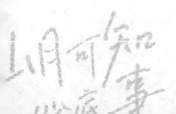

棋，他手里捏着一颗玻璃弹珠，正和小胖下棋。

司徒玥走到关山面前，对他说："今晚我要和你睡。"

一句话，威力堪比一颗氢弹。

小胖傻眼了，正在喝汽水的小黛一口汽水直直喷在对面的徐二明脸上，徐二明脸上淋漓，竟然没顾得上擦，嘴巴张成鸭蛋大，吴奇同样目瞪口呆地看着司徒玥。

关山脸上没什么表情，只是指尖拈着的那颗玻璃弹珠却掉在了地上，骨碌一声滚远了。

良久，他叹一声气，几乎是很温柔地问司徒玥："你怎么了？"

听到这句话，司徒玥嘴一瘪，忍了一路的委屈就跟洪水决堤似的，泛滥了。

鼻头一酸，她"哇"的一声，哭了出来。

她一哭，几个男生们瞬间慌了手脚。

徐二明平时能言善辩，到了这时候却只会重复三个字："别哭啊……"

还是关山冷静一些，他问她："谁欺负你了？"

司徒玥也不知怎么，只要关山开口，她就有种忍不住想哭的冲动，仿佛受尽了天底下最大的委屈。

她哭得更凶了，掉着眼泪哽咽道："她说……她不要和我住……说谁都行，只要不是司徒玥……哇，这是人说的话吗……"

徐二明摸不着头脑："她是谁啊？"

"程雪！"司徒玥哭着说，"哇，我心好痛哇……呜呜呜，她有没有良心的啊……"

徐二明安慰她："你……"

可等司徒玥泪眼蒙眬地冲他看来时，他又一瞬间词穷，只好摸着脑袋说："别哭啊你……"

司徒玥抽着鼻子说："你把脸擦一下吧，脏死了……"

关山扯过桌上一个纸巾盒，抽了几张纸巾，递给司徒玥："你也擦擦。"

司徒玥接过纸巾，粗暴地擤了把鼻涕。

关山叹一口气，将她拉到自己身边坐下，用纸巾将她脸上的泪痕轻轻擦去。

"别哭了。"

司徒玥说："我要和你睡。"

关山替她擦眼泪的动作一顿："别胡闹。"

司徒玥说："我要和你睡。"

"不像样子。"

司徒玥说:"我要和你睡。"

关山扔掉手里那团被泪水打得湿透的纸巾,看着眼圈红红的司徒玥,心头突然感到一阵深深的无力。

"好吧,但你不要再哭了。"

他说。

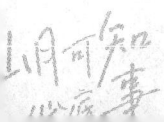

Part 03
我要做……很厉害的那种人

1

关山带着司徒玥上楼。

他住在四楼,走廊靠里的一个房间,本来他是和小黛一起住,现在因为司徒玥要过来睡,小黛就只能滚去和徐二明、吴奇他们挤一间房,把床让给司徒玥。

司徒玥对此有些不好意思:"要不你留下来吧?和关山睡一张床,我不介意的。"

小黛收拾行李的手一抖,余光中瞥到关山的脸似乎黑了几分。

他干笑一声:"不……不用了吧,和谁挤不是挤。"

背起背包,小黛说:"那什么,我就先走了,你俩好好睡……不是!好好相处啊!"

说完,他赶紧在关山揍他之前,拉开门跑了。

小黛走后,房间里瞬间安静下来。

司徒玥心绪平静下来,就发现自己的决定有多么不妥。

虽然和关山连一个被窝都躺过,但那毕竟是小时候,现在两个人都大了,就算有两张床,依然感觉很尴尬。

房间又不大,才二十多平方米,除开摆了两张一米二的单人床,一个床头柜,墙壁上一个挂壁电视,其余再别的家具,连一张椅子也没有,她只能坐在小黛为她清理出来的床上。

关山站在床角,因为个子瘦高,将本就低矮的房间衬得更加逼仄,司徒玥突然感觉这房间实在是太小了,仿佛整个空间内,都充斥着关山的味道。

两个人四目相对,干瞪眼了好一会儿,一时之间,都不知道要说什么。

尴尬到了极点。

最后，还是关山先开了口："要不，你回去睡？"

"不行！"司徒玥听到这句话，反应很激烈。

"她不是不愿意和我一个房间吗？我回去干什么？我不回！"

她一扭身子，面对着窗子而坐。

夜幕已经降临，窗外一片漆黑，有些起彼伏的虫鸣声顺着窗户爬进来。

关山轻声说："不回就不回吧。"

这么一打岔，司徒玥感觉，萦绕在他们之间的那种别扭感没了，她拍拍身边的床。

"你坐啊，站着干什么？别客气。"

言辞之间已经把这里当作了自己的地盘。

关山在对面床坐下。

他抬手看了下表，才八点不到，于是他问司徒玥："要不要去找徐二明他们玩？"

司徒玥的手机没带出来，正感无聊，便站起身说"可以啊，那我们去吧？"

关山却坐在床上没动，说："让他们过来。"

顿了顿，他又解释一句："男生房间臭。"

司徒玥想起平时徐二明抠脚挖鼻孔的形象，不由得一阵恶寒，也坐下不动了。

没过一会儿，几个男生就勾肩搭背地，从外面涌了进来。

小胖走在最后，提了一个巨大的背包，打开一看，里面全是零食，甚至还有几个黄澄澄的赣南大脐橙。

真不知道他是怎么一路背过来的。

小胖拿出一个橙子，塞到司徒玥手里。

"吃！别客气！"

几个人玩斗地主，打到十二点多。

司徒玥牌技烂得可以，关山看得糟心，起身赶人。

"别打了，都回去睡觉。"

"别别！"司徒玥举着牌，头也不回地说，"我这把就翻盘了！"

关山一把夺过她手里的牌，冷笑一声："指望你？我把牌扔给猪打，都比你打得好。"

司徒玥眼一瞪："嘿，你怎么侮辱人呢？"

关山板起脸。

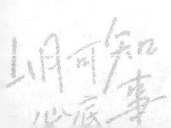

"你说是就是吧。"司徒玥赶紧道。

"不过,"她又不死心道,"你至少给我一个机会,证明自己比猪强吧?"

关山被她逗笑,语气软下去:"别打了,小玥儿,你要睡觉了,你不是要去看日出的吗?"

司徒玥咕哝几声,最后摸摸鼻尖,妥协了。

"那好吧。"

小黛把牌收好:"那老大,我们这就走了啊。"

几个男生站起身,徐二明屈起手肘,撞了一下吴奇的侧腰,两个人四目相对,嘴角同时拉出一个坏笑,只有小胖老老实实低头整理着吃剩的零食残渣。

关山一个汽水瓶子凌空砸到徐二明脑袋上:"带着垃圾滚。"

等几个人走后,房间里又清静下来。

司徒玥仰起脸对关山说:"我要洗澡。"

关山一愣,脸上升起薄红。

"明天回家洗。"

"不行,今天我流了汗。"她扯着袖口闻了一下,皱着鼻子,"好臭。"

关山只好说:"那你洗吧。"

司徒玥静静凝视着他,关山心中一阵不好的预感。

果然听到她说:"我没有换的衣服。"

关山的第一反应是,司徒玥要穿他的衣服。

或许是被徐二明影响了,他脑子里的思想也自动往下流的方向奔去,首先想到的是,司徒玥套着他T恤的样子。

司徒玥体格偏瘦,骨架小,穿着他的衣服,一定宽大到能塞下两个她,说不定肩膀太窄,衣服挂不住,还会滑溜下去,露出半截白晃晃的肩头……

太色情了。

关山赶紧移开了目光。

司徒玥这时道:"衣服在我房间里,靠门那张床,上面有个粉色背包,衣服、毛巾牙刷都在里面,手机我记得是在床头柜上,如果找不到,应该就是在被子下。"

关山:"所以?"

司徒玥觍着笑脸,期待地看着他。

"所以你帮我去拿吧?"

"……"

十分钟后,司徒玥带着关山走到了自己房间门口。

她踮起脚,把关山的脑袋拉得侧向自己这一方,在他耳边小声嘱咐:"就这样,你进去了,直接把我背包拿出来,一句话也不要说,要是她问起我,你就说,她滚到你看不见的地方了,语气要冷漠,表情要欠揍,这可是你的长项,记住了吗?"

关山斜瞟她一眼:"你都说了七八遍……"

司徒玥一把捂住他的嘴,用眼神示意他:"小声点!"

等确定关山不会说话后,她才放开捂住他嘴的手,猫着身子快速躲去一边的墙角,给关山打了一个手势。

关山看到之后,便敲了三下门。

等了一分钟,没人开。

司徒玥缩在墙角后,伸出一只手,打了一个手势,意思是:再敲。

关山又敲了三下门。

依旧没人开。

司徒玥从墙后站出来,连比带画地比了一套动作,意思是:她可能睡着了,敲重一点。

比完,她又缩回了墙后。

关山转头,这次不敲了,改为拍门,"砰砰砰"三声响。

还是没人开。

司徒玥冲他比手势:再重点。

关山再也忍不住了,他大踏步走过去,一把将墙后的司徒玥拎出来。

"你是不是蠢?里面就是个死人,也被我敲醒了。"

"你是说……"司徒玥夸张地捂住嘴,泪光闪烁,"小雪她……"

"她不在房间。"关山忍了几忍,总算没狠下手,把司徒玥掐死。

两个人找到前台,司徒玥谎称自己房卡锁在房间里了,请前台帮忙开一下门。她傍晚才去找前台领过,前台对她有印象,抱怨了几句,就把备用钥匙丢给她,继续在柜台后的一张小床上睡觉去了。

司徒玥拿备用钥匙打开房门,房间里一片漆黑。

关山拿出手机手电筒照亮,果然没人。

程雪的那张床很规整,一丝不乱,和司徒玥走前一样,说明她根本没回

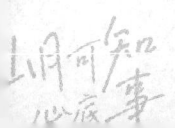

· 186 ·

来过。

司徒玥慌了。

现在接近凌晨一点,程雪不在房间里睡觉,是去了哪里呢?

这可是深山里啊。

一时之间,她脑子里什么也想不到,全是"完了完了"几个大字,慌乱中抓住身边关山的手臂,抬起脸,六神无主地问他:"怎么办?怎么办?小雪不见了,完了,我不该跟她发脾气的,怎么办?"

她很少哭,今晚却是第二次哭了出来。

她一会儿想到程雪伤心欲绝之下,纵身跳崖的身影,一下想到程雪在林子里乱走,被蛰伏的野兽叼走的模样……

怎么就跟她置气呢?明明程雪个性那么敏感,别人眼角抽了一下,她都怀疑是不是得罪了人家,不然为什么要瞪她。

关山拉下司徒玥抓住他手臂的手,牵在手里,另一只手压住她的肩膀。

"别慌。"他命令道。

然后,他牵着她,走到床头,拿起柜子上的手机,递给她:"给你朋友打个电话。"

对!她怎么没想到!

司徒玥的心神微微一定,拿过手机,拨通程雪的号码。

没人接。

司徒玥再打一通,还是没人接。

"不行,她生我气,不接我电话,"司徒玥急道,"把你的手机给我。"

关山把自己的手机给她,司徒玥再次打过去,放在耳边听,依旧是无人接听。

"她不接。"司徒玥眼泪又掉了下来。

"别哭,"关山给她擦掉眼泪,"打电话给马攸,看人是不是在他那里。"

"对对!"司徒玥忙不迭点头,"她肯定是去找老马了。"

她又打电话给马攸,等待电话被接起的那短短几十秒,心理上的感觉却是无比漫长,心头已经被成片的惶恐所覆盖,她的眼泪跟断了线的珠子似的,关山已经擦不过来。

司徒玥头一次知道自己那么没用,只会不停地哭,不停地后悔。

直到马攸的声音终于在电话那头响起:"喂?司徒?"

这一句听在司徒玥耳里简直如闻天籁:"老马!小雪是不是在你那里?"

"啊?"

马攸没反应过来:"程雪怎么会在我这里?她不是和你睡一个房间吗?"

司徒玥绝望了。

马攸又在那边叽叽哇哇说了很多,她一个字也没听进去。

最后和马攸一个房间的魏明朗一把抢过手机,问:"司徒玥,程雪是不是不见了?"

他的嗓门巨大,像一道惊雷在司徒玥耳边炸开。

司徒玥被他吼得缓过神来,哑声说:"是。"

"你问过一班迟灏了吗?她是不是在他那里?"

司徒玥一愣,很有这个可能。

她没有迟灏的手机号,在很久以前,她还对迟灏犯花痴的时候,曾经费了很大的劲,也没要到迟灏的手机号,至今为止,她都只有迟灏的一个社交账号。

她翻开迟灏的头像,聊天对话框里,还是上学期她约迟灏去看电影时,给他发的那条消息。

"我到了哦,你慢慢过来。"

后面还跟了一个Q版女孩子翘首期待的表情,这种粉嫩风格的表情包跟司徒玥联系在一起,感觉实在太过诡异,她是那种熊猫头表情包的狂热爱好者,发给关山最多的是一张"给你个大耳刮子"的表情。

就算知道此情此景很不该,关山在看到那个Q版女孩时,还是忍不住哼了一声。

司徒玥给迟灏发去消息,问程雪是不是在他那里。

可过了大概三五分钟,迟灏也没有回复她。

魏明朗打来电话,司徒玥告诉了他。

"应该是睡了,那我们去他房间找他。"魏明朗说道。

"他房间是哪个啊?"

"213,就在我们这一层,你赶紧过来。"

四个人在2楼会合,找到213号房间,敲响房门。

没过一会儿,房门被拉开,是迟灏。

他的头发有些乱,没戴眼镜,有些茫然,一看就是被敲门声吵醒的。

魏明朗一看见他,就火气很冲地问:"程雪呢?是不是在里面?"

迟灏刚睡醒,还有些蒙。他是深度近视,外加有些散光,没戴眼镜的时候,十米开外人畜不分,此时压根儿没认出门口这几人是谁,下意识回答道:"我睡觉呢。"

言下之意是他睡着觉，程雪不在他这里。

然而魏明朗这朵奇葩，脑回路不知道怎么绕的，当即大怒："我去！你这禽兽！"骂完，闷头就往房间里闯。

迟灏就是再困，此时也被他骂醒了，他张开手不让魏明朗进去，皱着眉问："你是谁？"

"关你屁事！"

司徒玥和马攸七手八脚按住魏明朗，不让他再给五班丢人。

然后，司徒玥抬起头问："你知道程雪在哪儿吗？"

迟灏一愣，眯着眼，看清这人是司徒玥，神色瞬间恢复清明，问："她怎么了？"

司徒玥就将情况简单说了几句。

程雪也不在迟灏这里，并且如果不是司徒玥回房间，没人会知道程雪不见了，这说明她是偷偷走的，连迟灏也没告诉。

事态变得可怕起来。

"我要去告诉潘老师。"司徒玥急了。

"别。"迟灏拉住她的手腕，却被旁边的关山眼疾手快地打下去。他也不在意，只说，"先不要告诉老师。"

司徒玥哭着骂迟灏："出了事你负责？"

迟灏想也不想地说："我负责，但你要是现在去告诉老师，程雪可能一辈子也不会原谅你。"

这话的威力实在太大，司徒玥被他吓得立即打消了去告诉潘艳华的念头。

"我们先自己找找，实在找不到，再去告诉老师。"迟灏道。

魏明朗不爱听他号召，反驳说："这样不行！要真出了什么事，黄金救援时间就过去了！还是要告诉老师们。"

迟灏狠狠地盯着魏明朗，生平第一次爆了粗口。

"你懂个屁！"

五个人分成两路，马攸和魏明朗一路，在半山周围找，而司徒玥和关山、迟灏则顺着下山的方向探寻。

上山的路到了深夜被封着，只有等到去看日出的时候，才会被打开。

司徒玥和魏明朗约定好，两边只要有一方找到人，就立即打电话通知彼此。

分别之后，司徒玥和关山、迟灏一起下山。

下山有两种方式，一种是像白天那样，坐索道下去，但现在这么晚了，缆车已经关闭，就只能徒步下山，山上修了人工栈道，用木头铺就。

三个人沿着栈道拾级而下。

迟灏一个人走在前面，关山牵着司徒玥跟在他身后。

山里的月光分外清朗，不用打手电筒，也能将脚下的路看清。

谁也没说话，空气中，只能听到两边草丛里蟋蟀鸣叫的声响。

一安静下来，司徒玥脑子里就蹦出许多疯狂的念头，她实在忍不下去，主动开口打破沉默："小雪会不会被野兽叼走啊？"

关山正想说话，却被走在前头的迟灏抢先。

"不会。"

"你怎么知道不会？"

"山里没野兽，充其量就一些野猴子。"

"你怎么知道只有猴子？"

司徒玥不厌其烦地追问。

其实她只是不想让脑子有空下来的余地，只能不断地问问题。

迟灏却被她问烦了，不耐烦道："因为我上山时看了山上的公告牌，你要是无知，就多看点书。"

司徒玥摸摸鼻子："噢。"

"噢什么噢？"关山不乐意了。

"平时跟我不是挺能横的，现在装老实了。"

司徒玥说："那他说得很对啊。"

"对什么对？"关山没好气，"你不知道猴子是一种很凶残的生物吗？惹急了能把人头皮都给挠下来。"

司徒玥："？"

关山他真的是跟她一起来找人的吗？

"你不要吓我！"司徒玥愤怒地谴责他。

关山话锋一转，生硬地安慰她："当然，猴子里也有温顺的，不要太担心。"

完全没有被安慰到。

三个人走了近一个钟头，依然没看见程雪的身影。

司徒玥给魏明朗打去电话，魏明朗告诉她，他和马攸找遍了半山腰，连桃花庵都翻进去看了，还是没找到程雪的踪迹。

挂断电话，司徒玥停下脚步："不行，我们还是趁着没走远，回去告诉老师吧？"

迟灏脚步不停:"再走一段看看。"

司徒玥和关山对视一眼,只好继续往下走。

等又过了四十分钟,三个人已经下到很远,司徒玥累到不行,坐在台阶上喘气:"不行了,都走了这么远,还没找到,小雪一定还在山上。"

迟灏说:"你不是说她行李都不在?她如果在山上,背着包做什么?"

关山这次罕见地没反驳迟灏:"他说得有道理。"

司徒玥瘫在台阶上,目光涣散。

"好吧,那先让我歇会儿,我都累出幻觉了,好像听到了鬼在耳边哭。"

两个男生只好站在栈道两旁,等她休息好。

过了一会儿,依靠在木质扶手上的关山突然腰一挺:"不对!我也听到哭声了。"

靠在另一侧扶手上的迟灏迟疑片刻,皱眉说:"我也听到了。"

山里树木参天,夜风轻拂下,带起滔滔林声一片,蟋蟀蝈蝈儿也来凑热闹,在野草丛里拼高了嗓子鸣叫,叽叽咕咕,一声高过一声。

三个人不约而同地竖耳仔细倾听,依稀能从林声、风声、虫鸣声、草木窸窣声中,听到一丝隐隐约约的哭泣声。

哀哀戚戚,缠绵不绝。

四周鬼影幢幢,背后阴风阵阵,让人头盖骨都发凉。

司徒玥"啊"地怪叫一声,一个猛子从地上蹿起来,她人瘦身轻,一只手从背后扣住关山的脖子,双脚在地下一撑,人就跟弹簧似的,瞬间攀到了关山身上。

关山没能预料到她有此番动作,一下没提防,喉咙冷不丁给她扼住,险些没背过气去,刚顺过气来,胳膊又被司徒玥两条细腿儿紧紧夹在腰侧,她这人,每临大事有股匪气,三五个流氓近不得身,悍劲之下,关山一条身长八尺的汉子,竟也没能挣脱开。

"司、徒、玥。"关山咬着牙,司徒玥的名字就从他牙关里挤了出来。

每当他这么一个字儿一个字儿地往外蹦,司徒玥就两腿夹紧,头皮发麻,因为这时候往往意味着她要倒大霉,要不想吃亏,最好赶紧低眉顺眼儿,觍着笑脸给关山卖乖。

可这时她已经顾不上平时的保命守则,人在关山背上,抱着他的脑袋闭眼哇哇大叫。

"有鬼啊有鬼啊!"

关山的双眼被她蒙住,耳边是她的鬼哭狼嚎,实在忍无可忍,拔高了嗓子吼她:"你脑子被驴踢了吧?赶紧给我下去!"

司徒玥两腿夹得更紧,头被她摇成虚影:"不不不不不不!下去就完了!鬼要来抓我脚!"

迟灏这时说:"不是鬼,是程雪在哭。"

司徒玥摇头的动作一顿:"是小雪?她在哪里?下面吗?那我们赶紧下去!"

不用她说,迟灏已经顺着栈道向下走去。

"小雪怎么在哭?"司徒玥很担心,"她怎么真的跑下山了?还在半道上哭?我们快点走吧?她肯定吓坏了。"

关山忍了又忍,冷冷道:"是这个理,但你能不能先下去?"

"要给老马去个电话,说找到小雪了。"

"司徒玥,下去。"

"话说怎么还没看见她?哭声能传出这么远吗?"

"最后说一遍,下去。"

司徒玥说话的声音一顿,她很狗腿地拂了一下关山的肩头:"哎,我实在是走累了,你就背一下我吧?"

怎么就不来一群凶残的猴子,把她脸皮给撕下来,看看到底是不是比城墙厚。

关山心想。

三个人一共走了二十几级,等拐过一个山坳,果然看到一个长头发的姑娘正坐在木阶上,听到背后传来脚踩在木头上发出的嘎吱声响,睁着迷蒙的泪眼回头看来,不是程雪又是谁?

司徒玥叫了一声"小雪",就从关山背上跳了下来。

她一步跨两三级台阶,眨眼人就到了程雪面前,抱着程雪瘦削的双肩,扯开嗓子大哭起来:"你怎么回事儿呀?你吓死我啦!和我赌气,也不至于深更半夜下山啊,山里有猴子你知道吗?能把你头皮都给撕下来的,你这是折磨我还是折磨你自己呀……"

程雪任她抱着,呆呆地问:"什么赌气?"

这是这么久来,她和司徒玥开口说的第一句话。

司徒玥心里一喜,接着又觉得有点不对劲。程雪的语气很机械呆板,跟团死水似的,仿佛她只是下意识接一句话,跟她说话的人是谁都无所谓。

司徒玥放开她的肩膀,想要看清她的脸。

程雪天生的白皮，此时被皎洁的月光照着，一张瓜子尖脸，比平时还要白上三分，眼睛已经哭得不成样子，打湿的睫毛晕在一块儿，三五根黏成一茬儿，又粗又黑。

也不知道一个人在这深山里哭了多久。

"你不是为了我在班长面前给你甩脸子的事赌气下山吗？"

程雪听了，眼睛里略微有了点神采，微摇了下头。

"不是，我都没在意。"

"那是为了什么？半夜下山。"

没想到，司徒玥刚一问出口，就像是踩中了什么开关，程雪好不容易止住的泪珠又簌簌地滚落下来。

程雪的嘴唇翕动了几下，声音很小。

司徒玥仔细辨认，也只能听到"没有"两个字。

"没有什么？"

没有回去的车了？

程雪神情凄惶，看了司徒玥半晌，轻轻叫她一声："阿玥。"

"嗯？"

"我没有妈妈了。"

程雪呆呆地说。

2

月上中天，山谷里水汽沉降，气温骤减。

两个男生脱下自己的外套，盖在两个姑娘的身上，略微站远了些，容她们抱着彼此絮絮说话。

可山坳的空间就这么大点儿，走开太远又怕姑娘们出事，两个人只能选了个不远不近的距离站着，夜风细细，将她们的说话声传递进耳朵里。

程雪哭久了，鼻音浓重，嗓子沙哑。

"你和马攸去过我老家，一定听村子里的人说过我们家的事情了，她们肯定会说得很具体，小地方的人就是这样，没什么新鲜热闹可以看，一件稀奇事就能说上很久很久。其实她们看到的也只是一部分，比如我四岁的时候，爷爷眼睛瞎了，是被啤酒瓶子的碎片扎进了眼球。村子里的人只说是我爷爷喝酒不小心，他们不知道的是，啤酒瓶子是我爸扔的，原因是我爸不给他打牌的钱，爷爷在吃饭的时候念叨了几句，然后我爸二话不说，提起啤酒瓶砸了过去，砸完还骂，老东西，闭嘴吧你。"

司徒玥心里一颤："你……"

"我在场。"程雪知道她想问什么，"不然怎么会知道得那么清楚，大家都说小孩儿五岁之前不记事，可很奇怪，我五岁以前的事，很多都记得特别清楚。我记得我奶奶死后，我爷爷就过得很惨，我爸妈带着我去广东打工，他一个盲人，待在老家，饭也不会做，饿得干巴巴的，后来还是我妈看不过去，要把他送进养老院，我爸说随便，只要不花他的钱。我爷爷在养老院没几年就死了，死的时候瘦得只剩骨头，抬棺的人说比小孩儿的棺材都轻。

"爷爷死了，我们就搬了家，我爸不让我妈去广东了，说那不是什么好地方，其实他和我妈一起去过，我妈每天七点去电子厂上班，上到晚上七点，一天十二个小时都待在厂里，回家了就给我和我爸做晚饭，根本不可能干对不起他的事，可我爸还是不信。"

程雪苍白的脸上升起一点困惑。

"阿玥，有时候，我真搞不懂人心，既然问了，为什么不信？如果说什么也不信，那又何必问？"

这问题问得太高深，司徒玥答不出来。

好在程雪也并不是想要一个答案。

程雪继续道："我们搬到了湘市，我爸的疑心病越来越重，我读小学的时候，妈妈还能去饭店当帮工，给家里赚家用，给我挣学费，可等我到了初中，我爸就不让我妈出去上班了，可这样不行，我爸是不工作的，妈妈不挣钱，一家人活不下去，但是她一反抗我爸，我爸就打她，太可怕了，阿玥，真的是太可怕了……"

程雪双手掩面，身子剧烈地颤抖起来。

司徒玥的心好像被人敲掉了一小块，她伸手抱住程雪，摸到她背后凸出来的两块肩胛骨，尖尖的，硌手。

"别怕，别怕。"

程雪却一把揪下她的手，抓在自己手里，目光灼灼地盯着她。

"阿玥，你信我，我是真的很怕很怕，我那时候多小，还不到我爸胸口，他一巴掌就能扇死我，他生起气来，眼睛鼓着，嘴向下拉着，什么也不说，就死死地盯着你，像是要把你活活瞪死，我被他瞪着，腿都软了，他抄起凳子砸我妈头，我也只能看着。"

司徒玥说："没事，你是个小孩，能做什么？阿姨不会怪你的。"

"真的吗？"程雪的眼睛里像燃起了两团火，紧紧攥住司徒玥的手，像是在抓紧溺水之前的最后一根稻草。

"妈妈真的不会怪我吗？"

"不对！"程雪又摇了摇头，神情迷乱，"阿玥你不要安慰我了，我知道我妈怪我，她躺在地上，被我爸揪着头发打的时候，眼睛是看着我的，她是在用目光谴责我，为什么不上前去救她，为什么眼睁睁看着她被打。"

"不是，小雪……"

"你不用骗我！我都知道！"

程雪双眼通红，目光里泄露出几分癫狂之态来，像是发了癔症。

司徒玥的手被程雪死死握着，她长长的指甲陷进司徒玥虎口的肉里，疼得司徒玥闷哼一声。程雪却仿佛什么也没听见，继续自顾自地说："我妈她怪我，她恨生了我这么一个女儿，也恨我爸，所以她要抛弃我爸，抛弃我，和别的男人远走高飞。我怎么办，怎么办，阿玥，我要被我爸打死了，我会被他打死的……"

关山最先察觉到不对劲，转身看见司徒玥被程雪抓着手，神情痛苦，而程雪无知无觉，继续说着胡话。

关山赶紧大步走过去，抓起两个人相连的手，就要把司徒玥的手往外抽。

"疼疼疼疼疼疼！"司徒玥连声大叫。

关山心里一急，失了章法，对司徒玥喊一声"忍着"，使劲去掰程雪的手指。不料程雪不知道从哪里生出一股蛮力，手指跟长在司徒玥手上一样，关山下了死劲，居然都掰不开。

"姓迟的！"关山向后面吼了一声，"你还愣着干什么？看风景吗？"

迟灏从后面走过来，帮他一起去掰程雪的手指。

司徒玥一边疼得抽气，一边嘱咐："小心点，别伤到她。"

两个男生合力，终于把司徒玥的手解救出来。关山捧着她的手，放在眼前，借着月光细细看。

司徒玥的手已经又红又肿，虎口边缘还有几个月牙状的指甲印子，深及皮肉里，看得关山心里又气又痛，不知该说什么。

司徒玥却一把挥开他，大喊一声，飞扑过去。

关山转身看去，看见程雪瘫倒在地，整个人诡异地蜷缩着，手指弯成鸡爪状，眼皮上翻，露出眼白，嘴里不再不清不楚地说些胡话，反而牙关紧闭，嘴角有细细的白沫吐出。

司徒玥吓坏了，和迟灏两个人，一迭声地喊着程雪的名字，程雪却兀自抽搐个不停，人已经神志不清了，叫不醒。

"都让开！"关山上前，把这两个碍事的掀到旁边，蹲下身，将程雪的身体从地上搬到他的腿上，并将程雪的脑袋侧转过去，她口角的白沫就沾到了他的裤子上。

关山没在意，托起程雪的下颚，将她咬合的牙关用力掰开，对呆立着的两个人说："找个能给她咬住的东西来。"

司徒玥仿佛从梦中惊醒："东西！东西！木头行不行？"

"行！"

她茫然四顾，看见周围树倒是不少，可她手里却也没斧子锯子之类的工具，给程雪削根刚好可以衔住的木头。

司徒玥这人最大的特点就是没有机智，遇到事了只会诉诸武力，智商掉线比A股崩盘还让人心急，其实她完全可以脱掉关山那件牛仔外套，让程雪咬着，但她此刻只想到怎么才能劈一根大小正合适的木头，给程雪用。

比她更不如的是迟灏，司徒玥好歹还想到用木头，他却直接将自己化作一根木头，在司徒玥的惊呼声中，他不带犹豫地将自己的右手伸到了程雪的嘴里。

关山的手一松，程雪被强行打开的牙关立即咬紧，迟灏闷哼一声。

应该是很痛的，司徒玥心想。

"癫痫，一会儿就好了。"关山说。

关山抬起头，看到司徒玥双唇颤抖，一副被吓到的样子，冲她招了招手："过来。"

司徒玥蹲下身，坐在他身边。

关山腾出一只手，拉住她那只受伤的手："别怕，手还疼不疼？"

司徒玥摇摇头，看着面容扭曲的程雪，突然鼻子一酸，眼泪又掉下来："小雪……痛不痛的啊？"

"别哭，她的意识是丧失的，感受不到这阵痛苦。"

司徒玥胡乱擦了把眼泪，点点头，又问："还有多久？"

"快了。"

大约过了十多分钟，程雪才停止抽搐，牙关也慢慢松了，迟灏将手抽出来，已经是满手的血。

司徒玥看见上面两排牙印，比她手上的那些指甲印深多了，可以见到里面深红的肉，鲜血就从伤口里汩汩冒出来。

司徒玥摸了摸口袋，找到晚上吃饭时，餐厅赠送的几张纸巾，递给迟灏。

"把血擦擦吧。"

迟灏道了声谢，接到手里，却没顾上擦，而是先去看程雪的情况。

程雪的身体不再僵直，手指也不弯曲痉挛，变成柔软状态，只是她双眼紧闭，依旧没恢复意识。

"没事，让她睡一睡。"关山说。

既然人已经找到，三个人便决定顺着山路上去。

山上有医生，可以给程雪看一看。

她昏睡着，两个男生就轮流背人，迟灏走在前面，关山走在最后，让司徒玥走中间。

迟灏一边走，一边说起他和程雪近来走得很近的原因。

他说起司徒玥约他看电影的那一晚，他意外撞见程雪在跟踪她出轨的母亲。程雪恼羞成怒之下，跑进学校，想要进女生宿舍。

她有寝室门的钥匙，大门挂的大锁又是个摆设，她可以轻轻松松进到寝室楼里，在她睡惯了的铁架子床上凑合一晚，反正她不想回家去，不想面对她那个时时处于暴怒，常年酒气熏天的父亲。

迟灏抓住她的手臂，想要跟她谈一谈，可这时手电筒灯光一晃，他们被赶来的门卫当作幽会的情侣，追了过来。

这事的结果司徒玥再清楚不过，只是不知道这里面的过程竟然是这样的。

难怪程雪宁愿让司徒玥背锅，也不主动去告诉老师那晚是她。

毕竟老师们最擅长打破砂锅问到底，如果问到她和迟灏为什么那么晚在宿舍楼下，两个人撒谎，或是避而不答，总会通知家里家长，一牵扯起来，难免勾出程雪跟踪妈妈的事，那时迟灏的两纸助学申请书都能被阿圆挖出来放贴吧里供众人浏览，假设是母亲出轨、父亲家暴这样的事流传出来，还不知道会掀起怎样的滔天大浪。

最直观的一个问题就是，假设被程雪爸爸知道，那程雪和她妈妈怎么活？

司徒玥开始庆幸，幸亏那时候自己认了那事儿。

如果是为了程雪，她能再当着全校的面，做上八百回检讨。

程雪妈妈出轨的事已经确信无疑。

对象是个广东佬，说一口拗口的粤语，程雪听不懂，弄不清楚他们两个的关系，究竟是从很久以前，程母去广东打工的时候起，还是最近，她爸对她妈摧残得更加厉害的时候起。

买彩票中的钱。

程雪记起小时候她妈妈说过的话。

彩票真的有那么容易中吗?

一千万个人里,那么低的概率,就刚刚好轮到她一个从穷乡僻壤走到繁华都市的乡下妹头上?

程雪第一次开始怀疑,她父亲这许多年来,骂她母亲是偷汉子的婊子的话,或许并不是空穴来风。

但程雪并不在意。

母亲偷了人,还是没偷人,对她来说无关紧要。

程雪甚至还殷切地希望母亲真的给父亲戴过绿帽,这对于那个蠢笨又自大,只会打女人骂孩子的男人,是多么大的一种羞辱。

程雪真正在意的是,母亲会丢下她,和别的男人跑了,到另一个地方去共筑爱巢,另组家庭,把她留给暴戾凶残的父亲,以此来报复她对母亲数次被打,她都见死不救的事情。

这事程雪没办法跟任何人讲,只能藏在心里,每天又怕,又紧张,精神高度紧绷着。母亲去菜市场买菜,她都要掐着点,等过了该回家的时间还没回来,就赶紧跑去找人。

在这一点上,她其实和控制欲变态到极点的父亲很像。

迟灏就是在她心理几近崩溃的时候,来到她身边的。

他是一个很聪明的男孩子,这种聪明不仅表现在学习上,更多地在于他对人性的洞悉力。

在偶然撞见程雪的那一天,他什么都没问,就能看出程雪是在跟踪自己出轨的母亲。

他还教了程雪许多东西。

比如,他告诉程雪,像她那么姿态紧绷地盯着她妈妈,是不对的。

就像是抓一把细沙在手心,握得越紧,沙子流逝得越快,这是小学生都明白的道理。

迟灏教她,要在细微处做文章,就比如,她妈妈在意她的成绩,她就故意有几次考试失利,让她妈妈心焦,放心不下她,就舍不得走了,只不过程雪操之过急,第一次尝试,就考了一个倒数第一,震惊全班。

还有在她父亲再一次打她妈妈时,试着去反抗,姿态要决绝一点,让她妈妈知道,她可以保护她了。更隐秘的一层意思是,要让她妈妈感觉到,假设有一日,她妈妈抛弃掉女儿走了,她丈夫并不会对唯一的女儿手下留情,程雪的生命会受到威胁。几乎没有任何一个女人能狠下心来，为了自己的幸福，置女儿的命不顾。

迟灏背上的程雪不知什么时候醒过来了，突然幽幽地说："可是她还是狠下心来了。"

迟灏头一偏："醒了？"

"我怎么睡着了？"

司徒玥跑上前："小雪！你没事吧？痛不痛？"

"头痛，"程雪揉了下太阳穴，"我是怎么了？"

司徒玥哑然："你都不记得了？"

"我该记得什么？"程雪满脸疑惑。

"你刚刚……"

"刚刚睡过去了，"迟灏接口道，"你太累了。"

司徒玥闭上嘴。

程雪"哦"了一声："放我下来吧，我醒来了，可以自己走了。"

迟灏不放手："再背一段。"

程雪却自己往地下蹦，可是脚刚站到地面就双膝一软，差点儿摔一跤，幸亏被迟灏及时捞起来，照样把她背在背上。

"你现在没力气，不是走了那么久山路吗？"迟灏劝道。

程雪的脸色黯下来，不挣扎了，任由迟灏将她背起，在他耳边说："迟灏，我妈她还是走了，不要我了，我现在才明白，原来一个人想走，你是留不住的，亲情无法绑住她，道德也无法束缚她。"

"你爸告诉你的？"

"不是，"程雪摇了下头，"是我妈，她给我打来电话，说起那个广东佬，说他老婆死了，女儿也出嫁了，他可以娶我妈了，说他在广东有套两居的房，有辆大众的车，他做点小本生意，一个月也有一万多的进项，够一家人很好地生活，广东佬还会煲汤，排骨汤猪脚汤都会，脾气温和，从不讲脏话，不抽烟不喝酒，没有任何不良嗜好……"

"那你说了什么？"

程雪又摇了下头："什么也没说，我还来不及说，手机就掉进了水里，就是招待所外面那个锦鲤池子，我捞起来的时候，通话已经被挂断了，手机都开不了机了。我想，我要赶紧回去，说不定能赶在广东佬来接我妈之前，把她拦下。"

"所以你就半夜下山？"

"是，可是山太高了，路好远，我走了好久，摔了好多跤，还是没到山脚。"程雪哭了起来，眼泪噼啪掉下来，打湿迟灏的肩头。

他叹一声气，说："怎么不找同学，先借一下手机，打回去？"

程雪脸上出现一瞬的空白，显然是没想到还有这么一个办法。

然后，她又哭着摇摇头："没意义了，迟灏，我妈打电话告诉我，就是决定好了，我怎么挽留，她也不会改变主意的。"

"那你怎么又半夜跑下山去？"

程雪一愣，哭着说："我不知道，你别问我，我脑子好乱，想不清楚问题。"

"你不用想，"迟灏说，"我帮你想，现在你就打回去，问你妈妈，是不是要丢下你一个人，去和广东佬过日子。"

"现在？"程雪眨着泪眼，有些意外，"可现在很晚了，她肯定都睡了。"

"不差这点睡眠时间，"迟灏命令，"现在就打。"

"可我手机坏了。"

"我有，"司徒玥拿着手机，递到她面前，"拿我的，记不记得阿姨号码？"

程雪当然是记得的。

迟灏将她放下来，三个人坐在木阶上，等她打电话。

程雪将那一个个熟记于心的数字拨打出来，然后将手机放在耳边。

她已经做好电话无人接听的准备，可没想到，几乎是在电话被打出去的瞬间，那边就接起了。

"喂？是小雪吗？"电话里的女人压低嗓子，焦急地问。

程雪捂住嘴，不让自己哭出声，然后一句颤抖的"妈妈"，却还是带上了哭腔。

电话那头的女人也哭了："小雪，你怎么之前挂了电话，妈妈正要和你说，想要带你去广东，也不知道你愿不愿意，我再打过去，你也不接，急死我了，也不敢跟你们老师问起，只能一直等着你的电话。小雪，那个叔叔人很好的，你爸爸……你爸爸，唉，小雪你怎么不说话？你不愿意……"

"我愿意！"程雪放开捂住嘴的手，大声喊了出来，泪水在她脸上肆虐，一双眼睛已经哭得肿成核桃。

那边的女人却"嘘"了一声。

"小声点，你爸喝醉了在睡觉，不要吵醒他。小雪，等你回来了，我带你去见一见那个叔叔，我们再……再商量一下。"

程雪一边小声应着，一边哭了起来，像头呜咽的小兽。

"哭什么?"她妈妈问。

程雪摇了下头:"没,妈,我不是不接你电话,是手机掉水里了,坏了。"

"这样啊?那以后给你再买新的。别哭,哭什么,一部手机,妈又不会怪你。"

"真的不怪我吗?"

"不怪。"

程雪拿着手机,抬头看着头顶的月亮,流着眼泪说:"真好。"

3

等程雪移到关山背上的时候,他们在半道上碰见了下山的马攸和魏明朗。

原来迟灏一找到程雪,就给这两个人去了消息。

魏明朗坐不住,要下来找程雪。

马攸这阵子最怕被人甩下单独行动,因此哪怕再厌恶运动,也跟了魏明朗下来。

两拨人一会合,司徒玥就在程雪的同意下,将事情简单地解释了一下。

马攸听得眼泪直流,一个劲儿地安慰程雪。

程雪和她妈妈通过电话后,这辈子都没么开心过,反过头来还安慰马攸,让他别哭了。

一向嘴贱又直肠子的魏明朗反而闷闷地没吭声,惹得司徒玥看了他好几眼,关山也跟着她看。

魏明朗便伸出手,对关山说:"我来背吧。"

程雪便从关山的背上,转移到了魏明朗的背上。

关山背上一轻,司徒玥就贼兮兮地惦记起来。

她刚想故技重施攀上去,关山已经预料到似的,一个冷眼甩过来:"有那狗胆,你就上来。"

司徒玥讪笑一声,吐吐舌头。

"嘿,你怎么知道……"

"你眼珠子一转,我就知道你在想什么。"

"你就背一背我吧。"

"自己没长腿?"

"求你了,山哥?"

"叫爹都没用。"

"可是……"司徒玥捧着自己的手,眼泪汪汪,"我的手真的好痛!"

一旁偷听的马攸刚想告诉司徒玥,手痛跟她爬山没有关系,可就在那一刹那,他听见关山微微叹息了一声,然后司徒玥面上一喜,人就跟个猴子似的蹿上了关山的后背。

而关山,不仅没有将人掀下去,反而两只手托起了背上那人的腿窝。

脸上是认命的表情。

马攸心里一酸,真想找到一个也愿意背自己的人。

他才刚下山,又得原路爬回去,这比上次走十几里山路还变态,他两条腿跟灌了铅似的,沉得抬不起来。

可他一看,魏明朗的背上有程雪,关山的背上有司徒玥,只有一个人背上没人,可那人是迟灏。

还是算了吧。

马攸泪流满面地想。

到五点多的时候,六个人生平头一次,在山上看了一次日出。

当时,他们正爬得腰酸腿软,关山骂骂咧咧地把司徒玥掀下去,自己躺倒在木阶上,喘着粗气。

其他人也就顺势停下来歇息,马攸早就不行了,出气多,进气少,倒在地上好半晌才恢复过来。

他还带了一个包,包里装了瓶矿泉水,一个肉松面包,预备着给程雪吃的,他拿出来,给大家一起分了。

六个人或坐或躺,一口水,一口面包,看见群山之间,一线天光乍现,不多时,便有一轮红日从地底升起,颤颤巍巍,如火焰一般,红得耀眼。

在如此壮丽雄浑的场景面前,一切语言都显得相当贫瘠了。

司徒玥捏着矿泉水瓶,看呆了,分神去看其他人,看到他们脸上也是一副震惊的神色。

这在很久的后来,依旧是司徒玥心中毫不褪色的场景。

记忆就是如此不讲道理,很多事情她都不记得,只有一个模糊的大概,比如她不记得桃花庵里供奉的什么菩萨?她在佛前许下了什么心愿?关山背着她走了几千级木阶?她记得都不是很清楚。

可是她很清楚地记得回程的路上,大家挤在一块儿,鬓角都被晨露沾湿,她靠在关山的左肩上,他肩下的肌肉饱满坚实,靠着很安心,腿上枕着马攸,他的大脑袋死沉死沉,她手里牵着程雪,程雪的手温软干燥,一如从前,而程雪的视线凝集在迟灏的侧脸上,魏明朗的视线却凝集在程雪的后脑上。

在日出的那一瞬间，所有人的视线，一道看向东方。

"说点儿什么吧？"马攸提议说。

"说什么？"司徒玥问。

"不知道，总感觉在这种时候，不说些什么，有些不值当。"

"那说梦想吧。"

不知谁说了一句。

"我想当一名御用化妆师，享誉国际，很厉害的那种。"马攸最先说。

魏明朗接着说："我想去国家队游泳，参加奥运会，成为世界游泳冠军，很厉害的那种。"

程雪咬着嘴唇，犹豫了几秒，也说了："我想考上一个重本大学，带着我妈妈永远离开他，我和妈妈幸福地生活。"

"程雪你破坏队形了。"马攸谴责。

司徒玥顺手给了他后脑一下："小雪别理他，不过你这确实不是梦想，快要实现的不算梦想，你换一个。"

"好吧，"程雪抿着嘴角不好意思地笑了，"那我想当一名支教老师，很……很厉害的那种。"

一直沉默的迟灏，居然也接了下去："我想成为一名律师，很厉害的那种。"

司徒玥撞了一下关山的腰，关山咳了一声，说："我想成为医生，很厉害的那种。"

他说完，应该换司徒玥说了，可众人等了半天，也没等到她说话。

"小玥儿？"关山提醒她。

司徒玥没说话。

众人回头去看，看见司徒玥一张脸都憋红了，结结巴巴说："我不……不知道，我没……没啥梦想。"

"不行！"马攸第一个反对，"大家都说了，你也必须说一个。"

"好吧，那我的梦想是，接下来的路，关山把我背上去……啊！"

关山给了她一记脑瓜崩，淡淡道："重说。"

司徒玥捂着脑袋，自暴自弃："那好吧，我的梦想是，把消消乐玩通关，成为顶级消消乐玩家。"

"很厉害的那种。"她没忘记添上一句。

"滚啊！"

剩下的人一齐道。

第三卷
乘风破浪会有时

Part 01
跑北京去发呆

1

湘市最炎热的那个季节到来的时候,万千学子人生中最重要的那场考试,也终于如期而至了。

考前,全校的学生放了三天假,给学校布置考场,也用来给高三生养足精神,准备上最后的战场。

关山睡了整整三天,饿了就醒来吃一点司徒玥给他准备好的食物,然后倒头回去继续睡。

司徒玥也不敢打扰他,其实她比他还要紧张,毕竟她每晚都能看到他窗外不暗的灯光,没有人比她更清楚,关山对这场考试付出的心血。

关小燕不知道为什么,这么重要的时候,她也没出现。

司徒玥其实隐约有些猜到,但借她一万个胆子,也不敢去问关山了。

这样一来,她就发现,自己在关山面前,胆子是真的变小了。

以前她哪会注意这些,想说什么就说了,但现在她考虑很多,不能让关山心烦,不能吵到关山的睡眠,不能问关山不想回答的问题。

她一边觉得这样实在是不好,一边又不能控制自己,假期里和马攸他们出去的时候,甚至开始考虑,要不要给关山买条红内裤。

毕竟关小燕不在,也没人替他考虑这些。

幸亏被程雪和马攸好说歹说地劝了下来。

最后把红内裤换成了一根红绳。

就是那种普通的红绳,绳上串了一颗桃核雕的珠子,常用来系在小孩儿手上,驱邪纳吉。

她打算等考试那一天送给关山,她已经跟他约好,她送他去参加高考。

考试前一天的晚上,司徒玥罕见地失了眠。

她记起很久之前关山跟她说睡不着,是因为心里不踏实,当时她还很不能理解,这个世界上怎么会有人睡不着,现在终于轮到她体验这种感觉。

因为睡不着,她干脆掀了被子,去小阳台上吹吹风。

可没想到的是,刚一打开门,就和站在阳台上的关山看了个对眼。

他站在阳台上,房间里没亮灯,一片漆黑,而他的手里有一点猩红,司徒玥很快意识到那是什么。

"你怎么抽烟?"她一看手表,三点了,"还这么晚了!"

司徒玥感觉自己要疯了:"你知不知道明天,不对!是今天!今天就要考试了!你这么晚不睡觉,跑外面抽烟?你什么时候学会抽烟的?你是不是疯了!"

关山被她机关枪似的骂了一通,也不恼,耐心等她骂完,才手指夹着烟,比了一下脑袋。

"睡多了,现在睡不着。"他又说,"别生气,第一次抽,我醒醒脑子。"

司徒玥再大的火气,也被他此时的目光和语气弄软了,很担心地问他:"是不是紧张?"

"不是。"关山摇了下头,"我是兴奋,我一直期待着这一天的来临。"

这就是学霸的自信吗?

司徒玥想,要是换作自己,肯定希望时间就永远定格在考试前夕,第二天永远也不要到来。

"你也不要太兴奋了,平常心对待就行。"说完,她想起了什么,冲关山一笑,"你等等,我有个东西给你。"

她转头跑进房间,没过多久,又冲了出来。

关山见她和进去之前一样,身上也没多个东西,有些好奇:"你要给我什么东西?"

司徒玥冲他招手:"你过来。"

关山便走到靠近她这边的那侧栏杆旁。

司徒玥将右手递到他眼下,手指仿佛一朵兰花般绽开。

"当当!幸运红绳,保佑你考的都会,写的全对!"

关山垂眸,看着她掌心里躺着的那根红绳,很久都没说话。

"怎……怎么?"司徒玥讪讪地收回手,心里有些打鼓,"不喜欢吗?"

"喜欢。"关山低低地说,"很喜欢,给我戴上。"

司徒玥看了一下他们之间隔着的距离,怀疑关山在整她:"怎么戴?这么远,我又不是长臂猿。"

关山笑了一下,做了一件差点儿吓死司徒玥的事。

他单手撑住栏杆,13层楼的高度,他看也不看,翻了过来。

司徒玥虽然也会翻过去,但她是手脚并用地爬,并且会在中间的空调铁架子上停留一下,而不是像关山这样,单手撑住,就腾空翻了过来,像特技一样。

司徒玥被他吓傻了,等关山伸手在她眼前晃了好几下,她才回过神,然后打了关山好几拳。

"你疯了!你疯了!你疯了!这么危险!掉下去,摔死怎么办!你明天还怎么考试?"

关山笑着纠正:"不是明天,是今天。"

"疯子!"司徒玥不想理他。

关山轻轻弹了一下她的额头。

"小玥儿?"

"干什么?"

"别生气了。"

"哼。"

"给我戴上吧。"

他向她伸出左手。

司徒玥没好气地白他一眼,却还是拿起手绳,给他系在手腕上。

系好后,关山抬起手,在眼前反复地看,眼睛里都是亮晶晶的笑意。

司徒玥觉得好笑:"这么喜欢吗?"

"嗯。"

关山低声说:"有它,感觉明天会考得很好,毕竟这是……幸运手绳。"

"是今天。"

司徒玥提醒他。

到真正考试的时候,时间反而过得很快。

短短两天时间,司徒玥感觉一下就过去了,考完那一天,阳光明媚,高三的学生像疯了一样,撕书扔书,卷了边的书本、写满笔记的错题本,漫天雪花似的,纷纷扬扬从楼上坠下。

司徒玥看见高三年级部主任,腆着硕大一个肚子,骂骂咧咧地从楼下赶来。

扔书的学生们高声叫着:"主任来了!大家撤退!快撤退!"

挤在走廊上的人一哄而散，就像抗日战争时期打一枪换个地方的游击队，你推我搡地，进了教室这个防空洞。等年级部主任一步三喘地爬到四楼的时候，只剩了几个一开始高喊"主任来了"的男生，为了给大家报信，在逃跑时来不及，刚好给主任一手揪一个。

两个调皮的大男生被揪着耳朵，痛得哇哇乱叫。

"主任！咱们已经毕业了！不归您管了！"

主任脸红脖子粗，仿佛刚灌了两斤二锅头："毕业了不归我管？告诉你！一日为师终身为父，就是你儿子都毕业了，你也归我管！"

"嘿！主任，您这算盘打的，是想当我爸爸，我儿子生了，又平白无故添一大孙子是吧？"

"小兔崽子！看我不……"

主任揪着这俩人渐走渐远了。

司徒玥扒着窗户看得哈哈大笑，这时远远看见高三八班班主任从走廊上走来。

她慌了手脚，正想从后门溜出去，八班班主任人却已经到了门口。

班主任姓刘，大名刘德全，他来得及，司徒玥没能溜出去，关山便让她坐在他的椅子上，自己扯了小黛的椅子，坐在她旁边。

要毕业了，教室里课桌椅子凌乱摆着，同学们也胡乱坐着，有几个关系好的还挤一把椅子坐，小黛的椅子被关山抢了，干脆翻上课桌上坐着。

刘德全进来时，就看见他大大咧咧地跷着腿，坐在桌子上，脸就拉了下来。

"赶紧下来！像什么样子！"

小黛笑嘻嘻地下来，和小胖去挤椅子坐，小胖脾气好，被他挤得只能坐巴掌大地方，一半屁股腾空着，像在练什么江湖邪功。

刘德全目光在空中环视一圈，一眼就看到司徒玥这张生面孔："这是谁？"

八班的同学们争先恐后地答："老师！她是关山的家属！"

"是我们班的编外人员！"

刘德全听得一头雾水，司徒玥则羞得满脸通红，恨不能立即挖个地洞，爬出八班教室。

好在刘德全也没追问下去，打了一个手势，教室里就安静下来。

"我没什么要说的，就是以后，有事没事，常回来看看。"

他说完，拿了半截粉笔头，转身在黑板上，一气呵成地写了四个字，然后扔了粉笔头，说了一声"把卫生收拾好"，就走出了教室。

学生们向黑板上看去，是"前程似锦"四个大字。

司徒玥撞了下关山的胳膊，他冲她看来。

"你们班班主任，挺酷的。"说完，她一指关山桌上那摞笔记本，问，"你不扔吗？"

关山说："给你的。"

司徒玥随便抽了一本，翻开一看，"文综错题集锦"，一看名字，好像是文科班第一名的那个女生。

她哀叹一声，头都大了。

高考过后，离公布成绩还有十多天，关山和小黛他们约着全国各地疯玩。司徒玥则为期末考试在苦闷地复习着，杨女士已经放话了，如果期末考试比上次退步了，哪怕是一名，司徒玥暑期就别想着玩了，给她继续去补习班上课。

司徒玥时常在看书时，接到他们的视频电话。

这一伙人相当潇洒，不是在海滩上晒日光浴，就是在戈壁滩上骑着高头大马。

司徒玥看得眼红，手指扣着书皮，在心中赌咒发誓，希望他们赶紧从马上摔下去，最好摔个一嘴沙子。

公布成绩那天，司徒玥给关山打了个电话，紧张地问起他的成绩。

关山说："还行。"

这回答得也太笼统了，司徒玥拿捏不准，进一步地问他："还行是多行？能考上一本吗？"

关山笑了一声，说："应该可以吧。"

应该？这个词也太不精确了。

"你到底考了多少分啊？"司徒玥皱着眉问。

关山说："也就考了700来分吧。"

"多、多少分？"

"707分。"

司徒玥尖声大叫了起来。

杨女士在门外骂了起来，她也不理。

2014年的盛夏，关山的名字在湘中校门口的红榜上贴了一整个暑假，他是那一年的全省理科状元，数学满分，理综接近满分，总分707分，破了湘中多年来，状元从未突破七百分的魔咒。

这之后，他被北京协和医学院录取，这个学校是全国最好的医科大学，有着"中国医学殿堂"的美誉。

它还有一个著名的别称，清华大学医学部。

2

九月份的时候，关山要去北京上大学了。

他开学的时间最早，像考上南大的小胖同学，开学要在九月中下旬去了。

吴奇和关山挨得最近，是清华大学的计算机系，干脆和他一同收拾了行李，去北京。

送关山上飞机的那一刻，司徒玥突然想起一年以前，也是这个时节，关山站在湘中门口的大理石白墙侧，身后是湘中鲜红的校训——做人以立品为先，读书以潜心为要。

他对着她藏身的方向，懒懒的招了招手。

时间再往后翻一年，他依旧穿着那一天的黑衣黑裤，个子瘦高，站在机场人流不息的大厅，高出众人一个头，落地窗外的阳光很好，跟那天一样，而他眉目疏懒，气质欠揍，能招来方圆五里地之内的小流氓和方圆五里地之内的妇女。

一切都跟一年前一样，除了他即将要坐上飞机，带着他去往万里之外的首都。

在那一瞬间，司徒玥也说不出自己是个什么心理，眼泪狂流不止，鼻涕泡都冒出好几个。

这本身是件很好笑的事，但小黛、徐二明、小胖，还有吴奇没一个笑的，都默契地走出老远。

关山叹一口气，把痛哭的司徒玥抱进怀里，干燥的手心轻轻摩挲她的头顶。

"哭什么？又不是不回来了。"

司徒玥一边把眼泪鼻涕蹭在他胸口的衣服上，一边凶巴巴吼他："要……要你管！"

关山笑着说："我都要走了，能不能说点中听的话？"

司徒玥一听到"走"字，哭得更凶，呜呜咽咽的声音从关山的胸膛传来，像是有一个小姑娘坐在他心脏里哭。

关山头疼道："好好好，不中听就不中听，随你怎么说，你别哭了，你是孟姜女吗？以前怎么没发现你这么能哭？"

司徒玥吸着鼻子说："你去了北京，要好好学习。"

"好,听你的。"

"不许再抽烟了。"

"行,一根也不抽。"

"多吃点饭,你太瘦了,抱着都硌骨头。"

关山笑了,眉飞色舞。

"行。"

"还有……"

"还有什么?你一气儿说了。"

"还有……还有少看点姑娘……"

关山脸越听越黑,最后道:"闭嘴吧你。"

他低下头,在司徒玥耳边轻声说:"小玥儿,你好好学习,快点儿毕业,到时候我就可以……"

可以什么,司徒玥并没有听清。

一架飞机在窗外起飞,轰鸣声巨大,盖过了关山在她耳边说的那句话,等轰鸣声过去,司徒玥鼻音浓重地问他:"你刚说什么?我没有听见。"

关山说:"我说你是猪。"

"……"

高三生活正式开启。

新晋高三生们面临的第一个任务,就是搬教室。

高二楼要留给从高一升上来的学弟学妹们,他们要去学校最僻静清幽的那幢小红楼。

小红楼外满墙郁郁葱葱的爬山虎依旧不变,只是不再叫"高三楼"这么普通的名字,改为"励志楼"了,由知名校友,宋唯一老爸,鼎沣集团的掌舵人而取,还亲手题下这三个大字,贴在小红楼上,金箔做的,把走复古风格的小红楼瞬间拉低好几个档次。司徒玥每次见了,都要跟马攸和程雪吐槽一次。

有次她的话正好被宋唯一本人听去,那姑娘听了司徒玥关于她老爸的评语,居然没生气,反而宽和一笑。

"我爸那人是这样,三俗。"说完,宋唯一飘然而去。

司徒玥很想跟上去,说一句:"三俗不是这么用的啊,姑娘!"

没过几天,小红楼上的三个金箔大字拆了,变成了三个银箔大字。

上百个学生拖桌带椅，携了几口大箱，里面装了几十本书，还有冬天的棉垫，夏天的凉垫，喝水杯，饭盆，暖手宝，小风扇……浩浩荡荡往励志楼搬去。

在楼上登高而望，可以看见上百颗密密麻麻的后脑勺，就跟蚂蚁迁移似的。

励志楼跟高二楼格局一样，五层的小楼，不过一层只能规划四个教室，因此本来在顶楼待惯了的五班，这会儿迁移到了四楼，正好是原来高三八班的那个教室。

司徒玥对这个教室再熟悉不过，简直就是她的第二故乡。

一进教室，她就自发占了一个位置，谁也赶不走。

这位置很好，后排临窗，伴随着窗外吹进的暖风，适合躲着老师，睡一场好觉，如果侧脸冲着墙，还能看见那一侧白墙上，写了一行小字——

"少看男生多听讲，谁都没我帅。"

司徒玥第一次看见的时候，蒙了半天。

然后，她拿出手机，给远在北京郊区，正参加封闭式军训的某人发去一条消息："臭不要脸。"

不巧被同桌的程雪看见她偷玩手机，立即就被瞪了一眼。

司徒玥讪讪一笑，把手机扔进抽屉，举起手，发誓自己再也不看，转头盯向正在讲课的老师。

老师不是别人，正是和司徒玥有过一面之缘的刘德全。

潘艳华的人生信条就是不带毕业班，不然一年至少老十岁，他这人精明得很，知道及时止损，高二学期一完，就迫不及待地当了甩手掌柜，五班这一班的皮猴儿，由刘德全正式接管。

刘德全教五班数学，做事雷厉风行，初次和五班学生相见的那一天，就大步走进来，把教科书往讲台上一甩，正好那天桌子没擦，讲台上一层粉笔灰，书和教案甩下去的那一瞬间，粉尘漫天，贴着讲台而坐的第一排几个学生被粉笔灰呛得咳声震天，涕泪交流。

刘德全就两手叉腰，神情冷峻，高声问道："战士们！你们准备好了吗？"

教室里的人除了那个铁面无私的女班长，没人理他，都捂着嘴贴在桌子上偷笑，觉得他像个搞传销的不法分子。

司徒玥因为笑得最大声，很幸运地被刘德全注意到，又因为她长得面熟（他早已经忘记和司徒玥的一面之缘），当天就钦点她为数学课代表。

司徒玥读了这十几年书，做过卫生委员、体育委员、文艺委员、宣传委员,以及流动小组长,可从来没做过数学课代表,就凭她那点少得可怜的分数,能代表个什么呢?难道是代表一颗被数学狂虐千百遍,也待它如初恋的心吗?

但刘德全说出口的话不容反驳,她这个数学课代表就匆忙走马上任了。

当刘德全的课代表很不容易。

刘德全时常说的一句话就是"这道题,我们课代表怎样怎样……"。

他绝不辱骂,只是常拿司徒玥举例子,如果一道相当简单的题,司徒玥错得十分离谱,其实不用刘德全细说,司徒玥自己就能羞愧得撞墙而死。

为了避免再受这种极刑,司徒玥只能尽量把那道简单的题摸熟摸透,请教程雪,要是程雪解释不清楚,她就去隔壁班问,再不行去隔壁班的隔壁问,直到把那道题弄懂。

等她终于会这道题之后,以为自己能扬眉吐气了,刘德全又开始抓着她下一道错题不放,站在黑板前,慈眉善目地说:"大家来看这道题啊,虽然简单,却很容易错,就比如我们课代表……"

司徒玥坐在椅子上,内心十分崩溃。

不管了,这课代表谁爱当谁当去吧。

可等高三学期末的时候,司徒玥的数学,破天荒头一次地及了格,跌破众人眼镜。

除此之外,她还进步了近十五个名次,已经由班上的下游水平,成功晋升为中下游水平。

实在可喜可贺。

她爸爸一高兴,给她包了个大大的红包,正巧这次她爷爷奶奶也来湘市一起过年,老头老太太疼孙女儿,也给了个大红包,奖励她这一学期的辛苦。

杨女士被她突如其来的进步弄昏了头,竟然没以大学基金的名义没收她刚得的资产。最后司徒玥数一数,钱包里居然有个小两千块!

司徒玥膨胀了,因此一到放假,她好不容易在大环境下滋生的那点上进心,又全都留在了高三教室,在家的这段时间每天熬夜玩手机,到凌晨一两点。

过年前几天,学委邓晓柔给她发来消息,问她知不知道大年初一是 Eric 的生日。

Eric 是近几年火起来的一个歌星,是个中德混血,据说还有葡萄牙血统,眼睛是迷人的墨绿色,留着一头及肩的碎发,长得十足妖孽,英文歌唱得贼好听，声音醇厚低沉，英文纯正。司徒玥从他出道起就粉他，可谓是最正统的"亲妈粉"，当然知道他的生日是在大年初一。

于是，她回复了一条消息。

"知道，怎么了？"

邓晓柔很快回复。

"Eric 明天从湘市飞北京！我查到了他的航班信息！"

"可是我小舅从国外回来了！我家里决定去三亚！我去不成了！"

"姐妹！你要不要？"

众所皆知，司徒玥是一个很讲义气的人，从不占人小便宜。

因此在如此巨大的诱惑面前，她很认真地思考了三秒，然后抿紧嘴唇，义正词严地给邓晓柔发过去几个字。

"我要我要我要！"

然后，司徒玥买了一张去北京的头等舱机票，几乎花去她的小金库一大半。

但她一点也不心疼，因为她的旁边，就是 Eric 的座位。

3

腊月二十五，司徒玥以找马攸拿学习资料为名，打了车去机场。

她提了一大袋子东西，里面全是她和邓晓柔为 Eric 准备好的生日礼物。邓晓柔送的是一瓶男士香水，以及一打日记，上面记录了从 Eric 出道以来，她的少女心事，她严禁司徒玥偷看。司徒玥表示，她用自己的人格发誓，绝对不看。

但考虑到司徒玥这个人一向没什么人格，兽格倒是应有尽有，邓晓柔又逼着她，发了这个世界上最毒的一个誓。

"我发誓，如果我偷看了邓晓柔的日记，就让我不出十年，秃顶，绝经，牙齿松落，长满脸粉刺，胖三十斤，穷困落魄，被男友抛弃，多年后重逢，他开布加迪抱小蜜，我蓬头垢面开拖拉机。行了吧？姑奶奶？"

电话那头的邓晓柔人已经到了三亚，穿着泳衣，躺在沙滩上头晒日光浴。

听了司徒玥这一番誓言，很是满意。

"去吧姐妹，享受和 Eric 在一起的每分每秒，旅途愉快。"

司徒玥挂了电话，抱着一大袋东西，还扛了一头憨态可掬的布偶熊，下了出租车。

这头布偶熊是司徒玥准备好的礼物，布偶熊穿了一件白底蓝条纹的毛线衫，是 Eric 出道那张专辑封面上穿过的衣服。

熊身是按照 Eric 的身高 1:1 定制的，Eric 有洋人血统，长得人高马大，一米九多，司徒玥扛着比她高两个头的布偶熊，一路风风火火闯进机场，效果很是拉风，引得过往行人纷纷侧目。

等过了安检，登了机，司徒玥一眼就看见了坐在头等舱里的 Eric，没办法，身高太显眼，即使是坐着，也把他旁边坐着的经纪人衬得小鸟依人。

司徒玥的座位正好在他旁边，只隔着一个过道。

Eric 正闭着眼，靠着椅背睡觉。

侧颜完美，司徒玥看得心脏扑通直跳，眼角余光控制不住地往他的方向瞟，像个智力残疾的斜视。

坐在 Eric 身边的女人是他的经纪人，在司徒玥第一次贼兮兮地偷看时，就已经注意到了她，并且很有恒心地瞪着司徒玥。

可惜的是，司徒玥陷于 Eric 的颜值不可自拔，并没有意识到她的存在，即使意识到了，也不能发现她在瞪自己，因为她脸上戴着一副巨大的墨镜，而司徒玥并没有进化出透视的能力。

等司徒玥再一次瞟向 Eric 时，他终于睡不着了，睁开墨绿色的眼睛，向她看来："要合照吗？"

司徒玥在他眼睛向自己看过来的那一瞬间，人就傻了，脸烧成一块儿炭。

等 Eric 充满磁性的嗓音一响起，她更不能思考了，只能机械地点点头，其实连他说了什么都不清楚。

因此 Eric 等了老半天，也没见她掏出手机或是相机，只看见这姑娘目光呆滞，脸颊通红。

"手机呢？" Eric 善意地提醒她。

"啊？哦哦，手机，手机。"

司徒玥如梦初醒，拿过自己的随身小包，手忙脚乱地翻找半天，才从里面找出手机，然后把手机放在手心，双手举过头顶，毕恭毕敬地呈给 Eric，像在搞什么邪教仪式。

Eric 接过手机，问："密码？"

"六个一。"司徒玥赶紧回答，想想又觉得不对，赶紧补充，"设这个密码是为了防止我自己忘记，我记得你的生日，大年初一，等下我就改过来，改成你的生日。"

Eric 的嘴角漾出浅浅笑意："可以，但没必要，来，我们拍照。"

他举着手机,半蹲在司徒玥身边,右手绕过她背后,调皮地比了一个"耶",但很绅士地没有碰到司徒玥的身体。

司徒玥被男神陡然的靠近弄得脸红气喘,幸福得能当场长眠于此。

邓晓柔这次肠子都要悔青了,这待遇!这讲究!这造化!

她怎么能去三亚啊!

就算莱昂纳多脱光了站在沙滩上,能有和 Eric 亲密合照幸福吗?

没有的啊!

司徒玥春心荡漾,心想等下次见到邓晓柔,一定要把整个过程详尽无比地向她描述一遍,还要把照片打印几十张,整个房间都贴满,课桌上也贴几张,看 Eric 的脸,总比看刘德全那种皱成陈皮橘的脸要幸福得多。

Eric 拍完,把手机递给她。

"好了。"

司徒玥却不接,红着脸小声央求:"能不能,再拍几张?"

Eric 一愣:"刚刚拍的,不够吗?"

"不是,"司徒玥摇头说,"你刚刚用的原相机,太丑了。"

说完,她立即意识到这句话有歧义,赶紧疯狂摆手:"不不不不不!我的意思是,我太丑了!你一点都不丑!你的脸即使在原相机下,依然俊美如太阳神阿波罗!"

Eric 终于忍不住,"噗"的一声,笑了出来。

"小妹妹,你太有意思了,你来拍吧,我不太知道应该拿什么拍。"

被男神夸了,司徒玥欢快得能倒翻十八个筋斗,她晕晕乎乎地接过手机,点开美颜相机,和 Eric 头靠头,咔咔咔拍了好几张,直到他经纪人终于忍不住摘下墨镜,说"可以了",司徒玥才依依不舍地收了手机。

Eric 背着经纪人,冲司徒玥扮了一个鬼脸。

人一帅起来,连扮个鬼脸都能让人脸红心跳。

司徒玥脸红之余,总算没忘记自己坐这趟飞机的起因。

她把一直放在自己座椅边的那一大袋礼物,还有那一人高的布偶熊递给 Eric。

"这……这是我和我的朋友邓晓柔,送给 Eric 你……你的礼物,祝你生日快乐,星途坦荡。"

Eric 惊讶了一下,连声道谢。

"这么大的熊?你一路扛上飞机的吗?辛苦了,谢谢,真的谢谢,我会好好珍惜的。"

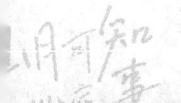

· 216 ·

经纪人接过那一袋子的礼物,看样子是想要去翻,却被 Eric 皱着眉头,抓住了手,神情很不善。

她只好耸了下肩,没坚持了。

Eric 转过头,再次向司徒玥道谢:"谢谢你和你朋友的礼物,也谢谢你的祝福,小妹妹。"

司徒玥双颊血色再次上涌,张口结舌:"啊,不用……不用谢。"

天哪,她也太幸福了吧!

没想到的是,霉运来得太快,就像龙卷风。

等司徒玥踩着轻飘飘的步伐,走出机场,她才发现,自己的随身小包不见了,而她的钱包、身份证全在里面。

这是一件相当恐怖的事情。

没有钱和身份证,她就回不了家,早上出门之前,她还跟她妈妈说晚上她要吃爆炒黄牛肉。

假设她不仅晚上回不了家,还要失踪上一段时间,她还吃什么爆炒黄牛肉?不被她妈爆炒了都算好了。

司徒玥吓得面无人色,转头就往来时的方向跑,一边跑,一边沿路找,包有没有掉到地上。

等她跑到一半,突然脚一刹,记起她的包放在哪里了。

她放在给 Eric 的那个礼物袋子里了,连着邓晓柔的那瓶男士香水,一打日记,还有她的布偶熊,混在一起,由她亲手给了 Eric。

她仰面朝天,绝望地吐出一个字。

"啊!"

关山接到司徒玥电话的时候,他正捧着一本《生物化学与分子生物学》,看得正入迷。

耳边是一众喊打喊杀,摔鼠标、砸键盘的声响。

一开始他还会被这些声音分走心神,但时间一长,他入定的功夫肉眼可见地增进,到现在已经是两耳不闻,能于闹市中岿然不动,如入无我之境。

没办法,在协和念临床医学是一件分外可怕的事情,按规定,他先要在清华,和生物系的一起念两年半的医学预科,在这两年半的时间里,他要学完人家四年本科学习的东西,因此,课程紧凑到了变态的地步。

除此之外,很多课程,都是全英文教材,教授也是全英文授课。

当然，到了学期末，也是全英文考试。

对于他这种外语战五渣来说，上课简直就成了修罗场。

关山从来没想到，等上了大学，他还是要跟他无比厌恶的英文打交道。

因为口语不行，听力更不行，上一学期他落下不少功课，只能在寒假里恶补。

英语的专业词汇一个个都又臭又长，司徒玥的电话打过来的时候，几个氨基酸的英文在他脑子里来回打转，就是不乖乖往长时记忆机制里走，成了心地跟他作对。

他心烦气躁，气一不通畅，心神就外泄，他的入定功夫破了，这才听到司徒玥的电话。

否则他可能要很久之后，才发现这则通话。

那司徒玥还不知道会怎样。

关山后来无比庆幸，他接到了这通电话。

但不管他后来的心情怎样，当时的他，是没能预料到司徒玥的情况的。

关山只以为，这是司徒玥无聊了打过来的一通电话，跟平常一样。

直到她开口说第一句话。

"喂？关山，你在干啥呢？"

"看书，怎么了？"

"没怎么，我不就问问吗，你这么晚了还看书？"

关山看了一眼时间。

"八点，还不算晚，你怎么了？做什么呢？"

"我……"

司徒玥刚想说话，手机里却传来一道男人的声音。

"姑娘，您哪儿去啊？要不带你一程？"

男人说话带着口音，是关山最熟悉的京片子，儿化音圆润又地道，外地人学不来的调调。

关山眉心倏地一跳，声音沉下去："小玥儿，你人在哪儿呢？"

司徒玥干笑两声，才说："关山，我给你一个惊喜……"

通话就在这里，戛然而止。

关山再打过去，无人接听。

他捏紧手机，脸上一阵扭曲，暴戾神色一闪而过。

司徒玥最好不要被他找到，不然，他不知道自己会做出什么事来。

4

跟身边正在打游戏的同学说了一声,关山放下书,拿了外套往外冲。

同学只来得及"哎"一声,就只看到他推开玻璃转门,消失在夜色里的身影。

拦了辆出租车,关山坐上车,甩下一句:"去机场。"

司机师傅问他:"哪个机场啊?"

关山一愣,这才记起,北京有两个机场,一个大兴,一个首都。

两个机场一北一南,遥相呼应,相距80公里,就算是打车,也要花上一个半小时,还不算上堵车与红绿灯时间。

司徒玥在哪个,他不知道。

"首都机场。"关山一咬牙,下了决定。

"得嘞。"

师傅一脚油门,车子往前驶去。

好在路上没堵车,一个小时后,关山就到了首都机场。

令人头疼的是,从湘市飞往北京的航班,出口的航站楼有两个,一个T2,一个T3。

两个航站楼之间相距七八公里。

司徒玥在哪个,他依然不知道。

关山几乎是凭直觉选了T2航站楼,等他在麦当劳看到司徒玥像个傻子一样,坐在那里发呆时,他都不知道该气,还是该笑了。

"你干什么呢你?"

司徒玥被身后突然响起的声音吓了一跳,回头一看是关山,立即站起身来。

"你、你来啦?"她抓紧毛呢裙边,抬头看见关山不善的面色,无端有些紧张。

关山眉头紧皱,直直看着她,低声重复一遍:"我问你在这儿干什么,大晚上的。"

他脸色拉下来的样子,吓人得很,要是派他去审讯室,只要灯光一打,他一张酷似冷面阎罗的脸从暗处现出来,任凭犯人之前如何顽抗,死不悔改,见了他,都得把小时候尿床的事也交代出来。

司徒玥心一慌,结巴起来:"我……我发……发呆……"

关山立即嘲道:"跑北京来发呆?"

司徒玥看清他嘴角的嘲弄,眼中的怒色,心脏陡然一沉,一个念头不受控制地,咕噜冒了出来。

关山他,很不想看见她。

这跟很久之前,他扶着在凤凰巷的家门,迎面扔来的那个"滚"字,没有任何区别。

"你以为我想来北京吗?"司徒玥强硬地顶撞了回去。

"要不是我爱豆来北京,我要给他送生日礼物,你以为我想来这破地方吗?首都又怎么了?你以为我想来吗?我本来落地之后,就要立即回去的,可是我钱包掉了,身份证没了,我能怎么办?我也很慌张,北京我谁也不认识,就认识一个你!"

她脑子里拼命地告诫自己,不要哭,不能被关山看不起,可眼泪自己掉下来,一点也不听劝。

真不争气!

她捏紧袖子,胡乱揩了一把眼泪,动作很粗鲁,仿佛存心跟自己作对。

"你凶什么凶!你以为我愿意叫你吗?我中午12点就到了,可等到晚上8点,等到手机快要没电了,才不得不给你打电话,早知道你这么不想来,我就不该打,你走!你走!我不要你管!我自己想办法回去!"

司徒玥鼓足了劲去推关山,想要把他推出去,奈何关山跟个长在原地的水泥雕塑一样,纹丝不动,气得她抬手在他身上打了一下。

"滚!就会欺负我!"

关山叹一口气,余光看到麦当劳的侍应生一直有意无意往这边瞟来,于是牵着司徒玥的手,走出麦当劳。

司徒玥试图挣脱开他的手,却被他牢牢牵着,没有半点办法。

他把司徒玥带到外面的塑料蓝椅上坐着,自己坐在她右手边,手还是没放开。

"我没有不想来。"他放软了语气,眉眼也温和起来,"我只是……"

"只是什么?"

司徒玥问他,眉毛挑高,一副"我倒是要看看,你有什么好说的"的表情。

关山叹一口气:"我只是有点怕。"

司徒玥愣了一下,听见关山说:"你突然打给我,电话里还有北京人的腔口,又说要给我个惊喜,然后就挂了电话,再也打不通,你自己想一想,我的心情会是怎样的?"

来机场的一路上，他都担惊受怕。

想着要是真如他猜的那样，司徒玥来了北京，没提前告诉他，美其名曰给他个惊喜，结果自己一个人，在偌大一个机场，傻了眼，吹着冷风，还要被黑车司机坑，她那猪脑子，被人卖了说不定还要给人家数钱，甚至还有可能她不是在机场，而是在火车站，或是高铁站，抑或是客运站，那里三教九流的人更多，又是晚上，她一个姑娘家，被人拐去搞传销、援交，或是器官买卖……关山头一次觉得，自己的想象力这么丰富。

但他转念一想，不太可能吧？就算是司徒玥要来北京找他，杨女士也不会同意吧？

何况现在是什么时候？腊月二十五，马上就要过年了。

他脑子里不停地做着斗争，等看到司徒玥好端端地坐在那里，尘埃落定的那一刻，为她担了这么久的后怕全都涌上来，他恨司徒玥这么大一个人了，还不知道保护自己。

这跟一只以为遗失了爱猫的主人，猛然在床底下找到猫，庆幸之后，提起那蠢猫的后颈，就是一顿抽的心情是一样的。

司徒玥虽然不是很能理解，但她的火气就此降了下去，甚至还有些气短，嗫嚅道："我不是……我没挂你电话，是手机没电了……"

关山看她一眼，说："那现在你可以告诉我了吗？"

"告诉你什么？"

"为什么不在第一时间，给我打电话？"

司徒玥的手被他握着，他的目光软下来的时候，是很温柔的，就跟一片羽毛一样，挠在司徒玥的脸上。

她曾经看到过一句话，用到现在很贴切。

说的是，人委屈的时候，就好像有一只小小的拳头在胸膛里攥着。

司徒玥感觉现在，那只拳头就在她心脏里，五指蜷缩着。

"我怕……怕你。"她哽咽了一下。

"怕我？"关山显然是十分意外，"你怕我什么？"

司徒玥摇摇头："不知道。"

她都不知道从什么时候起，她变得很怕关山。

怕他生气，怕他嫌她麻烦。

这实在是不妙。

小的时候，司徒教主一生傲骨铮铮，不弱于人，就连关山抢走她教主宝座的那几年，她也要为自己争一个护法的名号，没有在怕的。

她怕的只有两样东西，一个是她妈，一个是别人的眼泪。

现在倒好，她怕的人多了一个关山，别人的眼泪不知道还怕不怕，她自己却变得爱哭了起来。

尤其是在关山面前。

司徒玥讨厌这样的自己。

一定是关山在她身上施下了什么法术，不然，她不会变得如此玻璃心，怕关山这个，怕关山那个，怪讨人厌的。

司徒玥吸了下鼻子，抬起脸看向关山："我怕麻烦你。"

关山扯了下嘴角："你从小到大，麻烦我的事还少了？"

"我……"司徒玥擦了把眼泪，"下次不会了。"

"是下次还要，"关山扶正她的脸，用袖口轻轻擦干净她的脸，"别有那念头，什么麻不麻烦？你的事在我这里，不是麻烦，是应该做的。"

司徒玥的下巴被他抬着，这姿势能让她直直地看清关山的眼睛。

她现在还不明白，关山这句话的背后，究竟隐藏了什么样的意味。

但她能感觉到，心脏里那只蜷缩的小拳头，五指已经舒展开来，就像子夜里的昙花，白如玉的花瓣慢慢打开，露出里面嫩黄的花蕊。

两个人不置气了，关山开始跟司徒玥算起账来。

她哭着说的那些，他只听懂了一个大概，什么爱豆，什么生日，前后因果，却串不起来。

司徒玥便从头到尾地跟他解释了一遍。

从自己期末考考出一个好成绩，到她爸给她包的红包，再到她用红包买了一个头等舱的座位，最后到把自己的钱包身份证亲手递给 Eric。

关山的脸听得越来越黑，仿佛能滴出墨来。

等司徒玥说完，他只问了她一个问题："跟家里打过电话没有？"

司徒玥尴尬地笑了。

此时此刻，她就算不说，关山也知道答案了。

果然，司徒玥抓着头，冲他嘿嘿讪笑。

眼神倒是很真诚，她还反问他："你觉得我敢吗？"

关山觉得，他要是司徒玥她妈，能被她给活活气死。

"打回去。"他把手机递到司徒玥眼前，命令道。

司徒玥很抗拒："我不打！我会被我妈骂死的！"

她眯着眼一瞧，发现关山已经打过去了，顿时浑身的毛都要参起来了："我要被你害死了！关山！"

她话音刚落，手机里就传出一声"喂"。

一听就是杨女士的声音。

也就是在那一瞬间，司徒玥飞快地捂住嘴，浑身跟没长骨头似的，一下就滑了下去，钻到蓝色塑料椅下。

目睹这一整套动作的关山简直瞠目结舌。

她……是个什么神奇物种？

这一慌起来就钻椅子的操作习惯，又是什么时候养成的？

不等他想明白，杨女士急不可耐的声音就从声筒里传了出来："关山啊？玥儿是不是在你那儿？"

关山回过神来，把手机放到自己耳边："杨阿姨，她是在我这边，我已经接到她了，您和叔叔先不要担心。"

杨女士在那边又说了什么，司徒玥就听不清了。

反正就跟机关枪一样，子弹突突突的，杨女士就是这样，一生起气来，就先要把自己的话说完，别人没有插嘴的余地，只能低着脑袋装孙子，这是她多年做老师的职业病。

关山在这一点上做得很好，司徒玥只听到他时不时地"嗯"了两声，然后就把手机递到司徒玥眼前。

这时，司徒玥已经从座位底下爬了出来。

因为刚刚才记起来，她现在人在北京，而杨女士目前为止，还没有修炼到，能顺着电话线爬过来揍她的地步。

关山的意思不言而喻，杨女士叫她听电话。

司徒玥当然还是拒绝，她冲关山疯狂摆手，右手还无声地在脖子上一比，做了个砍头的动作。

关山拿她没办法，只能对电话那边说："阿姨，司徒玥去洗手间了。"

那边杨女士不知说了一句什么，关山似乎被噎了一下，他脸变得有些红，看了司徒玥一眼："这样……不太好吧？我让她回头打给你。"

司徒玥懂了。

杨女士肯定是让关山去洗手间，把手机递给她。

这是一个母亲该说的话吗？

关山最后"嗯"了一声，通话就被挂断了。

司徒玥问他："我妈说什么？"

关山给了她一个怜悯的眼神："她说，等你回去再说。"

司徒玥脸色一垮："关山……"

"你休想。"

司徒玥有些好奇："你知道我要说什么吗？"

关山斜她一眼："不就是求我收留你那些话吗？"

司徒玥一愣。

被你猜到了。

两个人走出机场之前，关山把身上的羽绒服脱下来，罩在司徒玥身上。

司徒玥推开，说："我不冷。"

她虽然穿着毛呢裙，看似光着腿，其实穿了一条厚实的打底丝袜，不过关山这种直男，很可能看不出来。

关山帮她把拉链拉好，言简意赅："出去你就知道了。"

出机场之后，司徒玥果然就知道了。

关山的羽绒服没帽子，她捂住被风刮得生疼的耳朵，紧接着手背又被刮得生疼。

她急忙把手缩回袖子里。

"妈……妈呀，怎么这么冷！"刚一开口，她就灌了一肚子的冷风，仿佛生吞了满嘴的冰碴子。

"你说呢？"关山冷冷道，"零下十几度。"

他拦了一辆出租车，把司徒玥赶进后座。

司徒玥抖了好一会儿，才在空调的暖风下活过来。

她听到关山说了一个地址，便问他："这是去哪儿？"

"家里。"

"谁的家？"司徒玥反应过来，"你的家？"

关山看着车窗外，没有否认。

可也没有承认。

5

一路上，司徒玥都有些紧张。

虽然关山没说，但她几乎可以肯定，他是要带她回自己在北京的家。

去了会见到他爸爸吧？

关山爸爸是个传说,连凤凰巷里资历最老的八卦妇女,也搞不清楚他爸爸究竟是否存在。

当然,这不是指生物意义上的存在。

关山肯定是有爸爸的,毕竟到目前为止,还没有哪个灵长类生物可以做到无性繁殖。

凤凰巷的三姑六婆,讨论的是这个存在的社会意义和法律意义。

也就是说,他爸爸还在人世吗?如果在人世,是合法的吗?

司徒玥预感,自己即将成为打破这个谜底的第一人。

这太刺激了。

司徒玥有点胆怯。

好在还有关小燕。

但是……关小燕在吗?

司徒玥苦着脸想。

等到了关山家里,司徒玥才发现,自己完全是瞎紧张。

他家很大,也很漂亮,是一幢独栋别墅,还附带一个中式庭院,院子里遍植花卉乔木,还引了一条人工水道,池子里曲水流觞,种了不少睡莲,水温只怕是控制了的,即使冬天,莲花虽然凋谢了,上面却还漂着残荷,可以想象,等到了夏天,一定满富生机。

院子是中式的,别墅里的装潢,却是西式的,吊顶很高,这让整个空间从视觉上大了起来,偌大一个客厅,沙发上只坐了一个女生。

不是别人,正是关山的妹妹,曾在湘中校门口,赏了司徒玥一耳光的那姑娘。

司徒玥还记得她的名字,贺嫣。

贺嫣转过头,看见他们,立即从沙发上蹿起来,跑到关山跟前:"好啊,我说你怎么突然问我哥哥在不在家,原来是要带女生回来。"

她一双圆溜溜的眼睛瞥向司徒玥,让司徒玥想起小时候看过的黑猫警长。

这想法把自己逗笑了,司徒玥笑嘻嘻地同贺嫣打招呼。

"你好啊,妹妹。"

"呸!"贺嫣的圆眼一瞪,"谁是你妹妹!"

司徒玥从善如流:"那姐姐给你做。"

这对话的情境和内容都太熟悉了,贺嫣一下子就认出来了,关山带回来的这个女生是谁。

"是你！那个丑女人！"贺嫣咬着细牙道。

丑、丑女人？

司徒玥嘴角的笑容缓缓消失。

往旁边一看，关山抿着嘴角，正使劲地憋着笑。

这兄妹俩！太气人了！

司徒玥皮笑肉不笑，反击回去："对，是我，不过我看你本人，可比视频里漂亮多了。"

至于是哪个视频，就不用多说了……

贺嫣听了，果然大怒，指着司徒玥，说："这是我家，你给我出去。"

这种话司徒玥从小听了不下数十遍，对厚脸皮的她来说，简直跟儿戏一般。

"我不，我就不出去，你叫我出去我就出去吗？这又不是你一个人的家。"说这话的同时，司徒玥还要配合她脸上欠揍的神色。

一般来说，只要是心智不超过十三岁的人，都会被她的无赖程度给激怒。

贺嫣更不用说，气得仿佛要原地蹦起来。

贺嫣扯住关山的衣袖，指着司徒玥，小脸冷下来："我不喜欢她，你把她赶出去。"

关山拂开她的手，往开放式厨房走去："别闹。"

她哪里闹了，贺嫣气得脸颊鼓起，结果看到司徒玥居然趁着关山背过身去，对她龇牙一笑，神情得意极了，好像在嘲笑她。

坏女人！

贺嫣要气炸了，正想扑上去发作，走在前面的关山却突然大手罩住司徒玥的头顶，把她整个人扳转身去，淡淡警告她："你也消停点。"

司徒玥吐了下舌头："我要上洗手间。"

"不准！"贺嫣走上前，挽住关山的手臂，狠狠瞪她一眼。

"不准你用我家的洗手间。"

"哦，是吗？"

司徒玥四处环望了一下。

"那我只好在客厅里上了。"

"不准！"

贺嫣嗓音拔高八个度。

司徒玥皱眉，有些为难："可你不是不准我……"

"我带你去！"贺嫣立即打断她。

在她的观念里，司徒玥这种坏女人，什么事都干得出来，即使是在客厅里当众脱裤子这种事。

等司徒玥用完洗手间，出来的时候，关山正在厨房里，打开冰箱："怎么什么都没有？"

贺嫣挽住他的手臂，嗲着声音问他："是呀，做饭的阿姨家里有事，好像是什么儿媳来北京了，我也搞不清楚，这几天我都是吃外卖，你饿了吗？我给你点个外卖好不好？或者我把阿姨叫回来，给你做饭吃？"

说到这里，她的语气有些抱怨。

"你都好久没在家里吃了，阿姨最近新学了淮扬菜，有一道鱼做得挺好吃的，就是刺儿多，你吃的时候要小心点，我上次就卡了嗓子。"

关山关上冰箱门，神色淡漠："下次吧。"

贺嫣的嘴唇噘起来："又是下次，你跟爸爸一个样子。"

关山不置可否，回头看见司徒玥站在不远处，眉心一皱："你傻站那儿干什么？过来。"

司徒玥走过去，脸上有几分难堪。

关山问："是不是饿了？家里没吃的，我带你出去吃。"

贺嫣嘴唇噘得更高："原来你是给她找吃的，哼！臭关山！我不理你了！"

她一溜小跑，跑到客厅里坐着去了。

关山没理，只看着司徒玥。

司徒玥被他看得脸皮发烫，问他："关……关山，你说的那些话，当不当真的啊？"

关山说："我对你说的每一句都是真话，你指的哪一句？"

司徒玥噎了一下，吞吐道："就那些……你刚说的，不把我的事当麻烦那些。"

关山愣了一愣，直接问她："你有什么事？"

"倒霉事。"司徒玥委婉道。

"什么倒霉事？"

司徒玥被他噎了一下，仔细看他神情，好像真的没听懂，只好换了一种更常规的说法。

"我姨妈来了。"说完，司徒玥脸烧得滚烫，不敢抬头看他。

关山非常惊讶："啊？她在哪里？机场吗？"

司徒玥抬头，端详了关山近一分钟之久，才敢确定，他是真的不知道，而不是在和她开玩笑。

这让司徒玥非常无语,以及很无力。

最后,她心里那点少女的羞愧与别扭,顷刻间消失得无影无踪。

她抬起头,面无表情地对关山说:"我月经来了。"

关山的反应相当搞笑。

他当时正握着一把水果刀,在给她削苹果。学医的人手就是不一样,刀子使得又快又稳,苹果皮削了一圈又一圈,还能保证不断。

可听到这句话,他削皮的手一顿,苹果皮立即就断了,水果刀刀尖朝下地掉下去,如果不是司徒玥眼疾手快,关山的脚背可能就不保了。

她把刀放在料理台上,看见关山跟个短路的机器人一样,把削了一大半的苹果递到她面前。

"来……来那个了啊,那你吃不吃苹果?"

司徒玥正好饿了,刚准备伸手去接,关山却又避开她的手,把苹果扔到了垃圾桶里。

"还是别吃了,这个凉。"

司徒玥一愣。

"我出去给你买点儿热乎的。"

说到点子上了,司徒玥赶紧扯住他的手臂:"那你给我买那个。"

"哪个?"

还能是哪个?

他又犯蠢了。

司徒玥叹一口气,也不跟他用"姨妈巾"这种高阶词汇了,直接说:"卫生巾。"

说完又怕他搞不明白,她赶紧解释:"不是婴儿用的纸尿裤,也不是卫生纸,是卫生巾。听好了,是卫……"

"这个我还是知道的!"关山红着耳根,气急败坏地打断她,又问司徒玥,"这种东西,你不能找贺嫣要吗?"

他一个男的,去超市买这种东西,很丢人的好不好。

没想到贺嫣人虽然坐在客厅里,耳朵却竖得老高,一直在注意他们这边的情况,听到自己的名字,立即警觉起来。

"找我要什么?哼!我什么也不会给她用!"

司徒玥看她一眼,摇了下头,对关山说:"她绝对不会有的。"

贺嫣听了,从沙发上蹦起来,叉着腰,眼睛瞪得溜圆。

"我没有？呵！你丫看不起谁呢？我三岁的时候，爸爸就在日内瓦拍下一颗九克拉的蓝钻送给我，七岁的时候，送了我一艘游艇，九岁的时候，是一幢树屋，十岁的时候，是迈阿密一套海边别墅，哼！你说说看，什么东西我没有？"

司徒玥只好问她："姨妈巾你有吗？"

"呵！我还以为什么。"贺嫣嗤笑了一声。

关山顿时松了口气："你真的有吗？"

"怎么没有？"贺嫣忍不住眉飞色舞，"不就姨妈吗？我妈妈有两个姐姐，所以我有两个姨妈呢，我还有个小舅舅。"

司徒玥对关山摊了下手："我都说了吧……"

贺嫣看见她鬼鬼祟祟，在说些什么她听不懂的话，立即愤怒了："你说什么了！坏女人！"

关山不信邪，换一种说法。

"不是那个姨妈，是……倒霉用的东西。"

贺嫣登时大怒："你咒我倒霉？"

关山无奈。

还是算了。

"你跟我出去，买东西。"关山对司徒玥说。

贺嫣立即跑过来，警惕地看着他们俩："你们要去买什么？我也要去。"

司徒玥立即道："那你们两个去吧。"说完觉得不妥，毕竟这不是她家，她又问关山，"可以吗？"

关山看她面色苍白，唇色也稍微有些淡，看上去精神不太好的样子。

他是学医的，虽然不太清楚姨妈、倒霉等对于生理期的通用称呼，但却知道，当每月成熟的卵细胞从子宫壁上脱落时，有些女孩子会感到身体极度的不适，也就是常说的痛经。

关小燕以前就饱受这个痛苦，只是当时的他还以为，他妈只是普通的肚子痛。

"你别去了，"关山当机立断，"去房间休息。"

他带着司徒玥去了自己的房间，才和贺嫣一起出去了。

他们走后，司徒玥也不好真的躺在关山的床上，她怕弄脏沙发，也不方便坐着，只好出来百无聊赖地打量起了客厅的装潢。

客厅与餐厅的中间,是通往二楼的楼梯,刚才关山才带她走过。

让她感兴趣的,是楼道右手那侧白墙上,挂的许多照片。

照片里的主人公只有一个,是个身姿曼妙的女人。

她或坐或立,或是在阳光下轻摆纤细的腰肢,或是在窗前盘膝而坐,眼眸微阖,应该是在冥想。

其实认真论起来,她长得绝不算漂亮。

但一动一卧之间,这个女人似乎带上了一种神奇的魔力,就是让镜头外的人移不开眼,是个很有韵味的女人。

司徒玥不自觉看入了迷,以至于没听到有人走了进来。

所以当一句低语陡然在耳边响起时,她吓得忘了自己正站在楼梯上,差点儿一脚踩空摔下去,好在那道声音的主人伸手扶住了她。

那是一个年轻的男生。

留着一头精神的短发,四方脸,皮肤有点不好,能看见一些红红的小疙瘩,但五官长得还可以,算是个温文尔雅的人物。

他扶司徒玥站稳后,很快就松了手。

司徒玥的心跳还未从余悸中恢复过来,白着脸问他:"你是谁?"

那男生对她笑了笑,反而问她:"你是谁?"

司徒玥张了张嘴,正想回答,男生却笑眯眯地打断她:"还是我先说吧。我是贺然,这家主人的儿子。"

贺……贺然?

贺嫣和贺然?

司徒玥一下子就记起来,她和关山刚一进门,贺嫣跑到关山面前,说的那句话。

"好啊,我说你怎么突然问我哥哥在不在家……"

她当时还以为是贺嫣口误了。

原来贺嫣除了关山这个继兄外,还有一个亲哥哥。

就是眼前这个贺然吧?

司徒玥一时之间,不知该说什么话了。

好在贺然并未让气氛冷场,他端着下巴,做出一副思考模样:"至于你是谁,你先别说,让我猜一猜。我妹妹的朋友我都见过,而你看起来面生,肯定不是她的同学,看上去又是个小姑娘的样子,嗯,我知道了。"

贺然笑了笑:"你是不是我弟弟关山带来的?"

司徒玥点了点头。

"女朋友？"

"不是不是，"司徒玥赶紧摆手，"就是普通朋友。"

"这样啊。"贺然又笑了笑。

在司徒玥看来，这笑容有几分高深莫测，也不知道他到底信没信。

不过，管他的呢。

"他们去买东西了。"司徒玥解释说。

贺然点了下头，似乎并不在意，只盯着司徒玥说："你还没回答我刚才的问题。"

"你刚才问什么了？"司徒玥不好意思地挠了下头。

贺然宽和地笑笑，他指着照片，把问题重复了一遍："我问，她是不是很美？"

"啊，这个啊，"司徒玥恍然，"是挺美的，不过……是很特别的一种美，美在气韵。"

司徒玥眼睛睁大了些，这让她看上去分外真诚。

贺然目光里似乎有些触动，但他很快移开视线，看向照片里的女人。

"她是全中国最优秀的古典舞者。"他的手指，隔着相框的玻璃，抚上了照片里那个女人的侧脸。

"你很有眼光，大部分人不能认识到她的美丽，说她颧骨高耸，嘴唇太薄，看着一副刻薄寡恩相。"说到这里，他目光低垂，几不可闻地叹息一声。

"连她丈夫也这么认为。"

"其实她只是太瘦了，跳舞的人，在饮食方面很是苛刻，所以她后来生了病。"

贺然走到一张照片前，抬手对司徒玥说："你过来，看这一张。"

司徒玥走过去，看到他指着的那张照片。

这幅照片很大，大概有30寸，那个女人躺在庭院的摇椅里，睡着了，长到腰际的头发就那么散落下去，随着微风轻轻荡漾。

而她眉眼安详，脸庞比之前那些照片圆润了些许，这让她看上去面相柔和很多，瘦骨嶙峋时，人总是显得凌厉一些。

贺然说："这是很久以前我给她拍的，她洗完头发，去院子里晒太阳，她总是这样，从不用吹风机，说那样损害发质。这时候她略微长了些肉，你看是不是就好看了很多？"

司徒玥有些好奇："她是你……"

"妈妈。"贺然打断她。

司徒玥点了点头,猜到了。

贺然又笑了一下,靠着照片墙,从口袋里掏出一根烟点燃,先凑到唇边吸了一口,才不紧不慢地说:"可惜这之后,她就迅速消瘦下去,胃癌让她吃不下东西,你一定要好好保护自己的胃。"

说完,他又吸了一口手里的烟。

香烟先在他的肺部滚了一圈,才从鼻腔里缓缓呼出来。

烟雾缭绕中,贺然眯着眼,不动声色地打量司徒玥一番,忽然说:"你是我弟弟的朋友,那你知不知道,他妈妈是个婊子?"

6

"婊子"这个词一进入耳朵,司徒玥几乎是条件反射地皱了下眉。

贺然没注意,还在继续说。

"我妈没死的时候,他妈就带着他进了门,他小我三岁,我爸说,这是我亲弟。"

他发出一声嗤笑。

"从男人的角度来说,他妈确实长得好看,又没什么脑子,招我爸这种人喜欢。"

"当然,"他夹着烟,笑了一声,"我只是随便说一下,你也就当个笑话,听听就成,我弟那人,还是可以的。等等,你脸上有东西,我帮你拿掉。"

说完,他就伸手过来,准备拿掉司徒玥脸上掉的那根睫毛。

司徒玥觉得这个人恶心极了,下意识把脸一偏,避开他的手。

也就是在她转开脸的那一刻,门口传来一声巨响,以及一道尖叫声,然后司徒玥也不知道怎么搞的,关山几乎是在一瞬间,人就挡在了她面前。

然后,关山伸拳狠狠向贺然的左脸挥了过去。

贺然本来站在楼梯的三四级之间,被这迎面的一拳直接砸下楼梯,倒在一楼的地板上。

贺嫣尖叫一声:"哥!"

她飞速地跑过来,准备扶起地上的贺然,却被贺然甩开手:"一边儿待着去。"

关山站在楼梯上,司徒玥被他高高的个头挡在身后。

关山目光很冷地看向地上的贺然,如果司徒玥能看见,会发现他这眼神跟小时候他瞪人的样子一模一样,又冷又凶,像头正静静等在一旁的美洲豹,窥伺良久，就为了将猎物一口吞入腹中。

"你碰她一下试试。"关山低声警告。

贺然冷笑一声，从地上站起，擦了一下嘴角的血，动作称得上优雅。

他慢条斯理地说："这么久没见面，你就是这么对待哥哥的吗？嗯？我亲爱的弟弟？"

关山却一点也不给他面子，冷着脸，骂了一句很下流的脏话。

真的是很脏的脏话，几乎是市井里最没素质的混混流氓才会骂的话。

这让站在他身后的司徒玥瞪大了眼睛。

这种处事风格太不像关山，关山很少用这样的话来骂人，骂人不带脏字才是他的风格。

按他自己的话来说，就是他是一个读书人，应该用一种更高级的骂人方式。

但凡是骂人的话里涉及自己三代以内的直系亲属，就算是圣人也无法镇定自若。

贺然翩翩君子的面具很快被撕裂，他先是扯出一个冷笑，然后就在所有人都没有准备的时候，一拳冲关山肋下砸来。

司徒玥站在关山背后，将他的出手看得一清二楚，只是让她没有预料到的是，关山竟然没有躲。

贺然站在楼梯下，两个人之间隔着一段距离，从下往上，拳势大减，所以这一拳很容易避开，更别提是身手不弱的关山。

关山只需要侧身一避，甚至出手截住，都可以。但他做了一个让司徒玥都没想到的动作。

贺然那一拳打过来的时候，他竟然本能的肩膀一缩，后背弓起，双手护住自己几个最脆弱的部位，做出了一个防御的姿势。

这没什么用处，因为贺然一拳就击中了他左侧肋下，司徒玥听见关山疼得闷哼一声，身子佝偻下去。

"关山！"司徒玥急得大叫一声，从他背后转出来，低头去看他情况。

这时，贺然第二拳砸了过来，关山面色剧变，一把挥开司徒玥，自己却没来得及躲开，好在这时贺妈从背后将贺然拦腰抱住，用尽全力把他往后拖。

"别打了！哥！你是不是疯了！"

贺然打红了眼，呵斥贺妈："你给我撒手啊，今天不把这孙子揍跪下，老子就不姓贺！"

贺妈说什么也不放手，嘴里还顶撞道："他是你孙子，那咱爸是你什么？

哥,你别发疯了!不然我告诉爸爸了!"

"嘿!贺嫣你个小白眼儿狼!"贺然气不打一处来,"你到底哪边儿的?帮着外人气你哥?"

他嘴里骂着,然而也没真下手去掰开贺嫣,任由她妹把她牢牢抱着。

关山从楼梯上站起来,牵着司徒玥的手,看也不看贺然一眼,从他身边走过。

贺然在后面骂:"就走啊?不再坐会儿?你说你妈要有你这种觉悟该多好,到人家里做客,到了点儿就走人,别挖空心思贪图女主人位置,谁给她脸呢?"

关山头也不回,权当一条狗在叫。

贺然又对司徒玥说:"姑娘,找男人要擦亮眼睛,小三教出来的,能是个什么好东西?你要想开了,欢迎来我这儿。"

关山这下忍不了了,只是还没等他做出什么行动,司徒玥就率先甩开了关山的手。

关山脑子一蒙,看见司徒玥转身跑到贺然跟前。

司徒玥绷着脸,一双大眼睛愤愤地瞪着比她高一头的男人。她说:"闭上你的鸟嘴。"

所有人都震惊了。

贺然瞠目之下,也就真的闭上了嘴。

司徒玥就在贺然吃惊的视线里,继续口齿清晰地说:"小燕阿姨,是我见过的最美、心肠最好的女人,她教出来的儿子,是我见过最优秀、最厉害的人。"

说到这里,司徒玥突然将头转向关山的方向,然后动作极快地对关山眨了下眼。

这个小动作对关山来说无比熟悉。

关山嘴角一弯,提起之前扔在门口的东西,推开门。

司徒玥看见了,转过头,嘴角也一弯。

然后,她趁着贺然不备,一记右勾拳,精准地击中贺然的左肋。

这一拳实在是她此生功力之最,出手又快又狠,贺然的手臂还被贺嫣给拧着,没能出手反击,身子疼得一弯。

司徒玥却毫不恋战,打完就跑。

门口的关山早已朝她伸出手,两个人手一牵,从敞开的大门里跑了出去,在夜色里夺路狂奔。

贺嫣气得大骂司徒玥"坏女人"，一边去扶贺然："哥，你没事儿吧？怎么样啊？"

贺然推开她的手，没好气道："你满意了吧？小白眼儿狼。"

他走到餐厅的高脚椅上坐下，给自己倒了一杯水。

贺嫣嘟着嘴，走到他旁边："我也没想到那个丑女人会打你啊。"

贺然喝了口水，吞咽时，左肋剧痛，他捂了一下伤处，眉头皱起。

"这妞儿看着老实，怎么力气这么大？姓关的都找的些什么货色？"

贺嫣听了，很不赞同地道："哥你够了。"

"什么够了？你自己不也骂她坏女人吗？"

贺嫣说："我不是说她，关山叫关山，不是姓关的。"

贺然翻个白眼："我管他叫什么，贱女人生的小崽子。"

"哥，你怎么这样儿？"贺嫣实在是受不了了，"他是他，他妈妈是他妈妈，而且，关阿姨也没做什么……"

"阿姨？"贺然的脸色迅速冷下来，难以置信地问贺嫣，"你喊那贱女人阿姨？你对得起咱妈吗？贺嫣！"

贺嫣被他的大嗓门儿吼得浑身一震，怀疑自己耳朵都要聋了。

"你吼什么吼？我耳朵没聋！听得见！"她吼回去。

贺然哼了一声，背过身去，不理她。

"我没什么好对不起妈妈的，贺然，老实说，我一直觉得妈妈怪怪的，老是跟你说一些坏女人会把爸爸、把我们的房子抢走的话，我一开始也那么觉得，可后来发现不是那样，贺然，你要是有眼睛，你就能看见。"

"你懂什么？表面功夫谁不会做？"贺然转过身，脸上的狠厉把贺嫣吓得一愣，"姓关的小我三岁，这说明什么？说明他妈勾引有妇之夫，做了破坏别人家庭的事，还怕人说？"

这是不争的事实，贺嫣对此也没话说。

只是年纪尚小的她，总觉得有些东西，不吐不快。

"她人都不在了……"她张了张口，讷讷道。

贺然冷笑一声："所以，这就是因果报应。"

贺嫣看见他眼底的阴鸷，突然就哑口无言了。

贺嫣记起很久以前的一次，关小燕还在的时候。

她和哥哥找到关小燕，问关小燕会不会做蛋饼，她和哥哥想吃。

那是他们兄妹俩第一次，主动找关小燕要个什么东西。

关小燕高兴极了，撒谎说自己会，其实根本不会，她偷偷跟家里的阿姨学了好几天，还自以为瞒得很好。

等到关小燕终于能成功煎出一个不煳的蛋饼时，她和哥哥又说，不想吃了。

其实一开始他们就不想吃什么蛋饼，不过是看中关小燕在厨房里笨手笨脚，贺然想出来捉弄关小燕的法子。

这是他们惯用的把戏，关小燕每次都上当。

那次也是，关小燕反复劝他们吃一口，他们也不吃，她才后知后觉反应过来，兄妹俩是在耍她。

关小燕气得把盛着蛋饼的盘子往地上一摔，哭着跑回房间了。

关小燕一个大人，却特别爱哭，每次都能被他俩气哭，贺然觉得这特别有成就感。

最后，是关山默默地把地上的碎盘子收拾干净，连同那一张煎得金黄的蛋饼。

那蛋饼是扔了，还是被关山吃了，贺嫣不知道。

贺嫣当时只关心关小燕会不会跟父亲告状，因为换作是她，她肯定会的。

可等到父亲出差回家，看到关小燕手背上烫出的血泡时，她只哭着说，是自己做饭时烫出来的，却没把贺嫣和贺然供出来。

父亲笑呵呵地骂关小燕笨，让她再也不要进厨房。

和贺嫣一起偷听的贺然当时嗤笑一声，说："演技挺好。"

当时贺嫣八岁，贺然十七岁。

到现在，五年多过去了，贺然的想法，却还是跟十七岁的时候一模一样。

贺嫣叹一口气，说："哥，你太幼稚了。"

她一个十三四岁的小丫头片子，跟他讲幼稚？

贺然直接被气笑了，摸一把妹妹的脑袋："看你的动画儿片去吧，小白眼儿狼。"

Part 02
我要和你一起过年

1

从西门出来后,司徒玥实在跑不动了。

料想贺然被她那一拳殴打后,应该没有跑来追杀他二人的能力,司徒玥刹住脚步,喘着粗气说:"休……休息一会儿。"

"没事儿吧?"关山停下来,低头看见她一张脸煞白,有些担心,"肚子痛不痛?"

司徒玥摆了摆手:"我先坐坐。"

然而四处看了下,也没找到什么可以坐的地方,名副其实的不毛之地。

司徒玥干脆在马路边上席地而坐,关山赶紧拦住她,解下自己脖子上系的长围巾,给她垫在地上,才让她坐下,自己则随便找了个地方坐。

司徒玥歇了会儿,才问关山:"你没事儿吧?"

"什么没事儿?"

"肚子,"司徒玥看他一眼,"不是被人家打了一拳吗?"

关山下意识捂了一下肋骨部位,含糊道:"嗯,没事。"

司徒玥不满起来:"你怎么回事儿?明明可以躲过,干吗傻站在那儿给人揍?"

关山辩解:"我那是没防备……"

"呸!"司徒玥啐他一口。

"你骗谁呢?没防备你还护胸口捂肚子?你明明是有防备,但你不躲,也不反击,就傻兮兮地站那儿,等着被人揍。"

关山脸色一沉,警告她:"你够了啊。"

司徒玥憋一口气,别过脸去,看着空旷荒凉的马路。

关山家是在北四环的一个别墅区,位于北京大名鼎鼎的朝阳区,这里汇集了全中国最热心肠的大爷大妈，可惜此时快接近零点，大爷大妈们睡得正熟，没空管坐在大马路边的他俩。

马路上没什么车，是双行道，还挺宽敞，道路两旁种着树，但不知道是什么品种，因为叶子已经掉光，只剩下光秃秃的树杈，一分为二，二分为四，越发显得凄惨悲凉。

司徒玥突然发现，北方的冬天，跟她想象中的冰雪琉璃世界全然不同，一片雪花也瞧不着，冷倒是挺冷，寒风直往人脸上刮。她从暖气烘烘的房子里跑出来，剧烈运动之下，血液循环加快，给她带来了一点热意，但在北风的作用下，又很快地冷下去。

上下牙在打战，司徒玥环抱住自己，尽量减少自己暴露在寒风里的体表面积。

她还在想，关山为什么要做出那一个下意识的防御动作？

他缩肩膀，护胸口的那一幕，简直跟印在她脑子里了一样，让司徒玥百思不得其解。

关山他怎么表现得跟个孬种一样？

这完全不像他！

当时的他，就跟一条被人打怕了的狗一样，棒子提起时，狗做的不是冲着人狂吠不止，或是飞扑上去，狠狠咬那人一口，而是四肢趴在地上，尾巴夹在肚子下，呜咽个不停，狗眼睛还湿漉漉地看着要打它的人，仿佛在苦苦祈求。

司徒玥一想起他那个动作，心中就无端冒出一股无名火。

关山从前是多么意气风发的一个人，小儿科的掐架放狠话不谈，真急眼了也有抄着家伙上的时候，顶多打不过就跑，跑之前还要给人家来几下狠的，让人家知道他也不是好惹的，是凤凰巷里响当当的一条汉子。

最严重的是六年级那次，司徒玥那会儿读五年级，在食堂吃饭的时候，得罪了初中部一个男生。

起因是司徒玥那会儿正被一个笑话给逗笑（她已经不记得具体是什么笑话了），正好是朝着那男生的方向笑的。

初中的男生们心思敏感程度不亚于女孩儿，那男生是初中部一个挺有势力的老大，青春期营养过剩，壮成一头牛不说，还冒了满脸的青春痘，坑坑洼洼，星罗棋布，以下简称牛痘哥。

牛痘哥长相虽然粗犷，但心思一直很细腻，因为自己容貌的问题深深自卑。在看到司徒玥的笑容后，彻底被激怒了，不管司徒玥怎么解释，他始终坚定地认为，司徒玥就是在嘲笑他。

司徒玥反复解释无效，无语极了，觉得这人八成有病。

如果牛痘哥看到她冲她笑，觉得是她暗恋他都算了，偏偏他觉得她在侮辱他，并且还逼着她承认。

奇了怪了，这世界上怎么会有这种人，喜欢逼着别人承认在侮辱他？

这不是有病吗？

也是她当时没文化，只模糊地觉得这人有病，也不知道具体是个什么病灶，但现在就知道了，这病有个具体学名，叫被迫害妄想症。

属于精神类疾病，得治。

司徒玥辩解不清，因此犯了所有人在吵不过的时候，都会犯的一个错误。

保持沉默。

这个世界上，有一条强大到令很多人无法反驳的逻辑，那就是沉默等于默认。

牛痘哥也是这条逻辑的忠实拥护者，因此他更理直气壮地要求司徒玥向他道歉。

他一个初中部的老大，受到侮辱之后，居然采取让人道歉这么文明的方式，而不是上前就是一拳，这说明牛痘哥其实是个很有素质的少年，能当上老大也有一定的道理。

司徒玥如果低头道个歉，事情也就过去了。

但偏偏她那时候眼珠子长在头顶上，腰上悬着七八个胆，处于人生中最不服管的非主流中二期。

更何况食堂里上百双眼睛盯着她这边的动静，低头那还能叫低头吗？明明就是砍头。

太不体面了。

所以就算当时狐朋狗友们疯狂地拉她胳膊，在耳边小声劝她赶紧道歉，司徒玥依旧冷笑一声，顺手抄起桌子上一个饭碗，反手就扣在了高她一个脑袋的牛痘哥头上。

不巧那天正值周三，学校食堂的菜谱固定，一周轮着来，周三的主菜是一道红烧老南瓜。

饭盆子扣到牛痘哥脑袋上后，稀稀拉拉的黄色浓汤，顺着他脸颊淋漓四下，滴滴答答沾满了衣襟。

那画面简直不要太美。

司徒玥有时午夜梦回,想起那天的事,其实也会后悔。

后悔那一天,如果是周四就好了。

因为周四的菜是尖椒土豆,她一饭盆子扣下去的时候,可能效果会没那么立竿见影。

也就不会有后来,牛痘哥放话要全校截杀她的事。

牛痘哥要打她,司徒玥当然吓得立即找到关山。

关山当时把她骂得那是一个狗血淋头,说她这是自作自受,就知道她这种嚣张做派迟早有天吃大亏。

司徒玥是去找他撑腰的,并不是去找骂的,脾气一上来,闹了个不欢而散。她走回了自己教室。

课间休息的时候,牛痘哥打发了好几拨人来教室外看着司徒玥,走前冲她扯出一个佞笑,意思是放学了就来堵她。

司徒玥腿抖了一下午,连带着坐她旁边的人课桌也抖个不停。同桌记笔记时,胳膊肘拼命地压住,写出来的字还是蝌蚪体。

司徒玥一边抖着腿,一边后悔,不该跟关山闹掰。

可让她回去求关山,她也拉不下那个脸。

就这么害怕了一下午,傍晚放学的时候,她却听见关山在窗户外头喊。

"小玥儿!走了!"

司徒玥侧头一看,就看见关山站在教室走廊外,单手拎着书包,夕阳就在他背后,要燃起来。

关山拉着司徒玥一路跑,初中部跟小学部隔了一点距离,他们要争取牛痘哥那一群人赶来之前,先闯出校门。

走得也不是正门,关山颇有远虑,带着司徒玥去翻学校西南边儿一堵围墙,以防校门口早被人守着了。

可惜道高一尺魔高一丈,等关山刚扔了书包,从围墙上翻下去,就看见牛痘哥在围墙外冷笑。

牛痘哥早就料到了司徒玥会翻墙跑,而学校西南边这堵围墙之前被风刮倒过一小半,不是很高,当时号称是湘中最适合女生攀登的一堵墙。

司徒玥当时还在围墙上,发出一声惊叫。

关山当机立断,抬头吩咐她:"去告老师。"

关山话音刚落,牛痘哥一板砖就拍过来了。

司徒玥从围墙上滑下去时,只来得及看到那板砖快要拍上关山太阳穴了。

墙外没有传来惨叫声,司徒玥心神稍定,拿出自己平生跑步最快的速度,往教导处跑去。

等她领了三五个老师外加保安跑来时,只看到西南边儿围墙外,扭麻花似的躺了四五个人。

人堆中心的是关山,他右侧腋下夹了一颗人头,左腿窝里勾着一颗人头,屁股下头压了一颗人头,嘴里还咬着一颗人头。

这就是当年,湘中著名的四颗人头案。

可以说,关山之后的凶名,大部分仰赖于这场著名的战役。

而被他死死咬住不松口的人,正是这场战役的发起者,牛痘哥。

当时牛痘哥被前去的老师救下来的时候,整个左耳血糊一片,就是一团烂肉,完全不像个耳朵的形状了。

而关山坐在地上,满嘴满脸的鲜血。

关山看着司徒玥,眼睛贼亮,突然低下头,嘴里吐出一块儿碎肉。

然后他仰面朝天,昏倒过去。

司徒玥整个人直接傻了。

后来,司徒玥才知道,那一板砖,是结结实实地拍在了关山左脑门儿上,但他愣是忍着没吭声,好让她没有后顾之忧地去叫老师。

好险没拍中太阳穴,但关山因此缝了十一针,流了一海碗的血。

比他更惨的是牛痘哥,左耳直接被他咬掉半截,虽然不影响听力,但牛痘哥的颜值受到了重创,毁了容。

关小燕赔了不少钱,杨女士拉着司徒玥不停地跟牛痘哥家长道歉,司徒玥头一次见到,强硬了大半辈子的杨女士,点头哈腰,给别人当孙子。

事情闹到最后,关山被记大过处分,开除学籍,司徒玥退学半年,被杨女士关在家里反省。

等她回去上课的时候,才知道,在她面壁思过的时候,关山已经被关小燕带回北京,而她因为"人头案",被同学们避而远之,从此变成学校里一个众所周知的透明人。

2

关山坐在地上,双眼晶亮的样子,在司徒玥的记忆里,一直是一个很大的视觉冲击。

让司徒玥觉得，关山这人，平时懒洋洋得像只猫，但你要真把他当只猫，那就大错特错了，他会趁你不备之时，狠狠咬下一块肉来。

所以，他在楼梯上本能防御的那个动作，真是和司徒玥记忆中，单挑四个人的他，相差甚远。

司徒玥有一种很可怕的直觉，关山在北京一定经历过什么。

可他从来不说，她偶尔问起，不是被他闪烁其词地避开，就是被他骂。

司徒玥看着大马路茫茫出神，感到自己身体一暖，是关山脱下了自己的羽绒服，裹在她的身上。

那一刻，她突然就决定破釜沉舟一次了。

不管关山怎么骂她、奚落她，或是冷着脸，对她说一千声"滚"，她也要问个明白。

于是，她扯住关山的手臂，抿着嘴，很严肃地问他："你实话告诉我，你搬来北京后，到底发生了什么？"

关山愣了几秒，说："发生什么？不就是每天上课，做实验？"

司徒玥瞪他一眼："你知道我说的是五年以前，不是指你考上大学后。"

关山笑了一下。

"你问这个干什么？"

"我觉得你跟从前不一样了。"

"哪里不一样？我现在长了三只眼？"

"你别转移话题。"

"我转移什么话题？"

关山拂开她的手，从地上站起来，拉她起来。

"走了，想在大马路上过夜吗？"

司徒玥被他拉着站起来，不依不饶地问他："你还没告诉我呢？"

"告诉你什么？"关山很头疼，"我得有东西才能告诉你啊。"

"行，"司徒玥绕到他面前，抬头看着他，"我问你答。"

关山低头看着她炯炯有神的大眼睛，一时间有些愣怔。

不等他反应，司徒玥的第一个问题就来了："是不是你爸打过你？"

关山失笑："你以为我是你朋友吗？"

他指的是程雪。

"那好。"

司徒玥点了下头，很快地问他："是不是你哥打过你？"

关山嘴角的笑意一凝。

又一次，沉默就等于默认的逻辑发挥了它强大的作用。

司徒玥几乎要肯定自己的猜想了，关山却突然一笑："打过啊，不就刚才？"

司徒玥感到一阵前所未有的无力。

关山是不会说的，她能清楚地认识到。

"算了。"她松开抓住他衣服的手，转身欲走。

只是手滑下去的那一瞬间，却突然一暖。

"你别走，我说。"关山低低的声音响起。

他握着她的手，摇了摇，像个撒娇的小孩儿。

两个人一前一后地走在马路边。

司徒玥走在前面，关山走在她身后，两个人手牵着手，像小时候一样。

帝都晚上很难打到车，时间这么晚了，公交车和地铁都已经停运，两个人干脆沿路走着，看能不能碰运气打到一辆车。

司徒玥没有身份证，住不了酒店，关山又不放心她去三流招待所里住，只好把她带回自己住的地方。

他现在住在网咖里，学校寒假留校申请很麻烦，还不一定给过，所以他在学校附近一所网咖里寒假工，既可以挣点钱，又能提供住处。

司徒玥问他，为什么不回家住。

关山跟在她身后，语速很缓慢地说："不喜欢寄人篱下。"

"那不是你的家吗？"

关山反问她："你有看见他们把我当家人吗？"

司徒玥不吭声了。

"贺然恨我，也恨我妈。"

"为什么？"

"他没跟你说？"

司徒玥沉默了一下，才说："说了，他的意思好像是，小燕阿姨是……"

"小三。"关山善解人意地接过话，"我妈她确实是。"

司徒玥并不惊讶，也没有鄙夷的情绪，可能是因为她一直都很喜欢关小燕，而人是无法去谴责自己喜欢的人的。

"贺然他喜欢跟别人说这件事，尤其是认识我的人，不记得是什么时候了，反正不是初三就是高一，我发了烧，请假没去上课，班上一个女生找到家里，给我带来当天的作业，他把这事跟那个女生说了，结果没过多久，全校都知道了。"

这件事,后来司徒玥和贺嫣关系好一点了之后,知道了更多的细节。

比如关山以为班上那个女生只是好心给他带作业,他不知道的是,其实是那个女孩子暗恋着他,想趁机和他接近。

那时的关山不解风情,贺然却一眼就看出了女生的心思,也是像今天跟司徒玥一样,先眼神忧郁地怀念一下自己逝世的母亲,继而说关小燕母子做的无耻事情。

那个女生惊讶之下,跟自己最好的朋友说了,并且嘱咐她,千万不要说出去。

这个好朋友点头答应,背后效仿她的做法,跟自己一个较好的朋友分享了这个八卦,同样叮嘱人,不要说出去。

一传十,十传百,最终,大帅哥关山是私生子的传言,遍布校园每一个角落。

关山在校内的人气不减反增,很多女孩子写信给他,说自己不在乎他的家世,并且觉得身为私生子的他,有一种身世凄惨,惹人心疼的气质,她愿意给他爱,给他温暖。

关山看完,就嗤笑一声,然后撕成碎片,扔进垃圾桶。

"你没找贺然算账?"司徒玥问。

"没,"关山摇了下头,"跟他这种人,犯不上。"

"他还做过什么事吗?"

关山轻笑一声:"他做过的事太多了。"

"比如呢?"

关山想了一下,才说:"比如,看见我想要看什么频道的电视节目,就立即转台,或是挡在电视前,还放掉我车胎里的气,往我被子里放蜥蜴之类的。"

"打你呢?"

关山足足愣了一分半钟之久,才"嗯"了一声。

"有时会。"

司徒玥觉得自己的心好像被人敲掉了一小块儿。

后来,贺嫣也告诉了司徒玥更多的事情。

其实关山跟司徒玥说的,不过是贺然干过的坏事儿里,最微不足道的一两件。

那时贺然十七八岁，折磨人的手段，随着年龄的增长日益精进。

贺然常常隔着被子盖住关山，等关山窒息的前一秒，才把人从被子里挖出来。

在这一方面，贺然很有经验。

贺然打关山也不是寻常意义上的狠揍，而是很讲究技巧，致力于打出肉眼不能看到，X光片照不出，但疼痛指数却很高的伤害，这既能让关山吃点儿苦头，也不会被他爸爸发现。

贺嫣不懂事的时候，也时常跟哥哥贺然一起欺负关山，望风和打小报告是她最常做的两项工作。直到有一次，她被一条黑背追，吓得瘫坐在地上哭，是关山扔石头恐吓，才把狗吓走，救下了她。

那次之后，贺嫣再也不告关山的黑状。

可是贺然不。

贺然对关山的恨意由来已久。

他们妈妈对于丈夫在外面有人的事，从来不瞒着他们。

贺嫣年纪小不懂，贺然却懂，并且深深地憎恨起了母亲口中这两个，会来抢走他所有东西的人。

直到母亲因为胃癌去世，去世前，关山因为被学校开除的事情传到了父亲耳朵里，贺父开始担忧起自己这个儿子的教育问题。

贺然母亲知道了，便跟自己丈夫说，让他们母子来北京。

反正她早就想看看，那个被自己丈夫藏了十几年的女人，到底长了怎样一张脸。

关小燕就带着关山，进了贺家的门。

贺然母亲死后不久，关小燕就嫁给了三个孩子的父亲。

贺然从此恨透了关小燕。

"他欺负你，你怎么不告诉小燕阿姨？"司徒玥问。

"开始会，后来就不说了。"关山说。

"为什么？"

"她不信。"关山眉间浮现出一抹淡淡的无奈，"贺然那人很会扮乖，我妈她又……"

司徒玥懂了："傻白甜。"

关山点头："所以干脆就不说了，而且我说了的话，贺然会去欺负我妈，我妈被他气哭很多次,又不长记性,下次还是去讨好人家。我也就忍下去了,反正也不是什么不能忍的事。"

对他来说,那些事都算不了什么。

挡住电视,不看了就行了,他回去看书。

自行车轮胎没气了,再打一筒就是,再不济走路去上学。

被窝里钻出一条蜥蜴,吓到之后,抓起来扔出窗外就行,又不会吓死,次数多了,他已经可以面色如常地从被窝里爬起来,把床上的各种生物放生到野外了。

唯一有点难以忍受的是贺然的殴打,所以他学会护住自己的几个脆弱部位,看见贺然捏紧拳头,就条件反射式地护头含胸,尽量减少身体上的疼痛。

关山这一忍,就是长达四年。

"关山?"司徒玥走在前面,突然叫了他一声。

"嗯?"

"小燕阿姨人呢?"她终于问出了口。

关山沉默良久,司徒玥几乎以为他不会说了,他却开口说了句话。

他问她:"你不是都已经猜到了吗?"

司徒玥幽幽叹了口气,鼻腔一酸:"怎么没的?"

"癌症。"顿了一会儿,他又补充,"宫颈癌。"

司徒玥重重地扑进他的怀里,抱住他细瘦的腰,吸着鼻子,说了一句很俗气的话:"别难过,你还有我呢。"

关山由她抱着,右手抬起来,像是要做一个环抱的姿势。

但他最后也只是很克制地敲了一下她的肩头,说:"车来了。"

贺妈后来跟司徒玥说过很多事,其中就提到,关山忍了四年,直到关小燕死后,他第一次还了手。

因为贺然说,关小燕是得脏病死的。

当时是在关小燕的葬礼上,贺然和几个世交家的公子哥儿站在一处,说着这话,话里还掺了不少黄色废料,几个人时而勾着肩膀猥琐地笑笑。

他们没想过背着关山,或者说,是故意说给关山听的。

关山听了,没说什么,只是当场抽了一把凳子,当着所有前来吊唁亲友的面,包括一向偏袒他的父亲,先是一凳子把贺然抽倒在了地上,凳子散架,只剩了一根木柱,他拿着这根木柱子,又是狠狠的第二下。

得亏旁边一个看傻眼的狐朋狗友伸手拦了一下,不然,贺然很可能下半辈子就废了。

那一次,贺然脑袋被开了瓢,挂了三个月的拐,而关山不久之后,就回了湘市。

但有一件事,贺妈也不知道。

关山决定回湘市的前一天,关小燕逝世后的半年。

他坐在教室里头,看见窗外天光朗朗,永昼炎炎,洋槐树高可参天,叶子翠绿,花枝纯白,一簇簇,层层叠叠,密如浪,白如雪,底下藏了不少夏蝉,成天儿地叫着,不知疲倦。

日子漫长得仿佛没有尽头。

关山趴在桌子上,一边应付着语文老师布置的默写作业,一边想,这一切真是没意思透了。

后来作业发下来,关山被老师点名批评。

王勃的《滕王阁序》,在默写到"关山难越,谁悲失路之人"这一句时,全班只有关山一个人写错。

他把"难越"的"越"字,写成了"玥"。

那一天,语文老师罚关山把这一句诗抄了上百遍。

他抄完,把书一合,背着书包走出了教室。

等回到家,关山径直在书房里找到他父亲,对他说:"我要回去。"

父亲问他:"回哪里?"

"家里。"

"这里就是你的家。"

"不是。"关山看着父亲的脸,缓缓地说,"这里不是。"

3

司徒玥被关山带进他打工的网咖时,已经快凌晨一点了。

但网咖里依旧灯火通明,骂声一片。

吧台里坐着一个身姿魁梧的大汉,一张黑黑的国字脸,两道浓眉,唇上还残留着几根没修理干净的胡须,头发茬儿短得像蝗虫过境了的高粱地,靠近耳朵的地方还被推了两道,露出底下青白的头皮,是个"Z"字形,不过理发师估计手不太熟练,看着又有点像个"2"字。

这大汉正目不转睛地盯着吧台里的电脑,十指在键盘上飞速跃动,连网咖里进了人也不知晓。

关山走到吧台前,敲了敲桌面。

那大汉头都不抬,眼睛继续盯着电脑,语速很快地说:"自己拿身份证刷卡上机,没办会员的建议去别家,没带证儿的回家玩儿去,本店不接纳未成年。哎哟!辅助呢?跑哪儿去了?爷快要被打出翔了!"

关山咳了一声。

那大汉抬头一看是他,惊讶了一下:"哟?回来啦?"

然后很快低头,目光继续放在了电脑屏幕上。

"等我打完这一把啊!你们这些辅助干吗吃的?怎么还在野区?这么爱待?你爹我都要被群殴了!"

他话音刚落,从司徒玥的角度看过去,只看到电脑屏幕里,先是发出一阵刺眼的光,接着画面就转灰了。

那大汉把手里的鼠标一摔,骂了一句:"都是些什么垃圾玩意儿!"

骂完,他又握住鼠标,一个个地点了举报。

做完这一切,他才抬起头,看见关山身边的司徒玥,有些吃惊地笑了:"哎哟?这是你女朋友?"

"不是。"

关山和司徒玥一齐说道。

说完,两个人看彼此一眼,关山解释:"这是我妹。"

"蒙谁呢?"那大汉翻个白眼,"你妹我又不是没见过,上次来给你送吃的,穿个小裙子,太冷天儿的也不怕把她腿都冻紫,小下巴恨不得能戳到天上去,哪有这位姑娘可爱?"

可、可爱?

司徒玥真切地爱上这壮汉了。

壮汉是关山的舍友,和他一样是协和医学院大一的学生,内蒙古呼和浩特来的汉子,姓郜,姑且称他为犀牛。

关山简单解释了一下司徒玥要在这里借住的事情,犀牛表示十分欢迎,拿出一盒绿箭铁罐糖,笑眯眯地问司徒玥:"吃糖不吃?"又指了一下自己身后那排零食架,很友好地说,"这里的零食都随便你吃,泡面也很多,统一、康师傅都有,放心拿,监控已经被我黑了,老板看不见。"

司徒玥决定了,一定要和他做朋友。

关山没好气瞪犀牛一眼,低下头去问司徒玥:"饿不饿?"

司徒玥捂住肚子，诚实回答他："快饿死了。"

关山就笑了笑，把她带进吧台里："先坐着，我去给你泡个面。"

关山去开水房之后，司徒玥向犀牛问清洗手间位置，就去整理自己了。

先前在关山家里，她只来得及扯了几张卫生纸垫着，又经过一番剧烈运动，内裤上简直一片狼藉。

她叹一声气，做女生真是太麻烦了。

打开关山一直拎着的那个黑色塑料袋，司徒玥惊讶地发现，里面除了卫生巾，居然还有几条内裤。

她的脸一瞬间羞得通红。

不是连姨妈都不知道是什么吗？还……还挺有经验的。

她红着脸想。

从洗手间出去后，吧台上已经放了一桶泡面，上面横着放了一双木筷子。

司徒玥走过去，问犀牛："关山呢？"

"给你买生活用品去了。"

司徒玥一下就想起那几条内裤，被冷水降下去的热度，又爬上了脸。

犀牛看见她脸颊上的红云，来了兴趣："哎？妹妹，你跟我说实话，你真不是关山那个女朋友吗？"

"不是。"司徒玥想也不想地否认。

说完，她又觉得有些不对，皱眉问犀牛："那个女朋友？"

她心里一酸，仿佛灌了七八瓶山西老陈醋。

"他有女朋友了吗？"

"啊，这个……"犀牛的两道粗眉动了动，就像两条毛毛虫。

他有些不确定地说："是我们猜测的，目前还没得到官方认证，不过也八九不离十了。"

司徒玥斜眼问他："你有什么证据？"

犀牛立即兴致勃勃道："你看关山长得帅不帅？"

"……帅。"

"就是啊！"犀牛拍了下桌，"他这么一个大帅哥，居然没女朋友，这不是很奇怪的一件事吗？"

"这有什么好奇怪的？可能他只是更喜欢学习。"司徒玥吸着泡面，批评他，"你的思想太狭隘了。"

"不对，"犀牛说，"关山他不是书呆子，而且你知道有多少女孩子追他吗？可不止生科院的，结果他全都给拒了。"

司徒玥推测："可能他不喜欢那些女生？"

"不能吧？"犀牛皱眉道，"追他的人里还有八大艺术院校的，都是特漂亮的姑娘啊。"

从他脸上，还能看出一点可惜的意味，以及对关山不懂珍惜美女心意的谴责。

司徒玥开解他："漂亮怎么了？说不定关山喜欢男的呢？"

"啊？"犀牛大惊失色，接着对司徒玥竖起大拇指，"你这个看问题的视角，相当独特。"

他皱了皱眉，说："之前我问过关山，他说的是，有人不让他看姑娘，我之前还以为这人是他女朋友，经你这么一说，嗯……说不定不是女朋友，是男朋友，看来我看待问题是有点狭隘，以后要改正……哎？妹妹你怎么脸红成这样？"

司徒玥扯了扯领子，一个字解释："热。"

司徒玥将一桶泡面吃完的时候，关山也回来了。

关山买了毛巾牙刷之类的必需品，还有一双带有粉色毛毛球的棉拖，也不知道这么晚了，他是怎么在便利店找到这么少女心的一双鞋的。

他带着司徒玥洗漱完，又将她推进一个小房间。

这个房间大概十多平方米，原来是个杂物间，现在放了一张一米二的小床，给不上夜班的人来休息，上夜班的可以睡在吧台后，那里放了一张折叠椅，拉开就能变成一张窄床。

司徒玥来了，小房间就让给她睡，关山和犀牛都睡在外面。

盖的被子是关山的，上面都是他的味道，很好闻，司徒玥睡得很安心，一夜无梦。

等第二天醒来时，已经是中午了。

她穿好衣服，走出房间，关山正在桌子上摆着午餐，犀牛则是躺在折叠椅上呼呼大睡，打着鼾。听见开门声，关山侧头看来，冲她简单吩咐："去洗脸，洗完过来吃饭。"

司徒玥摸了下鼻子，刚睡醒，表情还很蒙："噢。"

等她回来的时候，午餐已经摆好了，是几个炒菜，还有三盒饭。犀牛正睡眼惺忪地捏着筷子发呆，头一沉一沉，快要掉进饭盒里，被关山一掌打在后脑勺上。

"吃饭。"

犀牛一个激灵，抬起脸，睡意跑了个干净。

司徒玥走过去坐下，关山把筷子递到她手上。

她接过，吃起饭来。

饭吃到一半的时候，来了个意外之客。

听到门口的声响，关山一开始还以为是客人，放下筷子，正起身准备给人上机，却看见贺嫣从门口走进来，两只眼睛肿成核桃，对关山说的第一句话，就是"不准赶我走"。

关山张了张嘴，还是没说什么，让她进来吧台。

贺嫣一进去，就看见司徒玥坐在桌子边，咬着筷子看着她。司徒玥有些尴尬地同她伸手打了个招呼："嗨。"

贺嫣收回目光："丑女人你也在这里。"

司徒玥无语。

没礼貌的熊孩子。

旁边的犀牛听了这话，"喊"地一笑："姑娘，麻烦你照照镜子看看你那熊样儿，有咱们司徒一半儿漂亮吗？"

他还记得贺嫣上次来找关山时，昂着小下巴，谁都瞧不起的欠揍样儿。

女孩子最不能容忍别人说自己丑，尤其是跟自己讨厌的人比较的时候。

贺嫣的眼泪果然又漫了上来，她十指紧紧地捏着手提包的带子，站在那儿，咬着下唇，不说话。

关山把贺嫣带到椅子边坐下，问她："吃饭没有？"

贺嫣忍着眼泪，摇了摇头。

关山递给她一盒饭："吃不吃？"

犀牛很不满："喂！这盒饭是我的！"

关山斜他一眼："你吃什么饭？反正也堵不住你的嘴。"

哼！

犀牛狠狠地夹了一筷子的菜，放进嘴里。

贺嫣没吃几口，就放了筷子。

关山问她是怎么回事时，贺嫣的眼泪就啪嗒掉下来，司徒玥连忙将吧台上的抽纸递给她。

贺嫣看了司徒玥一眼，抽了张纸，擦了擦眼角："贺然骂我。"

关山有些意外，贺然很宠他这个妹妹，很少骂她。

犀牛却哈哈一笑："那有什么好奇怪的，你是招骂啊。"

"你住嘴！"贺嫣气鼓鼓地瞪着犀牛。

犀牛学贺嫣抬着小下巴的样子："我不，我就不。"

关山一巴掌呼上他后脑勺："别找揍，吃完了就去柜台后坐着，你要是再算错网费，工资就别想拿了。"

犀牛摸了摸后脑勺，乖乖去柜台后坐着了。

关山问贺嫣："为什么骂你？"

贺嫣瘪着嘴说："还不是为了你，我说要你除夕来家里吃团圆饭，我哥不答应，说我白眼儿狼，还让我滚。"

她哼了一声："滚就滚，谁稀罕和他在一起，让他自己一个人过年去吧。"

关山没什么表情："我不会去。"

贺嫣瞪他一眼："我知道你不会去，所以我要和你一起过除夕。"

关山当她说的孩子话："等下我送你回去。"

贺嫣反应很激烈："我不回去！我说了今年除夕我要和你一起过！你不让我在这儿待，为什么让她待在这里？"

她指的是司徒玥。

司徒玥一愣，解释："我是有原因的。"说完将自己从湘市到北京来的遭遇又说了一遍。

关山也记起了她这个麻烦，放了筷子，问她："可以联系上那个明星吗？"

司徒玥说："我给 Eric 的微博，还有他工作室的微博都发了私信，可是现在也没回我，估计他们看到的可能性很小，同学也帮我在粉丝群里问过了，都没有 Eric 经纪人的联系方式，唉……"

关山点点头："估计要办理临时身份证了，你买的机票还是什么票？"

司徒玥不解："什么什么票？"

"回去的票。"

"我还没买呢。"司徒玥回答。

"没买？"一时之间，关山怀疑自己听力出了问题，"难道你原来的打算，是到了北京再买？"

"对啊，"司徒玥理所当然地一点头，"不过现在身份证没了，买不了了，你怎么了？这么惊讶地看着我干什么？"

一旁的犀牛实在听不下去了，他难以置信地问司徒玥："司徒妹妹，难道你不知道，春节里的票有多么难买吗？"

司徒玥睁大眼睛，不用回答，脸上的表情就已经告诉大家，她是真不知道。关山无奈地叹了口气。

由于司徒玥常识的缺乏，她彻底地被困在了北京城。

关山每天给她盯着订票软件，期望可以等到一张漏掉的票，这一等，直接就等到了除夕前一天。

司徒玥再也不能借用上厕所的理由，躲掉杨女士的电话，她颤巍巍接过关山递来的手机后，不出意料地被杨女士骂了一个狗血淋头。

骂完，她爸爸抢过电话，说："乖女儿，爸爸妈妈等除夕过了，就开车来北京接你。"

她爸爸话音刚落，司徒玥就听见杨女士就在手机那头冷冷道："接什么接？要接你去接，我可不接。"

"你不接就不接，反正我要去。"司徒爸爸又对着电话说，"乖女儿，别怕，你妈跟你开玩笑呢，在北京好不好玩儿呀？有没有吃烤鸭？去天安门广场看升旗了吗？故宫现在还给不给进啊？"

杨女士忍无可忍："你跟她说这些废话干什么！说钱的事！"

"啊，哦，对对对，乖女儿啊，爸爸给你打了一千块钱过去，你在北京和关山一起，好好过个除夕，买点儿好吃的，别让人家花太多钱，少麻烦人家，你自己有钱，知道不？"

司徒玥吐了吐舌头："好的，爸爸。"

挂了电话，司徒玥看着关山，抓了抓长发，很不好意思地说："恐怕今年除夕，我要和你一起过了，关山。"

4

虽然不是在家，但除夕还是要有个除夕的样子，到三十那一天，关山去馆子里订了好几道菜，又去超市买了两斤饺子皮，称了几斤猪肉，预备晚上包饺子吃。

贺嫣从和贺然吵架的那天起，就一直赖在网咖里不回去，每天和司徒玥挤在那张一米二的小床，倒也没有像一开始那样，处处看司徒玥不顺眼了。

也有可能是贺嫣现在看不顺眼的人，换成了犀牛，有犀牛衬托着，连丑女人司徒玥也变得顺眼了许多。

四个人从超市回来，快走到网咖的时候，突然发现饺子皮和肉、大葱都买了，就是没有买锅。

犀牛主张去隔壁那家川菜馆子里借。

司徒玥问:"老板是女的吗?"

犀牛说:"一对夫妻开的,老板厨子,老板娘收银,还有个女儿,就在附近念小学。"

"那让关山去要。"司徒玥想也不想地说。

关山白她一眼,倒是没有拒绝。

贺嫣很黏关山,几乎是关山走哪儿跟哪儿,因此也跟着他去了。

只剩下司徒玥和犀牛这两个懒鬼,顶着冷风往网咖里走。

昨天夜里,气温骤降,到后半夜,居然下起了雪来。

一夜之间,北京城已经被薄薄的一层积雪给掩盖,人走上去,能听到轻微的"咯吱"一响。

放眼看去,屋脊上、树梢上、车顶上都盖着一层雪,满目都是纯白,司徒玥总算在来北京的第四天里,欣赏到了一次真正的北国风光。

但她只随便瞅了瞅,就很快将下半截脸缩进围巾里。

她只想赶紧走进网咖,吹暖气。

北京冬季的室外温度,简直不是人类扛得住的。

到了网咖时,司徒玥和犀牛意外看见,门口停了一辆私家车。

车是黑色的,车窗上似乎贴了膜,看不清里面,光看外面,能看到车身线型流畅,头长屁股短,车前盖上还立着个小天使的塑像。

司徒玥和犀牛围着车看了一圈,两个人都被这车的土豪程度给震惊了。

"这什么车啊?很贵的感觉。"司徒玥摸了一下后视镜,努力往车窗里看,可是什么也看不清。

犀牛和她一起往车窗里凑,一边跟她科普:"这是劳斯莱斯,你看它车标,两个R,就是劳斯莱斯,宾利是个B,宝马是BMW,奔驰是个人字,兰博基尼是头牛,玛莎拉蒂是把叉,奥迪四个圈,法拉利和保时捷有点难分,都是匹马,但颜色不一样,保时捷的配色是根据德国国旗来的,黑、红、黄三色,法拉利的车标大部分是黄色,所以你只要记住'法黄保三色'这句话,就能区分开了。"

司徒玥恍然大悟,竖起大拇指:"犀牛你真厉害。"赞叹完,又不耻下问地请教他,"那车头上立着的那个是什么?"

犀牛看了一眼:"哦,那个啊,是欢喜女神。"

司徒玥愣了一下:"这名字怎么这么怪?"

犀牛却见怪不怪:"外国的名字啊,音译过来,就是这样。"

"噢,这样的哦。"司徒玥点点头。

当然,后来她才知道,那是欢庆女神,并不是什么欢喜女神。

就在这俩人商议要不要和车子合个照的时候,一直紧闭的车窗,突然降了下来。

两个人吓得齐齐往后一退,看见副驾驶上坐着一个满头白发的男人,正眼带笑意地看着他俩。

司徒玥脸憋得通红,结结巴巴道:"老爷爷,我们不是……是您这车太酷了,所以我们……"

那男人有些疑惑地"嗯"了一声,不免失笑:"老爷爷?我有这么老吗?"

他推开车门,从车上走下来。

司徒玥见他穿着一身笔挺的西装和大衣,个子很高,身姿挺拔,除了一头白发,哪里像个老人?

"伯伯,不好意思,我眼神不好。"司徒玥红着脸道。

那个中年男人笑呵呵地说:"没事,你们要不要上车坐坐?"

"不用了不用了。"

司徒玥和犀牛赶紧摆手推拒。

"上来坐坐吧,不要紧的。"男人笑着又劝了一遍。

司徒玥和犀牛对视一眼,交换一个眼神,然后对着中年男人,声音整齐地道:"那就谢谢伯伯了。"

两个人坐进车后座里,跟驾驶座上的司机打了一个招呼,司机很友好地回应了。

"我想拍照!"司徒玥神情激动地对犀牛说。

犀牛同样神情激动,握住她的双手:"我也是!"

就在两个人举着手机自拍的时候,关山和贺嫣回来了。

司徒玥正想打开车窗,向关山炫耀一下,就看见关山快步走到那中年男人的身边,不经意地皱了下眉:"您怎么来了?"

咦?关山认识这个伯伯吗?

司徒玥正不得其解,就看见贺嫣从关山背后探出头来,对着那个男人,心虚地喊了一声爸爸。

司徒玥和犀牛又对视一眼。

"这是她爸爸?"

"这是她爸爸!"

司徒玥和犀牛灰溜溜地进了网咖,然后默契地躲在门帘后,偷看着外面的动静。

贺嫣喊了那声爸爸后,中年男人就板着脸,教训道:"还知道叫爸爸?你才多大年纪,就学着离家出走,你哥哥这几天都被你急疯了。"

贺嫣哼了一声:"谁让他骂我来着?急死他。"

她爸爸立即虎眼一瞪。

贺嫣有些怕她爸,又缩回关山背后了。

"您既然来了,就把她带回去吧。"关山趁势道。

"我不!"贺嫣立即从关山背后探出来,"说好让我在这儿待到初一的!臭关山!你说话不算话!"

关山不理她,气得贺嫣捶了他好几下。

贺父看着关山,目光温和下去,问他:"和爸爸一起回去过年,好不好?"

不等关山回答,贺嫣就表示赞成:"这个可以!关山回去我就回去。"

"我不回去。"关山说。

贺嫣立即道:"那我也不回去。"

关山瞪了她一眼。

贺父呆了呆,继而笑道:"你们俩兄妹在一起过除夕,也挺好。"顿了顿,他又问,"买了菜吗?用不用爸爸给你们订桌年夜饭?北京饭店的怎样?"

贺嫣嫌弃道:"每年都是北京饭店,都吃腻了,我们买了饺子皮,关山会包。"

"是吗?"贺父有些惊讶,笑着问关山,"你还会包饺子?"

关山避开贺父慈和的目光,含糊道:"随便包。"

贺父拍拍他的肩膀:"那爸爸就不打扰你们了,先走了。"

贺父又看向贺嫣,警告道:"不准给你关山哥哥添麻烦,初一早上我叫人来接你。"

贺嫣挽着关山,不耐烦道:"知道了,凶什么……"

贺父瞪她一眼,转身上了车。

关山让到一边,倒车时,他站在原地,犹豫了十几秒,最后还是在车子开走之前,走到车窗旁,敲了敲玻璃。

车窗降下来,他爸爸坐在副驾驶上,很温和地问他:"怎么了?"

"吃个饭再走吧?"关山说。

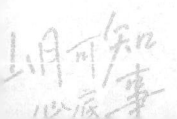

贺父微微睁大了眼，显然有些讶异，良久，他才眼眶湿润，点了点头，笑着说了声"好"。

在凭美色获利这一点上，关山从来就没让司徒玥失望过。

川菜馆的老板娘不仅给了他锅和电磁炉，还给他炒了几个菜，放在保温盒里给他拿着，里面一道夫妻肺片，一道毛血旺，还有一道仔姜鸭。

司机王叔是个鳏夫，回去家里也没人，干脆留下来一道吃年夜饭。

所幸王叔留了下来，因为他是包饺子大军里，唯一能包出饺子形状的人。

司徒玥和犀牛都是光带一张嘴的人，贺父一辈子没下过厨房，贺妈就更不用说，比司徒玥还不如，连葱和蒜薹都分不清。

出乎众人意料的是，看上去胸有成竹的关山，竟然也不会包，成不了型，饺子馅儿老是漏出来，王叔说这样的饺子下锅就散，关山只得低头认真研究饺子皮和馅儿的比例。

司徒玥好奇道："原来你不会包饺子呀，那你干吗要说包饺子吃啊？"

关山把她凑过来的脸推开："不是你说想吃饺子吗？"

一旁正在尝试包饺子的贺妈听了，把手里的饺子皮一扔，生起气来："原来你是包给她吃的！哼！我不包了！"

犀牛看一眼她刚包的一个饺子，那东西方不方，圆不圆，像个烧卖，又像个走样儿的饭团，总之就是不像个饺子，仿佛是个面点界的新品种。

他"噗"的一声笑了："放心吧，没人想吃你包的。"

贺妈一个饺子冲犀牛砸过去："你给我闭嘴！"

犀牛身手敏捷地往旁边躲开，饺子"啪嗒"一声，掉在地上。

"哇！你怎么这么暴力？"犀牛夸张地叫了起来，"你爸爸还在这儿呢。伯伯，快管管你闺女！"

贺父笑容满面，摆明了自己只看戏。

"你闭嘴！"贺妈忍无可忍，又拿起一个饺子扔过去。

犀牛"嗖"地闪身避开。

他东躲西藏，贺妈手上准头不行，就是扔不中他，反倒连累了其他人。司徒玥被饺子砸中好几次，头上脸上都沾了面粉，看上去狼狈异常。

最后还是王叔猛一拍桌子，吼道："都给我一边儿待着去！"

饺子大战的闹剧才停下来。

到饺子全部包好，下锅煮熟，已经是晚上八点钟了。

除夕夜，网咖里只有他们，关山便搬了几张电脑桌，拼在一处，临时充当餐桌。

桌子上摆了两大盘饺子，还有毛血旺、仔姜鸭、夫妻肺片，以及关山之前订的一些菜，有荤有素，称得上丰盛。

喝的是红葡萄酒和二锅头，果汁是买给司徒玥和贺嫣的。

但这根本就没用，因为吃饭的时候，司徒玥问关山，她可不可以喝葡萄酒。

关山看着她灯光下明亮的大眼睛，说："只能喝一点点。"

他用手指在玻璃杯上比了一个高度。

司徒玥喝酒的话，那贺嫣也就不愿意喝果汁了，关山和贺父阻止，她就偷偷喝，反正不能输给司徒玥就是了。

贺父捏着玻璃酒杯，看着关山："咱爷俩碰一个？"

关山双手端着酒杯，说："我敬您。"

杯沿一碰，父子两个仰头，干光了杯中的酒液。

犀牛也加入战局，王叔要开车，不能喝酒，就他们三个男人，拼起酒来。

贺父划拳还挺厉害，犀牛和关山拼他不过，被灌了很多杯酒，最后关山脸上都涌上了一点醉意，解开外套，左臂伸长，搭在司徒玥的椅背上，时不时叮嘱她一声："吃慢点儿。"

不用他提醒，司徒玥也知道。

她正在吃饺子，而北方包饺子的规矩是，往里面放铜钱，意在吉祥如意。

这里有六个人，便有六只放了硬币的饺子，一般来说，每个人吃到含硬币饺子的概率，应该是一样大的。

除非是，六个人里面，有一个统计学里 bug 一样存在的非酋司徒玥。

随着口腔里嘎嘣一声响，司徒玥苦着脸，吐出今晚吃到的第五枚硬币。

犀牛喝高了，开始胡乱扯起牛皮。

他红着一张脸，问司徒玥："司徒，你知不知道，哥为什么二十五了，还在读大一？"

司徒玥说："我不知道呀。"她甚至都不知道犀牛已经二十五了。

犀牛揽住她的肩膀，被关山一筷子打下去，他也不在意，猛力一拍桌子，豪气干云道："告诉你！哥是衡中的！"

司徒玥不解："衡中怎么了？"

"衡中苦哇。"犀牛一把鼻涕一把泪地哭诉了起来。

他的人生际遇相当传奇，曾经是河北省的高考状元，被北大录取。

河北这个地方，对高考学子来说堪称炼狱般的存在，这里汇集了全中国绝大部分的亡命之徒，这批亡命之徒以考上清北为人生的至高目标，而亡命之徒里的一小撮精锐分子，又集中分布在衡水一中这所学校。

犀牛就是衡中的。

犀牛说，他高三的时候，班上有一位男同学，冬天一月一澡，夏天半月一澡，洗头时间不定，视同桌女同学什么时候露出嫌弃表情，去食堂吃饭时永远狂奔在第一名，体育特长生都跑他不赢。

最可怕的是有一次，男同学举着饭盆子跑下楼梯，不慎一脚踏空，从三四级高的楼梯上脸朝下地摔在水泥地上，两只胳膊往前直直伸着，手里还捧着他那个不锈钢的饭盆子。

幸亏跑在他后头的那个男生头脑够机灵，看前面有人摔了，赶紧伸出两只猿臂，"哈"的一声，气沉丹田，稳扎下盘，拦住了后面奔腾而下的千军万马。

没想到的是，那位男同学，在摔下去的三秒不到，就手脚并用地从地上爬起，举着饭盆子，看也不向后看一眼，就朝食堂的方向跑了，速度一如既往地迅捷。

水泥地上，残留着一小摊红色液体。

据当日在食堂吃饭的同学称，那位男同学那天是一边捂着血如泉涌的鼻子，一边顽强地吃完饭的。

而凭借一己之力，阻止了一场踩踏事件的那个男生，也就是犀牛同学，当时看着地上那一摊血迹，良久地回不过神来。

司徒玥听了这个故事，感到心灵都受到了震撼，追问犀牛："然后呢？最后他考上清华了？"

"不是。"

"那就是北大。"

"也不是。"

贺父也跟着猜测："是不是国外的学校？"

"不是，"犀牛一摇头："他疯掉了。"

众人 愣。

"可怕吧？"犀牛叹道。

司徒玥疯狂点头。

"所以后来我被北大退学，家里要我复读的时候，我说什么也不去衡中了。"

"你为什么会被退学呀？"司徒玥好奇道。

犀牛嘴角一僵："这个不重要，重要的是我通过复读，又考上了协和。"

关山笑了一声，告诉司徒玥："他逃课打游戏，挂了太多科。"

"喂！"犀牛大着舌头，表示不满，"你怎……怎么破坏我形象呢？"

司徒玥赶紧安慰他："放心，你在我心里，没有形象。"

吃完喝完，已经晚上十点多了。

贺嫣葡萄酒喝多了，早就睡着了，贺父便带着她一道回去。

关山将熟睡的贺嫣打横抱起，送他们出去。

将贺嫣送进汽车后座，关山扯开一张毛毯，盖在她身上。贺嫣嘴里还在说着胡话，好像是"不能输给司徒玥"之类的。

关山觉得好笑，拍了一下贺嫣的额头，才弓着身子从汽车里出来。

贺父站在车旁，同他比画了一下："陪爸爸走一走？"

关山点了下头。

父子俩便沿着马路并肩走着，王叔开着车，缓缓地跟在他们后头。

两个人先是说了一点关山学业的事情，后面又聊到关山未来的打算。

贺父问他："留学？"

"不，"关山摇了摇头，"就待在国内。"

贺父斟酌着道："学医的话，还是去国外看看，比较好，如果你是担心学费……"

"不是，"关山打断他，"和学费没关系，我就是想留在国内。"

贺父一怔，仔细观察了一下他的神色，心里头突然一阵敞亮，明白过来："是为了那个女孩子？"

关山没吭声。

贺父笑了，问他："你当初突然跟我说要回去，也是为了这女孩儿？"

似乎过了很久，他听见自己身边的儿子，低低地"嗯"了一声。

贺父停下脚步，关山也跟着停了下来。

两个人面对面地站着，贺父意外地发现，这个孩子不知从什么时候起，竟然长得比他还要高了。

他好像一直在缺失关山的成长。

关山生下来时，他没守在关小燕的床边，同她一起迎接这个孩子的到来，后来给关山上户口，关山也是随的妈妈的户口，跟关小燕姓。关山长到五岁大点，父子俩见面的次数两只手数得过来，后来关山和关小燕一起搬去湘市，见面的次数就更少了,只有偶尔关小燕带着关山来北京,才能见上一次。

这导致后来关小燕嫁给他了,成了他名正言顺的妻子了,也没听关山叫过他一声爸爸。

到现在,这个缺少他关心的儿子,已然长成一个堂堂正正的男儿,还有了自己喜欢的姑娘。

贺父心里一阵欣慰,拍拍自己儿子的肩膀。

"那是个好姑娘,刚刚忘了,应该给你们封个红包,太久没和你们这些小辈过年了,改天你拿给她。"

关山想了想,问:"您能不能,弄到一张机票?"

"机票?"

贺父有些意外:"是你要去哪里吗?"

"不是。"关山摇头,将司徒玥的事情简略地解释了一遍。

贺父听完,说:"没问题,这都是小事。"

"谢谢您。"

贺父摆摆手:"同爸爸说什么谢,改天你抽个时间,陪爸爸去墓园里看看你妈妈,大过年的,她一个人在地下冷冷清清,会要骂人的。"

关山答应了。

"好了,就送到这里吧,早点回去,外头冷。"贺父伸手替关山整了一下衣领。

关山看见他那一头灰白的头发,心头突然一阵难受。

父亲的头发是一夜之间变白的,就在关小燕闭眼的那个晚上。

父亲这一生富贵滔天,唯独情路坎坷,两任妻子都死于癌症,且前后间隔时间不过四年,认识的人都说他是八字硬,天生克老婆的命。

关山还记得自己向父亲提出要回湘市的那一天,他正在书房处理公司的事,听了关山说的话,将手中的钢笔一放,身子靠上椅背,目光里透着深深的疲惫。

仿佛过了半个世纪那么久,父亲才叹一口气,说:"我是真的爱你妈妈。"

在父亲书房的办公桌上,只放了一副相框,里面是关小燕的照片。

当年关小燕还没进门的时候,贺家本来和庭院一样,都是中式风格,但关小燕嫁进来之后,因为她不喜欢,就重新装修了一遍,变成了关小燕喜欢的西式简约风。

房子装修时,他父亲本来要将前妻的照片都收起来,是关小燕做主留了下来,还专门打了一堵照片墙,所以才有那一楼道的贺然兄妹俩母亲的照片。

不过就算挂满一整栋房子的照片又怎样？都抵不过摆在父亲桌上的那一副小小的相框。

这件事贺然知道，关山也知道。

所以关山当时对父亲说的是："我知道，爸爸。"

那是关山第一次喊爸爸。

四五年过去，父亲本来只白了一半的头发，渐渐变成了全白，眼角的皱纹也加重了，一笑纹路就更加明显。

关山心中一室，对他父亲说："您多保重身体。"

贺父拍拍他的肩膀，笑了笑，没说什么，转身上了车。

关山目送车子离去之后，才往回走。

走到网咖时，他看见一个黑影，正蹲在地上。

他走过去一看，是司徒玥："怎么出来了？"

司徒玥抬起头，喝过红酒的脸酡红一片，眼神蒙眬："我等你啊。"

关山朝她伸出左手："等我做什么？"

司徒玥搭着他的手，借力站起来，一边不清醒地说："不知道，我就是觉得，应该出来等一等你。"

关山心中一暖，嘴里却骂她一句："傻子。"

好在司徒玥喝了酒脑子迟钝，反应慢半拍，没跟他计较。

关山看她眼睛半阖，问她："困不困？"

"困死了。"司徒玥打了个哈欠。

"那回去睡觉。"

"可是新年要守岁。"

"我来守就行。"

"那好吧，别忘了把我那份儿也守了。"

"嗯。"

"你刚才是不是骂我来着？"

"……"

年初二的时候，司徒玥终于能回去了。

关山给了她一张机票，是他爸爸帮忙弄来的，钱包和身份证也回来了，是被 Eric 的一个小助理送来的。据说那天 Eric 一回去就发现了司徒玥的钱包，奈何不知道怎么联系上她，还是小助理翻微博时，看到司徒玥发的私信，才一波三折找到她的。

　　此外,关山的爸爸还给司徒玥包了一个十分丰厚的红包,司徒玥第一次看到这么多钱,怀疑关山他爸爸是不是数错了。

　　她想要还给关山,关山却让她收着就是。

　　司徒玥一看犀牛也拿了红包,只好收下了。

　　和关山、犀牛告别后,她总算上了飞机,两个多小时后,她就到了湘市。

　　她爸爸开车来机场接的她,杨女士虽然说自己绝对不来,却还是来了,冷着脸坐在副驾驶上,司徒玥怯怯地叫了声"妈",杨女士从鼻子里哼出个单音节,算是答应了。

　　于是,司徒玥给关山发去一条消息:"安全了。"

　　关山高冷地回了她一个"嗯"。

　　司徒玥撇撇嘴,关山的第二条消息进来了。

　　点开一看,是一句司徒玥听过无数遍的叮嘱。

　　"好好念书。"

Part 03
愿望是，关山可以做我男朋友

1

年初六的时候，湘中高三的学生就开学了。

五班已经开始了高考倒计时，每天由值日生写在黑板的右下角，"距离高考还有 114 天"。

司徒玥一开始看了，心里还有些触动，仿佛身后有人拿着鞭子在赶，可一旦天天看着，看习惯了，渐渐地没有了那种紧迫感，人也松懈下去。

直到距高考只剩一百天的时候，学校召开了百日誓师大会。

高三生们坐在大礼堂内，学校先是放了一段衡水中学军事化教育的视频。

除夕那一天的晚上，司徒玥就听犀牛说起过衡中的事情，但听人说和亲眼看见完全是两码事。

视频里，衡中那些学生每天五点起床，花十分钟洗漱完毕，跑到操场上大声朗读手上的书，成百上千道背单词的声音夹杂在一起，让司徒玥不禁怀疑，他们真的听得到自己在背什么吗？

这时天往往还没亮，他们的班主任背着手，看着班上学生背书时嘴里喷出的白雾，脸上一派严肃。

吃饭的时候也正如犀牛所说，都是跑着去的，一到下课铃响，学生们从教室里一窝蜂地跑出，视频里是用无人机拍的远景，从上往下看，能看到近千颗乌泱乌泱的人头，场景很是壮观。

司徒玥突然就心理不适起来。

就好像本来就比你优秀的人，却比你还要努力，你是甘于落后，站在原地，死守最后一片乐土，当一个从始至终的 loser，还是奋起直追，从此不成功，便成仁？

这是一个问题。

衡中的视频过后，是湘中制作的一则励志短片。

短片开头,黑色的背景里,就只有一句话——"一百天,你们能做什么?"

这句话飞旋而出,一百天的"一"字,就跟一根闷棍似的,打在司徒玥脑袋上。

在《Victory》气势恢宏的伴奏里,她听见旁白在激昂地说:"高考报名人数915万人,其中907.7万人不与你同省,同省中有一万人被保送,2千人没信心不参加高考,8千人是裸考,9千人不能正常发挥,一千人会迟到,4.2万人不与你考同一所学校,剩下一千人,630个水平不如你,369人会产生心理问题,你的对手只有……"

"我自己。"司徒玥喃喃地念出了声。

誓师大会的结尾,是百日宣誓,从一班开始,到二十班结束,每个班级依次来。

到五班的时候,起头的班长太激动,念"高三五班全体宣誓"时,"三"字喊岔了,嗓音跟指甲在黑板上刻意划过一样,但大家谁也没笑话她,连班上最调皮的男生也没笑。

他们一个个不约而同地捏紧双拳,胸膛鼓起,太阳下,一张张年轻的脸涨得通红,含着泪吼:"我宣誓……"

后来,司徒玥再没有像现在这样,如此渴望成功过。

那时她双拳握紧,双眼直直盯着前方,就好像前排同学的后脑勺,就是一座不可逾越的高山,而她要翻过去,要登顶,要将胜利的旗帜插在山顶,让它迎风飘扬。

她口中大声念着宣誓词,在心中告诫自己,她不要当个loser。

她要考大学。

誓师大会后,司徒玥暂时告别了一切娱乐活动。

她主动把手机上交给了杨女士,有那玩意儿她看书时总不专心,老想着摸鱼。但没手机也不行,杨女士在家里翻箱倒柜,总算给她找出一部以前淘汰下来的旧手机,是诺基亚的按键手机,除了打电话、发短信什么也不能做,唯一的消遣就是一个贪吃蛇的小游戏。

司徒玥在手机里只存了几个号码,除了自己爸妈的,就是马攸和程雪的,还有一个是关山的。

她还严格地为自己订了一个计划表。

学校的作息是每天7:20上早自习,中午一个半小时的休息时间,三节晚自习，21:30下课。

司徒玥便规定自己每天5点起床，背一个小时的单词后，准备去学校，中午也不回家吃饭午休了，在食堂里吃完饭，就回教室看书，晚上回家后，还要看书到12点，才能上床睡觉。

不过这个计划表坚持一个礼拜之后，司徒玥就撑不住了。

关山打电话来时，她在电话里哭成狗，痛哭流涕地说自己现在最大的梦想不是考大学，而是好好睡上一觉。

听得关山简直哭笑不得，给她制作了一个新的计划表。

司徒玥按他的话画好时间表，一看，跟自己原来的作息时间没什么区别啊，学校7:20的早读，她睡到6:40才起，然后掐着点儿进教室，晚上回来也是洗漱完倒头就睡，完完全全的懒人作息。

她跷着腿，在电话里问关山："你认真的吗？"

关山笑着说："有些人是适合背水一战，但小玥儿你不适合，你那脑子要是不休息好的话，就会宕机。"

司徒玥咬着笔头，一时之间，不能确定关山是在说实话，还是又拐着弯儿来骂她。

但不得不说，关山制订的计划表确实好用，毕竟他也不是说，除了上课的时间完全不学习，而是在保障充足睡眠条件下，让司徒玥利用课间休息的时间，见缝插针地学习。

为了保障课余时间的充分利用，司徒玥甚至在自己桌上贴了一张便利贴。

谁要是没有正经事来找她，她就头也不抬，笔头一指那张便利贴，人家一看，只见上面写着：本人要考大学，勿扰！！！

大家被她奋发向上的精神震撼，久而久之，也就不敢去找她闲聊了。

除了马攸。

这死胖子天生眼力为零，嘴碎得仿佛一位有着三十年资历的长舌妇，还偏偏坐司徒玥前面，有事没事就转身跟司徒玥说话。

司徒玥认为他就是自己考大学路上最大的一块绊脚石，所以有一天她突发奇想，在桌子上垒了一大摞书，就像一个坚实的堡垒，抵挡了马攸的口水攻击。

唯一不足的是，这堵书墙不仅挡住了马攸，也挡住了黑板和老师的视线，导致她一度得从旁边探出头去看黑板，时间久了会有斜视的可能。

再一个就是老师们看不见她，总怀疑她在书堆后不搞好事，老是有意无意地绕到她旁边来讲课，以她为中心，辐射出去一个直径为三个座位的半圆，半圆内的同学们时刻精神紧绷,除了专心听讲根本不敢做别的,最后高考的时候,这个圈子里的人,平均分普遍提高了三十分以上。

值得一提的还有,寒假里,程雪的母亲和广东佬终于跑了。

她和程雪父亲当初结婚的时候,只在村子里摆了几桌酒席,连结婚证也没扯,户口也一直是随在娘家的,跑起路来简直太方便。

程雪本来也要一起去,但考虑到高考资格的问题,她的学籍在湘市,如果转去广东,学校不好进不说,将来也是要回湘市高考的,当初关山参加高考的时候,也是为了学籍的事情跑了好几次北京。

所以最后程雪还是选择了留在湘市,参加高考,反正也只有一学期,三个月过后,她就能考上大学,彻底告别湘市。

她妈妈走的那一天,程雪就把自己必要的东西全部搬进了宿舍,再也没有回去过,放月假就去司徒玥或马攸家住。

但她爸爸还是找到学校里来了。

那也是司徒玥第一次见到程雪爸爸。

当时在上课,是刘德全的数学课。

程雪爸爸穿着长裤长衫,站在五班教室门口,望着程雪的方向。

光从外表,一点也看不出她爸爸是个家暴妻女的烂人,他甚至长得相当秀气,可以看出程雪的五官大部分继承于他。

刘德全问他做什么。

他说他是程雪爸爸,找她有点事。

刘德全就挥了一下手,让程雪出去。

司徒玥、马攸和魏明朗不约而同地伸手去拦程雪,司徒玥拽住她的手,魏明朗按住她的肩膀,马攸转过身来看着她。

三个人脸上都挂着担忧。

程雪轻轻说了一声"没事",就把司徒玥的手拉开,把魏明朗放在她肩头的手挥下去,起身走出教室。

她出去后,刘德全继续上课,讲了些什么司徒玥也没听,因为司徒玥的注意力全部放在教室外的走廊上。

程雪和她爸爸走远了些,坐在教室里看不见他们,司徒玥急得坐不住,总想起身去看情况。

刘德全看见司徒玥开小差,放下手里的书,不讲课了,清了清嗓子,问:"课代表?干什么呢?"

司徒玥没听见。

刘德全稍微提高音量:"课代表?我刚刚讲了什么?你说一下。"

司徒玥还是没听见。

全班开始窃窃私语起来,视线一致地看向司徒玥,而后者完全无知觉。

刘德全不信邪,再次问道:"司徒玥?你听见没有?"

吵死了!烦不烦人!

司徒玥不耐烦地摆了下手:"别吵吵!"

不像话!简直是太不像话了!

刘德全气得牙痒痒,正想发火,却听见教室门外,突然响起一道清脆的耳光声,同时夹杂着男人粗嗓子的怒骂,内容下流无比。

教室里的人还不明所以,司徒玥、马攸、魏明朗三个人就已经从座椅上一跃而起,抄着家伙冲出门外。

走廊里,程雪正一手捂着被打的脸,她爸爸拽着她的胳膊,想把她拖下楼去。程雪不停地挥动胳膊,想要甩开他的钳制。

她爸爸就一边拽,一边骂:"婊子养的下贱东西……"

魏明朗最先到门外,他大叫一声:"放开她!"

说话的同时,人就冲了上去。

魏明朗手里举着一把椅子,对着程雪爸爸迎头就是一掼。

程雪爸爸吓得赶紧往旁边一躲。

马攸就顺势把程雪拉到自己身边,司徒玥和魏明朗立即挡在他们前面。

两个人的武器一致对外,魏明朗手里举着椅子,司徒玥手里拿着一本卷成筒的数学"五三",也是刚刚随手抽的。

程雪爸爸要是敢上来,她保管把他抽得找不着北。

"你们谁啊?"程雪爸爸被这突然冒出的三人搞得很恼火。

"她同学!"

三个人齐声说道。

程雪爸爸骂起来:"三个毛崽子管你老子的闲事……"

"吵什么呢!"刘德全一声暴喝,从教室里大步走出来,黑着脸,手里还拿了一副巨大的三角尺,估计也是顺手抄的。

程雪爸爸顿时骂不出声了。

刘德全拉着程雪爸爸的胳膊,将人往楼下拖,一边扭头朝身后吼:"你们四个!跟我来!"

司徒玥几个被刘德全吼得浑身一震，不敢不从，低着脑袋，乖乖跟在他身后。

程雪爸爸想要挣脱刘德全，但力气没他大，也不管他是老师，气得狂骂。

刘德全充耳不闻，一路带着人，闯进一楼的年级办公室。

办公室里，年级部主任和教导主任都在，还有几个年轻的实习老师。

老师们被这一出弄得一头雾水，还没开口问，刘德全就将程雪爸爸放开，高声说："主任，家暴学生这事儿，你们管不管？"

"谁家暴？"程雪爸爸抻了下衣袖，没好气道，"我找我女儿，关你鸡……"

刘德全举起手中的三角尺："你再说一句试试？"

程雪爸爸郁闷地闭上了嘴。

两个主任对视一眼，请刘德全和程雪爸爸坐下，司徒玥四个人站在墙边。

"怎么回事？"年级部主任首先问道。

刘德全冷静下来，将事情解释了一遍。

教导主任皱了眉，问程雪爸爸："程雪的爸爸是吧？怎么了？怎么突然打女儿呢？"

程雪爸爸便苦着脸说："主任，我不是要打她，我是来问她妈妈的事，她妈妈从初四开始人就不见了，我到处找，也找不到她人，她外婆家里也打电话问过了，也说不晓得。我一想我女儿跟她妈亲，就想来问她，她放了假又不回来，我只好找到学校里来，我也不晓得她是哪个班的，她从来不肯告诉我的，问了半天才找到她班上，哪里是打她哦，我只是想问清楚，她妈妈是不是不回来了，总要给我一句话不，虽然我没钱，一身的病，打工人家也不要我，但我有自尊心，她妈妈不想回来，我也不会缠着她妈妈。小雪就是不告诉我啊，说让我死了这条心，她妈妈在外头过得很好，让我别打扰她妈妈，我心里一急，力气就大了一点，你看，她把我也抠出好几条血印子了。"

他撸起衣袖，确实可以看见上面好几条指甲划出来的血印。

从他说第一句话起，司徒玥和马攸就大喊"鬼话连篇""你说谎""胡说八道"，教导主任制止了几次，最后干脆把他们四个赶出去了。

司徒玥出去了也不安分，气得捶墙骂人。

她头一次见到这么能颠倒黑白的人，几句话就把自己变成了一个被妻女抛弃的可怜虫，仿佛打程雪的不是他一样。

程雪拉住司徒玥："他也不是第一次这样了。"

程雪脸上还带着红肿的指印，但是表情却很平静，见怪不怪，一看就是被打惯了的样子。

魏明朗气不打一处来，也跟着骂了起来。他嗓门儿太大，关了门也能听见。

不一会儿，就有一个黑发圆眼的微胖姑娘溜出来，对他们说："你们小声一点。"

黑发姑娘出来了也不进去，把门轻轻带上，走到程雪面前，很温柔地问她："程雪同学是吗？可不可以把事情跟我说一下。"

黑发姑娘抓了抓头发，脸上带着羞涩的笑意，告诉四人："我姓肖，是新来的心理老师。"

话音落地，司徒玥和魏明朗都安静了下来，三个人六只眼睛看着程雪，不说话。

程雪沉默着打量那个肖老师半晌，才终于像是做了某种决定似的，"嗯"了一声。

那天，程雪从自己小时候，有记忆的事情一件件说起，最后说累了，就靠着墙，手臂撑着办公室外的窗台，看着高三楼外的天空，一边絮絮说着，神情始终很平静，像是在说别人的事情。

肖老师说，程雪爸爸有家族遗传精神病史，性格偏执，人格上的精神病特质很明显，这件事很严重。

肖老师冲进办公室，打算跟主任反应这件事，主任当时正拍着程雪爸爸的肩膀，一脸和气，让他下次不要冲动，打人还是不好的。

程雪爸爸连忙点头答应，脸上带着唯唯诺诺的笑，一副老实巴交的样子。

至于打女儿的事情，就这么过去了。

肖老师怎么说也不管用，毕竟中国社会一贯延续的传统就是这样，管天管地，管不到人家里去。

那是2015年的三月份，在九个月后，全国人大才通过了有关反家庭暴力的法案，2016年3月1日起正式推行。

而在那之前，中国关于这一片的法律，几乎就是空白的。

两扇门一关，门后就是一方小小的天地，全中国有成千上亿个这样的小天地，至于这个小天地是世外桃源，还是修罗地狱，谁又管得着呢？

这样潦草的处理，终于在一模过后的一天，迎来了它的恶果。

程雪爸爸能摸清程雪的班级，当然也能找到她的宿舍。

那天是吃完晚饭，程雪回宿舍洗头。

程雪习惯晚饭时分洗头，因为有一头长到腰际的头发，宿舍又禁用吹风机,用的话整栋寝室楼都会停电,晚自习回去洗绝对不会干,只能枕着一头湿发睡觉,所以她一般在晚自习之前洗头,然后用毛巾擦到半干,到教室了再等它慢慢变干。魏明朗有一次手欠,用打火机烤她的头发,结果燃起来了,险些酿成一场大祸,完事后被司徒玥按在桌上打个半死。

谁也不知道,她爸爸是怎么躲过宿管阿姨的视线,偷摸进来的。

女寝楼又老又旧,没独立卫生间,女生们洗澡都要去走廊尽头的公共澡堂。

澡堂外有个砌着白砖的水池子,上面一排锈迹斑斑的水龙头,可以接热水,大家平时就在那里洗头洗衣服。

程雪当时就弯着腰,站在水池边洗头。

她爸爸就从后面走来,在她身边站定。

程雪以为是别的女同学,并没有注意,她正拿着一只蓝色塑料杯子,往脸盆里舀水,从上而下地浇在头上,洗去泡沫。

她爸爸就笑着问:"洗头哪?"

程雪动作一顿,眼珠往右一转,就在湿淋淋的头发之间,看见了男人抬起的手。

就在那一瞬间,程雪的反应无比快,她将水池里的那个脸盆端起,朝她爸泼了过去,然后将脸盆子一砸,撒开腿就朝宿舍跑。

可是还没跑出几步,她爸就追了上去,这时她那头长发就成了累赘,被她爸抓在手里,拖到了水池边。

程雪大声尖叫起来。

她爸爸就一边骂,一边抓着她的脑袋往水池子上撞,下手很重,头碰到坚硬的水泥台子,发出"砰"的一声巨响。第一下程雪就受不住了,眼前一黑,耳边嗡嗡地响,她有种失重了的感觉,脚下像踩了团棉花,嗓子顿时无法叫出声了。

走廊里这时站了不少女生,被那一声尖叫喊出来的,看到一个男人提着程雪的脑袋,一下一下地往水池边上撞,表情凶狠,嘴里还骂着脏话。

女生们被吓坏了,各自傻站在宿舍门口,捏着旁边同伴的胳膊,神情痛苦,仿佛脑袋撞到水泥台的是她们,可谁也不敢冲上去,把程雪从那个男人手里救下来。

大概撞了有七八次,程雪的脑袋就磕破了,鲜血从口子里涌出来,又滴到白瓷砖上,长方形的白瓷砖之间,有着一厘米来宽的缝隙,天长日久,缝隙里结了一层厚厚的黑泥,程雪的血就流进这些四通八达的缝隙里,很像地理里那些复杂的河流水系分布图。

总算有人记得去叫宿管阿姨,等那个身材肥胖的妇女三步一跨地跑上楼时,就看见走廊的尽头,程雪已经晕过去了,双腿跪在地上,手臂无力地垂在两旁,头却还被她爸爸提着,往水池上撞,就像个提线布偶一样。

宿管阿姨大叫一声,冲上去把程雪给救了下来。

女生们有了主心骨,也不怕了,簇拥上去,把程雪爸爸推开。

宿管阿姨把程雪半抱在怀里,掀开她脸上盖着的湿发,只见上面半边脸都是血,这美丽的女孩儿紧闭着眼,也不知道是死是活。

2

程雪被爸爸在女寝楼暴打的事,很快就传遍了整个湘中。

围观的人太多,这件事根本瞒不住,和司徒玥有仇的阿圆也知道了。

当时司徒玥正扶着满头绷带的程雪上楼,看到阿圆,整个人瞬间进入战斗状态,她心想阿圆要是说出一个讨人嫌的字眼,她就是拼着被记过的危险,也要一脚给阿圆踹下楼去。

但出乎意料的是,阿圆什么也没说,只是看了程雪一眼,就下楼去了,当然擦肩而过时,还是习惯性地给了司徒玥一个白眼。

事发当天,学校就报了案,公安局和妇联的人都来了,给程雪做了伤情鉴定和笔录,不过也没什么用,程雪的爸爸那天打完人后,就不知道跑去哪个地方了。

教心理的肖老师说,目前中国法律里关于家庭暴力的法条还是一片空白,很多家庭暴力案发生后,大部分人想的都是忍着,或是亲朋好友帮着调解一下,根本不会闹到报案的地步,司法机关对于这种案件的处理,经验是非常有限的。

这也就意味着,程雪的人身安全,根本得不到保障。

这次程雪爸爸是摸进宿舍楼,下次可能就能摸到程雪床边了。

虽然大部分校领导都认为她是夸大其词,毕竟就算再浑蛋,他也是一个父亲,哪里有爸爸会杀死自己孩子的,可看到程雪那一头的白绷带,谁也说不出话来了。

为了保护学校其他女生的安全,也为了不让程雪爸爸再找到程雪的行踪,学校最后做的决定是,程雪从学校里搬出来,住到司徒玥家里去,妇联的工作人员跟小区的保安谈过了,从监控里调出了程雪爸爸的肖像,绝对禁止他进小区。

另外公安局还派了一个便衣每天护送司徒玥和程雪上下学,保证程雪爸爸不会在路上偷袭两个女生。

这两个月,程雪爸爸一直没有出现,在郊外的家里也没有人住,可能是吓得不敢回来了,大家觉得安全了,便衣也就回公安局上班去了。

但程雪还是住在司徒玥家里,司徒玥爸妈都特别喜欢她。

司徒玥爸爸就算了,他就没什么不喜欢的人,但得到杨女士的青睐,实在是一件很难的事,程雪居然做到了,司徒玥很惊奇,她一度以为只有研制出自动炒菜锅的人才配得到杨女士的喜欢。

司徒玥琢磨,应该是因为程雪是个学霸,杨女士就喜欢书读得好的孩子,所以她注定得不到来自亲妈的爱意。

可转念一想,关山也是学霸啊,杨女士就没有很喜欢他的样子,当初关山考上协和,司徒玥兴冲冲地告诉杨女士,杨女士也只是淡淡说了一句"知道了"。

因此司徒玥推翻了这个可能。

司徒玥又猜测是不是因为程雪每次饭后都抢着要刷碗,所以杨女士喜欢她。

可是因为司徒玥不想程雪刷碗,最后刷碗的人,总是变成司徒玥,那怎么不见杨女士喜欢她?

司徒玥琢磨来琢磨去,最后只得到一条结论,那就是程雪天生招人喜欢。难怪当初她见程雪第一眼,就心生好感。

便衣叔叔回去上班了,魏明朗和马攸还是担心这两个女孩儿。

当然,担心程雪更多一点。

司徒玥是个怪胎,一身的蛮力,小时候念过几天柔道,幼功精湛,两个月里又跟着武警出身的便衣学了点拳脚,一身蛮力化巧劲,更加不得了,哪个歹徒不开眼,找她打劫,那就是自取灭亡,比起担心她,还不如担心那个歹徒。

因为担心,魏明朗和马攸就主动提起要送她俩上下学。

虽然司徒玥反复说了不用,有她一个人就够了,但两个男生还是坚持,用他们的话来说就是司徒玥虽然力气大,但智力水平十分有限,难保程雪爸爸不会使出一个调虎离山之计,到时司徒玥嗷嗷中计跑了,程雪就完了。

司徒玥微笑着给了这俩人下巴一人一拳,才指着魏明朗,问马攸:"他就算了,你怎么保护我们?"

言下之意是马攸太菜鸡,长得又胖,跑三步就喘,还不知道谁保护谁。

马攸何等聪慧之人,一下就听出她话里的鄙视,当下背过身去抹眼泪,说司徒玥侮辱他。

司徒玥听了,一口瀑布血差点儿喷出来。

而马攸此时已经从侮辱说到了同学爱,司徒玥如果不同意,就是阻止他和魏明朗传递同学爱,散播温暖,就是人性的扭曲,道德的沦丧,就是要被钉上十字架的恶人。

如果不是知道学校为了她们的安全,特意批准她们可以不用上晚自习,司徒玥简直就要信了他的鬼话。

但她当时除了同意,别无他法。

可没想到,第二天,迟灏也说要加入"护雪军团"(马攸取的智障名字)。

司徒玥当时听了,险些被一口水呛到,咳了老半天,问他的第一句话是:"你也不想上晚自习啊?"

"不是。"迟灏说。

自此,三个男生每天清早赶到司徒玥家楼下,一开始还会一边聊天一边等,虽然大部分时候是马攸在聊,没人理他。

魏明朗最近好像有点斗鸡眼,并且只对着迟灏斗鸡眼,其余时候都是正常的,也不知道什么毛病。

而他斗鸡眼的时候一般不说话,只专心斗他的鸡眼。

迟灏又是个每天说不到三句话的闷葫芦,马攸自说自话也挺无聊的,只好朝楼上吼一声,让司徒玥赶紧下来别磨蹭。

这种事一两次还好,干多了就容易被居民投诉,脾气暴点的直接拉开窗户骂,或是一盆凉水从楼上浇下来,好在三个人一次也没被浇中过。

杨女士看他们可怜,便让他们进家里等。

他们一进去,通常是看到程雪抱着书包坐在沙发上,指一指卫生间的门,说:"还在洗脸。"

要不是杨女士在,马攸能崩溃地去挠门。

每天傍晚下课后,三个男生就送她们回去,到司徒玥家后,干脆留下来一起学习。

有程雪和迟灏这两个学霸在，司徒玥和马攸的成绩进步了不少。

魏明朗上学期就通过了华南理工体育特长生的校招，文化分只要过了线就行，他成绩不算差，根本用不担心，可他还是非要留下来一起学习，司徒玥不想打击他的学习积极性，也就随他去了。

杨女士常常会留他们吃晚饭，其实她也只是客气一下，她有多讨厌做饭，司徒玥又不是不清楚，但没想到这几个男孩儿一点也不跟她客气。马攸忙不迭点头，天真地说："好啊好啊，那麻烦阿姨了。"

结果那天也不知道是不是因为杨女士内心怨念过重，她做的饭菜简直难吃到了平均水平以下的地步。

马攸他们吃过一次就知道了，司徒玥为什么这么瘦，然后掌勺的人就变成了魏明朗。

他这个人很神奇，居然会下厨，做的菜还异常好吃。

据说是有一个同样做菜很难吃的妈，魏明朗从小就面临着两个选择，一个是吃他妈做的菜，一个就是饿死。

但正常人不会选择饿死，所以其实只有一个选择，就是吃他妈妈做的菜。

魏明朗吃了七八年，感觉再吃下去，他一个正常人也会吃成不正常，只好赶紧悬崖勒马，自己试着做饭吃。

十几年下来，也有大厨的水准了。

至于有着相似经历的司徒玥，为什么一点厨艺也不会，司徒玥反思，应该是她那时候有关山，可以拿他的零花钱开小灶，不会面临不吃杨女士做的饭就饿死的人间惨案。

虽然不用上晚自习了，但五个人白天还是要补回来。

高三年级现在每周都会一次周考，完全按照高考的时间设置来安排，白天上课要进行第三轮复习，卷子就只能留在晚自习讲，一般都是讲疑难题和学生们很多混淆不清的点，会有很多知识点，如果错过简直就是上考场了会丢几十分那样的灾难。

因此当天上晚自习的老师们，会在下课的时间，把他们五个叫到办公室里补课，因为迟灏是冲清北的苗子，学校很重视他，都是一班的老师来补课。

除了迟灏，其余四个简直就是去找骂的。

亲身体验了，司徒玥才知道平行班和重点班的区别——

补课的情形通常是这样的：一班老师们翻一下试卷，问迟灏："有什么问题？"

迟灏就问几个问题，然后老师就解释一句，问迟灏："懂了吗？"

迟灏点点头，说："懂了。"

碰到极少数不懂的时候，老师就再演算一遍，然后问："懂了吗？"

迟灏这下露出一种恍然地表情："懂了。"

问完他，老师们又来问剩下四个平行班的学生："有什么问题？"

司徒玥心态崩了。

有什么问题？她觉得全都是问题啊！迟灏他是个人吗！求求他做个人吧！

不过一班的老师大部分都是好的，态度温和，如春风细雨，神色间带着对低智商群体的包容与怜悯，要是他们四个没听懂，就好脾气地再说一遍。

如果解释了三四遍，还是听不懂，老师就笑一笑，说："不要紧，这个不考。"

司徒玥很担心，认真地问："老师，这个真的不考吗？"

"应该是……不考的。"

司徒玥就问："真的吗真的吗？老师你真的确定吗？"

老师说："我希望它不考。"

大部分老师是好的，但也有个例，就是一班的数学老师。

司徒玥从小到大，最害怕的就是数学老师，可这个数学老师却已经超过了她害怕的范畴……

她敬畏他，就像敬畏大自然那样。

数学老师姓孔，长得神似樱桃小丸子的爷爷，脑门儿上三道抬头纹，深得跟车辙辘印一样，满脸横肉，凶神恶煞，头还秃。魏明朗因此给他取了一个绰号，叫孔秃子。

孔老师要放在饭圈，绝对就是个毒唯粉，要被人肉。

他钟爱迟灏，极其喜欢用迟灏的智商打击其余四个人，才不管要不要维护平行班孩子的自尊心，最常说的话是："你们跟迟灏比，就是个原始社会的智人。"

司徒玥就暗地里骂他："你才是智人，你全家都是智人。"

骂完往旁边一瞟，平时最爱骂孔老师的魏明朗居然没有说话，脸上带着神秘的笑。

司徒玥震惊了，难道魏明朗的段位已经到了笑看生死荣辱的地步了吗？他有这么高的素质了吗？

等走出办公室,她一问,才知道是她想多了。

魏明朗的素质并没有提高,而是他根本不知道孔老师是在骂他们,他以为智人就是智慧人的简称。

司徒玥告诉魏明朗:"智人是原始社会时期的人类祖先,是群能直立行走的猴子。"

魏明朗愣了一下,然后说:"去他的智人,他全家都是智人。"

司徒玥这下放心了,魏明朗他还是正常的。

虽然司徒玥能和魏明朗一起骂孔老师,可孔老师也会骂她,而且还是明着骂。

一开始还好,四个一起骂,无差别攻击,可随着补习时间越长,程雪很快就能跟上孔老师的节奏了,接着连马攸也听得懂了,只剩下司徒玥和魏明朗依旧扶不上墙。

但孔老师不骂魏明朗,他很久以前就认识到魏明朗是一根朽木,而他绝对没有化腐朽为神奇的功夫,便任由魏明朗去,不管魏明朗是望着某个方向发呆,还是睡觉,他都姑且由之。

所以,无差别攻击,成功转化成只针对司徒玥一人的定点攻击。

这实在太可怕了。

虽不至于骂哭,但司徒玥也很是痛苦,她就算心再大,被老师当着朋友的面骂,还是会难过的。

但这份难过她时常遮掩着,只在关山面前露出来。

关山很少说些安慰的话,只会帮她把知识点一个个捋清,说起来他讲课的功力比孔老师差远了,隔着一根电话线,看不见他如何推算,司徒玥只能听他口述,他又是理科生,做题时常常省略很多步,直取结果,司徒玥比听孔老师讲课时更加头脑混乱。

他只有一门好,那就是从来不骂她。

对司徒玥来说,这就够了。

高考将近,学生们压力陡增。

那个大红的"静"字,依旧贴在一楼大厅的白墙上,鲜艳刺眼,只要一走进来,率先撞进眼球的,一定是这个"静"字。

大厅左侧的白墙上,年级大榜已经印上了新一届高三生的名字,排在榜首的人变成了迟灏,经过一班老师的补习后,程雪的成绩突飞猛进,闯进了年级前三十名,刘德全已经说过了,如果她高考时还能保证这个成绩,那么全国的985、211名校可以任她挑了（当然除了清北）。

而相比起程雪，司徒玥的成绩在经过一开始的猛涨之后，已经进入了停滞不前的状态，大概保持在100名上下浮动，有时能进前一百，有时考差了，会退到100名之外去。

湘中是湘市老校，每年高考，一本上线率最高，状元大多出自湘中，根据不完全统计，湘中高三年级前一百名里，一本上线率大概在87%。

这也就是说，前一百名里，有87个同学会考上一本。

这个数据是很大的，几乎就意味着，如果司徒玥能进前一百名，她就能考上一本。

但随着高考的日渐迫近，司徒玥的名次一直停滞不前，在三模的时候，居然考到了150名开外，倒退了近50个名次！

杨女士快要急疯了，挨个给五班各科老师打电话，又怕给司徒玥造成压力，看到成绩单时，破天荒头一遭地对司徒玥说了一句"没事，不要急"。

就是脸色不大好，看上去有点僵硬，可能自己都不太习惯扮演这种善解人意的角色。

司徒玥看在眼里，却什么也没说。

程雪也怕司徒玥有心理压力，程雪最近常跟教心理的肖老师待一起，说话时常带着肖老师的语气，动不动就是弗洛伊德、皮亚杰，要不就是华生、斯金纳，好在她一直以来的梦想就是做一名教师，去祖国各大贫困山村奉献自己的青春。

据程雪自己说，是因为念小学的时候，教语文的班主任老师对她很好。

程雪妈妈那时每天在电子厂上十二个小时的班，中午来不及赶回来做饭，就给她钱让她自己买吃的，可是小时候的程雪自卑怯弱，连买东西也不敢去，只好每天挨饿，到了晚上再吃饭，人饿得面黄肌瘦，比班上的孩子矮一大截。

班主任发现后，就带着程雪回自己家吃午饭。她做的饭很好吃，程雪就是因为吃了她做的饭，最后才不至于长成一个侏儒。

程雪从那个女教师那里，第一次得到了来自妈妈之外的温情。可以说，如果不是那个女教师，在长期压抑、充斥着暴力的家庭环境里，程雪不知道自己会成为一个怎样的人。

程雪感激这名女教师，并且从那时候起，就坚定地认为，自己要成为一名教师，至于为什么要去落后的山村，大抵是因为她觉得那些地方，有着很多和她有类似遭遇的孩子。

张爱玲有一句话很适合程雪：因为懂得，所以慈悲。

这个理想很伟大,但司徒玥时常担心,程雪还没进入职业,就开始有了职业病,可怎生是好?

司徒玥也怕程雪逮着她说塞里的应激发展三阶段,说面对焦虑的系统脱敏疗法,她有没有考前焦虑她不知道,但程雪这些理论搞得她很焦虑。

为了躲避这一家子小心翼翼的目光,司徒玥只好去了隔壁的关山家。

关山去上大学前,把他家的钥匙给了司徒玥,让她不要再爬空调架子了。

她在关山家,把他房间里的东西翻了个遍,想要看他有没有偷藏日记,好让她打电话过去羞辱他。

可关山这个人实在太无聊了,她连床底下都扒着看了,也没找着。

她只好去翻他书架上的书,看里面有没有夹些小字条,或是记录自己心事的涂鸦,有没有画裸女。

结果都没有。

她翻累了,倒在关山的床上,给他打去电话,控诉他这人有多么无聊。

关山说:"乱翻人东西的你才无聊吧。"

司徒玥说:"你无聊你无聊你才无聊,你全家都无聊。"

"有病吧你。"关山低声咕哝了一句。

不一会儿,他又问她:"怎么了?"

司徒玥翻个身:"没怎么。"

"那我挂了。"

那怎么行!

司徒玥一个鲤鱼打挺坐起来:"我考砸了!"

那边没说话了。

司徒玥拿开手机一看,没挂,又凑到耳边。关山说话了,问她:"多少名?"

"17名。"

"我问的年级排名。"

"……175名。"

"那是挺砸的。"关山老实说。

司徒玥火了:"你懂个屁!我也很辛苦的好不好!每天睡不够,背单词,背历史,背政治,还要被孔秃子骂,他骂我什么你知道吗!他骂我猪哎!我未必连猪都不如吗?数学是个什么东西啊?谁想出来的这么反人类的东西?我学会怎么求导数、怎么解双曲线方程有用吗?我将来又不造核弹,有病啊!"

她歇了口气，接着说："还有历史、政治是怎么回事啊？背了又忘，我能怎么办？这知识它就是不过脑子啊！关山，我要急死了，高考只有一个月了，可是我还有好多东西没背，我死定了，肯定考不上大学了。"

后面她说了很多，一边闲闲地翻着手上的书，一边倒苦水。

司徒玥都不知道自己那么能说，还尽扯些悲观丧气的话，如果她是关山，一定在三秒之内撂电话。

但关山只是静静听着，时不时"嗯"一声，或者是"然后呢"。

司徒玥就仿佛受了鼓励，一直讲下去，讲到最后脑子混沌，嘴里却兀自喃喃不停。

直到破晓时分，天光大亮。

程雪在她房间外的小阳台上，对着隔壁喊："阿玥！阿玥！你快回来！等下杨阿姨就要醒了！"

司徒玥猛地惊醒，抬起头一看，自己居然就睡在了关山的房间，手里还握着手机，诺基亚的蓄电能力傲视所有新型手机，过了一晚上，电量还有两格。

司徒玥拿起一看，上面显示通话时间结束于凌晨五点。

现在是六点多一点，也就是才挂断一个小时不到。

关山是听得睡过去了吗？

可是她昨天睡过去之前，好像还隐约听到一句"然后呢"。

手机短信箱里有一条新消息，司徒玥有种强烈的直觉，是关山发的。

她打开一看，果然是他发的。

上面只有一句话：加油。

司徒玥突然就热泪盈眶。

程雪还在隔壁叫她，她翻下床，回了一声："就来！"

可下去的一瞬间，突然眼角闪过了一个什么东西。

她看向床上放着的那本书，高中语文必修五，书被摊开放着，是她昨晚信手翻的，此时被吹进来的风翻到了《滕王阁序》那一页。

里面夹着一张纸，是从作业本上撕下来的。

司徒玥拿起那张纸，看见上面是默写的《滕王阁序》，一看就是关山的字迹。

他的字迹丑得无与伦比，比狗扒体、蝌蚪体、苍蝇体还要丑，并且别具一格，很像初学写字的小孩儿写的，字形和拼音格一般大小，而且笔画稚嫩，像是小孩子拿不稳笔，一笔一画用力描出来的那样。

司徒玥私下猜测，这应该是他从前不写作业、考试交白卷的恶果。

从小不写字,底子不牢,导致长大了,还是写一手小孩儿字。
在这篇默写的结尾,被老师用红墨水笔写了一句:抄一百遍。
不过不是因为他字丑,而是因为,他默错了一句。
错字被红笔圈了出来,是一个"玥"字。
关山难玥。
她从前怎么就没发现,这一句诗,能让他们两个的名字,挨得如此之近?

3

高考倒计时只剩下最后20天时,湘市已经进入了暴热期。
今年的夏季似乎来早了,势头还很凶猛,新闻里已经在预测之后的气温走向如何,这一届的考生是否有中暑的风险。
杨女士在这方面很是关注,每天守着新闻,看看专家怎么说,看了之后很放心地转告司徒玥和程雪,高考那两天天气晴间多云,气温在32摄氏度左右,湿度35%,可能有小范围的东南风,很宜人的天气,不会中暑。
但第二天,她发现专家的说辞又变了,变成晴天,最高气温直指40摄氏度,家长和学校要做好预防考生中暑的工作。
如此反复几次,杨女士就发现,专家的说辞总是变,没有规律可循,不可尽信。
于是,她转向烧香拜佛。
今年校长周哥迫于家长方面的压力,当然也有学校财政上的一些问题,他再也不能带着学生一起出游,这次跟往年一样,是老师们去。
杨女士仗着自己也是教师,并且和湘中许多老师都是老同学关系,也跟着一起去了小苍山。
回来的时候,杨女士神秘兮兮地跟司徒玥说,司徒玥一定能考得很好,因为她在小苍山脚下的招待所睡觉时,做了一个梦。
梦里,杨女士问菩萨,自己女儿到底能不能考上大学。
菩萨说:"你抬头,就能得到答案。"
然后杨女士就笑醒了。
司徒玥一直不明白这个梦的深意在哪里,直到有一天,她在书上看到了一尊佛像。
菩萨面带微笑,眉目低垂,手上结着法印。
这个法印的手势有点前卫,现代人应该都懂,是个"OK"。
"……"

天一热，人也跟着燥。

不过湘中教室里现在还只开着六个大吊扇，在头顶摇摇晃晃地转啊转，可能哪一天就会掉在哪个同学的头上，造成一场血案。

司徒玥坐在窗边，左手边就是一堵白墙，墙上被某人刻了一句自恋的"少看男生多听讲，谁都没我帅"。

字体丑出天际，任谁看了，都不会认为这是一个帅哥写的。

从窗户外望出去，可以看见攀墙而生的绿萝，已经爬到了四楼的高度，这是多么可怕的生命力。

司徒玥只要伸手，就能摘到一片绿叶子，不过因为这鬼天气，喜荫的绿萝也了无生气，被晒卷了边，蔫嗒嗒的，还生虫子，司徒玥很嫌弃它们。

还有那讨人厌的蝉鸣，一到夏天就开始了它们的表演，以及前座马攸身上的汗臭，斜后方魏明朗的鼾声，教室里同学们写字的沙沙声，小声背书的嗡嗡声。

她的脑袋仿佛变成了一个容器，而两只耳朵就是个收音筒，所有外界的声音都被吸纳进来，无聊的念头一个接一个地冒出来，注意力就是不能放在手上的政治书上。

司徒玥深吸一口气，觉得自己要疯了。

她拿出手机，给关山发去信息，关山让她走出教室。

等出了教室，司徒玥问他："然后呢？"

"去天台。"

"被锁了。"

"我留了东西给你。"

司徒玥半信半疑地上到顶楼，那里有一扇刷着绿漆的铁门，之前因为跳楼事件，被焊死了，但因为顶楼是火灾逃生时必备的消防通道，后来又给熔开了，取而代之的是一把大锁，据说钥匙只有教导主任有，但凡火灾发生，他就掌握着一栋人的生命。

关山留给司徒玥的东西就在墙上的一块儿红砖背后。

小红楼毕竟年代久远，墙体斑驳，有些白色的墙灰落了，里面的红砖就裸露出来。

如果不是关山说，司徒玥都不知道，其中有块砖居然是可以拿下来的，而且后面还藏了一把钥匙。

开天台门的。

天！他到底是怎么搞到的啊？

她用那枚钥匙打开铁门，上了天台，又问："然后呢？"

"看天空。"

司徒玥就抬头看天。

"怎么样？"关山问。

"还行，"司徒玥说，"就是有点热。"

她背后已经出了一层汗。

关山说："哦，那是会有一点，我以前都是傍晚上去。"

司徒玥感受着正午顶楼那烤箱般的炙热，气得想要骂人。

不过她还是在天台栏杆边坐了下来。

好在气温虽然高，但天气却是多云，太阳在云层里，抬头望见的，只有一片湛蓝的天。

司徒玥大抵能明白，关山为什么叫她上天台看天空。

一直埋头读书，她都已经忘记，上一次看天空，是什么时候了。

她现在很浮躁，日子一天天地少下去，书却背不完，题目也做不完，她想着不能浪费时间，可书上的字不往眼睛里去，时常在背书的时候，脑子却神游天外去了，背到最后，嘴里不知道念了些什么东西。

然后涌上心头的，就是深深的愧疚和自我讨伐。

等下一次背书时，她就拼命告诫自己，绝对不能走神，结果往往背道而驰。

她陷入了死循环。

现在坐在天台，一眼望去，天高地迥。

司徒玥突然发现，走出教室，不被那高考倒计时给压着，她仿佛眼界清明了不少。

不就这样吗？多大点事儿啊？考不上大学又怎样？会死吗？

不会的呀！

她才十八岁都不到呢，为什么要把自己的人生绑在一场考试上？

考不上，就真的是 loser 了吗？

她还有很多想吃的东西，很多想去的地方，很多想做的事情，很多想爱的人。

难道一场考试砸了，这些东西就不吃了？地方就不去了？事情就不做了？该爱的人也不爱了？

不是的呀！

那一瞬间，司徒玥茅塞顿开。

她就像一个废柴，开局一把砍柴刀，一身最末流的功夫，偶然一天，觉得自己不能再浑浑噩噩下去，她要变强，喝这世间最烈的酒，大漠孤烟，长河落日，她人在马上，姑娘在怀里。

于是，她开始了自己的变强之路。

也是她命里造化，偶然得到一本秘籍，按着这上面的法门修炼，她把砍柴刀换了一把名刀，从一个废柴成了独步武林的刀客，喝着世间最烈的酒，大漠孤烟，长河落日，她人在马上，姑娘在怀里。

但功力练到最后一重的时候，她发现自己怎么也突破不了了，刀法倒退，名刀生锈，仇家来追杀她。

直到有一天，她终于顿悟了。

至于如何顿悟，其中道理妙不可言，总之她突破了瓶颈，功力猛涨，她扔了那把名刀，重新拾起砍柴刀，杀光仇人，从此大漠孤烟，长河落日，她一人一马，腰后别刀。

江湖里，都是她的传说。

想明白了，司徒玥就不再跟自己犯轴，顿时神清气爽，从地上站起。

结果一个不小心，把手里拿着的政治书掉了下去。

隔着六层楼的高度，司徒玥都能听到一声凶悍的——"谁？"

她下意识探出头一看，结果迅速地缩了回来，赶紧给关山发去消息。

"我的书掉下去了！"

关山很快回复："砸到人了？"

"砸没砸到不知道，但那个人不是好惹的。"

"谁？"

"……教导主任。"

等了半晌，关山终于发来一句："安息吧。"

司徒玥捧着手机，一时之间，不知道该怎么办。

这时，楼下突然传来教导主任的喊话："楼顶那位同学！你不要冲动！你千万不要冲动！"

司徒玥一愣，往楼下看去，教导主任拿着不知道从哪儿搞来的高音喇叭，正对着她喊。

走廊上、草坪上聚集了无数张模糊的面孔，正拧着脖子，努力朝她这个方向看。

不知道谁说了一句："啊！好像是司徒玥！"

然后,高三师生一起大喊:"司徒玥同学!不要冲动!千万不要冲动!"
司徒玥觉得,她真的有那个冲动了。

"跳楼事件"过后,司徒玥成了高三年级的重点保护对象。
谁也不信她说的,上顶楼只是为了看看风景,连马攸都不信。
司徒玥上厕所要有专人陪同,去五楼要打报告,刘德全批准了才能去,去走廊放风时不能靠近栏杆一米,可走廊统共也才一米二宽!
这些尚可以忍受,最糟糕的是,她被勒令从窗边的座位,搬到了教室中间,从此再也不能有事没事,就摸一摸那句留言。
不过也有好的地方,那就是孔老师良心发现,怀疑是自己对她太严苛,造成她有"轻生"的念头,从此再也不骂她了。
可司徒玥看见他大把年纪,还要努力装出一副慈祥的面孔,好像脸抽筋,又觉得浑身不适,反而宁愿孔老师骂一骂她,大概这就是有病。

最后20天,就这么痛苦又快乐地溜过去了。
6月7日,高考开始。
7日凌晨,湘市突降暴雨,天气燥热无比,好在各大学校早有准备,没有出现考生迟到的事件。
暴雨延至8日傍晚,天气竟然放晴。
考生们走出校门,能看到一轮彩虹,挂在西边的天空上。

4
考完最后一门英语,司徒玥撑着伞,回到高三楼。
雨早就没下了,撑伞是为了躲避从楼上扔下来的书和习题册,地理图册那么厚一本,要是砸到头上,绝对有当场横死的可能。
每年高考完毕,学生们都会有扔书、撕书的庆祝活动,仿佛撕完扔完,十几年寒窗苦读所受的累都是过眼浮云了。
教导主任还和去年一样,腆着肥大的肚子跑上楼,和他擦肩而过时,司徒玥还和他打了个招呼。教导主任急着抓那些小兔崽子,没听见,匆匆跑了。
司徒玥穿过熙攘的走廊,走进五班教室。
程雪和马攸已经回来了,聚集在她的桌子旁,马攸一见到她,一张胖脸就喜笑颜开。
司徒玥用伞柄隔开他的脸:"不对答案,敢和我对就绝交。"

"好吧。"马攸落寞地摸了摸鼻子,又递来一件 T 恤,是湘中的夏季校服。

"那你给我留个言。"

这也是湘中毕业生的传统,毕业那天请同学在校服上写东西,可以是签名,也可以是一句祝福,跟纪念册差不多。

司徒玥从考生文具包里拿出笔,提笔在马攸的衣服上写了句话。马攸看了看,又笑了笑,转头去找程雪签了。

程雪正在给魏明朗签,魏明朗要求她写 15 个字,没有上限,她正咬着笔头,思考要怎么凑够这 15 个字。

司徒玥也把自己的校服拿了出来,上面已经有了两个字,是大小高姐妹俩留的"侠女"二字。

她只让写两个字,因为她记得,关山毕业那会儿,也请人留言了。

当然关山并不知道这个传统,知道后也并不想搞,他就是这么一个不尊重传统的人。小黛、徐二明一直劝他,他最后被烦得要命,只好答应了。

他们是毕业前签的,男生们不像女生精致,会把要被签的校服放在袋子里带到教室,而是直接穿着。

被人在身上写字的滋味可不太好受,更别提有些女生会故意写很长的话,趁机揩他的油。

关山最后勒令,只能写一个字。

所以最后那件校服上一眼看去,全是不同字体的"帅"字。

司徒玥想要效仿。

不过她自认为比关山人道,她要多一个字,每个人能写两个字。

但司徒玥很快发现有点不对劲,因为她的同窗好友们,给她写的,全是"傻比""二货""智障"之类的词。

好不容易眼前一亮,看见一个褒义词"精神",结果眯着眼仔细一看,后面还跟着俩字儿——"有病"。

原来还是两个人搭伙写的。

司徒玥憋着口气,最后还是将校服叠起来,放进了随身带着的包里。

刘德全和去年一样,在黑板上留下"前途似锦"后,就飘然而去。

这做法震撼了五班学生,他们都黯然伤神,或是脸上蒙上一层淡淡的惆怅。

除了已经见过的司徒玥。

出了校门口,和马攸、魏明朗道过别,司徒玥和程雪挽着手,上了司徒爸爸的车。

上车之前，司徒玥下意识往外望了望。

程雪问她："怎么了？"

她摇摇头："没什么。"

杨女士等她俩一上车，就迫不及待地问："怎样？考得怎样？"

程雪抿着嘴笑："我感觉还可以。"

杨女士激动地点点头："你说还可以，那一定就是不错。"她的目光转向司徒玥，"你呢？"

司徒玥揣摩着说："还可以。"

杨女士听了，脸色顿时灰暗下去。

"算了，"杨女士摆摆手，"听天由命吧。"

司徒玥无语。

原来她的"还可以"，在杨女士的眼里，就是"不可以"。

司徒玥曾经计划过高考完要睡个三天三夜，但没想到真的考完了，反而睡不着了。

她翻出好久没用过的手机，充上电，开机后的第一件事，就是给关山发去一条微信。

"我考完了！"

等了十分钟，关山也没回她。

不知道干什么去了。

明明考前那个夜晚，两个人通电话，他给她的感觉是，他会回来。

因为他记得，6月8号，正好是司徒玥十八岁的生日。

而且那时她送他飞去北京，他低头在她耳边说了一句话："等你毕业了，我就可以……"

可以什么，司徒玥没有听清。

但自从上次看到那个"玥"字之后，她心中关于这个未完待续的"可以"，一直有个模糊的设想。

这个设想在她脑子里生根发芽，就快要破土而出了。

可因为关山的缺席，嫩芽又缩回了土里。

算了，管他呢。

司徒玥想。

她扔了手机，从床上蹦起来，像个猴子似的攀住程雪的肩膀。程雪正坐在书桌前，翻书检查自己有没有答漏什么知识点。

司徒玥把书给她合上："哎呀，别看啦！考都考完啦！小雪，我们来化妆吧！"

程雪睁大眼睛："化妆？做什么？"

"谢师宴啊！"司徒玥冲她俏皮地眨了下眼，"谢师宴之后会去唱歌，我们要当全场最靓的女人！"

没想到的是，五班的谢师宴，居然和一班撞到了一起。

司徒玥四个人，毕竟都被一班老师补过课，因此全被刘德全领着去挨个儿敬酒，女生喝果汁，男生可以喝酒。

一班的人跟司徒玥简直太熟，司徒玥一进来，就全程起哄。

"哎哟！司徒来了！恭迎司徒大驾！"

"司徒啊！最近没想着跳楼了吧？"

"司徒啊，和我们迟校花还有可能不？"

有刘德全在这儿，司徒玥根本不敢放肆，只能一个个地瞪过去。

阿圆也在，穿个低胸小洋裙，还挺有料。司徒玥目光停留得稍微久了一点，就被她脸带薄红地瞪了一眼。

司徒玥摸摸鼻子，突然觉得这姑娘还挺可爱的。

可惜的是，宋唯一不在，不过她一向神出鬼没，这并不稀奇。其实她有没有参加高考，司徒玥都不敢确定。

和孔老师敬酒的时候，司徒玥和魏明朗拿着杯子相视一眼，都看到了彼此眼中的不情愿。

喝之前，孔老师问司徒玥："最后一道选择题，你选的什么？"

这个司徒玥记得，刘德全传授过她，最后一道选择题算不出来的时候，就选A，因为太难了，出题人往往把正确答案排在第一位。

于是，她斩钉截铁地告诉孔老师："选的A。"

"错了！"孔老师疾言厉色道，"应该选C，三分没有了。"

"老师我敬您。"

"不急。"

孔老师抬手制止她，又问："最后一道填空题，你的答案是多少？"

这个她哪里记得啊？都是昨天考的了！

就不能好好喝个果汁吗？

"呃……我填的0。"司徒玥随便说了个答案。

"又错了！"孔老师简直痛心疾首，"是 $12\sqrt{6}$！三分又丢了！"

她恨孔秃子！！！

终于从隔壁宴厅走出来，司徒玥感觉自己脱了层皮。

虽然已经知道自己失了六分，但她还能撑住，化悲愤为食欲。

各科老师都被敬了很多酒，刘德全的酒量尤其不行，喝醉后被套了不少话。

比如自己的私房钱都缝在衣领子里啊，再比如自己其实和潘艳华以前是情敌啦，不过后来化敌为友握手言和了啦，听得五班学生们满面红光，"喔喔喔"个不停，仿佛一屋子老母鸡。

和司徒玥有关的爆料就是原来她数学课代表的职位并不是刘德全一时兴起，而是早被内定了，是被他曾经的得意弟子内定的。

刘德全仰靠在椅子上，涨红了脸，打出一个响亮的酒嗝："他说的，让司徒你，当……课代表，说……说你这个人啊，就是头驴，这个……驴……驴啊，它不推不走，不眼前吊着东西，它不……不走。要逼你，诱惑你，你才……才肯走。"

有人问："刘老师，这人谁啊？"

"就……就是……"他没说完，就靠在椅子上，打起惊天动地的鼾来。

大家失望不已。

不用他说，司徒玥也知道是谁。

除了在北京的那个狗东西，还能有谁？

谢师宴后，学生们转战KTV，老师们是不去的，任由学生们嗨。

包厢开在新天地广场一家很上档次的KTV，用光了五班仅存的班费。

倒霉的是，又跟一班撞到了一起。

生活委员被认为是一班的奸细，被大家按在地上猛捶。

到后面，大家还真发现了他是奸细，因为司徒玥上完厕所回来，看见他和一班生活委员在走廊里亲热。

司徒玥看见后，也没声张，蹑手蹑脚走回五班包厢，报告了这件事。

然后五班全体同学就一起踮着脚跑去围观，他们赶去的时候，正好看见生活委员一只油手，正要鬼鬼祟祟摸上一班生活委员的背。

也不知道是谁"噗"地笑了一声。

两个抱在一起的人立即发觉了，生活委员回头看来，就看见他亲爱的同学们的脸,以及无数摄像头。

生活委员脸色爆红,他女朋友把头埋在他怀里,死也不抬起来。

"谁……是谁?你们……"他气得已经说不出一句完整的话,眼看要来揍人。

大家忙把司徒玥推出去。

"是司徒!"

"司徒告的密!"

"司徒说你和妹子在走廊打啵,要我们来看!"

司徒玥气愤不已:"你们还是人吗?"

生活委员已经牵着女朋友的手,挥拳揍了过来。

司徒玥扭头就跑,边跑边嚷:"打寿星啊!你们不能打寿星啊!我还不算成年啊!殴打未成年要蹲局子的啊!"

一班的人也被她的声音喊出来了,众人七嘴八舌地解释过后,一班的人觉得自己班生活委员因为司徒玥,丢了好大一番脸,司徒玥必须要得个教训。

于是,他们三五成群,拉着手,结成一个人阵,来拦司徒玥。

司徒玥有几次因为他们,险些被生活委员逮到,但都被她跑掉了,她长得瘦,身法轻灵,弯着身子往他们拉着的手下一钻,人就跑出去了,跟条滑不溜手的泥鳅一样。

五班生活委员气得大喊:"司徒!有种你别跑!"

"我不!"司徒玥回头冲他扮个鬼脸,有意逗他。

"有种你就抓到我,打啵的是你又不是我,哈哈哈……"

她继续扭头往前跑,可是"嘭"的一声,眼前突然一黑,她感到自己的额头,与一个触感很奇怪的东西撞到了一起。

很坚硬,但又隐约有些柔软。撞上去的同时,头顶还传来一声闷哼。

司徒玥知道了,她撞到了一个人的胸肌。

肯定是个男人,而且是个高她一头的男人。

那男人被她撞得后退了两三步,右手很快地抱住了她的腰,稳住她的身体。

如此熟悉的身高差,如此熟悉的动作,还有鼻尖如此熟悉的气味。

司徒玥不到一秒,就知道了,抱着她的这个男人是谁。

果然,头顶传来一声低笑。

那人嗓音带笑,懒洋洋地说:"小玥儿,你怎么就这么欠揍?"

司徒玥抬起头,果然看见了自己想要见的那个人。

他的头发比冬天时要短了些，露出俊朗明晰的五官，帅惨了！

"关山！"司徒玥喜得大叫一声，抓着他的肩膀就扑了上去。

关山默契地插着她的腋窝，将她抱起来，司徒玥原地腾空了两三秒，才从他身上跳下去。

下去之后，她发现身后异常安静。她回头一看，一班的、五班的所有人，无一不是睁大眼，张大嘴地看着她和关山，仿佛看到了鬼。

"怎么了？"司徒玥问。

要打她的生活委员看见关山，一时不敢轻举妄动，但实在是气，瞪着司徒玥谴责她："你有脸说我？你这行为和我打皈有什么区别啊？"

"我什么行为啊？"司徒玥莫名其妙，"我这是朋友之间的问候啊！"

这瞎话说的……

众人心中一阵腹诽。

"那你也这么问候一下我吧。"一个男生突然从旁边跳出来。

司徒玥吓了一跳，一看，这人不是别人，竟然是吴奇！

司徒玥眼睛一亮："哎？你怎么在这儿？"

"我一直在这儿……"吴奇默默道，"就在山哥旁边，和他一起来的。"

"你没看见。"他又补充了一句。

"是……是吗？"司徒玥摸了下鼻子，有些尴尬，"那你也长得太不显眼了吧？"

吴奇觉得，司徒玥没有心。

5

关山和吴奇进了五班的包厢。

吴奇解释说，关山早就订了7号要回来的机票，正好赶在语文考完的时间段，司徒玥一出校门，就能看见关山在等她。

谁知那天湘市暴雨，航班延误，飞机根本不能降落，关山只好临时订到一张回湘市的火车票，吴奇知道8号她生日，也跟着来了。

从北京到湘市，火车九个小时，可怕的是，他们只买到了站票。

"太累了，司徒，你不知道，到石家庄后，好多人上车，我们没得坐，只能站着，站累了就坐在走道上，推车卖小零食充电宝的、上厕所的，还有些小屁孩儿走来走去，我俩就得起身让他们，太累了，我这辈子都不想坐火车了。"

司徒玥赶紧捧给他一个果盘儿："辛苦了，来，吃点儿东西，补一补。"

吴奇也不客气，叉了一块西瓜吃。

她又捧着果盘儿转向关山："你吃不吃？"

关山接过她手里的果盘儿，放在桌上，低头看她："还气不气？"

司徒玥装傻："气什么？"

关山就笑了一下，弹她一个脑瓜崩："骂我了吧？"

"怎么可能？"司徒玥睁大眼睛看着他。

然而，在关山带着笑的逼视下，不到三秒，她就没骨气地承认了。

"好吧，我是骂了你几句。"

"只有几句？"

"很多句……"

关山"啧"了一声，不知道从哪里掏出一大捧玫瑰花来，扔到司徒玥怀里："拿着吧，没良心的东西。"

司徒玥整个人直接傻在了原地。

她坐在KTV的皮沙发上，左边坐着关山，右边坐着吴奇，只是不知道从什么时候起，吴奇已经坐得离她很远。

其他同学也是，围成一个圈，站在不远处，笑容满面地看着她和关山，还有人拿出手机在拍。

点的歌也被换了，她记得之前是很欢快的广场舞热曲《小苹果》，不知道被谁换成了一首古老的情歌。

司徒玥不知道歌名，只听到一句歌词，唱的是：

路途遥远，我们在一起吧。

头顶的灯光也被换成了适合慢歌的节奏，紫红色的灯光一圈圈地洒下来，关山的眼神比任何时候都要柔软，司徒玥真想一头扎下去，溺死在里头。

所有的一切，她都能看见，也能听见，就是脑子不能思考，仿佛不知道自己是谁，围着的这一圈人是谁，面前这个，如此温柔热切地看着她的人，又是谁？

灯光就在此时陡然熄灭。

黑暗之间，她猛地惊醒。

手上一凉，有人在黑暗中拍了拍她的手背，仿佛在说：不要怕。

然后，眼前一亮，有人推着一个巨大的双层蛋糕，走了进来。

程雪笑着走到司徒玥身边，拿着一个尖角小帽，给她戴在头上。

"生日快乐，阿玥。"

程雪抱了一下司徒玥，又很快地退到一边。

蛋糕已经推到司徒玥面前,推蛋糕的人居然是马攸。他胖胖的脸颊在蜡烛的照耀下,发出一圈柔光。

"生日快乐!司徒!"

"许愿许愿!唱生日歌!邓晓柔,你起个头。"魏明朗咐道。

他话音落地,邓晓柔就带起头,五班的同学纷纷笑着唱起生日歌。

司徒玥条件反射地闭上眼,赶紧许愿。

生日歌唱完,大家问她:"许了什么愿?"

司徒玥这时候脑子不在线,特别好骗,有问必答。

于是,她老实回答:"希望关山做我男朋友。"

关山"嗤"的一声笑,轻轻敲一下她的脑袋:"笨不笨?许已经实现了的愿望做什么?"

"实现了?"司徒玥瞪大眼睛,"什么时候?"

关山拈起玫瑰花上的一张卡片,递给她:"打开看看。"

司徒玥接过一看,上面是她无比熟悉的小孩字体。

小玥儿,愿意和我分享你的余生吗?

关山

番外一
如果故事可以停在这里,就好了

很多时候,魏明朗都觉得,故事到了一个适当的地方,就该当断就断。这样的结尾,叫恰到好处,否则的话,就成了狗尾续貂。

他的故事,如果要断,就应该断在高一新学期开学,他和程雪初见那会儿。

他从小就没女人缘,姑娘们不知怎么的,都特别不待见他。

发自肺腑地说,他长得还算可以,而且都是真心地喜爱她们。

幼儿园的时候,他喜欢坐在右手边的一个羊角辫女孩儿,因为太喜欢了,午睡时也想和她说话。

结果,羊角辫女孩儿幼儿园三年,没得过一次小红花,毕业的时候呜呜哭着说:"我讨厌魏明朗。"

魏明朗搞不清楚为什么,明明午休的时候,不是和他玩得很愉快的吗?

到了小学,他喜欢上了女班长。

女班长小小一只,最喜欢讲"安静"两个字,还带着可爱的乡下口音,生气的时候,脸上会喷上两朵红云,特好玩儿。

魏明朗就故意惹她生气,在她细声细气吼"安静"时,就偏不安静,上蹿下跳,女班长气得鼓着脸颊,像只河豚。

魏明朗也爱极了她的乡下口音,特意拿修正带在她的桌子上写"乡巴佬"。女班长吃完饭回来,看见桌上的字,气得两肩颤抖,眼里憋着泪,大声问:"谁写的?"

魏明朗就赶紧站起来,说:"我呀我呀我呀。"

女班长瞪着一双泪眼,控诉:"魏明朗,你真讨厌!"

魏明朗搞不清楚为什么,怎么就讨厌了?乡巴佬是多么可爱的一个称呼啊!

上了初中，魏明朗收敛了很多，整个人沉默下去，也开始有小女生手挽着手来班上看他，还会有情书塞到抽屉里。

但他没有兴趣，他更爱打球和游泳。

直到初二时，他再次喜欢上了前桌的转学生。

转学生有着一头齐耳短发，皮肤白若细瓷，颈子上两根儿细带子，绕到颈后，打个蝴蝶结。

魏明朗总喜欢去解开那个蝴蝶结，他也不知道自己为什么喜欢，大概就是手欠。

但他很爱看解开后，转学生的反应。

她羊脂玉一般的耳垂，会在一瞬间红透，像一颗鲜嫩欲滴的树莓。

真好看呀，魏明朗觉得自己爱上她了。

可是下一秒，一个巴掌清脆地扇到了他的脸上。

"流氓！"

转学生哭着跑了。

魏明朗搞不清楚为什么，他只是解开一个蝴蝶结，怎么就成了流氓。

他冤枉。

在遇见程雪之前，他的女人缘大抵如此。

遇见程雪的那一天，是高一新生开学，他去得早，教室里就他一人，靠在桌上补觉。

程雪进来的时候，小声"啊"了一下，把他惊醒了。

原来是她进门时，衣服钩到了门框上一枚铁钉子，她不知道，还往前走，导致衣服"刺啦"一下，划破了道口子，她人也被拉得往后退了几步。

然后，她做了一个可爱到爆的动作。

她没想着赶紧把衣服扯下来，而是鬼鬼祟祟地向四周看了看，应该是要看刚刚有没有人看到她出糗，她的眼睛又大又亮，扭头四看的动作，像极了一只笨手笨脚的小鹿。

看到除了一个趴在桌上的人，就没人看见她，她才松了口气，去解开被钩住的衣服。

却不知道，这些都被装睡的魏明朗看在了眼里。

魏明朗想，他又有喜欢的姑娘了。

但他不想再听到喜欢的姑娘，说他讨厌了，流氓当然就更不行。

故事如果断在这里,就是一个情窦初开时的心动往事,挺好。

故事接下去,就是魏明朗因为试图拿锤子把门框上那枚钉子拔出来,被潘艳华骂了好一阵子,同时,魏明朗开始注意起了程雪的一举一动。
她有着乌黑的长发,美丽的双眼皮,一男一女两个好朋友。
课间操回来时,她左臂挽着一个男胖子,右臂挽着一个女瘦子,三个人有说有笑,亲密至极。
他真想变成她手臂上挽着的那个人。
为了接近她,他开始从她的朋友,那个女瘦子接近起。
女瘦子叫司徒玥,人挺不错,就是爱动粗。
但和司徒玥混的时间久了,开始有谣言说,他暗恋司徒玥。
那怎么能行?这怎么能乱说?
魏明朗不淡定了,一个个地跟群众解释。
他不喜欢司徒玥,司徒玥是兄弟。
玩得好的几个男生就问他喜欢谁。
他说了程雪的名字。
然后男寝室里一片寂静。
过了很久,才有一哥们儿开口说:"班花啊?不太好搞。"
"哪里是不太好?"另外一个人插嘴,"简直就是难搞。"
"难于上青天。"
"为什么?"魏明朗有些错愕。
大家就给他分析。
"你看班花啊,平时好说话吧?"
"好说呀。"
"这就对了。"
那哥们儿揽过他的肩膀,为他指点迷津。
"好说话的人呢,一般到了关键时刻,就特别不好说话,就比如你让张二,"他指了在场一个男生,"张二去找她借笔,班花肯定二话不说就借给他,然后张二去找她借一百块钱,班花也肯定二话不说就借给他,接着张二又找她借一千块,班花这时候可能犹豫一下,最后还是二话不说就借给他,到了最后,张二去找她,说要借她睡的床,也别搬来搬去麻烦了,两个人躺一张就行,这下想都不用想,班花肯定二话不说就拒绝他。"
听到最后,大家才知道这是个颇隐秘的黄笑话,都哈哈哈地猥琐笑了起

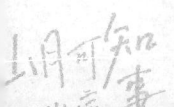

来。

只有魏明朗表情认真地说:"也有可能是张二长太丑了,换我去借,成功率可能会大一些。"

张二无语。

那时候,魏明朗就是这般自信的奇男子。

直到后来,迟灏出现了。

魏明朗很早就发现了程雪和迟灏在老教师公寓前幽会,甚至早于司徒玥知道之前。

他们两个人站得很近,说着话,声音太小声,魏明朗听不清。

后来他回到教室里,听到马攸和司徒玥在窃窃私语,他的耳朵自动为他捕捉到了"程雪""家里""地址"几个字眼。

直觉告诉他,他们说的,绝对和程雪与迟灏在教师公寓前幽会有关。

他只耍了一个小聪明,就得到了自己想要的信息。

那一刻,他真的太高兴了。

程雪被她爸爸家暴,她是一个有着一身苦难的可怜女孩儿。

他快速地穿过丛生的杂草,凌乱的碎石残砖,跑到老教师公寓前,一堵破败的墙边,上面被小孩儿用粉笔写着:从前的我你爱搭不理,今天的我你高攀不起。

他拦住程雪,脸上带着汗,表情很激动,喘着粗气对她说:"程雪,听说你爸家暴你、家暴你妈,是真的吗?"

然后,一如从前,他爱的女孩儿迅速地拉下脸,问:"谁说的?"

他就如实告诉她:"马攸和司徒玥。"

程雪得到答案,就扭头跑了。

他站在她身后,伸出一只手,仿佛想要拉住她。

他还有一句话没讲完。

他想说,如果你爸家暴你、家暴你妈,你不要害怕,我会保护你,也保护你妈。

但程雪只是头也不回地,跑掉了。

如果故事断到这里,就是一段因为误会而错过的年少狗血奇缘,也挺好。

故事再接下去,就是小苍山半腰上看日出。

程雪看迟灏,而魏明朗看她,说着各自的梦想,之后她被那个浑蛋父亲打破脑袋，他们护送她上下学。

那时魏明朗未满十八岁，半夜睡觉时，还是会因为骨头生长而疼醒，他还是个少年，关于男人的责任、担当，都是一知半解。

但在那一段蒙昧的时期里，他用自己还未长成的肩膀，担负起了保护自己心爱女孩儿周全的重任。

如果故事断到这里，就是一个关于暗恋的青春期故事，也挺好。

还接下去的话，就到了毕业那一天，KTV的包厢外，魏明朗终于鼓起勇气告白。

正如好兄弟们告诫过的一样，他意料之中地败了。

程雪只是笑着轻轻摇了下头，说："你别开玩笑了。"

玩笑？怎么会是玩笑呢？

他从高一起，偷偷注意她三年，这怎么会是玩笑呢？

她靠在墙上，双手背在身后，这多么像一个索吻的姿势啊。

魏明朗差一点就要吻下去了，直到他发现，她亮晶晶的美丽双眼里，装的全是一班那个人的身影。

算了，也挺没意思的。

魏明朗就笑了笑说："这都被你发现了，我是和你开玩笑呢。"

后来聚会散了，大家烂醉如泥，你扶着我，我背着你，去江边吹风醒酒。

下过雨，江岸边一摊烂泥，有个男生一脚踩下去，顿时哀号一声："老子新买的阿迪！"

大家就仗着醉意，把他的新鞋从脚上拔下来，抛进了江里。

那个男生嘻嘻哈哈，也不生气，转而去脱别人的鞋。

最后，大家干脆都脱了鞋，用鞋带系着，挂在脖子上，裤子挽高，双脚插进泥地里。

每次下暴雨，江底的泥沙被带起，这条江都要浑浊好几天，空气里都弥漫着泥土的潮湿气。

他们浩浩荡荡四五十号人，有一班的，也有五班的，或站或立，仿佛古代那些临黄河而立的文人墨客，稍加酝酿，就是一句"君不见黄河之水天上来，奔流到海不复回"的千古绝唱。

有人在发呆，有人在唱歌，有人在抱着说醉话，有人在小声哭，还有司徒玥，正和她新交的男朋友牵着手，小声调着情。

不知谁说了一句:"这就完了?高中就这么毕业了?"

有个人就笑着说:"对啊,毕业了,班长这是还活在梦里哪?"

被叫作"班长"的那个人苦笑一声:"我宁愿这是场不会醒来的梦。"

司徒玥听了,钩着她男朋友的小手指,笑一声,说:"梦总要醒的,班长,祝你毕业快乐。"

很多人听了都哭了,与朝夕相伴三年的同窗拥抱,道一声"毕业快乐"。

魏明朗走到程雪身边,对她敞开怀抱。

程雪坦荡地笑笑,不带犹豫地投进他的怀里,在他耳边说:"毕业快乐。"

如果故事断到这里,就是一个关于圆梦的励志青春故事,还是挺好。

如果再接下去,就到了高考成绩发放的那一天。

魏明朗的成绩在意料之中,足够让他去华南理工。

迟灏那小子依旧神得很,是继关山之后的又一个全省文科状元,大概会去北大。

司徒玥考得也不错,简直超常发挥,魏明朗看见她的时候,她眼睛都要笑没了。杨女士则是泪流满面,不停说自己要去寺庙里还愿。

马攸的成绩就那样,不过他也不在意,他在意的只有能不能和司徒玥、程雪去一个城市。

但估计是不能的。

因为司徒玥的大学志愿已经被她男友规划好了,全是北京的学校,而程雪考了个特别好的成绩,是五班第一名,语文单科状元,她想去的华南师范大学已经是稳了,以后会在广州念大学。

马攸只能一南一北,任选其一。

程雪计划填完志愿后,就去广州找她妈妈,再也不回来。

在那之前,她要收拾好东西。

从学校搬出来后,她大部分行李都在司徒玥家,没多少东西,一下就打包好了。收拾的时候,她突然发现,自己把一个很要紧的东西落在了以前的家里。

司徒玥送她的圣诞礼物,那个记载着她们相识点滴的相册簿。

不能不带走。

她想叫司徒玥陪她一起去以前的家拿,可那一天,关山从北京回来,司徒玥开心极了,偷偷去关山家里了,晚上就没回来。

程雪也不敢声张,怕杨女士发现,给司徒玥打电话,结果被挂断了。

她打了两次,被挂了两次。

于是她想算了,自己一个人去好了。

反正她爸自从上次失踪,一直就没回来。

她给司徒玥留下一张便条,上面写着:我回家拿个东西,等我回来,我们去吃桂林米粉。

她记挂着,司徒玥嚷嚷了好几天,想吃以前初中校门口那家桂林米粉。

但她再也没回来。

程雪失踪的第五天,湘市郊外,距离程雪家八百米左右,一家公共厕所外的化粪池里,她的尸体,被刑警队从里面打捞起来。

她爸爸很快被全国通缉。

半个月后,在临市一个小破旅馆里被捕。

程雪就这么死了。

司徒玥彻底疯了,把自己锁在房子里不吃不喝,怀里就抱着那个相册簿痴痴地看,簿子上沾了程雪的血,据刑警队的人说,法医鉴定过了,程雪是被秽物溺住口鼻,窒息而死,但身体还有别的外伤,其中最大的一处是在后脑勺枕骨处,凶器被指证为一把螺丝钳,几乎把整个后脑枕骨都打得往内凹陷进去,程雪就是不窒息死,将来也会有脑死亡的可能。

司徒玥爸妈跪在门外求司徒玥,两口子真是声泪俱下地求,司徒玥充耳不闻,要是强行用钥匙打开门,司徒玥就说,谁要进来,她立即从阳台上跳下去。

大家被她吓怕了,谁也不敢进去。

除了关山。

关山从北京匆匆赶了回来,站在司徒玥紧闭的房门外,叫司徒玥开门,可司徒玥却连他的话也不听了。

关山也不同她废话,跑回自己家里,居然从他家阳台上,跳到了司徒玥家的阳台上。

她阳台的玻璃门也是被关着的,不过关山早有准备,拿着一根钢管,不由分说地就敲碎了玻璃,把司徒玥吓了一跳。

关山揪着司徒玥的衣领,把她从衣柜里揪出来,一路拖到门口。

那里站了很多人,她的父母、马攸、潘艳华、刘德全、邓晓柔和其他同学,迟灏在,魏明朗也在。

关山红着眼，凶相毕露，看上去就像一只暴怒中的狮子。

关山指着司徒玥头发已经花白的父母，厉声说："你有本事就再熬下去，把你爸妈熬死了，你也就差不多了！"

司徒玥双手捂住脸，跪在地上，大哭起来，又哭又叫，双脚在地上胡乱地蹬，像个长不大的孩子。

关山把她紧紧抱进怀里，摸着她的头发和后背，一遍遍地说："好了，好了。"

那一天后，司徒玥不再把自己锁在房间里了，开始吃饭。

她爸妈每天看她脸色，战战兢兢，就怕她有个好歹。

填志愿的那天，她出乎所有人意料的，第一志愿填了一个师范学校。

她那个分数，去填那个学校，简直就是浪费。

所有人都劝她，可没人能改变她的主意。

关山知道了，没劝她，只是问她："北京呢？"

"不去了。"

关山就点点头，眼睛红了一圈，又问她："那我怎么办？"

司徒玥沉默了很久很久，一点都不像她这个人该有的样子。

最后，她皱了下眉，说了一句很老成的话。

她说："人的一生，重要的东西，不是只有爱情的，关山。"

关山当时狠狠愣了一下，最后说："成，都听你的。"

然后，他干净利落地转身离去。

那一天起，他们就分手了。

这些，就是魏明朗所知的关于司徒玥和关山的全部。

魏明朗也有听说，程雪打的那两通电话，都是被关山挂断的。

具体情况究竟是如何，他不清楚，也没心思搞清楚。

他一直刻意地不去想起这件事。

不想记起，那一天是6月27日，天光明媚，湘市南郊公园荷花池里的花都开了，满池子的绿荷粉花，扑鼻就是莲蓬的清香，他本想约出来赏花的姑娘，就在一个脏污的化粪池里头静静躺着，她死于十八岁，一生中最美好的年华。

故事断到这里，就是一个涉及凶杀的虐心故事，就挺不好。

这就是狗尾续貂。

次年的四月，震惊全国的弑女案在湘市最高人民法院进行终审，罪犯程有良以残酷手段杀害其亲生女儿，并伴随有计划的抛尸手段与逃跑路线，被认为犯罪动机明确，犯罪情节极其恶劣，造成社会影响极坏，严重挑衅人类社会道德底线，最终以故意伤害罪被判处死刑，缓期两年执行。

审判结束后，魏明朗在程雪的墓前，再次见到了司徒玥。

她和马攸站在一起，看上去精神了很多，也白了很多，不过还是瘦，看得出整个人少了以前的那种灵动，死气沉沉。

她坐在程雪墓前，扶着程雪的碑，低声说："你安息吧。"

那是毕业之后不久，他最后一次见司徒玥。

等再次重逢，就是十年之后，马攸的婚礼上了。

那时魏明朗带着自己老婆赴宴，在宴席上一眼就看到了司徒玥。

司徒玥还是孤身一人，白了，漂亮了。

言谈间也恢复了过往的轻快，她坐在席间，说起自己大学后的五六年里，在山村支教时的趣事。

她还是像从前那样，是人群里的焦点，语言风趣，包袱一抖一个，把她身旁围绕的几个年轻女孩子逗得哈哈大笑。

他老婆看到他盯着司徒玥看，立即警觉起来："你在看谁？初恋女友吗？"

初恋女友？

魏明朗好笑地摇了下头。

"她可不是我初恋，她是那个人的初恋。"他指了一下一桌之外的关山。

关山正玩着手机，可视线却一直往司徒玥那边瞟。

魏明朗一看就知道，关山还爱着司徒玥，那眼神骗不了人。

司徒玥也一定还爱着关山，不然不会一边逗着姑娘们，一边有意无意地偷看关山。

他老婆看到关山，当即"哇哦"了一声。

其中意思不言而喻。

但她很快反应过来："你初恋可不是她？什么意思？你还真有初恋？是谁？快说！在不在这里？"

魏明朗被她问得一愣，长久地发起呆来。

魏明朗一直觉得，故事就该断在一个恰到好处的地方，所以童话故事里，

happy ending 永远是公主和王子幸福地生活在了一起。

　　作者不往下写，是因为知道，没有人的生活会永远幸福，可能公主也会面对婆媳问题，王子也会婚内出轨，鸡毛蒜皮的小事不断，生活从来不会因为他们是皇公贵族，就对他们偏爱。

　　如果让他来断，他会断在小苍山，断在湘市江岸边。

　　就算微有遗憾，可也称得上圆满。

　　但他用了十年时间才琢磨明白，能断的是故事，不能断的，是人生。

　　多少次做梦，他都希望，故事就永远停在毕业聚会时，那个醉酒的晚上好了。

　　就让时间定格在程雪投入他怀中的那一瞬间。

　　同学们在聊天，司徒玥忙着谈恋爱，而他爱的女孩儿，就在他怀里，颈下的脉搏在不断跳动，她还是鲜活的一条生命，未来有着无限可能。

　　可天一亮，梦就醒了。

　　他躺在床上睁开眼，摸到一手的泪。

　　人生注定要像一条江河，轰轰烈烈地往前奔腾而去，死不回头，抽刀断不掉，巨石埋不掉，过去了就是过去了。

　　很绝望是吗？

　　其实不是。

　　因为沿途的风景很美，有些人，有些事，被永久地留在了记忆里，可等行到水穷处时，往往会发现一番奥妙的新天地。

　　就比如他遇到了现在的老婆，马攸居然和双胞胎里的小高结了婚，司徒玥和关山兜兜转转十年，最后也一定会在一起。

　　毕竟有缘总会相逢，有爱总能相守。

　　至于那个有着乌黑长发，美丽双眼的女孩儿呢？

　　他不说了吗？

　　有缘总会相逢。

番外二
人的一生，重要的东西，不是只有爱情

关山恨司徒玥。

他对她的恨由来已久，要追溯至五岁那年，他被母亲关小燕带到一个陌生的城市生活。

这个南方的小城市叫湘市，市中心有一条江，是长江的支流，将整座城市分成东区与西区。

西区是商圈，地带繁华，此后十年，万达广场、国金中心、王府井商业广场都陆续在此修建，西区地价从此一飞冲天，很多人因为自家房子拆迁而成为一方巨富，他们的孩子被称为拆二代，虽然现在穿着地下商业街十几块一件的汗衫，但很有可能之后回家躺别墅，出行坐宝马。

东区是老城区，过去湘市人口聚集的中心地带，因此教育资源特别丰富，大学城就坐落在东区，湘市四大名校也分布错落在这里。

九十年代初，有批房地产商看准商机，在学校周边，推了原来的老房子，建起一片商品房，这些小区就是后来的学区房，因为靠学校近，很受家长们的青睐，十年之后，居然房价涨到和西区中心地段一样高，简直就是东区的小骄傲。

关山和母亲就住在东区一个叫"蓝湾河畔"的小区内，所谓"湾"和"河"，是意识形态领域的范畴，基本全靠个人想象。

因为小区就在凤凰巷里头，这个巷弄号称是湘市最古老的胡同，下水道形似蛛网，四通八达，房地产老板自问没有挖池子还不会淹了整个片儿区的本事，只能悻悻作罢。

蓝湾河畔就跟一只伫立在凤凰巷里的钢铁怪物，登高而望，四周都是一片低矮的平房，并且巷弄七拐八绕，关山新搬去的第一个礼拜，被关小燕带着，迷路了无数次。

有好几次，他们迷路了，都是杨女士带着他们回家。

杨女士是他家隔壁的女主人，是个老师，有个皮猴儿似的女儿。

那就是司徒玥。

司徒玥常跟在她妈身后，走路也不好好走，喜欢走S型，而且一蹦三跳，有时会左脚绊右脚地摔一跤。

关山就在后面笑。

司徒玥听见了，就会很惊讶地回过头来，说："原来你会笑的！"

谁不会笑？就你会笑？

关山不高兴了，抿起嘴角。

司徒玥就充满遗憾地"嗷"一声。

"你又不笑了。"

司徒玥的可恨之处还在于，她认为他和关小燕是聋子。

那时杨女士领着迷路的他和关小燕回家时，被牵着的司徒玥就大声地问她妈妈："妈妈，他们是傻子吗？为什么不知道回家呀？"

关山对司徒玥的恨意便始于此。

关小燕听了，被她逗得笑弯了腰："你也觉得傻吗？哈哈哈……我也这么觉得！"

关山无语。

他的妈妈，就是这么一个心胸广阔的女人。

司徒玥的可恨之处，还在于她认为关山是哑巴。

他才不是哑巴，他只是不爱说话。

不爱说话和哑巴之间，还是有区别的，前者是不想说，后者是不能说。

关山是小哑巴，这可把司徒玥高兴坏了，如同捡到了宝。

因为她不哑巴，而且话格外多，跟大人们在一起，最常听到的话就是"玥儿闭嘴"，或是"玥儿我去叫你妈了"，后一句通常说于前一句不起作用的时候。

既然关山是哑巴，她就能把所有的话全都灌给他，而不用担心他叫她"闭嘴"，因为哑巴说不了话。

当然关山并不是真的哑巴，所以其实他可以叫她"闭嘴"，但他就是不想说话，这种不想说话的欲望和叫她闭嘴的欲望时常打架，最后总是不想说话的欲望打赢叫她闭嘴的欲望。

他就这么听了她一年多的废话。

直到有一天，司徒玥很认真地问他："关山，能不能给我看一下你的……大家说我们不一样，真的吗？"

关山不说话。

"可不可以啊？他们说男的才有，女的没有，你是男的，可以给我看一下吗？"

关山还是不说话。

司徒玥试探着说："你不说话，我就当你同意了哟？"

说话的同时，她一双爪子偷偷摸摸地靠近关山的裤腰带。

关山护着裤子，憋着通红的脸，第一次，叫她闭嘴的欲望打赢了。

"闭嘴！"

终于，他对她大声吼出了这句话。

之后很长一段时间，不管关山怎么解释，司徒玥都坚定地认为，她治好了一个哑巴。

此外，司徒玥还抢他零食，抢他的漫画书。关小燕对关山的经济把控向来宽松，没钱了就在玄关处的鞋盒子里拿，可他的零花钱最后都进了司徒玥的腰包，被她拿去买冰激凌吃，还要他骑车带她去，因为她不会骑自行车。

湘市的夏天无比热，凤凰巷里没种绿植，头顶就是一片毫无遮挡的艳阳天，阳光像是要把头皮都要烤焦，他在前面汗如雨下地踩着自行车，司徒玥就坐在他后面吃冰激凌，吃得啧啧有声。

关山想，不能再这样下去了。

他让关小燕送他去学跆拳道，就在司徒玥柔道班的隔壁，同时他以游戏机、小人书、画片等各类玩物丧志的东西瓦解她的恒心，果然没过几天，司徒玥就哭着闹着说，不学柔道了。

两年之后，关山已经略有小成，可以去挑司徒玥的大旗了。

那一天，两个人打着打着，倒在地上，司徒玥整个人被他扣在怀里，下身被他压得动弹不得，脖子也被他横臂格着，司徒玥呼吸受阻，有种濒临窒息的危机感。

关山在她耳边问："服不服？"

司徒玥就大声回答："不服！"

关山冷笑一声，手上又加了几分劲："服不服？"

司徒玥憋红了脸，大声道："不服！"

两个人僵持良久,最后各自妥协一步,司徒玥退位让贤,老大让给关山当,不过她还是要当个护法,是组织里的二把手,组织还是拜玥教,但是要依关山的建议,"拜"改成"败"字,反正她也没文化,一个字两个字的,没差。

事情的结尾,以司徒玥红着脸,叫关山一声"大哥"而告终。

他们横行五六年,终于在四颗人头案上,栽了一个大跟头。

两家人一起去看牛痘哥,结果被牛痘哥家长关在病房门外,杨女士的鼻子还险些被撞到,司徒玥看见了,问了声:"妈,你没事儿吧?"

杨女士一言不发,反手就是一个巴掌,打在了司徒玥的脸上。

司徒玥整个人被打得一个趔趄,却一声也不敢吭。

关山当时在一旁冷眼看着,要不是关小燕一把将他按住了,可能他就冲上去了。

后来司徒玥被家里关了禁闭,不能出家门一步,而关山远在北京的父亲知道了这件事,大发雷霆,勒令关小燕马上把他带回北京。

临走的那一天,关山站在小阳台上,把司徒玥叫出来。

"我要回北京了。"他告诉她。

司徒玥当时只"噢"了一声,说:"记得给我带驴打滚。"然后就转身回了房间。

关山站在阳台上,半晌都不能回过神来。

当时脑子里反反复复就一个念头,她怎么就记得吃?

他没想到的是,每次逢年过节,关小燕都会带他回北京,而司徒玥以为,那一次回北京,跟之前没有任何分别。

可是,那一次回去后,等他再回来,就是四年之后了。

他孑然一身,带着丧母的悲痛,和四年痛苦的回忆,像只落水狗似的,回了湘市。

其实如果是为了躲开贺然,全国哪个城市都去得,甚至国外也能去,父亲一定会为他安排好一切。

可是他单单回了湘市。

回来的那一天,正值暑假,烈日炎炎下,关山提着行李袋,走进凤凰巷,有一种回到故乡的欣喜。

巷弄拐角处,放着一张四脚矮几,围墙后不知谁家种了一株参天的樟树,枝繁叶茂,这张矮几就被樟树的巨荫给笼罩着,又靠近风口,是夏日里难得的一处乘凉处，平素街坊四邻午后无事，常来这里吃西瓜闲聊。

关山就在拐角后，听到杨女士的一席话。

她显然是被街坊们临时拉住的，她从来不说人闲话，除非是被人强行拉住说几句。

有人问她："哎，杨老师，听说你对面那户人家，从北京回来啦？"

杨女士说："好像是，早上看见搬东西的师傅。"

"哟？"有人笑了，"那你家玥儿这下不会无聊了，有人和她玩了。"

杨女士过了一会儿，才说："她现在有新朋友了，再说那都是小时候的事情了，她现在和隔壁那家玩不玩得来，还说不好呢。"

关山当时心怦怦一跳。

然后，他听见别人笑着说："也是，你们家是书香世家，一家的读书人，那家里的妈妈毕竟是搞那种不要脸的工作的，两个人在一起玩久了是不好。"

"可不是？我看你家玥儿小时候也蛮讲礼貌，伯伯奶奶喊得那叫一个亲热，怎么后来就把人打成那样？肯定是被带坏了……"

有人拉了拉那人的衣袖，想必是看见杨女士的脸色不太好，连忙让她别说了。

那人干笑几声，扯开话题。

"不过没看见那孩子他妈妈，没一起回来吗？"

"好像是没看见哦，只看到那家儿子忙着搬东西，他妈不见个人影，杨老师，你和人家处得好，你知道不？"

杨女士说："也没多好，几年不见，也没联系了……"

后面那些三姑六婆们就让杨女士去隔壁打听一下，杨女士怎么回答的，关山就没听下去了。

他在巷子里乱走，失魂落魄地想起，关小燕还健在的时候，总是提起杨女士。

关小燕读书少，出生在山西一个穷山坳里，那个村子里盛产煤矿，十户人家里有九户是矿工，还有一户是煤老板，煤窑开设得多了，空气就不好，一年到头里，雾霾天占去了一多半。关小燕长得一点也不像那个地方的人，皮肤白如玉，大眼睛里盛着一泓秋水，灵气就在里头满得快要溢出来，她读到职中毕业，就去了北京闯荡，随后就遇上关山父亲，他大她十几岁，有妻有子，是个很有魅力的男人。

关小燕被他父亲护着，自18岁后心智就再没长过，看问题永远像个小孩儿，所以能和司徒玥说到一起去。

杨女士是个高知，又在大学里教书，懂很多东西，关小燕很钦佩她，一直拿她当姐姐看。

也不知道关小燕在地底下，看没看到她看作姐姐的杨女士，在听到侮辱她的那些话时，却一言不发。

关山胡乱走到家，把带给司徒玥一家的礼物全数扔了，心里的气还没消下去，门就被人敲响了。

他打开门一看，是阔别四年的司徒玥。

她端着一盘饺子，开口的第一句话是："怎么没见到你妈妈？"

关山那时心火大炽，心想，她这是替她妈打探情况来了。

他不该回来的，湘市跟北京没什么两样，全是他憎恶的人。

愤怒与失望交织下，他对司徒玥狠狠地说："滚。"

他恨她，是杨女士的女儿。

司徒玥喜欢上迟灏，关山恨她差劲的眼光，那小子瘦弱得一推就倒，跟个大姑娘似的，有什么好喜欢的。

她想迟灏当校草，关山就让吴奇黑进投票网站，篡改数据，校不校草的他不在乎，总之让姓迟的当不上，他就舒服了。

后来她不喜欢姓迟的了，关山那一段时间还挺高兴，春风得意。

最高兴的时候，就是她十八岁的生日，她和他正式在一起，他们手牵着手一起唱一首英文歌，大部分是司徒玥在唱，她英文虽然不好，唱歌的时候倒是咬字清晰，发音纯正，而且很动听。

关山看着她唱歌时的侧脸，心想，他要一辈子照顾好这个姑娘。

如果没有程雪的事的话，他和司徒玥，一辈子大概真的就会这么过了。

出事前一天，正好是星期五，高考的成绩出来，司徒玥考得比他估计的好，有十足的把握能上他给她计划好的那所学校，离他的学校很近，大学四年，司徒玥都能在他眼皮子底下。

他翘掉了当天的课，从北京飞回来，司徒玥开心极了，两个人在他的房间里抱着睡了一晚上。

后来关山也不知道，自己究竟有没有挂掉程雪打来的电话了。

他只记得当时窗外阳光正好，而他爱的姑娘就睡在他的怀里，睫毛漆黑纤长，他一根根地数，想要数清楚。

程雪的死就如一把大铁锤，重重地敲在所有人的心上。

司徒玥没有怪关山，她只是折磨自己。

那天,关山把她从衣柜里揪出来,司徒玥大哭起来,关山突然就心软了,抱着她一遍遍地道歉。

脑子里划过很多和她在一起后的回忆,虽然时间不长,但都很美好。

她一向古灵精怪,脑子里很多奇奇怪怪的想法。

有一次给她打电话,她突然问他:"以后我们的小孩,跟我姓好不好?"

他当时的头"嘭"的一声撞上了墙,连电话里的司徒玥都能听得一清二楚。

她忙问:"怎么了?怎么了?"

他揉着头,说:"没事,怎么突然问这个?"

司徒玥被他带走重点,一本正经地告诉他:"因为我的姓比较好听。"

原来是这么一个理由……

他感到无语,奚落她:"还小孩子?你知道小孩儿怎么生出来的吗?"

司徒玥好像受到了奇耻大辱,大声说:"我当然知道啦!又不是没看过小电影。"

"嗯?"

他猛然一惊:"谁?你跟谁看的?男的女的?"

司徒玥嘻嘻笑了几声,说:"没谁,我自己一个人看的。"

"谁给你的片子?"

"我拿你电脑看的。"

"胡说!"他下意识道,"你不知道密码。"

话说出口,他就知道不妙了。

果然,司徒玥在电话里笑得上气不接下气。

"哈哈哈……关山……你果然……果然看过小黄片……哈哈哈……"

他走得最远的路,就是司徒玥的套路。

"我没有。"他红着耳根辩解,想了想,又补充一句,"真的。"

却没想到,司徒玥再次大笑起来,她告诉他,一般人在撒谎的时候,事后总要补充一句"真的",为了催眠自己的潜意识,也为了在说服别人时底气十足,不显得心虚。

那天,他抱她在怀里,周围的人不知何时都走开了,司徒玥哭累了,抱着他的胳膊出神。

他第一次鼓起勇气问她:"怪不怪我?"

过了很久很久,司徒玥才哑着嗓子问:"怪你什么?"

"挂了那两通电话。"

又过了很久很久，久到他已经害怕要知道答案，正想要把话题岔过去的时候，司徒玥回答了。

她摇摇头，说："不怪你。"

那一瞬间，他要被突如其来的喜悦给击晕倒了，直到司徒玥的第二句话紧跟着响起。

她说："真的。"

离别的那一天，司徒玥说："人的一生，重要的东西，不是只有爱情。"

他听了，潇洒离去。

可眼泪分明在转身的那一瞬间，沾湿衣襟。

他为司徒玥放弃了很多出国交流的机会，他殚精竭虑好几天，为她做出一张高考志愿填报参考表，上面罗列了她能考上的学校，需要再努力一把就能考上的学校，各校的专业水平、宿舍条件、距离他学校的远近，该乘坐什么交通工具。他想到他要本硕博连读八年，司徒玥不继续深造的话，四年后就能毕业，他要在四年之后，给她一个较好的经济条件，于是他开始攻读金融学位，跟他爸爸学着投资。司徒玥生日那天，他送给她一部单反，那就是用他赚到的第一笔钱买到的。

可是，司徒玥没有去那张表上的任何一所学校。

她去了云南一所二本师范，距离他近三千公里。

那时他想，在司徒玥的心里，不是爱情不重要，而是重要的东西里，没有他。

他多么恨司徒玥，最后还是不要他了。

后记
飞越疯人院

写这本书的时候,我正处于一段心理即将崩溃的时期。

那一段时间里,常听我的编辑提起的,就是"市场"两个字。

我其实能理解,只是有时候理解,和能做到,是两码事。

我时常感觉自己陷入了一个怪圈。

想写一个构思巧妙、情节有趣,开篇就是高潮、处处都是爽点,能让读者喜欢的好故事。

可这样的故事,一定会面临着"假大空"的致命问题。

当然也会有人说,看故事就是要看天马行空,可我始终觉得,不扎根于现实土壤的东西,写出来会很空洞,也就是让读者没有共鸣感。

当时我的重心放在一本仙侠上,《山月》只是我随手写的,一开始甚至没想着要把它写完,只是写到哪里算哪里。

可随着时间推移,我从二月的寒假,写到五一小长假,近三个月时间,重心却逐渐移到了《山月》上。

故事里的情节越写越多,人物越写越活,仿佛他们就是一群活生生的人,有时他们围成一圈儿,看着我深夜写文,说不定还会阻止一句:不对!我性格不是这样的!

真惊悚。

其实仔细想想,我越写越投入,大概是因为,我在故事里,投射了一部分自己的青春。

比如湘中的原型,是我的高中母校,很多人物,都综合了我、我朋友身上的特质。最重要的是,在文里,我替自己圆了一个梦想。

我的高三生活,是完全空白的。

高中我念的是本地最好的中学,高升学率的同时,也意味着它必定是高竞争、高压力的一所学校。

高中三年，我一直是重点班的学生，其中的压力更不用说了。

前两年半，也可以说直到高三下学期以前，我的成绩一直很好，保持在年级前十。

直到百日誓师后，状况急转直下，我发现自己看不进去书了。

因为会走神。

最害怕的就是自习课，那意味着要时刻跟自己奔逸的思维做斗争，直到下课铃响起的那一刻。

后来我在湘雅精卫实习的时候，碰到了一个高三的姑娘，被爸妈带着来看病。

她也有着和我那时一样的困扰，精力不集中，上课、自习老走神。

其实她和诊室其他来访者一比，问题要轻微得多。

那些来访者大多有着程度不等的强迫症、双相障碍，或是精神分裂，有些人妄想症状到了很严重的地步，而且还存在幻听、幻视的症状。

但这个姑娘哭得却比任何来访者都要厉害。

因为不管病症轻重如何，她的心里痛苦程度是一样的，甚至远超出去。

我坐在一旁，听着她边哭边说，自己那些愧疚、痛苦，对高考的恐惧，对未来的不确定，听到最后，我几乎要坐不住了。

这不就是从前的我吗？

原来不是只有我这样？原来也会有人在高压之下反复出神，看不进去书？

原来也会有人觉得自己这辈子就完了？就到这儿了？

那时我坐在板凳上，多想站起身，伸出手去，抱一抱那个痛哭流涕的姑娘。

那个姑娘能被自己爸妈领着来看医生，但我那时候只能孤军奋斗，选择的应对方法是逃避。

我沉迷于看小说，逃课不去上学，成天泡在巷子里一家破书馆里，花一块钱，就能看一整天。

晚上回家，躺在床上时，心中就是无尽的后悔，发誓第二天要去好好上学。

第二天当然又是泡在了书店。

这样维持了好几天，结果被班主任抓去谈心。

家里对我长久以来就是放养政策，我不去参加高考可能对他们来说，都不算什么。

这个班主任却异常执着，不停来抓我上学，找到我家和我谈心，发动玩得好的同学来开解我，甚至有一次还骑着他的电动车，兴致勃勃，说要带我兜风。

我当然是义正词严地拒绝了，但架不住这个中年老男人的坚持，最后还是迫不得已地上了他电动车的后座，座椅上包裹的人造皮革被太阳烘烤得温度正好，磕个蛋上去直接就能煎熟，我坐在上面，内心煎熬，屁股也煎熬。

现在想来，他具体和我说了些什么我也记不清了，总之是些鸡汤文学，或是过来人的一些经验之谈，不提也罢。可是他的长相我一直深深地印在脑海里（要知道我是个记性多么差的人！），我记得大热的天，他穿着一件短袖汗衫，一脸苦大仇深（他就长那样），敲响我家的铁门，转身时，衣服紧贴着背，全是汗印子。

而我连一杯水也没给他倒。

当时的我也异常执着。

我执着于认为自己已经废了，没有挣扎的必要了，就让我在小说堆里沉沦吧，未来的事，未来再说吧。

这种想法在很多人身上都有。

比如一个节食减肥的人，有一天突然吃了一小口草莓蛋糕，她想，真好吃呀，再吃一小口吧，就吃了第二口，吃完后，觉得二这个数字不太好呀，再吃一口吧，好，又吃了第三口，这时草莓蛋糕可能就吃了一半。她想，打开了就不好保存了呀，还是全吃了吧，于是一口气把那个草莓蛋糕吃光了。

吃完后，她恨不得扇自己几巴掌，又想，反正都破了戒，自己要注定长胖了，干脆敞开肚皮吃吧。

等她反应过来时，发现自己已经吃空了超市的一整条货架。

人的堕落，往往是因为把一小丢丢的得失，看成是天大的事，然后自我放弃，直到蓦然回首，发现真的丧失了天大的东西。

而我的丧失，就是高三那段空白期。

高考前，学校放了假，我们班，还有隔壁几个班，一起去一个职业学校去放松心情。

这个学校主攻旅游和高尔夫，校区很大，风景很好，有一大片的高尔夫球场，碧草悠悠，天空是水洗蓝，我在草场上慢慢踱着步子，头一次从自欺欺人里醒过来，开始思考起几天之后的高考要怎么办，就像百年前从八国炮火中醒来的前清余孽，荣华富贵转头空，睁眼一看，处处断壁颓垣，大好河山失守，火烧眉头，呜呼哀哉！

想着想着，心里迷迷糊糊蹦出一个念头，要不高考……就不去了吧？

这个念头还没成型，我那热心肠的班主任就走来了我身边，同学们都不敢来和我说话，我那时留着好长的头发，大热天里还穿着长衣长裤，阴沉着脸，像个鬼气森森的巫婆，换作是我，我也不同这样的人讲话。

班主任就和我慢慢在青草地里踱着步子，他扯些闲话，我也就扯些闲话敷衍他，两个人一直走到黄昏，太阳西沉。

说的哪些闲话我也没印象了，但还好最后，我没有脑子坏到翘掉高考，成绩勉强过了一本线，去了一所破大学，认识了很好的朋友。

高三没有好好度过，这是我至今的遗憾，目测一下，大概要持续终生，所以在《山月》里，我让司徒玥有一段完整的高三奋斗史，她最后考去的学校不重要，重要的是，她拥有一段虽然辛苦，但很美妙的高三生活。

我真羡慕她。

初中的时候，一个同学曾经自创过一个笑话，说给我听。

笑话是这样的：一所精神病院里，有两个自强不息的精神病人，有一天决定要打破牢笼，去外面的世界看看，于是他俩手牵着手，要翻过围墙。

可等翻过去之后，他们傻眼了，因为围墙之外，还有围墙。

病人 A 就问："翻吗？"

病人 B 说："翻。"

于是，两个人撅着屁股，翻过第二层墙。

接着摆在他们眼前的，是第三道墙。

病人 A 就问："还翻吗？"

病人 B 说："翻。"

……

如此反复数次，两个人已经是精疲力竭，累得连手指都动不了。

他们站在一堵墙下，病人 A 喘着气问："还翻不翻？"

病人 B 也喘着气回答他："不翻了不翻了，我们回去吧。"

于是，两个人彼此搀扶着，又顺着来时的路，爬回去了。他们不知道的是，只要他们翻过最后那一层围墙，就会看见，墙外就是他们想要去的外面的世界。

我还记得当时我听完这个故事，被震撼到说不出话来。

最后我坚定地认为，这个笑话蕴含着深刻的哲理，除了一点也不好笑之外，没有任何缺点。

现在十年过去，我还是很清楚地记得这个笑话，也不晓得是为什么记这么久，但拿我高考的事，也不仅指这件事，在很多事上，我确实像极了病人B，我从不轻言放弃，但也不一战到底，我总是在吃尽了所有的苦头之后，对自己说，算了吧，不干了。

从此前功尽弃。

其实就差那临门一脚了，只有100天了，我却放弃了，之前十几年读的书，一朝作废，真是个愚蠢的决定。

回到一开始的问题，怎样才算一篇有市场的好文，其实我依旧不清楚。

我只是试着写一个很真诚的故事。

另外想要说的，也是我一直想要对那个姑娘说的。

那时她和她爸妈从诊室出去后，我坐在凳子上，犹豫良久，还是起身追了出去。

我在电梯门口追到她，想说的话有很多很多，可惜那时候的我没什么文化，脑子里那么多念头，最后说出来的，只是一句："没什么的，你以后会发现，这根本没什么的。"

基本等于废话。

我结结巴巴，后续的话含在嗓子眼里，说话主次不清，重点模糊。

那个姑娘红着眼睛听了半天，也搞不清楚我到底要表达什么。

后面我说着说着就哭了，大概是很丢人的，因为她爸妈站在一旁，脸上很是尴尬，略微有些手足无措。

可能是不知道为什么，这穿着白大褂的姑娘怎么就突然拦住他们，还把自己给说哭了。

可是他们女儿，那个眼圈红红的姑娘，虽然不知道我要说什么，最后却很友好地对我小声说了"谢谢"。

如果还能再次遇着她，我想要对她说：

亲爱的姑娘，请不要在觉得自己最辛苦、最崩溃、肯定撑不下去的时候决定放弃，因为都到了这个地步，往往只差最后那一堵墙，你就能飞越疯人院了。

我要说的，大抵就这些。

——呦呦鹿鸣

2020 年 4 月 30 日

本书由呦呦鹿鸣委托长沙大鱼文化传媒有限公司正式授权花山文艺出版社，在中国大陆地区独家出版中文简体版本。未经书面同意，本书的任何部分不得以图表、电子、影印、缩拍、录音和其他手段进行复制和转载，违者必究。

图书在版编目（CIP）数据

山月可知心底事 / 呦呦鹿鸣著. -- 石家庄：花山文艺出版社，2021.1
 ISBN 978-7-5511-5387-4

Ⅰ. ①山… Ⅱ. ①呦… Ⅲ. ①长篇小说－中国－当代 Ⅳ. ①I247.5

中国版本图书馆CIP数据核字(2020)第211577号

书　　名：	山月可知心底事
	SHANYUE KEZHI XINDISHI
著　　者：	呦呦鹿鸣
统筹策划：	张采鑫
特约编辑：	雪　人　廖唯佳
责任编辑：	于怀新　张凤奇
美术编辑：	胡彤亮
责任校对：	齐　欣
装帧设计：	西　楼　Cain酱
封面绘制：	阿翀axu
出版发行：	花山文艺出版社（邮政编码：050061）
	（河北省石家庄市友谊北大街330号）
销售热线：	0311-88643221/29/35/26
传　　真：	0311-88643225
印　　刷：	长沙鸿发印务实业有限公司
经　　销：	新华书店
开　　本：	880×1230　1/32
印　　张：	10.125
字　　数：	368千字
版　　次：	2021年1月第1版
	2021年1月第1次印刷
书　　号：	ISBN 978-7-5511-5387-4
定　　价：	39.80元

（版权所有　翻印必究·印装有误　负责调换）